KNAUR

*Von Andreas Franz und Daniel Holbe
sind bereits im Knaur Taschenbuch erschienen:*
Todesmelodie
Tödlicher Absturz
Teufelsbande
Die Hyäne
Der Fänger
Kalter Schnitt
Blutwette
Der Panther
Der Flüsterer
Die junge Jägerin

Über die Autoren:
Andreas Franz' große Leidenschaft war von jeher das Schreiben. Bereits mit seinem ersten Erfolgsroman *Jung, blond, tot* gelang es ihm, unzählige Krimileser*innen in seinen Bann zu ziehen. Seitdem folgte Bestseller auf Bestseller, die ihn zu Deutschlands erfolgreichstem Krimiautor machten. Andreas Franz starb im März 2011.
Daniel Holbe, Jahrgang 1976, lebt mit seiner Familie im oberhessischen Vogelsbergkreis. Insbesondere Krimis rund um Frankfurt und Hessen faszinieren den lesebegeisterten Daniel Holbe schon seit geraumer Zeit. So wurde er Andreas-Franz-Fan – und schließlich selbst Autor. Er schrieb die Todesmelodie weiter, das unvollendete Projekt des zu früh verstorbenen Erfolgsautors, das zum Bestseller wurde. Alle Krimis um die beliebte Kommissarin Julia eroberten die vorderen Plätze der Sellerlisten.

ANDREAS FRANZ
DANIEL HOLBE

Todesruf

JULIA DURANTS NEUER FALL

Besuchen Sie uns im Internet:
www.knaur.de

Aus Verantwortung für die Umwelt hat sich die Verlagsgruppe
Droemer Knaur zu einer nachhaltigen Buchproduktion verpflichtet.
Der bewusste Umgang mit unseren Ressourcen, der Schutz unseres
Klimas und der Natur gehören zu unseren obersten Unternehmenszielen.
Gemeinsam mit unseren Partnern und Lieferanten setzen wir uns
für eine klimaneutrale Buchproduktion ein, die den Erwerb von
Klimazertifikaten zur Kompensation des CO_2-Ausstoßes einschließt.
Weitere Informationen finden Sie unter: www.klimaneutralerverlag.de

Originalausgabe August 2022
Knaur Taschenbuch
© 2022 Knaur Verlag
Ein Imprint der Verlagsgruppe
Droemer Knaur GmbH & Co. KG, München
Alle Rechte vorbehalten. Das Werk darf – auch teilweise –
nur mit Genehmigung des Verlags wiedergegeben werden.
Redaktion: Regine Weisbrod
Covergestaltung: ZERO Werbeagentur, München
Coverabbildung: Westend61 / gettyimages
Satz: Sandra Hacke, Dachau
Druck und Bindung: GGP Media GmbH, Pößneck
ISBN 978-3-426-52593-7

2 4 5 3 1

Das Vergangene ist nicht tot,
es ist nicht einmal vergangen.
William Faulkner

PROLOG

Liebe.
Sicherlich nicht das, was sie zusammengeführt hatte, und es war auch nicht das, was sie bei ihm hielt. Das Band zwischen ihr und ihm war aus einer Mischung von Bequemlichkeit und Berechnung geknüpft. Wirtschaftliche Interessen. Eine gemeinsame Wohnung in der Innenstadt, weil keiner von ihnen sich eine eigene hätte leisten können. Freundschaft. Sie hatten sich schon im Sandkasten gut verstanden.
Er betrachtete ihren Körper. Sie schliefen noch immer nebeneinander, doch schon lange nicht mehr miteinander. Diese wenigen Male, diese Höhepunkte in seinem Dasein als Mann, waren für ihn die Welt gewesen. Immer mehr reifte in ihm die Erkenntnis, dass es für sie nie dasselbe gewesen war. Nicht einmal echte Leidenschaft also. Mehr ein Preis, den sie zu zahlen bereit war, denn immerhin verstanden sie sich gut und waren lange Vertraute. Aber warum konnte, warum wollte sie ihn nicht ebenso lieben wie er sie?
Was, wenn sie sich eines Tages in jemand anderen verlieben würde?
Was, wenn er nach Hause kam und einen anderen Mann in ihrem Bett vorfände?
Seine Fäuste ballten sich. Und er spürte, wie die Erregung in seine Lenden strömte.
Er tastete sich an sie, doch bevor er sie berühren konnte, hörte er ein Grunzen, das man nicht vortäuschen konnte.
Sie schnarchte!
Und statt sie mit seinen Berührungen zu wecken und eine Abfuhr zu riskieren, entschied er sich, dass er um sie kämpfen würde.

Er würde ihre Liebe entfachen.
So wie ein Feuer, dem sich nichts und niemand entziehen konnte.
Und bis dahin?
Seine Hände begannen zu zittern, und bald lief ein Schauer durch seinen Körper.
Bis dahin würde er warten.
Denn das Warten würde es wert sein.

*

Manchmal fühlte er sich wie ein Tier.
Wenn er seine Gedanken abschaltete und seinen Instinkten folgte.
Wenn er sich seinen dunklen Begierden hingab, obwohl der Kopf ihm etwas anderes riet.
Aber er war kein Tier. Er war intelligent genug, zumindest so viel Kontrolle über seinen Körper zu bewahren, dass er sich nicht in Gefahr begab.
Die Gefahr, entdeckt zu werden. Entlarvt.
Eine Gefahr, die alles zerstören würde. Die seine Welt, seine Schutzmauern zum Einsturz brächte.
Das konnte und würde er nicht riskieren.
Er nahm das Feuerzeug in die Hand, drehte das Metallrädchen und erschrak dennoch, als der Funke eine Flamme erscheinen ließ. Schatten tanzten über die Tischplatte, auf der neben dem Adventskranz sein Ausweis und ein Schlüsselbund lagen.
»Erst eins, dann zwei, dann drei, dann vier«, sagte er sich im Stillen vor, einen Klang aus längst vergangenen Tagen im Ohr. Dazu der Geruch von verbranntem Wachs. Die Kerzen flackerten, dann reckten die Flammen sich wie leuchtende Blütenblätter in Richtung Zimmerdecke.
Seine Hand legte das Feuerzeug zwischen Ausweis und Schlüsselbund.
Weitere Gegenstände gelangten in sein Blickfeld. Der Ledergürtel.

Die Taschenlampe. Ein frisch geschärftes Messer.
Manche Dinge musste er verbergen, wenn er das Haus verließ.
Andere durfte er zeigen.
Vertrauen schaffen.
Die meisten würden ihm vermutlich nicht vertrauen, wenn er sich ihnen näherte. Er wusste, dass sein Spiegelbild nicht das eines Menschen war, dem man offenherzig und ohne Argwohn entgegentrat.
Oder lag es daran, dass das Tier in ihm wohnte?
Er selbst erkannte es, wenn er sich selbst lange genug in die Augen blickte. Vielleicht erging es anderen genauso.
Aber wenn er die richtige Kleidung trug und in der richtigen Umgebung saß, schien alles Misstrauen wie weggefegt.
Wie einfältig die Menschheit doch war.
Er saß noch einen Moment da, bis er das Kerzenlicht nicht mehr ertragen konnte. Blies es aus, nahm sich in stoischer Ruhe all seine Utensilien vom Tisch und verließ das Zimmer.
Es war Zeit.
In seinem Kopf heulte ein Wolf.
Todesruf?

SONNTAG

SONNTAG, 22. DEZEMBER, 16:55 UHR

Es waren die kürzesten und dunkelsten Nächte, die ein Jahr zu bieten hatte. Selbst hier in der großen Stadt, die niemals zu schlafen schien. Tiana saß auf dem Kunstledersofa und horchte auf. Doch da war nichts, kein Geräusch im Kinderzimmer. Sie nahm einen Karton, der ein ferngesteuertes Auto enthielt, und umwickelte ihn mit buntem Papier. Es sah weniger professionell aus als das, was die Verkäuferinnen in den Spielzeugläden anboten, aber dafür war es selbst gemacht. Mit Liebe. Ihre Mundwinkel sackten nach unten. *Liebe.*
Ein Blick auf die Uhr verriet ihr, dass sie sich beeilen sollte. Die Weihnachtszeit war eine Zeit der Verzweiflung, eine Zeit der Bedürftigen, eine Zeit, in der man an den richtigen Stellen auf dem Straßenstrich ziemlich viel verdienen konnte. Tiana atmete schwer, als sie den letzten Streifen Tesafilm aufs Papier klebte. Nur noch das Geschenkband. Sie würde es mit der Schere kräuseln, so wie sie es als Kind von ihrer Großmutter gelernt hatte. Danach würde sie aufstehen, die Kleidung wechseln und Make-up auftragen. Kirschroter Lippenstift und goldene Ohrringe. Weihnachtsfarben. Und dann würde sie ihren Körper verkaufen an einsame Freier, die keinen Gedanken daran verschwendeten, dass der Preis dafür, einen Moment lang nicht einsam zu sein, der schleichende Tod einer Frauenseele war. Ihrer Seele.

Eine Stunde später stand Tiana unter einer Brücke unweit des Messeturms. Sie teilte sich diesen Platz mit einer Handvoll Frauen und

Mädchen. Die Älteste von ihnen war zweiunddreißig, die Jüngste vierzehn. Tiana hatte sich aus dem Badezimmerschrank zwei Tabletten genommen, die eine sofort geschluckt und die andere in ein Bonbonpapier gewickelt und in ein Miniaturhandtäschchen gesteckt, in dem sie außerdem Kondome, Kaugummi und ein paar weitere Utensilien mit sich führte. Dazu ein billiges Klapphandy, in dem die Nummer ihres Freundes gespeichert war. Heiraten wollten sie. Ein weiteres Kind zusammen kriegen. Aber erst, wenn sie ihren Job als Straßenhure aufgegeben hatte. Vielleicht würde es im neuen Jahr endlich klappen.

Tiana war dreiundzwanzig und seit sieben Jahren dabei.

Ein Auto verlangsamte seine Fahrt. Der nachfolgende Fahrer hupte und zog vorbei. Aus einer Pfütze stob Wasser auf. Der Nieselregen hatte den ganzen Tag über nicht aufhören wollen, und Tiana hoffte, aus der klammen Kälte zu kommen, und wenn es nur für eine halbe Stunde war.

Die Beifahrerscheibe senkte sich. Zwei weitere Frauen traten vor, doch der Mann am Steuer hatte sich bereits für sie entschieden. Er nickte ihr zu, sie nickte zurück. Es spielte sich immer ein wenig anders ab und doch irgendwie gleich. In den Augen der Freier lag eine Mischung aus Lust, Unbehagen und Entschlossenheit. Wer einmal die Entscheidung getroffen hatte, am Straßenrand anzuhalten, der zog es in den meisten Fällen durch. Der Fremde zeigte ein gequältes Lächeln, als sie die Tür aufzog und er auffordernd auf den Beifahrersitz klopfte. »Immer rein ins warme Auto.«

Tiana lächelte zurück. Die feuchtkalte Luft trieb Beschlag auf die Scheiben. Er drehte die Lüftung stärker und schloss den Spalt des Seitenfensters.

»Ist Rebstock okay?«, wollte er wissen, nachdem er den Wagen in Bewegung gesetzt hatte.

Sie nickte. Warf einen Blick auf die zurückbleibenden Frauen und wünschte ihnen, dass auch für sie jemand anhielt. Tiana hatte ein

gutes Herz, vielleicht lag es auch an den besonderen Umständen. Trotz aller Widrigkeiten war Weihnachten die schönste Zeit des Jahres. Zumindest in ihren wenigen Jahren als unbeschwertes Kind hatte sie dieses Fest und die Vorfreude darauf sehr genossen.
Kurz darauf hielt der Kombi am Rand des Rebstockgeländes. Der Fahrer wirkte unschlüssig. »Da drüben?«, fragte er. Er dachte vermutlich, dass sie die geeignetsten Plätze am besten kannte. Bei ihrem Job. Lag da in seinem Blick plötzlich eine Prise Abscheu? Tiana fühlte sich mit einem Mal unwohl. Sie kannte es sehr wohl, dass Männer im Angesicht einer Hure die Lust verloren. Wenn ihnen klar wurde, dass die Dienstleistung, die sie abrufen wollten, für ihr Gegenüber nur ein notwendiges Übel war. Verabscheute er sich selbst? Sie fand keine Antwort. Stattdessen deutete sie in einen Bereich, der durch Buschwerk geschützt war und weitab von der nächsten Laterne lag. Eine Ecke, die sie tatsächlich gut kannte. Je unbeobachteter der Freier sich fühlte, umso schneller würde es ihm gelingen, in Fahrt zu kommen. Umso eher war sie zurück – und bereit für den Nächsten. Der Wagen parkte, der Motor erstarb, die Standheizung brummte weiter. Das Nötigste war schnell besprochen. Tiana schob das Geld in ihre Handtasche, legte das Oberteil ab und griff sich an den Verschluss des roten BH. Der Fremde atmete schwer.
»Lass mich das machen«, forderte er. Sie ließ ihn gewähren. Sie hatte ihn noch nie gesehen. Manche Männer kamen regelmäßig, manche waren Fremde. Aber sein Gesicht hätte sie unter Hunderten erkannt. Er ...
... drückte ihr die Kehle zu. Sie wollte sich wehren, doch er war zu stark. Plötzlich lag sein Arm um ihren Hals geschlungen, während der andere von hinten um ihre Arme und Hüfte griff. Noch immer auf dem Beifahrersitz, spürte sie, wie sich der Schaltknüppel in ihre Nierengegend bohrte. Sie stöhnte auf und presste etwas in ihrer Muttersprache hervor, was ihre Großmutter mit Sicherheit beschämt hätte. Doch ihre Gedanken drehten sich um ihren Sohn. Um ihr nacktes

Leben. Tiana strampelte, und ihre Füße trafen die Mittelkonsole und die Türverkleidung. Gleichzeitig spürte sie, wie ihre Beine immer schwerer wurden.

»Gib einfach auf!«, sagte die Stimme. »Ich will nichts von dir, was deine Freier nicht auch wollen.«

»Was willst du denn?«, krächzte sie.

Sein Lächeln konnte sie nicht sehen. Die Fratze, die er dabei zog. Und auch nicht die Klinge, die er griffbereit in der Seitentasche der Fahrertür liegen hatte.

Sie konnte es nur hören. Eine selbstverliebte, harte Stimme und Worte, die nichts Gutes verhießen.

DIENSTAG

DIENSTAG, 24. DEZEMBER, 17:50 UHR
Heiligabend

Bedächtig fuhr sie mit dem Zeigefinger über den Bilderrahmen. Pustete unsichtbaren Staub von ihrer Fingerkuppe und hob das Foto anschließend an. Es war eines der wenigen Familienbilder, die sie besaß. Vater, Mutter, Tochter. Julia Durant spürte den Kloß im Hals. Sie war die Letzte dieser drei, die noch lebte. Kinderlos. Keine Geschwister. Das letzte Blatt am Familienstammbaum. An Tagen wie diesen war die Erinnerung an ihre Eltern besonders schmerzlich, auch wenn der Tod der Mutter Jahrzehnte zurücklag und auch der ihres Paps schon einige Jahre her war. Wie schön war es gewesen, seiner Stimme zu lauschen, wenn er die Weihnachtspredigt hielt. Und später, wenn die Familie nach der Bescherung noch einmal zur Christnacht gegangen war. Pastor Durant hatte diese Feste nicht nur für seine Gemeinde zu etwas Besonderem gemacht.
Sie stellte das Foto zurück an seinen Platz. Im Hintergrund lief das alljährliche Album »Rock Christmas«, soeben stimmte Elton John einen fetzigen Refrain an. Aus der Küche duftete es nach Gänsebraten. Julias Verlobter Claus, der für sein Leben gerne kochte, hatte sich mit Vehemenz gegen die traditionellen Würstchen mit Kartoffelsalat gewehrt. Ebenso gegen Karpfen.
»Schatz?«, rief er, begleitet von einem heftigen Scheppern.
Sie antwortete: »Ich bin hier. Brauchst du Hilfe?«
Er steckte den Kopf aus dem Türrahmen. »Danke. Alles unter Kon-

trolle. Du könntest aber schon mal den Wein öffnen und uns einschenken. In zehn Minuten können wir loslegen.«

Julia lächelte. Wenn auch nicht alle Schwermut verflogen war, so wusste sie, dass sie die Zeit nicht anhalten konnte. Menschen wurden älter, Menschen starben. Kindheit und Jugend waren vorüber, die Zeit von aufregenden Bescherungen und umherfliegendem Geschenkpapier längst Geschichte. Und sie hatte es trotzdem gut getroffen. Ein Mann, den sie liebte und der für sie dasselbe empfand. Den sie kommendes Jahr heiraten würde. Dazu der Job, der manchmal zwar hart, aber trotzdem erfüllend war. Nein, im Grunde gab es nichts, worüber sie sich Sorgen machen müsste.

Außer vielleicht über diesen Brief, der seit Tagen auf dem Telefontisch lag. Beide wussten, woher er kam und was darin stand. Und irgendwann würden sie darüber reden müssen, denn diese Sache stand ungefähr so diskret im Raum wie ein Elefant in einem viel zu engen Porzellanladen. Und es war nur eine Frage der Zeit, bis eine unbedachte Bewegung alles um sie herum in ein Scherbenmeer verwandelte.

Aber nicht heute. Nicht an Heiligabend.

Mit einem hellen Plopp fuhr der Korken aus dem Flaschenhals. Ein echtes Stück Kork, kein künstlicher Ersatz, vollgesogen mit tiefrotem Wein aus dem Jahr 2009.

»Ein Jahrhundertjahrgang«, hatte Claus versprochen, der eine Vorliebe für schwere Rotweine aus Bordeaux oder aus dem Rhônetal hatte. Julia roch an der Flasche, dann goss sie langsam ein und prüfte, ob sich Weinstein oder Korkenreste in der Flüssigkeit befanden. Ihre Gedanken hingen noch immer bei ihren Eltern und bei dem Brief. Draußen klatschten Regentropfen an die Scheiben. Elton John war verklungen, und John Lennon übernahm mit »Happy Xmas«, ein Song, der sie heute besonders berührte. Gerade noch rechtzeitig gelang es ihr, sich eine Träne aus den Augenwinkeln zu wischen. Dann stand Claus auch schon mit der Rotkrautschüssel vor ihr. Er küsste sie auf die Stirn. »Alles okay bei dir?«

»Nur ein bisschen melancholisch.«

Er neigte den Kopf. Auch in seinen Augen lag etwas Unbestimmtes, etwas schien ihn zu beschäftigen. Und wenn Julia es genau bedachte, dann lag dieser Ausdruck dort schon länger. Länger als drei Tage. Länger als dieser bescheuerte Brief aus der Landeshauptstadt Wiesbaden.

Claus nahm sie kurz in den Arm, dann entschuldigte er sich und eilte zurück in die Küche. Kehrte mit Klößen zurück, deutete auf den Tisch und bat seine Liebste, Platz zu nehmen.

»Lass uns erst einmal essen«, schlug er vor und holte als Letztes eine Porzellanplatte mit der bereits tranchierten Gans. Platzierte sie auf der Tischdecke und küsste sich anschließend die Finger. »Ich will mich ja nicht selber loben ...« Er hob vielsagend die Augenbrauen. »Fröhliche Weihnachten, mein Schatz.«

Sie stießen an und aßen schweigend, im Hintergrund gaben sich Boney M., Bing Crosby und Bryan Adams das Zepter in die Hand. Das Fleisch und die Sauce waren fantastisch. Doch lag es nur am Kauen, dass sich keine Konversation entwickeln wollte? Oder fiel ihnen das Reden tatsächlich schwer? Schwerer als noch vor drei Tagen?

Offenbar hatte Claus Hochgräbe denselben Gedanken. Praktisch gleichzeitig mit Julia ließ er die Gabel sinken und platzte heraus: »Julia, wir müssen ...«

»... müssen mal reden«, vervollständigte diese den Satz, den sie ebenfalls gerade begonnen hatte.

Sie sahen einander an und mussten unwillkürlich kichern.

»Du zuerst«, lächelte sie.

»Nein, nein. Ladies first«, wehrte er ab.

Dann klingelte das Telefon. Zuerst Julias Smartphone, das sie zuletzt im Bad liegen gesehen hatte. Noch bevor sie die Badezimmertür erreicht hatte, piepte auch Claus' Apparat in der Küche.

»Durant?«

Julia setzte sich auf den Badewannenrand. Die Nummer war ihr nicht unbekannt, auch wenn die Kollegen des Kriminaldauerdienstes verschiedene Durchwahlen hatten und sie nie wusste, wer gerade Dienst schob.
»Schubert, KDD«, meldete sich eine ihr fremde Stimme. »Frohe Weihnachten und sorry für die Störung.«
Die Kommissarin ging in ihrem Kopf durch, wer Bereitschaft hatte. War nicht ihr Kollege Frank Hellmer dran? Und dafür hatte er die beiden Feiertage frei?
»Schon gut. Sie werden ja einen Grund dafür haben.«
»Ja, leider. Eine Prostituierte, Anfang zwanzig. Vergewaltigt und im Gebüsch liegen gelassen. Rebstockgelände. Muss zwei oder drei Tage her sein.«
Verdammt. Julia Durant spürte den Kloß beim Schlucken. »Gibt es eine Vermisstenmeldung?«
Wieso fragte sie ausgerechnet danach? War es nicht so, dass niemand diese Mädchen vermisste? Sie kamen aus Bulgarien, man versprach ihnen gut bezahlte Jobs in der Gastronomie. Was danach folgte, war meist ein unvorstellbarer Alptraum aus Vergewaltigungen, Erniedrigungen und Todesangst. Manche Mädchen starben noch vor dem Erreichen der Volljährigkeit. Die überlebten, zerbrachen seelisch. Aussteigerinnen gab es selten. Vermisst gemeldet wurden sie nie.
»Nein. Aber wir haben einen Namen. Und sie hat ausdrücklich nach Ihnen verlangt.«
Julia Durant japste. »Moment. Sie *lebt*?«
»Na, sagte ich doch. Oder nicht? Sie liegt seit vorgestern Nacht in der Klinik. Und sie hat heute nach dem Aufwachen immer wieder Ihren Namen genannt.«
Die Kommissarin schluckte. Das war keiner ihrer üblichen Tatorte, es gab keine Leiche – Gott sei Dank! –, und trotzdem war sie es, die sich fürs Erste mit der Angelegenheit befassen musste. Sie fragte noch Details zu Tatort und Tatzeit ab, außerdem, in welchem Krankenhaus das

Opfer behandelt wurde. Dann beendete sie das Gespräch und fand Claus am Tisch sitzend vor, mit einer Miene, als habe ihm jemand sein Gourmetessen versalzen.

»Es gibt Arbeit«, murrte er. »Und leider kann ich das wohl nicht auf Frank abwälzen. Einer der Nachteile, wenn man Chef sein möchte.«

»Ich hab's schon gehört. Das Opfer hat außer meinem Namen wohl kaum was gesagt.«

Claus schenkte ihr einen irritierten Blick. »Hmm? Das kapiere ich jetzt nicht.«

»Na, das Mädchen aus dem Rebstockpark.« Sie warf einen Blick auf die Uhr. »Ich sollte mich am besten gleich auf den Weg machen. Tut mir leid. Aber vielleicht dauert's ja ...«

»Moment, Moment.« Claus wedelte mit den Händen. »Ich rede von einer toten Frau im Osthafen. Aufgetakelt, als käme sie direkt von einer Nobelparty, oder wie eine Escortdame. Irgendwie unpassend für Heiligabend, aber darum geht's erst mal nicht. Du kennst doch diese riesige Schleuse, wo man drüber laufen kann.«

»Die Staustufe Offenbach?« Durant war nun ebenfalls verwirrt.

»Ja, ich glaube, das ist es. Bei der Aurora-Getreidemühle.«

»Ich wurde gerade vom KDD informiert, dass eine junge Frau nach mir verlangt. Vergewaltigungsopfer. Muss am Wochenende passiert sein. Aber das wird dann ja eine völlig andere Baustelle sein.«

Claus nickte langsam. »Die Tote im Hafen ist jedenfalls von heute. Aufgefunden vor einer knappen Stunde.« Er dachte nach. »Warum hat die Frau nach dir gefragt?«

»Es gibt nur einen Weg, das rauszufinden.« Durant war bereits auf dem Weg zur Wandgarderobe, als ihr Blick auf das blinkende Festnetztelefon fiel. Vermutlich hatte man es zuerst hier versucht, aber offenbar war der Apparat stumm geschaltet. War sie es selbst gewesen? Oder Claus? Sie konnte sich nicht erinnern. War es aus dem Wunsch heraus geschehen, nicht an den Telefontisch gerufen zu werden, wo dieser toxische Briefumschlag steckte?

Claus trat neben sie. Ihre Blicke fanden einander, keiner musste etwas sagen, sie verstanden sich auch so. Es war jetzt nicht an der Zeit, sich über solche Dinge zu unterhalten. Die Arbeit rief. Und sie nahmen diese Ablenkung dankend an.

18:50 UHR
Frankfurt, Osthafen

Claus Hochgräbe spannte seinen Schirm auf und näherte sich dem Treppenaufgang der Staustufe, vorbei an den Einsatzfahrzeugen, wobei er Frank Hellmers Porsche vermisste. War er noch nicht hier? An vorderster Position parkte der Audi des Notarztes, der in ein Gespräch mit der Rechtsmedizinerin Andrea Sievers vertieft war.

»Frohe Weihnachten«, begrüßte diese den Kommissariatsleiter, als sie ihn erblickte. Der Sarkasmus in ihrer Stimme war nicht zu überhören, aber an einem Abend wie heute kaum fehl am Platz. Jeder Uniformierte, der Rettungsdienst, der Notarzt und alle anderen an diesem Auffindungsort anwesenden Personen hatten eine Familie oder wenigstens einen Ort, an dem sie jetzt lieber wären als ausgerechnet hier. In dieser Nacht, bei diesem Wetter.

»Danke, ebenfalls.« Hochgräbe lächelte kurz und nickte dann dem Notarzt zu. »Wo muss ich hin?«

Dr. Sievers deutete in Richtung des graffitibesprühten Betons. »Weiter unten. Ich würde mir was über die Füße ziehen, sonst werden die pitschnass. Dafür ist der Schirm überflüssig.«

Claus' Gedanken rasten. Zu viele Informationen auf einmal. Wie schaffte diese Sievers es bloß, angesichts des Todes immer so eine Frohnatur zu sein? Andererseits: Wenn sie jede Tote zu nah an sich heranließe, wäre sie längst depressiv, alkoholkrank oder suizidgefährdet. Im Grunde ging es ihnen allen gleich: Weitermachen. Für Gerechtigkeit kämpfen. Auch wenn es oftmals sinnlos erschien. An das

Gute glauben. Hoffnung haben. So wie man es an Weihnachten seit jeher feierte.

Er trat zu den Kollegen der Spurensicherung und schlüpfte in einen leichten Plastikoverall, der ihm wie ein luftleeres Michelin-Männchen von den Schultern hing. Die Luft schmeckte kühl, und sein Atem bildete Nebel. Als er den Schirm zusammenzog, spürte er sofort die feinen Tropfen auf der Haut. Ihm war heiß, sein Körper hatte sich auf das Verdauen von fettigem Essen und Wein eingestellt. Gleichzeitig fröstelte er.

In der Nähe des Ufers erwartete ihn Frank Hellmer, der anstatt eines weiteren Weihnachtsgrußes nur ein stummes Nicken für ihn übrighatte.

»Hi, Frank«, sagte Claus. »Seid ihr auch gerade beim Essen gesessen?«

»Erinnere mich besser nicht daran. Mir hängt der Magen in den Kniekehlen.« Hellmer atmete schwer. Seine Hand deutete in Richtung eines provisorischen Pavillons, in dessen Schutz zwei Spurensicherer hockten. Ein Blitzlicht zuckte auf. »Im Vergleich zu ihr da dürfen wir uns wohl kaum beklagen.«

Hochgräbe näherte sich dem Pavillon. Die Tote war trotzdem klitschnass, und dasselbe galt vermutlich auch für sämtliche Spuren, die der Täter hinterlassen hatte. Die vom Scheinwerferlicht angestrahlte Haut wirkte blasser, als sie vermutlich war, dazu grellroter Lippenstift und braunes Haar. Lockig, so viel konnte man noch erkennen, auch wenn es durch den Regen schwer und verklebt war. Der Schmuck wirkte billig, doch das Kleid hatte einen gewissen Stil. Allerdings musste Claus sich eingestehen, dass er von solchen Dingen nicht viel verstand.

»Was meinst du«, fragte er Hellmer, »kommt sie von einer Schickimicki-Party, oder ist sie eher ein Callgirl oder so was in der Art?«

»Schwer zu sagen. Dem Typ nach könnte beides passen, aber ich finde, für ein Partymäuschen ist die Schminke zu krass und alles etwas zu doll aufgetragen. Ich kann mich irren, aber dem Gefühl nach würde ich auf Escort tippen. Bestenfalls. Laut Andrea wurde sie stranguliert. Vielleicht mit diesem Schal, den sie da trägt.«

Hochgräbe beugte sich hinab. Die Spurensicherer hatten sich an den Rand der Überdachung zurückgezogen, er fragte nach, ob er die Tote berühren dürfe. Einer der beiden Mondanzüge reichte ihm Einweghandschuhe. Er bedankte sich und zog den Latex über die Hände. Die Feuchtigkeit und der Schweiß machten das zu einem zähen Prozess, aber endlich gelang es ihm, die Haare und das Textil um den Hals der Toten beiseitezuschieben. Nur unter Einsatz seiner Fantasie konnte er die Strangulationsmale erkennen, denn der Hals war schmutzig und verschmiert.

»Du musst den Kopf anheben«, kommentierte Andrea Sievers, und Claus zuckte zusammen. Er hatte sie nicht kommen hören. Sofort richtete er sich auf.

»Danke, das überlasse ich dann lieber dir.«

Dr. Sievers machte eine Kusshand. »Oh, wie großzügig.«

»Gibt es weitere Erkenntnisse? Todeszeitpunkt? Hinweise auf Geschlechtsverkehr? Irgendwas, was uns weiterbringt?«

Die Rechtsmedizinerin zündete sich eine Zigarette an, und auch Frank Hellmer zog einen Glimmstängel hervor. Zwischen den Rauchwolken verkündete Andrea, dass die Tote erst seit zwei oder drei Stunden hier liege und nicht lange vor ihrem Ableben auch Sex gehabt haben müsse. »Der Todeszeitpunkt dürfte dreißig bis neunzig Minuten vor dem Ablegen gewesen sein«, schloss sie. »Sie hatte also genügend Zeit, sich wieder anzuziehen, und laut Spusi deutet nichts darauf hin, dass es hier unten einen Todeskampf gegeben hat.«

»Hmm. Kann man das bei der Nässe sicher sagen?«, fragte Hellmer.

»Kein Schlamm an den Absätzen«, kam es unter einer der Masken hervor. »Wäre sie hier runtergelaufen, müssten ihre Schuhe eingesunken sein. Sind sie aber nicht.«

»Sehr gut«, sagte Hochgräbe anerkennend. »Also wurde sie getragen und abgelegt.«

»Entsorgt«, sagte Sievers bitter.

»Ja. Eine schlimme Sache«, murmelte Hellmer. »Also ein halbwegs kräftig gebauter Täter.«

»Oder eine Täterin«, ergänzte Hochgräbe wie beiläufig. Nicht, weil er daran glaubte, dass es sich um eine Frau handeln könnte. Auch nicht, weil er unbedingt das weibliche Geschlecht erwähnen wollte. Aber er war Chef der Mordkommission. Und es war sein Job, in diesem frühen Stadium der Ermittlung sämtliche Optionen im Auge zu behalten. Denn nur eines war zu diesem Zeitpunkt sicher: Sie wussten im Grunde noch überhaupt nichts.

»Gibt es Zeugen?«, fragte er und sah sich um. Irgendjemand musste die Frau schließlich gefunden haben.

»Ja und nein.« Hellmer seufzte. »Es gab einen Anruf im fünften Revier«, sein Daumen zeigte hinter sich in Richtung des Aurora-Geländes, »das ist ja nur ein paar Straßen entfernt und für unsere Seite der Staustufe zuständig. Angerufen haben allerdings die Kollegen von drüben.« Hellmers Hand wechselte die Position und deutete nun in Richtung Wasser. In der Mitte des Flusses endete die Zuständigkeit Frankfurts, und über mehrere Kilometer, bis Maintal auf der nördlichen und Mühlheim auf der südlichen Uferseite, folgte diese Grenze den bogenförmigen Linien des Mains. »Der Anruf ist von einer Offenbacher Dienststelle gekommen. Ich weiß die Nummer des Reviers gerade nicht, das ist aber auch erst mal zweitrangig. Jedenfalls hat sich dort wohl ein Anrufer gemeldet, er wollte seinen Namen nicht preisgeben, und hat von einer leblosen Frau am Ufer geredet. Als er den Fundort genauer beschrieb, wurde den Beamten klar, dass es sich um das Ufer auf unserer Seite handeln muss, und sie verständigten die hiesigen Kollegen.«

»Aha.« Hochgräbe überlegte. Man konnte niemandem vorwerfen, Arbeit von sich zu weisen, auch nicht, weil heute Heiligabend war. Die Zuständigkeiten der Polizei waren klar definiert, auch wenn er selbst nicht verstehen wollte, wieso es links und rechts des Mains nicht ein großes Präsidium mit gebündelter Hierarchie geben konnte. Dafür war er vermutlich noch zu sehr Münchner. Er kratzte sich am Kinn. »Mal ganz dumm gefragt, aber ist diese Sache mit der Stadtgrenze nicht hinlänglich bekannt? Oder liegt es vielleicht daran, dass diese ganze Wehranlage hier Staustufe Offenbach heißt? Und warum wählt man, wenn man eine leblose Person findet, nicht einfach den Notruf?«

Hellmer zog eine Schulter nach oben. »Das mit dem Notruf ist vielleicht schnell erklärt. Da ist das Risiko einer schnellen Ortung viel zu groß, egal, ob man seine Nummer unterdrückt oder nicht.« Er pausierte kurz. »Aber die andere Sache könnte noch viel wichtiger sein.«

»Was genau meinst du?«

»Dem Anrufer ist da was rausgerutscht. Er hat gesagt, er habe das Taxi nur kurz abgestellt, um in die Büsche zu gehen.«

Hochgräbe weitete die Augen. »Ernsthaft? Erst anonym anrufen und dann solch eine Information preisgeben?!« Seine Gedanken nahmen Fahrt auf. Wenn der Anrufer das Taxi abgestellt hatte, war er kein Fahrgast, sondern der Taxifahrer selbst! Musste er dann aber nicht ortskundig genug sein, um den feinen Unterschied zwischen Frankfurt und Offenbach zu kennen? Schon allein deshalb, weil das Überqueren der Stadtgrenze ein höheres Entgelt bedeutete? Und ließ sich die Route eines Taxis nicht lückenlos nachvollziehen?

»Vielleicht war er schwarz unterwegs«, mutmaßte Hellmer. »Auf eigene Rechnung.«

Damit würde zwar das Nachverfolgen der Wegstrecke platzen, dachte Hochgräbe, aber er hing woanders. »Ausgerechnet heute? Am Heiligen Abend?«

Hellmer blickte auf die Regenfäden. »Bei solchem Drecksweter lässt man sich doch sicher gerne in die Christmette fahren. Und heute gab es sicher kein Überangebot an Fahrern. Das könnte durchaus eine lukrative Nacht sein.« Er zuckte die Achseln. »Wir sollten dem je-

denfalls nachgehen. Mal fragen, ob die Dribbdebächer den Anruf aufgezeichnet haben.«
»Wer?«
Frank Hellmer lachte auf. Dann wiederholte er mit spitzen Lippen: »Drüben des Baches. Dribb-de-Bach.«
Claus Hochgräbe schüttelte den Kopf und winkte ab. »Sag das doch gleich.«

19:00 UHR
Unfallklinik

In einem anderen Teil der Stadt saß Julia Durant im Wartebereich und drehte einen Becher mit Automatenkaffee in den Händen. Als ein junger Mann in Pflegermontur erschien, richtete sie sich auf.
»Sie können jetzt zu ihr«, sagte er. Er war nicht gerade schlank, am Hals unter dem Kinn wucherte dunkler Flaum, und in den Ohrläppchen hatte er Christbaumkugel- und Glöckchen-Stecker. Durant musste lächeln und folgte ihm in ein Zimmer, das nur schummrig beleuchtet war. Auf einem Stuhl am Fenster hockte ein Mann, auf dem Schoß ein vielleicht fünfjähriger Junge. Ungekämmt und mit fleckiger Kleidung, das fiel der Kommissarin sofort auf, dann aber galt ihre Aufmerksamkeit der Ärztin, die neben dem Bett stand und ihr mit sorgenvoller Miene entgegensah.
»Guten Abend.« Sie stellte sich als Dr. Kerner vor, der Name verklang aber ebenso schnell wie sämtliche Floskeln, die sich um Weihnachten drehten. »Sie sind also Kommissarin Durant?«
»Julia Durant, Mordkommission.«
»Das wundert mich. Es ist ja niemand ums Leben gekommen.«
Die Kommissarin warf einen Blick zu dem Mann. War er ihr Zuhälter? Misshandelte er sie? Nein, das passte nicht zu dem Kind. Also tat sie ihm wohl unrecht. Momentan kauerte er da wie ein Häufchen

Elend, doch dieser Schein mochte trügerisch sein. Sie wollte ihn ansprechen, stattdessen konzentrierte sie sich wieder auf die Ärztin und die junge Frau, die neben ihr auf dem Bett lag. Zugedeckt, mit geschlossenen Augenlidern. Sie glaubte, die Pupillen darunter aufgeregt tanzen zu sehen.
»Das ist Frau Tiana Ganev. Dort sind ihr Partner und deren Kind«, erklärte die Ärztin kurz. Ihre Augenbrauen zogen eine durchgehende Linie unter der Stirn, und die Augenpartie wirkte müde und angespannt. Kein Wunder. Während alle Welt Friede, Freude und Festtagsbraten zelebrierte, musste die Belegschaft der Klinik sich mit solchen Fällen herumschlagen.
In diesem Augenblick öffnete die junge Frau die Augen. Ihr Blick traf die Kommissarin. Ein Zucken ging durch ihre Mundwinkel.
»Frau Durant«, raunte Dr. Kerner und deutete mit dem Finger auf sie.
Frau Ganev wollte etwas sagen, doch es kam nur heiseres Krächzen. Ein Schluck aus dem Wasserbecher, dann versuchte sie es erneut.
»Danke, dass Sie gekommen sind.«
So eindeutig ihr osteuropäischer Einschlag auch war, das Deutsch klang fast makellos. Durant schluckte. Ein Anzeichen dafür, wie lange sie bereits hier im Land lebte und sich für diesen zweifelhaften Luxus immer wieder demütigen ließ? Sie konnte sich nicht wehren, schon damals, bei der Sitte, hatten diese Fantasien sie aufgefressen. Unvorstellbare Dinge geschahen jeden Tag in dieser ach so feinen Stadt, in dieser schillernden Metropole mit all ihren Luxusschlitten und Glasfassaden. Doch unten, im Schatten der Paläste, begann der Sumpf, der ohne Gnade seine Opfer forderte. Und die Justiz hatte längst aufgegeben. Hin und wieder die Verhaftung eines Handlangers, doch die Hintermänner blieben unantastbar. Und war es nicht deren Schwarzgeld, das die Neubauviertel mitfinanzierte? Durant spürte, wie ein bitterer Geschmack aufstieg, und er rührte nicht von Claus' Weihnachtsgans her.

Sie nickte zuerst dem Mann zu, denn es kam ihr falsch vor, ihn zu ignorieren, auch wenn er keinerlei Interesse daran zu haben schien, aktiv an dem Treffen teilzunehmen. Stattdessen summte er eine fremde, schön klingende Melodie ins Ohr des Kindes. Dann trat Durant näher an das Bett und reichte der jungen Frau die Hand. Erst jetzt sah sie die Blessuren in ihrem Gesicht. Faustschläge, vermutete sie. Beinahe hätte sie ihre ersten Worte verschluckt.
»Gerne. Was kann ich für Sie tun?«
Woher kennen Sie meinen Namen? Dutzende diffuser Fragen gingen ihr durch den Kopf. Auch eine weitere, deren Antwort sie womöglich gar nicht hören wollte. Gab es eine Leiche? Hatte sie am Ende jemanden getötet?
Stattdessen begann Tiana Ganev zu reden. Erst zögerlich, dann immer freier, auch wenn ihre Worte zunächst unverbindlich klangen. Sie habe sich am Sonntagabend auf den Weg gemacht. »Weihnachtsgeschäft.«
Durant fand es zynisch, dass sie ausgerechnet diesen Begriff verwendete. Und beklemmend. Aber sie wusste, was die junge Frau damit meinte.
Durant warf einen verstohlenen Blick zu dem Mann. Er hatte aufgehört zu summen, aber er reagierte nicht auf das, was Tiana gesagt hatte. Was musste er bei ihrem Beruf wohl empfinden? Eifersucht, Scham oder einfach nur Wut?
»Er spricht nicht gut Deutsch.« Tiana hatte ihren Blick richtig gedeutet.
»Aber er weiß, worüber wir uns unterhalten?«, fragte Durant. »Und was ist mit dem Kleinen?«
Tiana nickte langsam. »Sie haben recht. Er soll das nicht hören.«
Die Ärztin räusperte sich und trat auf den Mann zu. Deutete mit Worten und Gesten an, ob sie nicht zusammen nach draußen gehen wollten, um einen Kaffee zu trinken. Etwas zu spielen für den Kleinen sei bestimmt auch zu finden. Tiana Ganev sagte etwas in ihrer

Muttersprache und reagierte mit Erleichterung, als der Mann dem Vorschlag mit einem Nicken zustimmte und den Raum verließ. Die Kommissarin nahm eng neben dem Bett Platz und fragte, als die Tür sich schloss: »Er ist also Ihr Freund?«
»Kann man so sagen. Hmm. Verlobt.«
»Sie wollen heiraten?«
»Erst, wenn ich das nicht mehr mache. Wir sparen Geld, damit ich aufhören kann. Und dann meinen Schulabschluss nachholen kann.« Tianas Stimme wurde belegt, und eine Träne löste sich. »Jetzt weiß ich nicht, wie wir das schaffen. Er hat keinen guten Job, und ich ...«
Ihre Hand suchte nach dem Bauch. Dann wimmerte sie etwas in einer fremden Sprache. Tschechisch? Rumänisch? Bulgarisch? Doch Julia Durant musste die Worte nicht übersetzen, um zu begreifen.
»Sie bekommen ein Baby?«
Tiana nickte. Wischte sich die Tränen mit dem Handrücken weg und verzog das Gesicht, als sie die blauen Flecke berührte. »Die Ärztin sagt, es geht ihm gut. Erst acht Wochen, es ist ihm nichts passiert.« Sie schluchzte bitterlich. »Aber ich wusste noch gar nichts davon! Nichts bemerkt, keine Ahnung. Was soll jetzt passieren?«
Durant musste erneut heftig schlucken. Heute teilte das Schicksal wieder mal ziemlich gnadenlos aus. Gerade erst hatte sie die düsteren Gedanken über das Aussterben ihrer eigenen Familie beiseitegeschoben, da stand sie einer Frau gegenüber, die bereits ihr zweites Kind erwartete. Womöglich waren beide ungeplant gewesen, und es stand ihr auch nicht zu, diese misshandelte Frau mit sich selbst zu vergleichen. Aber dennoch nagte es an ihr. Julia hatte es nie geschafft, vielleicht hatte sie einfach nur zu lange gewartet, und irgendwann war es zu spät gewesen. Der Wunsch, zeitweise sogar eine brennende Sehnsucht nach eigenen Kindern, würde unerfüllt bleiben. Dieses Glück war anderen beschieden gewesen. Hellmer, Kullmer, Seidel – all ihren Kollegen. Nur ihr nicht.
Durant ärgerte sich, dass sie so anfällig für Ablenkungen und depres-

sive Gedanken war. Aber es war nun einmal Heiligabend. Dabei war das Opfer ein ganz anderes. Ein furchtbares Verbrechen hatte sich ereignet, und nur mit viel Glück hatte Tiana überlebt *und* das ungeborene Kind bei sich behalten. Die Kommissarin musste sich verdammt noch einmal darauf konzentrieren, was Tiana Ganev zugestoßen war.
»Eines nach dem anderen«, sagte sie daher. »Es wird sich eine Lösung finden, aber jetzt ist es erst einmal wichtig, dass Sie wieder gesund werden. Doppelt wichtig sogar.« Sie hielt inne. »Weiß Ihr Freund denn schon Bescheid?«
Tiana verneinte. »Ich glaube aber, er ahnt etwas.«
»Soll ich mit ihm sprechen?«
»Nein! Bitte. Ich muss das selbst tun.«
»In Ordnung. Kommen wir bitte zum Tathergang zurück.«
Tiana Ganev begann mit leiser Stimme zu erzählen.
»Es war kalt. Ich bin eingestiegen. Ein fremder Mann, der erste an diesem Abend. Zuerst war er nett, sehr freundlich, und auch großzügig. Er wollte Sex mit Küssen, ich mache das nicht gerne, aber das ist zu Weihnachten nicht selten. Fünfzig Euro.«
Julia Durant lauschte aufmerksam und stellte nur ab und zu eine Detailfrage. Und sie bat: »Bitte versuchen Sie, sich so genau wie möglich an alles zu erinnern.«
Zuerst sei alles normal gewesen, erinnerte sich Frau Ganev. Nichts Auffälliges, man lerne die Freier im Laufe der Zeit ganz gut einzuschätzen. Der Mann habe ein wenig gehemmt gewirkt, aber das sei keine Seltenheit, schon gar nicht bei jenen, die vorgaben, das zum ersten Mal zu tun. Während Prostituierte ihren Körper verkaufen, erwarten die Männer eine Illusion. Das Gefühl von einer Prise echter Zuwendung, mindestens von Einvernehmen, und dazu der Wunsch zu glauben, dass es der fremden Frau wenigstens ein bisschen Lust bereitete. Das alles schien bei dem Täter nicht anders gewesen zu sein, bis er sie aus heiterem Himmel zu würgen begann. Ihr drohte und von ihr verlangte, das Geld zurückzubekommen.

»Ich zahle doch nicht! Das hat er immer wieder gesagt. Ich zahle nicht dafür, dass ich mit dir Liebe mache.«

Durant lauschte. Er hatte Tiana ein Messer an den Oberschenkel gepresst. Behauptet, dass ein Schnitt an dieser Stelle binnen Minuten zum Tod führen würde. Dann habe sie mit ihm schlafen müssen. Zuerst versuchte er es auf dem Vordersitz, dann hinten. Das Messer stets in Griffweite, stets vor ihren Augen, aber unerreichbar.

»Es hat nicht geklappt«, beendete die junge Frau ihre Ausführungen. »Er konnte nicht … es kam nicht …«

»Ich verstehe schon«, sagte Durant.

»Jedenfalls wurde er wütend, schlug mich, und dann kam das Messer. Er wollte mich töten, das weiß ich genau. Ich habe mich gewehrt, so gut ich es vermochte, aber er war stärker. Ich glaube, dann bin ich mit dem Kopf an die Tür geknallt. An mehr erinnere ich mich nicht. Erst wieder, als das Blaulicht kam.«

19:10 UHR

Er saß auf einer überdachten Bank und lauschte den Wellen, die sanft ans Ufer schlugen. Der Regen störte ihn nicht, die Kühle, die Feuchtigkeit und die Dunkelheit waren schützende Begleiter. Doch an diesem Abend, in dieser Nacht, schmerzten die Narben besonders. Die Wunden, die das Leben an Körper und Seele hinterlassen hatte. Das Leben. Menschen in seinem Leben. Fleischgewordene Teufel, die ihn ins Verderben gelockt hatten, ins Fegefeuer, und ihn dann hilflos zurückgelassen hatten.

Er ballte die Fäuste. Nie wieder! Diese Zeiten lagen hinter ihm, das war nicht mehr er, er hatte sich in einen anderen Menschen verwandelt. Niemals würde er wie die Seefahrer in Homers *Odyssee* dem heuchlerischen Gesang der Sirenen verfallen. Oder der Nixe Loreley, die ihn erbarmungslos in den Untergang ziehen würde.

Für eine Sekunde musste er über diesen Vergleich nachdenken. Das Wasser war nicht sein Feind wie in diesen Sagen. Oder doch?
War es nicht der Regen, die unangenehme Feuchte, die die Parks in diesen Tagen wie ausgestorben erscheinen ließ? Nicht einmal Gassigängerinnen wagten sich auf ausgedehnte Runden, wobei er Hundefrauen ohnehin nicht zu seinen Favoritinnen zählte. Er brauchte keine aggressiven Kläffer, die ihn bei seinem Treiben störten. Er brauchte Ruhe. Stille. So wie hier am Mainufer.
Er hatte sie nicht verletzen wollen.
Er hatte überhaupt nicht zu einer von *ihnen* gehen wollen, einer Hure, einer Frau, die ihren Körper verkaufte, aber mit ihren Gedanken und Gefühlen nicht bei der Sache war.
Hatte nicht bezahlen wollen, nicht dafür, dass er ihnen doch ein Geschenk brachte. Seit Menschengedenken war es der Gang der Welt, dass Frauen erobert werden wollten. Dass sie ihre wahren Qualitäten, ihre tiefsten Leidenschaften nur zeigten, wenn man sie bezwang.
Huren taten es freiwillig. Gegen den schnöden Mammon.
Wenn es einen Gott gab, würde dieser sie mit Feuerregen richten.
Ihn schauderte.
Doch es war nicht mehr zu ändern. Und das Bild, wie sie dalag, hilflos, blass und ohne eine Regung, zog vor seinem inneren Auge vorbei.
Sie hatte sein Geschenk nicht verdient.
Auch nicht an Weihnachten.

19:35 UHR

Claus Hochgräbe stand wieder unter seinem Regenschirm und betrachtete die beiden Bestatter, die ihrem traurigen Ritual folgten. Die Tote wurde in einen Zinksarg gehievt, der in einem anthrazitfarbenen Kastenwagen verschwand. Einer der Männer hatte einen Glimmstängel im Mundwinkel, der andere kaute Kaugummi. Ob sie die Anzüge nur für ihre Dienstfahrt trugen oder bereits in ihnen in der Kirche oder beim Familienessen gesessen hatten, würde unbeantwortet bleiben. Der Diesel erklang, Scheinwerfer flammten auf.

»Ich fahre hinterher.« Andrea Sievers war neben Hochgräbe getreten.

»Willst du etwa heute noch mit der Obduktion beginnen?«, fragte der Kommissariatsleiter und konnte die Irritation in seiner Stimme nicht verbergen.

Andrea hob die Schultern. »Sie ist die Einzige, die heute Abend hier auf mich wartet. Und spätestens ab morgen nervt ihr mich doch eh mit eurer Ungeduld. Also fange ich gleich an, der Abend ist so oder so gelaufen.«

Claus schluckte. Manchmal vergaß er, wie gut das Leben doch war. Er hatte eine Frau, eine gemütliche Wohnung, er war nicht einsam. Doch nicht nur die Opfer, deren Schicksale seinen Berufsalltag bestimmten, traf das Schicksal hart. Die Vereinsamung der Menschen griff immer weiter um sich, auch im engsten Bekanntenkreis. Isolation – und alle damit verbundenen Folgeerscheinungen: Ängste, Depressionen, Sucht. Und zwischen Heiligabend und Neujahr würde sich das manchenorts derart zuspitzen, dass es noch den einen oder anderen Suizid geben würde. Er konnte nichts dagegen tun. Andererseits betraf das nicht Andrea Sievers. Diese lebenslustige Person, und das trotz ihres Berufs, diese Frohnatur. Oder war das alles nur aufgesetzt?

Hochgräbe verscheuchte die finsteren Gedanken. Du übertreibst, sagte er sich nicht ohne Überzeugung.

Andererseits: So etwas wie absolute Sicherheit gab es nun einmal nicht.

Er musste an Julia denken. Und an den Brief.

Irgendwann würde einer von ihnen den Mut fassen müssen, darüber zu sprechen. Was seine Verlobte nicht wusste, war, dass es noch etwas völlig anderes gab, was ihm auf der Seele brannte. Etwas, was durch-

aus das Potenzial hatte, sämtliche ihrer Zukunftspläne zu durchkreuzen.
Julia Durant war eine bemerkenswerte Frau, die manche Dinge sehen konnte, lange bevor sie für andere Gestalt annahmen.
Ob sie ihm nicht längst etwas angemerkt hatte?
»Träumst du?«
Hellmers Frage ließ ihn zusammenfahren wie ein Kind, das man mit dem Finger im Honigglas erwischt hatte.
»Sorry«, wich er aus. »Es ist dieser Abend. Findest du nicht auch, dass unsere Arbeit heute besonders bedrückend ist?«
Frank nickte. »Vor allem wegen des Bratens, der zu Hause auf dem Tisch steht.«
»Dein Ernst?«
»Nein. Also auch. Aber ich verstehe schon, was du meinst. Diese Frau hier hatte für heute sicher andere Pläne, als so zu enden. Vielleicht hat sie im Laufe des Tages anderen eine frohe Weihnacht gewünscht oder war gläubig. Vielleicht war sie im Gottesdienst, vielleicht hat sie auf ein besseres neues Jahr gehofft. Vielleicht wollte sie einfach mal schick feiern gehen, oder sie war eine einsame Seele, der an diesem Abend die Decke auf den Kopf gefallen ist.« Er seufzte. »Wir wissen momentan fast gar nichts über sie. Keine Papiere, keine Hinweise, kein gar nichts. Und ich möchte sie nicht aus Bequemlichkeit in die Callgirl-Schublade stecken, nur weil sie sich so aufgetakelt hat.«
Claus nickte. »Wir sollten die Vermisstenmeldungen durchgehen«, sagte er und deutete in Richtung Mainufer. »Auch von drüben.«
Auf der anderen Flussseite begann der Hoheitsbereich des Polizeipräsidiums Südosthessen, zuständig für die Stadt und den Landkreis Offenbach und den Main-Kinzig-Kreis. Das Revier von Kommissar Peter Brandt, der die Stadt Frankfurt aus tiefster Seele verachtete oder diese Verachtung zumindest gerne zur Schau trug.
»Ist das nicht zu früh?«, wollte Hellmer wissen.

Hochgräbe schüttelte den Kopf. »Nicht heute Nacht.«
Es gab kaum ein Fest, an dem minutiöse Planung und Stress derart geballt auftraten wie an Weihnachten. Wenn es also irgendwo in dieser oder in der Nachbarstadt jemanden gab, der diese Frau vermisste, würde er längst alle Hebel in Bewegung gesetzt haben, um sie zu finden.

19:50 UHR

Bevor Durant das Krankenzimmer verließ, fragte sie doch noch, wie die junge Frau auf ihren Namen gekommen war.
Tiana hatte müde gelächelt. »Durant, Durant.«
Der Klang ihrer Worte erinnerte an die bekannte britische New-Wave-Band, was der Kommissarin ein kurzes Lächeln entlockte.
»Auf der Straße sagt man: Wenn etwas Schlimmes passiert, dann immer Julia Durant rufen.« Auch die Frau musste lächeln, wobei es etwas gequält wirkte. »Es ist ein guter Name.«
»Danke.«
Seit ihrer Zeit bei der Sitte wusste Julia, dass man in gewissen Kreisen ein Gespür dafür hatte, wem bei der Polizei man trauen konnte und wem nicht. Dabei ging es weniger um das Vertrauen in Gesetze, sondern vielmehr um eine persönliche Note. Ein Gefühlslevel, eine Person, mit der man gut konnte – oder eben nicht. Zu der man einen Draht finden konnte. Womöglich war sie eine dieser Personen; ein Name, der in Kreisen machtloser und misshandelter Frauen die Runde machte. Wie viele Frauen hatte sie schon in Frauenhäusern untergebracht? Sie wusste es nicht. Doch keine von ihnen würde es ihr vergessen, vermutlich war das Mädchen deshalb auf sie gekommen.
Tiana berichtete noch über eine Bekannte, die in einem Frauenhaus untergekommen war. Durant erinnerte sich an die Ermittlung im

Rotlichtmilieu. Zwei oder drei Jahre musste das her sein. Bevor sie weiter darüber nachdenken konnte, öffnete sich die Tür, und kleine Trippelschritte näherten sich. Hinter dem Jungen dessen Vater. Von der Ärztin (wie hieß sie noch mal?) nichts zu sehen.
Der Mann nickte Durant freundlich zu.
»Sein Deutsch ist sehr schlecht, er schämt sich«, erklärte Tiana und sagte etwas in ihrer Muttersprache. Bulgarisch, wie die Kommissarin mittlerweile wusste.
Daraufhin schüttelte die junge Frau ihr die Hand und sagte nur ein Wort.
»Danke.«

Der Aufenthaltsraum war immer noch leer. Julia Durant blickte durch das Fenster hinab auf die Lichter der Stadt. Draußen zog das Regenwasser Bahnen auf das Glas. Irgendwo dort unten stand Claus. Hoffentlich hatte er an einen Schirm gedacht.
An seinem Tatort lag eine tote Frau. Hier schien das Schicksal gnädiger gewesen zu sein. Doch es waren jede Menge Fragen offen. Sie zog ihre Notizen hervor. Der Anruf war von einem Taxifahrer gekommen, der die Hecke am Rebstockgelände offenbar aufgesucht hatte, um sich zu erleichtern. Ausgerechnet dort, auf diesem riesigen Gelände, und das gerade rechtzeitig, bevor Tiana erfroren wäre. Durant glaubte nicht an Zufälle. Sie glaubte an Gott, auch wenn ihr Beruf sie immer wieder mit den gottlosesten Abgründen konfrontierte, sie war nicht naiv.
Jemand räusperte sich. Sie fuhr herum und erkannte die Ärztin. Das Namensschild füllte die Gedächtnislücke wieder. Dr. Kerner.
»Frau Durant? Ich möchte kurz unter vier Augen mit Ihnen sprechen.« Sie blickte sich um, niemand war zu sehen. Trotzdem zog sie die Glastür des Zimmers hinter sich zu.
»Ich wollte auch noch …«, antwortete Julia, »aber bitte. Sie zuerst.«
Dr. Kerner nickte. »Frau Ganev hat sehr viel Glück gehabt. Die Prel-

lungen sind nicht ernst, bis auf einen leichten Bruch im unteren Rippenbereich. Auch die Verletzungen im Vaginalbereich halten sich in Grenzen. Die Schnittwunde am Oberschenkel allerdings hätte sie das Leben kosten können. Entweder der Täter hat auf die Arterie gezielt und sie nur knapp verfehlt, oder es war ein willkürlicher Treffer. In beiden Fällen hatte sie einen Schutzengel, denn hätte das Messer die Arteria fermoralis verletzt oder gar durchtrennt, wäre der Tod innerhalb kürzester Zeit eingetreten. Alles in allem also ist sie vergleichsweise glimpflich davongekommen. Dennoch muss ich sie noch ein paar Tage hierbehalten.«

Die Ärztin stockte, und Julia kniff die Augen zusammen. Was verschwieg sie ihr?

»Wegen des Bruchs?«, fragte sie geradeheraus. »Oder gibt es da noch mehr?«

Dr. Kerner wog offenbar ab, was unter ihre Schweigepflicht fiel. Dabei berührte sie scheinbar unwillkürlich ihren Unterbauch. Durant verstand.

»Ich weiß von der Schwangerschaft.« Sie lächelte.

Die Ärztin erwiderte das Lächeln, wenn auch mit einem sorgenvollen Ausdruck in den Augen.

»Dem Embryo geht es gut, soweit man das in diesem Stadium der Schwangerschaft sagen kann. Ich bin keine Frauenärztin, doch ich weiß, dass das immer nur eine Momentaufnahme ist. Diese Phase ist sehr fragil, auch ohne den traumatischen Stress, dem Frau Ganev ausgesetzt war. Die Empfehlung der Gynäkologie ist daher eindeutig: Sie sollte in den kommenden Tagen erst einmal absolute Ruhe halten. Auch danach ist die Gefahr noch nicht überstanden.« Sie seufzte. »Sie wissen ja sicher selbst, wie sensibel der Körper im ersten Trimester ist. Haben Sie Kinder?«

»Nein.«

»Entschuldigung, das geht mich nichts an. Aber wie gesagt. Nach aktuellem Stand hat die junge Frau sehr viel Glück gehabt. Allerdings wäre es eine große Hilfe, wenn Sie mich dabei unterstützten, sie zu überzeugen, so lange wie möglich unter ärztlicher Beobachtung zu bleiben.«

Durant versuchte, in der Miene ihres Gegenübers zu lesen. Gab es da etwas Unausgesprochenes, was sie erkennen sollte? Wonach sie fragen sollte, weil die Ärztin es nicht wagte, es auszusprechen? Oder interpretierte sie da zu viel hinein?

»Und Sie glauben, dass sie auf mich hören wird?«

»Sie hätten mal sehen sollen, wie sie nach Ihnen verlangt hat. Wenn sie auf *Sie* nicht hört – auf wen sonst?«

»Hmm. Und es geht dabei ausschließlich um das ungeborene Kind?«

Dr. Kerner druckste. »In erster Linie schon. Ich habe einfach das Gefühl, dass sie von irgendetwas getrieben wird. Dass sie sich zu Hause nicht schonen würde oder am Ende noch vor Neujahr wieder auf den Strich geht.«

»Von irgendwas oder von irgendwem?«, hakte Durant nach.

Die Ärztin hob die Augenbrauen, sagte jedoch nichts.

Also wurde Julia deutlicher: »Sprechen wir hier von einem Zuhälter? Oder am Ende von dem Mann in ihrem Zimmer? Falls es da irgendetwas gibt, sollten Sie es mir dringend mitteilen!«

»Das ist es ja. Ich weiß es nicht«, erwiderte Dr. Kerner. »Aber etwas stimmt da nicht, für so was bekommt man ein Gespür. Ich könnte es nicht ertragen, eine schwangere Frau in eine ungewisse Gefahr gehen zu lassen. Nicht an Weihnachten.«

Julia Durant nickte langsam und versuchte, Jesus, Maria und Josef von ihrem geistigen Auge zu verbannen. Die Weihnachtsgeschichte würde sie hier nicht weiterbringen. Es war nicht die Christnacht und ihr Vater, der eine erwärmende Predigt hielt. Es war der kalte Alltag. Das Bild des Mannes, ein Danke auf den Lippen, kam ihr in den Sinn. Warum hatte er sich bedankt und wofür? Dass sie gekommen war, um ihren Job zu tun? Oder war es eine Farce, eine aufgesetzte Unschuldsmiene? Verbarg sich hinter der scheuen Miene und den

schwarzen Augen ein unbarmherziger Zuhälter, jemand, der einen auf Loverboy machte und mit dem Traum von Heirat und Familienglück spielte? Oder, schlimmer noch: Hatte er das Kind dabei, um es als Druckmittel zu nutzen, damit sie nichts ausplauderte? Warum fiel es ihr nur so schwer, einfach davon auszugehen, dass er sich um das Kind sorgte und man – besonders an Weihnachten – als Familie zusammen sein wollte? Das Gedankenkarussell drehte sich immer schneller. Doch bevor sich ein Ergebnis abzeichnete, durchbrach das Klingeln ihres Handys das Rauschen.
Claus. »Ich wollte mal hören, wie es bei dir aussieht.«
»Bin gerade im Gespräch mit der Ärztin. Der Frau geht es aber so weit gut. Den Umständen entsprechend. Und bei dir?«
»Andrea hat die Tote mitgenommen. Es gibt weder Anhaltspunkte zur Identität noch zu den Umständen, außer, dass sie kurz vor dem Ableben Sex gehabt hat.«
»Einvernehmlich?«
»Da wollte sie sich noch nicht festlegen. Die Kleidung und die Aufmachung der Toten deuten jedenfalls nicht zwingend darauf hin, dass es sich um eine Professionelle handelt. Jedenfalls nicht vom Straßenstrich. Allerdings gibt es ja auch noch jede Menge Escortdamen und Edelhuren. Vielleicht hat sie sich auch einfach nur für einen neuen Lover in sexy Dessous geworfen. So als kleines Weihnachtsgeschenk.«
Er schnaufte ins Mikro, was bei Julia als heftiges Rauschen ankam, sodass sie das Gerät vor Schreck vom Ohr nahm.
»Na ja, jedenfalls macht Andrea sich gleich dran, und ich überlege, ob ich ihr Gesellschaft leisten soll. Wie lange brauchst du denn noch?«
»Ich bin mir nicht ganz sicher«, gab Durant zu. Eine innere Stimme hielt sie davon ab, die Klinik zu verlassen, auch wenn sie im Moment nicht viel tun konnte. Sie musste zuerst darüber nachdenken, wie sie diese Stimme beschwichtigen konnte. »Fahr ruhig ins Institut und grüß Andrea von mir. Hier wird sie ja Gott sei Dank nicht gebraucht.«

»Hmm. Dann mache ich das mal. Schade um die Gans. Aber ich habe das ungute Gefühl, dass Andrea heute jemanden braucht.«
Durant überlegte. Andrea Sievers hatte vor Jahren eine kurze Beziehung mit Kommissar Brandt aus Offenbach gehabt. Seitdem war sie Single, was jenseits der vierzig etwas anderes war als mit Mitte zwanzig. Sie hatte erst kürzlich beim Thema Hochzeit daran gedacht, dass Andrea vermutlich ohne Partner kommen würde. Mal wieder. Es behagte ihr auch nicht, dass Claus und nicht sie selbst zu ihr fuhr, nicht zum ersten Mal bekam sie Gewissensbisse, dass sie sich viel zu wenig um Andrea Sievers kümmerte. Doch just in diesem Moment brauchte jemand anderes Julias Aufmerksamkeit. Also schob sie das schlechte Gewissen beiseite, nahm sich aber vor, im neuen Jahr etwas mehr für Andrea da zu sein. Gute Freunde waren rar gesät. Ein neuer Schatten zog auf, aber Julia ließ ihn nicht zu. Sie schickte Claus einen Luftkuss durchs Telefon und verabschiedete sich mit dem Versprechen, bald nach Hause zu kommen. Dann wandte sie sich wieder der Ärztin zu, die an der Glastür stand und auf den weiß beleuchteten Flur blickte.
»Entschuldigung. Das war der Boss. Er ist an einem Tatort.«
»Verstehe.« Etwas Keckes umspielte die Mundwinkel der Frau. Offensichtlich war ihr der Telefonkuss nicht entgangen.
»Ja. Er ist gleichzeitig auch mein Verlobter«, erklärte Durant schnell.
»So etwas gibt es hier doch sicher auch.«
»Seltener, als es die Fernsehserien vermuten lassen würden«, sagte Dr. Kerner. »Aber ja. Natürlich. Es ist nur nicht gerne gesehen.«
»Wem sagen Sie das.« Durant musste hart schlucken. Der Brief. Wer konnte schon wissen, wie lange ...
Die Stimme der Ärztin unterbrach den Gedanken.
»Wollen wir noch einmal zu ihr gehen? Und sie davon überzeugen, über die Feiertage hierzubleiben?«
Die Kommissarin nickte.

20:10 UHR

Claus Hochgräbe startete den Motor seines Dienstwagens. Er fuhr selten Auto und besaß seit vielen Jahren kein eigenes. Wenn er gemeinsam mit Julia unterwegs war, überließ er in der Regel ihr das Steuer. In Momenten wie diesen rächte sich das allerdings, wie er feststellte, denn er musste zunächst überlegen, welchen Weg er in die Kennedyallee auf der anderen Mainseite nehmen sollte, wo sich das Institut für Rechtsmedizin befand – in einem alten, eleganten Sandsteinhaus, an dem man ohne das Wissen, dass im Keller Leichen obduziert wurden, einfach vorbeifahren würde. Viel zu ablenkend waren die Flaggen der benachbarten Konsulatsgebäude und die davor stationierten Polizeibeamten. Oder die Villa Kennedy, ein Nobelhotel von Rang und Namen. Hochgräbe hätte dem Gefühl nach die Autobahn angesteuert. A661, Kaiserleibrücke, Offenbacher Kreuz, A5 und dann von Süden her zurück nach Sachsenhausen. Zwanzig Kilometer Wegstrecke, die ihm dafür den Stadtverkehr ersparen würden. Doch es war Heiligabend, die meisten Stauverursacher saßen bei Essen und Geschenken, also konnte er das Ganze auf ein Viertel der Strecke reduzieren. Er folgte der Franziusstraße, überquerte die Osthafenbrücke und lauschte dem weihnachtlichen Radioprogramm, als er den Blick über das leuchtende Glasgebäude der Europäischen Zentralbank in unmittelbarer Nähe lenkte und anschließend den Glanz der dahinter liegenden Skyline bewunderte. Im Dunst des Regens verliehen die zahllosen Lichter der Stadt eine Art Heiligenschein. Frankfurt war schön, das musste er sich eingestehen, auch wenn ein Teil seines Herzens immer in München verbleiben würde. Bei aller Finsternis war es eine bunte, lebendige Stadt, in der es sich gut leben ließ. Prompt wurde er schwermütig. Also drehte er das Radio lauter und konzentrierte sich auf die Straße. Er passierte mehrere Mainbrücken, das Museumsufer, den Eisernen Steg und erreichte nach einer knappen Viertelstunde und ohne nennenswerten Verkehr die Rechtsmedizin.

Hoffentlich hat Andrea Kaffee, dachte er, als er die Wagentür zuknallte. Den Schirm ließ er im Auto. Es hatte aufgehört zu regnen. Wenigstens etwas.

»Oh!« Dr. Sievers machte wie üblich keinen Hehl aus ihren Gefühlen. Erstaunt blinzelte sie. »Mit dir hätte ich jetzt nicht gerechnet.«
»Ich kann doch nicht einfach nach Hause fahren und so tun, als gäbe es keinen Mord.«
»Hm. Und was ist mit Julia?«
»Julia ist bei einem anderen Opfer.«
»Wie? *Noch* eine Leiche?«
Claus verneinte und berichtete kurz, was er wusste. Andrea nickte. Ein paar Sekunden verstrichen, dann setzte sie ein Grinsen auf. »Dann bin ich also so was wie deine Lückenbüßerin.«
Claus lächelte müde. »Nein, du bist das Hauptprogramm.«
»Na dann ... werde ich mal sehen, was ich zu bieten habe. Willst du nur gucken oder auch anfassen?«
»Äh ...«
»Schon gut. Dahinten ist Schutzkleidung, ich war gerade dabei, die Gute zu entkleiden und zu waschen. Mach dich bereit und komm einfach dazu.«
Während Hochgräbe sich in einem Nebenraum einen Overall, Haarnetz und Handschuhe anlegte, kamen ihm die ersten Zweifel, ob es wirklich eine gute Idee gewesen war, hierherzukommen. Nach einem Kaffee hatte er auch nicht gefragt. Frank Hellmer hatte es da deutlich besser. Im Präsidium war es jetzt angenehm ruhig, es gab einen Vollautomaten, Snacks und keine Leiche im Nebenzimmer. Er seufzte. Für eine Änderung der Aufteilung war es jetzt zu spät.
Als er schließlich ohne Eile neben Andrea trat, lag die Tote frisch gewaschen auf dem Metalltisch, und die Rechtsmedizinerin stand gebeugt über ihrer Körpermitte.
»Die Totenflecke geben mir recht«, verkündete sie. »Der Fundort war

nur die Ablagestelle, umgebracht wurde sie woanders.« Sie referierte über Einblutungen und deutete auf verschiedene Stellen des Körpers. Es war eine schöne Frau gewesen, wie Hochgräbe für sich feststellte. Groß, mittelschlank, die weiblichen Rundungen ausgeprägt. Alles natürlich, keine Hinweise auf Schönheits-OPs oder dergleichen. Dafür war sie wohl auch zu jung.

»Wie alt schätzt du sie?«

»Ende zwanzig«, antwortete Sievers und ergänzte: »Eins dreiundsiebzig, sechsundsechzig Kilo. Ich tippe nicht auf Osteuropa, sie könnte eher aus Skandinavien, Benelux oder Sindelfingen stammen.«

»Also quasi von überallher«, konstatierte Hochgräbe.

»Das habe ich so nicht gesagt«, erwiderte die Ärztin spitz. »Alles, was zu weit östlich liegt, schließe ich aus. Und natürlich auch Asien. Und Afrika ...«

»Afrika?«, wiederholte er fahrig. Dann winkte er ab. »Na ja, schon gut. Entschuldige bitte.«

Andrea Sievers kniff die Augen zusammen. »Sag mal, ist alles in Ordnung mit dir?«

»Ja. Was soll schon sein?«, wehrte Claus ab. »Außer, dass Heiligabend ist ...«

»Den haben wir uns wohl alle anders vorgestellt.«

»Was hattest du denn stattdessen vor?«

»Na ja, ich hab's ja nicht so mit dem traditionellen Gedöns«, sagte Andrea und verzog den Mund. »Und weil viele Kneipen geschlossen haben, haben ein paar Leute eine Neunziger-Party organisiert.« Sie warf einen Blick auf die Wanduhr. »So richtig geht's da eh erst gegen Mitternacht los. Zwei Stunden habe ich also noch, bevor ich mich in Hüftjeans, Spaghettitop und Plateauschuhe werfe. Wenn's dir also nichts ausmacht, würde ich gerne vorankommen.«

Claus Hochgräbe musste schmunzeln. »Das würde ich ja gerne sehen.« Um Andrea Sievers musste er sich heute Abend also keine Sorgen mehr machen. »Na gut. Ich werde dich nicht weiter aufhalten.«

Die äußere Begutachtung brachte zwei mittelgroße Tätowierungen und ein paar Narben hervor. Nichts, was unmittelbar mit dem Tod in Zusammenhang stand. Außerdem bestätigte die nähere Untersuchung des Halses den Verdacht des Erwürgens. Bei der Mordwaffe wollte die Rechtsmedizinerin sich noch nicht festlegen, wobei sie das Halstuch als Tatwaffe für sehr wahrscheinlich hielt. Etwas anderes hatte man im Umfeld der Leiche auch nicht finden können. Ebenso schienen sämtliche andere Gegenstände entfernt worden zu sein, es gab weder eine Handtasche noch persönlichen Besitz, vom Schmuck einmal abgesehen.

»Raubmord fällt damit wohl flach«, sagte Claus.

»Denke ich auch. Wobei die Ohrringe nicht sonderlich wertvoll sein dürften. Und Ringe trug sie vermutlich nicht. Jedenfalls habe ich keine Druckstellen gefunden.«

Claus überlegte. Julia trug auch selten Ringe. Sie besaß generell nicht besonders viel Schmuck, das meiste fand sie unpraktisch, und er hatte es aufgegeben, etwas zu finden, das sie regelmäßig anlegte. Er musste an die Hochzeit denken. Sie hatten sich noch nicht um Eheringe gekümmert! Claus räusperte sich. »Verheiratet war sie demnach wohl auch nicht.«

»Wie gesagt. Keine Ringe und auch an den Ringfingern nicht die üblichen Abdrücke. Worauf willst du hinaus?«

»Könnte sie den Ring nur für den Abend abgelegt haben?«

»Ah. Du meinst für ein erotisches Abenteuer? Das ist theoretisch natürlich möglich. Aber wie gesagt: Die Druckstellen eines Eherings verschwinden vielleicht optisch, aber nur oberflächlich. Mir wäre das aufgefallen, da bin ich mir nach all den toten Ehefrauen, die hier zu Gast waren, ziemlich sicher.« Andrea nahm noch einmal beide Hände der Toten auf und betrachtete sie. Prüfend blickte sie auf. »Wie gesagt: nichts zu sehen. Aber sag mal: Was ist eigentlich mit eurer Planung? Schon das Aufgebot bestellt?«

»Ich dachte, du hast es eilig?«

»So viel Zeit muss sein«, konterte sie.

»Es läuft alles.« Insgeheim hatte er gehofft, das Gespräch auf eine andere Art führen zu können, und eigentlich hätte er auch lieber Frank Hellmer als Gesprächspartner gehabt. Aber vielleicht bot sich ihm hier eine Chance … Claus hüstelte und fasste sich ein Herz. »Okay«, begann er, »jetzt, wo du so direkt fragst, würde ich vielleicht gerne über etwas mit dir reden.«

Ein lang gezogenes Ja der Rechtsmedizinerin signalisierte ihm, dass es jetzt keinen Weg mehr zurück gab.

»Du weißt ja selbst, was hier in den letzten Monaten los war. Die Sache mit Julias Ex. Zuerst sein Tod, dann seine Briefe und der ganze Rattenschwanz, den das mit sich gebracht hat. Das hat eine Menge alter Wunden aufgerissen.«

Julia Durant war vor vielen Jahren bereits verheiratet gewesen. Die Ehe war nicht im Guten auseinandergegangen, zumal ihr Ex sie mehrfach betrogen hatte. Daraufhin brach sie den Kontakt zu ihm ab und war für einen Neuanfang nach Frankfurt gezogen. Bei Claus Hochgräbe lagen die Dinge anders. Er war früh verwitwet. Aber um ihn ging es im Moment nicht.

»Dazu noch der Tod einer alten Kollegin und der Verlust von Alina«, merkte Dr. Sievers an.

»Genau. Eine ihrer engsten Freundinnen.« Claus schluckte. Alina Cornelius war in ihrer eigenen Wohnung zum Opfer eines brutalen Mordes geworden. Ein Serienmörder, der Julia Durant und ihr Umfeld ins Visier genommen hatte. Danach hatte er Julia selbst überwältigt, bedroht und verletzt. Claus atmete angespannt. »Es grenzt an ein Wunder, dass sie keinen totalen Zusammenbruch erlitten hat. Und dann, als Krönung von allem, dieser spontane Heiratsantrag am Gepäckband des Flughafens. Ich meine, das war wie am Ende eines Actionfilms, wenn der blutverschmierte Held und die traumatisierte Überlebende ein Paar werden. Aber …«

»Warte. Moment«, unterbrach Andrea Sievers ihn, und in ihren Augen

loderte etwas, was einer Panik ziemlich nahekam. »Sag mir jetzt nicht, dass ihr die Hochzeit absagen wollt! Das kannst du doch nicht ...«
»Nein. Darum geht es nicht. Jedenfalls nicht direkt.«
»Okay.« Die Ärztin wirkte erleichtert. Längst hatte sie ihre Arbeitsutensilien auf die Platte gelegt, und ihre Aufmerksamkeit gehörte voll und ganz ihrem lebendigen Gegenüber. »Ich muss dich warnen«, sagte sie mit Bestimmtheit. »Julia und mich verbindet eine lange und gute Freundschaft. Im Zweifelsfall werde ich mich also auf ihre Seite stellen, das ist nicht böse gemeint, aber ...«
»Schon gut. Lass mich einfach erzählen. Ich habe weder eine Affäre, noch werde ich die Hochzeit platzen lassen. Allerdings ...«
Im Nebenraum meldete sich lautstark das Handy.
Claus verzog das Gesicht und entschuldigte sich. Eilte nach nebenan und las Hellmers Namen auf dem Display. »Frank. Was gibt's?«
»Ich bin statt ins Präsidium einen kleinen Umweg gefahren. Nach Offenbach, um genau zu sein.«
»Zu den Kollegen, die den Anruf entgegengenommen haben.«
Hellmer bestätigte. »Wie weit bist du denn?«
»Noch mittendrin.« Hochgräbe warf einen Blick auf die geöffnete Leiche. »Wortwörtlich«, fügte er hinzu.
»Danke für dieses Bild. Dann kommst du also nicht schnell rübergefahren?«
»Nicht, wenn's nicht sein muss. Was hast du denn rausgefunden?«
Hellmer klang triumphierend. »Wir haben den Anrufer auf Band. Und eines kann ich dir versprechen: Das Anhören lohnt sich!«
»M-hm. Geht das etwas konkreter?«
Hochgräbe stand der Kopf nicht nach Ratespielen. Doch Hellmer verneinte.
»Ich möchte das zuerst noch in aller Ruhe überprüfen. Treffen wir uns nachher im Präsidium?«
»Klar. Bis dann.«
Adieu, Gänsebraten.

Als Claus Hochgräbe zu Andrea Sievers zurückkehrte, entnahm diese gerade den Magen der Toten. Verstaute ihn in einer Metallschale, wog ihn und protokollierte das Gewicht. Um den Inhalt würde sie sich später kümmern.

»Toxikologische Untersuchung, Abstrich im Genitalbereich, Prüfung der Fingernägel auf fremde DNA«, zählte sie auf. »Das sind die Sachen, die Zeit brauchen. Zuerst mache ich aber die inneren Angelegenheiten fertig, danach rauche ich eine Zigarette, und dann weiter im Programm. Es sei denn, du hast andere Pläne.«

»Nein. Das war Frank. Ich treffe ihn gleich noch im Büro.«

»Stille Nacht, einsame Nacht«, frotzelte Sievers. »Aber geh nur. Ich kann mich ohnehin besser konzentrieren, wenn mir keiner über die Schulter schaut.«

Hochgräbe lächelte. »Sind die Fingerabdrücke schon im System?«

Sie schnaubte. »Siehst du, das meine ich! Eines nach dem anderen. Du bringst mich total aus dem Rhythmus.«

»Bin ja schon weg.«

Er wollte sich gerade umdrehen, da blitzten ihn die Augen der Rechtsmedizinerin an. »Und wegen der anderen Sache ...«

»Wir holen das nach!«, versicherte er, auch wenn er insgeheim wusste, dass er dieses Versprechen nicht einhalten würde. Als ihn Andrea mit Zweifel in der Miene anblickte, setzte er nach: »Wir machen das. Bald. Aber jetzt muss ich wirklich los.«

»Ich bestehe drauf!«, rief Andrea ihm nach. »Dann grüß deine Verlobte mal von mir.«

Kurz darauf saß Claus Hochgräbe wieder in seinem Wagen.

Um die Frau dort unten im Keller des Instituts jedenfalls, das wusste er nun, musste er sich keine Sorgen machen. Aber mit Julia, nahm er sich vor, würde er bei der erstbesten Gelegenheit reden.

Schlimm genug, dass er es nicht längst getan hatte.

20:40 UHR

Julia Durant konnte den Braten schon riechen, als sie den Flur im Erdgeschoss betrat. Die Deckenbeleuchtung flackerte und schien gegen ihre eigene Trägheit anzukämpfen. Das hatte man davon, wenn man beim Kauf von LED-Birnen zu geizig war. Sie nahm zwei Stufen auf einmal und ertappte sich bei dem Gedanken, eine lauwarme Gänsekeule aus dem Ofen zu holen und diese beim Rest des Weines zu verspeisen. Das Leben mit einem Mann an ihrer Seite engte sie nicht ein, aber es war nicht dasselbe. Vorbei waren die Zeiten von Dosenbier und kalter Pizza in der Badewanne. Von aufgewärmter Tomatensuppe direkt aus dem Topf, der hinterher tagelang auf dem Wohnzimmertisch stand.

Vor ein paar Minuten hatte Claus ihr eine Sprachnachricht gesendet. Er sei auf dem Weg ins Präsidium, wo er sich mit Hellmer treffen werde. Darin lag weder die Erwartung, dass sie dazustoßen solle, noch die Absolution, falls sie das nicht täte. Manchmal war es schwierig, mit dem Chef liiert zu sein. Durant öffnete die Wohnungstür, und sofort fiel ihr Blick auf den Telefontisch mit dem vermaledeiten Brief. So wie es aussah, würde sich in absehbarer Zeit eine Menge ändern. Statt ums Essen drehten sich ihre Gedanken plötzlich nur noch darum, dass sie es noch nicht hinbekommen hatte, mit ihrem Verlobten über diese Sache zu reden. Dabei war sie niemand, die unangenehme Dinge auf die lange Bank schob. Zumal die Probleme dadurch in der Regel nicht schrumpften. Im Gegenteil.

Die Kommissarin nahm sich vor, bei der nächstbesten Gelegenheit klar Schiff zu machen.

21:05 UHR
Polizeipräsidium Frankfurt

Die Stimme klang selbstsicher, viel zu wenig aufgelöst und zittrig für eine Person, die soeben eine Leiche gefunden hatte. Doch wie so oft gab es auch hier eine zweite Seite der Medaille. In extremen Situationen verhielten Menschen sich häufig nicht nach Lehrbuch. Aber es war auch nicht die Stimme allein, die Hellmer verdächtig vorgekommen war.

Er spielte die Aufnahme ein weiteres Mal ab:

»Ja. Hallo. Ich, ähm, stehe hier mit meinem Taxi an der Staustufe.« Im Hintergrund schlugen Kirchenglocken. »Am Ufer liegt eine Frau, ich glaube, sie ist tot.«

Hellmer stoppte und wiederholte die Aufnahme. »Da! Pass auf!« Als das Glockenspiel ertönte, stoppte er.

»Kirchengeläut«, kommentierte Hochgräbe und hob die Schultern. »Es ist Weihnachten. Wie viele Kirchen gibt es hier in der Stadt?«

»Sicher weniger als in München«, flachste Hellmer, wurde aber sofort wieder ernst. »Was du da hörst, ist ein Teil des großen Stadtgeläuts.«

»Aha.«

»Ja. Ich spiel's noch einmal, warte. Achte auf die Glocken.«

Hochgräbe verstand noch immer nicht, was Hellmer ihm begreiflich machen wollte. Ging es um den genauen Zeitpunkt? Aber der war doch allein durch die Anrufzeit bei der Polizei sekundengenau dokumentiert.

Die Aufnahme lief erneut ab. Hochgräbe musste sich zwingen, seine Aufmerksamkeit von der Stimme des Fremden hin zu dem Läuten zu lenken.

»Hörst du?«, fragte Hellmer. »Ich habe mir ein paar Videos des Stadtgeläuts angesehen und bin mir sehr sicher, dass das die Glocken von Paulskirche und Katharinenkirche sind.«

Bevor Hochgräbe etwas sagen konnte, eilte Hellmer in Richtung des Stadtplans. Seine Finger legten sich auf zwei Punkte. »Hier und hier. Grob gesagt: Hauptwache und Römer.« Er blickte den Chef triumphierend an.

Hochgräbe nickte. »Ich verstehe. Das ist nicht gerade nah am Osthafen. Aber hört man Glocken nicht ziemlich weit schlagen?«

»Es sind über drei Kilometer«, sagte Hellmer, »doch darum geht es mir gar nicht. Erstens wissen wir aufgrund des zeitlichen Ablaufs, dass der Anruf live getätigt wurde. Also keine Bandaufnahme oder Ähnliches. Aber so klar, wie die Glocken klingen, muss das Ganze in unmittelbarer Nähe der beiden Kirchen stattgefunden haben. Und drittens können wir davon ausgehen, dass es ein Handy war und kein öffentliches Telefon.«

»Die gibt's doch eh kaum noch«, murmelte Hochgräbe. »Und wenn, dann sind sie demoliert.«

Hellmer räusperte sich. »Aber ist das alles nicht ziemlich verdächtig?«

»Mal abgesehen davon, dass der Anrufer sich offenbar genügend Zeit genommen hat, um den Fundort zu verlassen? Ich weiß nicht. Ist das ein Schutzreflex? Hat er etwas zu verbergen, was am Ende gar nichts mit dem Mord zu tun hat?«

»Herrje, bist du wieder kompliziert!«, rief Hellmer. »Was, wenn es der Täter selbst war?«

»Nicht so voreilig«, mahnte Hochgräbe.

»Ich mache nur das, was du immer verlangst.« Hellmer grinste. »Sämtliche Möglichkeiten in Betracht ziehen.«

»In Ordnung. Wissen wir etwas über das angebliche Handy?«

»Das müssen die Jungs in Offenbach klären. Aber ob die heute Nacht noch einen Technikfreak mobilisieren können ...«

»Egal, ob es ein Zeuge oder der Mörder selbst war«, pflichtete Hochgräbe ihm bei, »wir werden das nicht ohne weitere Unterstützung aufklären. Und nicht ohne die Identität des Opfers oder zumindest ein paar handfeste Anhaltspunkte.«

»Heißt das, wir lassen das Ganze fallen?«
Hochgräbe wusste nicht, ob das Enttäuschung oder ein Hoffnungsschimmer war, der in den Augen seines Kollegen lag. Hellmer blieb ihm die Antwort darauf nicht lange schuldig: »Ich meine, es ist schlimm, sehr schlimm, was mit dieser Frau passiert ist. Aber es bringt ihr schließlich auch nichts, wenn ich verhungere.«
Hochgräbe lächelte ihn an. »Nein. Bringt es nicht. Fahr nach Hause, Frank. Ich telefoniere noch kurz, dann mache ich dasselbe. Und morgen sehen wir weiter.«
»Danke.«
Der Kommissariatsleiter trat ans Fenster. Die Straßen lagen verwaist da, ebenso die Bahngleise. Was sonst eine der Hauptverkehrsadern der Stadt war, schien heute ebenfalls in die allgemeine Besinnlichkeit einzustimmen. Nur für die Tote würde es in dieser Nacht keinen Frieden geben. Hoffentlich hat sie nicht zu lange leiden müssen, dachte er, während Hellmer im Hintergrund seine Siebensachen zusammensuchte. Mantel, Handschuhe, Wagenschlüssel.
»Ich hab deinen Porsche vermisst«, sagte Claus gedankenverloren.
»Wolltest du ihn bei dem Wetter nicht rausholen?«
»Er wird verkauft.«
»Im Ernst? Dein heiliger Neun-Elfer?«
Frank hob die Hände. »Es wurde Zeit. Und wer weiß, was das neue Jahr bringen wird.«
Mit einer vielsagenden Pause wandte er sich dem Ausgang zu.
Hochgräbe sah ihm einige Sekunden nach, dann griff er zum Telefon und wählte Julias Nummer. Er wunderte sich nicht schlecht, als er das typische Klingeln ihres Smartphones aus der Richtung des Fahrstuhls hörte.
Dann standen sie sich auch schon gegenüber. An ihrer Schulter hing eine ausgebeulte Einkaufstasche, in der er allerlei Behälter und ein Geschirrtuch erkannte. Hatte sie etwa …
»Ist Frank schon weg?«, fragte sie, bevor er etwas sagen konnte.

»Gerade eben. Hättest du die Treppe genommen, wärt ihr euch wohl direkt in die Arme gelaufen.«

Julia Durant zuckte mit den Augenbrauen. Sie nahm sonst fast immer die Treppe. Claus wusste das. In seinen Worten lag auch keine Spitze, es war nur eine Feststellung gewesen. Bei jedem anderen Mann hätte sie da argwöhnischer reagiert.

»Na gut«, lächelte sie. »Dann haben wir ja doch noch ein bisschen Zweisamkeit.«

Claus stieg der Geruch nach Braten und Rotkraut in die Nase. Wie sehr er diese Frau liebte. Sie hatte tatsächlich das Festessen in Tupperdosen gepackt und mit hierhergebracht.

Claus Hochgräbe umarmte und küsste sie. Dann gingen sie ins Konferenzzimmer, schoben sich zwei Tische zusammen und aßen lauwarmes Fleisch, kalte Klöße und leicht angebranntes Rotkraut.

Sie unterhielten sich über die jeweiligen Fälle und brachten einander auf den neuesten Stand. Die kommenden Tage würden hart und anstrengend werden. Viele Kollegen waren im Urlaub, und Mordermittlungen zu dieser besonderen Zeit waren häufig mit besonders düsteren Begleitumständen verbunden. Ein Grund mehr, es sich gut gehen zu lassen, wann immer es ging. Manchmal gelang es ihnen sogar, vom Thema abzukommen, und zu lachen.

Über den Brief sprachen sie nicht.

MITTWOCH

MITTWOCH, 25. DEZEMBER, 9:15 UHR

Auch der erste Weihnachtstag brachte Regen. Das Grau über der Stadt schien sämtliche Lichter und Feierlaune aufzusaugen, doch Julia Durant vermutete, dass es vielmehr an den beiden Schicksalen lag, die ihr und Claus gestern begegnet waren. Er stand gerade unter der Dusche, sie hielt eine Tasse Kaffee in den Händen. Unter den nackten Füßen der Perserteppich, ihre Zehen spielten mit dem Rand. Als das Festnetztelefon klingelte, zuckte sie zusammen. Früher, an Weihnachten, war es stets ihr Paps gewesen, der sich als Erstes gemeldet hatte. Meistens früh am Vormittag, da er wegen der Messen einen vollen Feiertagsfahrplan hatte. Doch heute kam der Anruf nicht aus München, sondern nur aus der Nachbarstadt. Es war Peter Brandt, Offenbach.

»Buon natale«, wünschte er, was seltsam klang, denn Brandt hatte zwar italienische Wurzeln, war aber sowohl dem Aussehen als auch dem Dialekt nach einer der typischsten Hessen, die Durant je erlebt hatte.

»Danke, dir auch. Ich vermute mal, du rufst nicht an, um uns gute, neue Mär zu bringen.«

»Wie misstrauisch du bist. Aber leider hast du recht. Es geht um die Tote an der Staustufe. Ist dein Liebster denn auch in der Nähe?«

»Im Bad.«

Brandt zögerte kurz. »Okay. Ist auch egal, wem von euch beiden ich es erzähle, es bleibt ja in der Familie. Also pass auf: Ich wurde gerade

von der Sitte informiert. Es gibt eine Übereinstimmung bei den Fingerabdrücken. Unlängst, ich glaube, bei einer Razzia, wurde eine ganze Reihe von Frauen registriert, die in einem Escort-Ring organisiert sind. Nach außen hin mit einem sauberen, eleganten Anstrich.« Er hüstelte. »Luxusdamen. So verkauft man das wohl heutzutage der zahlungskräftigen Klientel. Auf den ersten Blick scheinen diese Frauen auf eigene Rechnung zu arbeiten.«
»Lass mich raten«, seufzte Durant. »Wenn man lange genug gräbt, führen die Fäden alle in ein gemeinsames Haus und zu denselben Hintermännern.«
Sie kannte das Spiel. In Frankfurt lief es nach demselben Muster.
»Genau so. Und du kannst dir vermutlich denken, dass keine der Frauen etwas preisgegeben hat und dass wir vermutlich auch keine Vermisstenmeldung erhalten werden. Wir sollten wohl dankbar sein, dass wir wenigstens die Personalien feststellen konnten. Bei der Toten handelt es sich um Natalie Marković, einunddreißig Jahre. Die Mutter kam damals mit ihr aus Ex-Jugoslawien hierher. Viel mehr weiß ich noch nicht.«
»Na ja. Wenigstens ein Anfang.« Durant suchte erfolglos nach einem Stift, fand keinen und tappte daher in Richtung Küche, wo sie sich die Daten auf die Rückseite von Claus' ausgedrucktem Gänserezept notierte. In diesem Moment erklang seine Stimme: »Hast du was gesagt?«
Durant hielt das Mobilteil weg vom Mund und rief: »Peter Brandt ist am Apparat!«
Nasse Schritte patschten in Richtung Küche. Hochgräbe war in seinen Kapuzenbademantel gehüllt. Durant hielt ihm das Telefon hin, er formte ein lautloses Danke mit den Lippen und drückte anschließend die Lautsprechertaste.
»Frohe Weihnachten, Herr Kollege. Was liegt denn an?«
»Ich habe Julia die Identität der Ermordeten mitgeteilt. Eine Edelhure, wenn man das so ausdrücken will.«

»Dachte mir schon so etwas.«
Die beiden wechselten ins Wohnzimmer und nahmen auf dem Sofa Platz. Julia betrachtete verständnislos die nassen Flecke auf dem Boden. Wieso konnte er nicht auf ein Handtuch treten?
»Wir sollten uns im Laufe des Tages abgleichen«, schlug Brandt vor. »Was gibt es denn in Sachen Obduktion?«
Julia musste unwillkürlich lächeln. Theoretisch hätte Peter Brandt das auch direkt bei Andrea Sievers nachfragen können. Lag es wirklich nur daran, dass er die Zuständigkeitsgrenze der beiden Präsidien nicht verletzen wollte, oder rührte es daher, dass einmal mehr zwischen den beiden gewesen war? Sie erinnerte sich noch gut an die Trennung, die ihn weitaus härter getroffen hatte als sie. Andererseits war das viele Jahre her.
Hochgräbe berichtete in ein paar Sätzen vom Auffindeort, dem sexuellen Kontakt und der Strangulation.
»Das mit dem Sex ist ja nun wohl erklärt«, schloss er. »Wir suchen keinen Liebhaber, sondern einen Freier. Und womöglich ist das auch unser Täter.«
»Wie genau läuft das denn ab bei diesen Frauen?«, fragte Durant nach vorn gebeugt, um möglichst nah ins Mikro zu sprechen. »Bucht man übers Internet, ruft man jemanden an, gibt es da irgendein Portal?«
Brandt prustete. »Da fragst du den Falschen! Aber ich bringe euch gerne mit den Leuten von der Sitte zusammen. Es ist sogar jemand, den ihr kennt. Ihr erinnert euch doch noch an Canan Bilgiç?«
Durant wusste sofort, von wem er sprach, und auch in Hochgräbes Gesicht zeichnete sich ab, dass er sich gut an die aufgeweckte Deutschtürkin erinnerte, die zu Brandts Team gehörte.
»Canan ist nicht mehr bei der Mordkommission?«
»Nein.« Brandt klang resigniert. Seit Jahren schon schienen ihm sämtliche guten Kollegen zu entgleiten. Viele neue Gesichter kamen und gingen. Irgendwann würde er das Ganze vermutlich hin-

schmeißen. Wie gut sie es in dieser Hinsicht doch diesseits des Mains hatten. Noch.
Weiter kam sie nicht, denn Brandt fuhr fort: »Sie hatte das Gefühl, bei der Sitte mehr erreichen zu können. Mehr tun zu können, bevor es zu spät für die Frauen ist. In gewisser Weise kann ich das verstehen. Bei uns ist immer nur Endstation. Keine Hoffnung.«
Es klang düster. Und im Grunde hatte er recht.
»Okay.« Hochgräbe übernahm wieder. »Dann schlage ich vor, wir kommen nachher rüber. Wie lange brauchst du?«
»Je schneller, desto besser. Ich muss nur Canan noch informieren. Sie weiß noch nichts von ihrem Glück.«
»Dann sagen wir, so gegen elf?«
Brandt bejahte, und sie verabschiedeten sich.
Als Claus das Telefon zurück zur Ladestation brachte, fiel ihm auf, dass das Kuvert fehlte. Zumindest vermutete Julia das, denn es war ihr vorhin beim schwungvollen Entnehmen des Geräts vom Tisch geflogen, aber das Gespräch mit Brandt hatte sie zu sehr abgelenkt, um ans Aufheben zu denken. Jetzt lag da etwas im Blick ihres Verlobten, was das Thema wieder wie einen Heißluftballon anschwellen ließ, der sich mitten in ihrem Wohnzimmer entfaltete.
Bevor sie etwas sagen konnte, ergriff er das Wort. »Schatz, es tut mir leid, aber wir müssen das jetzt endlich aus der Welt schaffen.«
Julia schluckte hart. Nun war es also so weit. Sie fuhr sich durchs Haar. »Meinetwegen. Aber ich muss auch noch unter die Dusche.«
Sie suchte nach der Stelle, wo sie ihren Kaffee abgestellt hatte. Die Küche. Doch jetzt war nicht der passende Zeitpunkt, sich dorthin zu flüchten. Ihr Puls beschleunigte sich auch ohne Koffein. Beide kannten den Inhalt des Schreibens. Es war im Grunde eine Formsache. Nur hatten sie sich nie damit auseinandergesetzt, wie das Ganze ablaufen würde, wenn es so weit war. Und wen es betreffen würde.
»Du weißt, dass unsere Hochzeit damit nichts mehr zu tun hat«, eröffnete Claus. »Selbst, wenn wir nicht heiraten würden, gäbe es

keinen Weg mehr zurück.« Er setzte sich auf den Sessel, dabei hätte sie sich gewünscht, er würde neben ihr Platz nehmen. Sie in den Arm nehmen. Doch eben hatte er mehr wie der Chef geklungen und weniger wie ihr Verlobter. Hatte er vor, die anstehende Entscheidung als ihr Vorgesetzter zu treffen?
Julias Herz klopfte noch schneller.
Sie erinnerte sich noch gut an die Woche vor dem ersten Advent. Claus hatte ein unerfreuliches Treffen mit einem der hohen Tiere gehabt, bei gutem Essen zwar, aber das hatte die bittere Pille nicht versüßen können. Er hatte sich anhören müssen, wie außergewöhnlich es damals gewesen wäre, als er von München nach Frankfurt gewechselt war, um die Leitung der Mordkommission zu übernehmen. Alle hatten gewusst, dass das gegen sämtliche Regeln verstieß, und nur die besondere Situation, in der sich das Präsidium damals befunden hatte, rechtfertigte diesen Schritt. Ein Fall, an dem Julia maßgeblich beteiligt gewesen war, hatte hohe Wellen bis in höchste Kreise geschlagen und so manchen Kopf gekostet. In eine dieser Lücken war Claus getreten. Doch jetzt, wo aus einer Beziehung zu einer ihm untergeordneten Kollegin eine Ehe werden sollte, da wurden die Stimmen laut. Ein anderes Präsidium? Kam nicht infrage. Und andere Abteilungen? Auch dort fand sich nichts, was ihn überzeugte.
»Bevor ich etwas dazu sage«, begann er langsam, »was hast *du* dir denn gedacht?«
Julia stockte der Atem. War das seine Taktik? Ihr den Schwarzen Peter zuzuschieben?
»Ich ...«, stammelte sie, »... ich weiß nicht ...«
»Macht nichts.« Sein Lächeln war warm. Das beruhigte sie aber nur wenig. »Es ist eigentlich ganz einfach. Ich habe an der Hochschule schon als Gastdozent Seminare gegeben, wie du weißt. Jetzt ist dort eine Stelle frei, also etwas Regelmäßiges, darüber lohnt es sich nachzudenken. Und ich muss zugeben, gerade gestern Abend, als ich mit

meinem Regenschirm bei dieser armen Frau stand, da hat mir der Gedanke daran ganz gut gefallen.«

Julia schüttelte den Kopf. Soweit sie sich erinnerte, hatten die wenigen Seminare, die Claus vorbereitet hatte, ihn regelmäßig ins Rotieren gebracht. War es seinem Hang zum Perfektionismus geschuldet oder schlicht die Vorstellung gewesen, alleine vor einem Hörsaal voller Publikum zu stehen, dem er für neunzig Minuten auf Gedeih und Verderb ausgeliefert war – jedenfalls war er vor dem ersten Mal nachts schweißgebadet aufgeschreckt. Danach hatte er sich geschworen, so etwas nie wieder zu tun. Beim zweiten Mal war es ähnlich gelaufen. Julia zwang sich zu einem Lächeln.

»Du wolltest doch nie unterrichten. Das hast du immer wieder gesagt. Weißt du noch, wie es jedes Mal ...«

Claus wischte mit der Hand durch die Luft. »Ja. Mag sein. Aber das ist doch etwas völlig anderes. Jetzt gehöre ich dazu, anstatt nur Gast zu sein. Wobei es ja nicht sooo viele Präsenzstunden sind.«

Irgendetwas lag in seinen Augen, etwas hatte sich an ihm verändert. Aber sie konnte es nicht greifen.

Er sprach weiter: »Jedenfalls habe ich das lange und breit abgewogen. Und ich weiß, dass ich in der ersten Woche ein nervliches Wrack sein werde, doch es ist auch ungemein reizvoll. Es ist eine Riesenchance. Und deshalb würde ich das gerne versuchen. Denn ich habe weder Lust auf eine andere Abteilung noch auf die andere Alternative.«

Julia schluckte. Sie ahnte, worauf er hinauswollte, und prompt sprach er es unverblümt aus: »Oder hast du etwa vor, die Mordkommission zu verlassen?« Er beantwortete die Frage selbst mit einem Kopfschütteln. »Nein. Und da kannst du auch jeden anderen fragen. Ein K11 ohne dich kann und will sich hier keiner vorstellen.«

Julia bekam feuchte Augen. Nicht, weil sie befürchtet hätte, dass er sie aus dem Beruf drängen wollte. Sondern, weil sie dankbar war. Und gleichzeitig wütend. Denn auch das war am Ende ein Schwarzer

Peter: Er ging, damit sie bleiben konnte. Würde sie mit dieser Schuld leben können? Log er sich – ihnen beiden – damit nicht etwas vor, wenn er sich das Lehren nun schönredete und dann tagtäglich zu einem Job fahren musste, den er hasste?

»Claus ...«

»Es ist gut so.« Er stand auf und küsste sie. »Ich habe mir das lange überlegt. Und jetzt geh duschen, wir können uns ja nachher weiter unterhalten.«

Doch Julia dachte nicht mehr ans Duschen. Sie richtete sich auf, eng an Claus' Körper geschmiegt, und entknotete den Gürtel seines Bademantels. Seine Hitze durchdrang ihr Nachthemd, seine Hände fuhren darunter und waren bald überall zu spüren. Danach sanken sie auf das Sofa und liebten sich wie schon eine ganze Weile nicht mehr.

Und für einige Zeit wich das Grau aus ihrer Welt, und auch die Verabredung mit Peter Brandt erschien völlig nebensächlich.

11:10 UHR
Polizeipräsidium Südosthessen, Offenbach

Am Haken neben der Tür hing ein in die Jahre gekommener Trenchcoat, die Jalousien waren nur ein Stück weit geöffnet, und das Licht auf der Etage brannte wie auf Sparflamme. Die meisten Kollegen verbrachten ihren Tag mit der Familie, und dieser Gedanke lag Kommissar Brandt wie Blei auf der Seele. Als geschiedener Vater zweier erwachsener Töchter hatte er sich längst mit dem Gedanken abgefunden, dass es keine Heile-Welt-Familienfeste mehr geben würde. Umso ärgerlicher war es, dass seine Töchter Sarah und Michelle ausgerechnet in diesem Jahr ein großes Essen in einem hochkarätigen Restaurant organisiert hatten. Und dass er dieses Essen nun verpassen würde. Er sah auf die Uhr. Halb eins sollte es sein. *Noch* hatte er sich nicht dazu überwinden können, seine Teilnahme abzusagen. Aber wo blieben denn nun die beiden Frankfurter? Es war zum Aus-der-Haut-Fahren.

Brandt stand auf, nahm die durchweichten Kaffeepads aus dem Einsatz der Maschine und ersetzte sie durch zwei neue. Er prüfte, ob genügend Wasser im Behälter war, und versetzte das Gerät mit einem Knopfdruck in ein dumpfes Vibrieren. Er schob die Tasse zurecht, dann vernahm er ein Klopfen, und die Tür flog auf.

»Hey.« Durant blinzelte ins Halbdunkel von Peter Brandts Dienstzimmer. »Machst du jetzt einen auf Mike Hammer?«
Der Kommissar schnaubte. »Ich bin müde und brauche hier drinnen keine Festbeleuchtung. Hatten wir nicht elf Uhr gesagt?«
Durant errötete leicht, und sie konnte nur hoffen, dass man das bei diesen Lichtverhältnissen nicht sah.
»Sorry«, sagte Hochgräbe, der sich hinter der Kommissarin durch die Tür schob. »Wir haben uns verschätzt.«
»Ist ja auch egal«, murmelte Brandt. »Wollen wir gleich los? Wir können uns ja auch im Auto unterhalten.«
Durant und Hochgräbe wechselten einen Blick. »Klar. Wohin fahren wir denn?«
»Na, zur Meldeadresse der Toten. Ein Haus in Bürgel.« Brandt sah zu Hochgräbe und fügte hinzu: »Ein Stadtteil von Offenbach. Es ist eine nicht unbekannte Adresse, eine von vielen, aber in den letzten Jahren waren andere Locations von größerem Interesse. Offenbar lebt man von Mundpropaganda. Es gibt eine Website, auf der man sich die Damen ansehen kann und den Kontakt herstellt. Aber es sind weniger Details als auf vergleichbaren Seiten zu finden.«
»Wer nicht offensiv wirbt, hat also bereits einen Kundenstamm«, schlussfolgerte Hochgräbe. »Können wir da kurz einen Blick reinwerfen?«
Brandt zog die Mundwinkel auseinander und trat an den PC. Beweg-

te die Maus, der Bildschirmschoner löste sich auf. Klickte ein Fenster auf.
Während Hochgräbe sich bedankte und sich durch die in Violett- und Sandfarben gestaltete Homepage arbeitete, die etwas von Tausendundeiner Nacht versprühen sollte, stieß Durant ihren langjährigen Kollegen Brandt an die Schulter.
»Mensch, Peter, ist alles okay bei dir? Du ziehst ja eine Miene.«
»Frag lieber nicht«, murrte dieser.
»Hab ich aber schon«, erwiderte sie.
Widerwillig erzählte er von der Feier mit seinen Töchtern.
»Kommt deine Ex auch?«
»Nein. Gott sei Dank schmort sie mit ihrem Lover irgendwo in der Südsee. Aber es ist das erste Mal seit Jahren, dass beide Mädchen zu Weihnachten hier sind.«
Durant suchte die Wanduhr. Fast zwanzig nach elf. »Wollte Canan nicht auch kommen?«
»Ich soll ihr Bescheid sagen, wenn wir in der Villa fertig sind.«
»Gut. Dann machen wir das anders: Du bestellst sie dahin, wir schauen uns kurz um, und danach machen wir ohne dich weiter.«
»Aber ...«
»Kein Aber.« Durant strich Brandt über den Rücken. »Mir ist heute auch schon ein ziemlich großer Stein vom Herzen gefallen. Ich tu's also fürs Karma. Und außerdem ist Weihnachten nur einmal im Jahr.«
Claus Hochgräbe räusperte sich. »Schaut ihr mal bitte?«
Auf dem Monitor war das Bild einer Frau zu sehen. Eleganz, nur so viel nackte Haut, dass es genügend Raum für die eigene Fantasie bot.
»Da ist sie ja. Natalie Marković.«
»Genau«, sagte Brandt und klang schwermütig. »So hübsch und so jung.«
Durant musste dem zustimmen. Hübsch, jung, tot. So trostlos konnte die Welt da draußen sein.

»Wie viele Frauen sind noch dort gemeldet?«, fragte sie.
Brandt hob die Schultern. »Keine Ahnung. Canan müsste das genauer wissen.«
»Auf der Homepage gibt es zwölf Profile«, sagte Hochgräbe und schloss den Browser. »Wobei da ja auch externe dabei sein können.«
Durant klatschte in die Hände. »Gut. Fahren wir hin, dann wissen wir es.«

11:35 UHR

Canan Bilgiç wartete bereits, an ihren Mini gelehnt. Das schwarze Haar zu einem Pferdeschwanz gebunden und mit einem schicken Hosenanzug gekleidet, wirkte sie fast, als wäre sie soeben aus einem Modemagazin gestiegen. Keine Spur von Müdigkeit, keine eilig aufgetragene Schminke, wie Durant mit einem kleinen Anflug von Neid feststellte. So hatte sie auch einmal ausgesehen. Wobei sie sich noch immer nicht verstecken musste.
»Guten Morgen«, grüßte Canan die drei mit einem schmalen Lächeln. Die beiden Frauen umarmten sich, Claus schüttelte ihr die Hand, Peter winkte.
»So sollte kein Feiertag beginnen«, kommentierte sie, zog sich das Oberteil zurecht und förderte ihren Dienstausweis zutage. »Gehen wir rein?«
»Ja, Moment.« Brandt wechselte ein paar Worte mit seiner Kollegin und erklärte ihr, dass er nicht bleiben würde. Es war ihm sichtlich unangenehm, doch Canan reagierte ähnlich wie Julia.
»Familie ist wichtig. Gerade an solchen Tagen und wenn solche Dinge passieren. Wir reden später, okay? Und sieh zu, dass du für ein paar Stunden abschaltest. Ich habe ja beste Gesellschaft.«
Hochgräbe sagte etwas von »Team Frankfurt«, was Durant zu einem verstohlenen Lächeln brachte. Vermutlich war es für Brandt die pure

Hölle, zu wissen, dass ausgerechnet zwei Frankfurter seine Ermittlung übernahmen. Auch wenn sie im Grunde Münchener waren. Er würde also darüber hinwegkommen.
Nachdem Brandt den Wagen gewendet hatte und davongefahren war, wandte Durant sich an Bilgiç: »Was wissen wir denn über diese Natalie? Peter hat was von Ex-Jugoslawien gesagt.«
Canan nickte. »Ist in den Neunzigern hierhergekommen. Natalie war noch sehr jung, ich glaube, drei oder vier.«
Durant rechnete nach. Das kam hin. »Dann müsste ihre Mutter noch leben, oder?«
Die Frau durfte zwischen fünfzig und sechzig sein. Höchstens. Doch die Kollegin von der Offenbacher Sitte wusste es besser. Sie seufzte. »Bedauerlicherweise nicht. Ein trauriges Schicksal. Ich kenne nur die groben Details, aber die Mutter ist hier nie auf einen grünen Zweig gekommen. Sozialhilfe, irgendwann Prostitution, dazu Drogen.« Canan machte eine kurze Pause. »Dafür hatte sie ihre vom Bürgerkrieg zerstörte Heimat sicher nicht verlassen, aber mit diesem Schicksal ist sie nicht allein. Sie ist jedenfalls schon vor Jahren gestorben. Ob Natalie zu diesem Zeitpunkt schon selbst anschaffen ging, weiß ich nicht. Aber wir können wohl davon ausgehen.«
Julia Durant seufzte. Schicksale wie diese gingen ihr nahe. Vielleicht, weil sie zeigten, wie gut sie es selbst hatte. Sie hatte Perspektiven. Was hatte Natalies Mutter gehabt? War sie am Ende daran kaputtgegangen, dass auch ihrer Tochter kein besseres Leben blühte als ihr eigenes?

Canan Bilgiç betrat das Grundstück als Erste. Durant und Hochgräbe folgten ihr nebeneinander. Erwartungsgemäß lag das Haus zu dieser Stunde völlig ruhig da. In den zur Straße gewandten Fenstern hingen Leuchtsterne, ansonsten war keine Weihnachtsdekoration zu sehen. Kein Wunder, wenn man es genau betrachtete, denn wer dieser Tage hierherkam, tat dies ja meist, um der Einsamkeit und den Zwängen der Feiertage zu entfliehen.

Alles an dem Sandsteinbau, dessen schlanke Fenster und steile Dachlinien den Charme des neunzehnten Jahrhunderts versprühten, wirkte elegant und teuer. Ein Kontrast zu den lang gezogenen Siedlungshäusern, den Industriebauten und dem nahen Fußballstadion. Dazwischen unauffällige Wohnhäuser mit kleinen Gärten. Vorstadtstimmung. Enge. Existenzängste. Und inmitten dieser Einfachheit das *Oasis,* ein Sexclub, der sich zwar einen diskreten Anstrich gab, von dem aber gewiss jeder Nachbar wusste, was sich dort abspielte.

Die beiden geschotterten Parkplätze in der Einfahrt waren leer. Canan ging die drei Stufen hinauf und legte den Daumen auf das Klingelfeld. Im Hintergrund ein elektrostatisches Knacksen. Sonst nichts. Sie klingelte erneut.

Als wieder nichts geschah, ballte Durant die Faust und näherte sich der Tür. Bevor ihre Knöchel auf das Holz trafen, knackste es im Lautsprecher.

»Wir öffnen heute erst um sechzehn Uhr.«

»Das gilt nicht für uns«, antwortete die Kommissarin. »Kriminalpolizei.«

Wieder wurde es still. Die Stimme war weiblich und akzentfrei gewesen.

»Moment, bitte«, kam es ziemlich selbstbewusst. Vermutlich ratterten im Kopf der Dame nun die Möglichkeiten durch, wie sie sich verhalten musste. Gab es einen Notfallplan für solche Besuche? Wen würde sie anrufen? Oder befand sich einer der Hintermänner immer im Gebäude?

Eine Minute verstrich, in der die drei Beamten sich unschlüssig ansahen. Sie wagten es nicht, ein Gespräch zu beginnen, weil jeder wie gebannt auf die Gegensprechanlage lauschte. Dann endlich bewegte sich die Tür.

Eine Frau Mitte dreißig mit roten Locken, die ihr wild über beide Schultern reichten, stand vor ihnen. Makellos geschminkt, makellos gekleidet. In der Hand eine Slim-Zigarette. Die Bluse lag eng über einem ausladenden Dekolleté, und ihre langen Beine waren nur im obersten Viertel von einem Minirock bedeckt.

»Was soll das denn?«, wollte sie wissen. »Kripo?«

Nacheinander beäugte sie die Ausweise, dabei fiel Durant auf, dass sie die Kollegin Bilgiç offenbar kannte. Nicht, dass es sie gewundert hätte.

»Meine Kollegen aus Frankfurt und ich sind wegen Natalie Marković hier.«

»Natalie hat heute frei. Ich weiß nicht ...«

»Aber sie wohnt doch hier.«

»Ja.«

Durant ließ ihren Blick durch den Flur gleiten. Marmorfliesen auf dem Boden. Hohe, weiße Wände mit indirekter Beleuchtung, die zwischen Orange und Purpur wechselte. Wenig Dekoration, Silhouetten von Palmen, hier und da einige Schnörkel. An der Decke Kronleuchter, die vermutlich nicht teuer gewesen waren, aber wie Edelsteinhaufen inszeniert waren. Genau wie die Website. *Oasis*. Tausendundeine Nacht.

So richtig ins Bild passte der Auftritt der Rothaarigen nicht. Durant räusperte sich.

»Haben Sie Natalie heute schon gesehen?«, fragte sie, auch wenn sie die Antwort natürlich kannte.

Die Dame verneinte.

»Ist das nicht unüblich? Immerhin wohnen Sie im selben Haus.«

»Wer sagt das?«

»Francesca«, beschwichtigte Bilgiç sie. »Ich weiß doch Bescheid. Können wir vielleicht reingehen?«

Die Dame gab sich widerwillig, leistete ihrer Bitte jedoch Folge. Sie gingen über den Steinboden, bogen ab zu einer Treppe mit goldlackiertem Handlauf und lila Teppichbelag. Die Stufen führten ins Obergeschoss, wo ein halbes Dutzend Türen auszumachen waren. Eine stand offen.

»Francesca Gruber«, erklärte Canan ihren Kollegen auf dem Weg nach oben. »Sie ist hier so was wie die Chefin.«

»Weil sie die Dienstälteste ist?«, flüsterte Claus. Er meinte es offenbar ernst, auch wenn es komisch klang.

»Nein. Eher das, was man als Puffmutter bezeichnet. Sie schmeißt dieses Etablissement hier.«

»Moment«, Julia hakte nach, »ich dachte, das ist alles in der Hand von Banden?«

»Ist es auch. Irgendwie.« Auch Canans Stimme war kaum mehr hörbar. Sie legte sich den Finger vor die Lippen und ergänzte: »Aber das wird sie uns niemals freiwillig verraten. Es ist hier nicht anders als überall sonst auch. Wer redet, wird bestraft. Und was das für eine Frau bedeutet, wollt ihr euch nicht vorstellen.«

Durant lief ein Schauer über den Rücken. Die drei waren an der oberen Stufe stehen geblieben, während Francesca längst die Tür erreicht hatte. »Hierher!«, rief sie. »Wo hängt's denn?«

Julia Durant lächelte matt. Sie wirkte wie eine taffe Frau. Vielleicht musste man so sein, um dieses Leben führen zu können. Wahrscheinlich hatte sie sich diesen Rang auf dem Rücken liegend erarbeiten müssen. Womöglich tat sie es noch. Sie war gespannt, wie Francesca die Nachricht vom Tod ihrer Mitarbeiterin aufnehmen würde.

11:50 UHR

Mit zitternder Hand betrachtete er die winzigen Flammen, die ringförmig um eine Weihnachtspyramide angeordnet waren. Die aufsteigende Wärme versetzte die Holzflügel in Bewegung. Bunt lackierte Engel, Hirten, allerlei Gestalten und in der untersten der vier Etagen natürlich die Heilige Familie. Sie alle fuhren bald genauso Karussell wie die Gedanken in seinem Kopf. Der Whiskey in seinem Glas schwappte hin und her, er kippte ihn in zwei Zügen leer. Das Zittern wurde dadurch zwar nicht schwächer, aber er spürte es nicht mehr so.

Therapie. So fühlte sich das also an.

Doch er brauchte keine Therapie. Keine Fürsorge, kein Mitleid, keine herablassenden Blicke. Was er brauchte, war etwas ganz anderes. Mehr Whiskey, dachte er. Das war das eine, was ihm zumindest kurzfristig helfen würde. Und langfristig war da noch das andere.

Etwas, das besonders an diesen kurzen Tagen an die Oberfläche drängte. Immer wieder. Besonders in den langen Nächten, die diese Zeit mit sich brachte. Zeiten der Finsternis, Zeiten des Lichts. Glanz und Flammen hinter jedem Fenster.

Er leerte das Glas, und ohne es zu wollen, drückte er es mit einer derartigen Kraft zusammen, dass es zerbarst. Ein Klirren auf dem Boden. Blut rann ihm über die Hand. Die Verletzung war nicht besonders tief, aber schmerzhaft. Ein heilsamer Schmerz, nicht so wie der, der sein immerwährender Begleiter war. Etwas, das man mit einer Tinktur und einer Heilsalbe aus der Welt schaffen konnte.

Für alles andere brauchte es mehr als das.

Doch nun nahte die Zeit der Rettung, so wie sie aus aller Munde besungen wurde. Ein weiteres Jahr, ein weiteres Fest. Eine weitere Illusion, dass die Welt für einen kurzen Moment innehalten und die Hoffnung auf Frieden auch nur irgendwo einen Funken der Veränderung zünden würde. Vergeblich.

Ganz im Gegensatz zu ihm. Während er seine Hand verarztete (der Schnitt war tatsächlich nicht der Rede wert), blitzte ein anderer Funke in seinem Innersten auf.

Was scherte ihn die Welt? Jeder konnte nur das tun, was ihm im Kleinen möglich war. Heute, morgen und an jedem anderen Tag auch. Am Ende würde er selbst bestimmen, wann die Zeit der Bescherung gekommen war.

Bis dahin würde er warten. Würde er weitermachen.

Tag für Tag.

11:55 UHR

Francesca Gruber leerte ihr zweites Glas Wodka. Canan Bilgiç schenkte ihr noch einmal nach, stellte die Flasche dann demonstrativ zurück auf den Tresen. Sie befanden sich in einer Art Wohnküche, es gab eine breite Kochzeile und einen Sitzbereich mit Polstermöbeln sowie einen ovalen Esstisch, an dem zehn Stühle standen. Am Kopfende saß Francesca. Den dritten Wodka noch vor sich, war ihr Kopf zwischen die Hände gesunken. Die Zeigefinger massierten den Schläfenbereich mit der notwendigen Vorsicht, um die aufgeklebten Nägel nicht abzubrechen.
»Aber warum? Was hat sie denn getan?«, klang das gedämpfte Jammern unter ihren Handballen hervor.
Julia Durant ergriff das Wort. »Hatte Frau Marković schwierige Freier? Oder gab es in letzter Zeit Ärger mit einem davon?«
»Natalie macht hauptsächlich Escort. Von den Typen bekommt man hier nichts mit.«
»Aber sie müssen sich doch anmelden. Oder wie läuft das ab?«
Francesca kippte die durchsichtige Flüssigkeit und stellte das Glas dann weit vor sich. Sie hustete kurz und wedelte dann mit der Hand. »Ich glaube, Sie missverstehen da so einiges. Wir haben kein Büro, keine Kundenkartei oder dergleichen. Es gibt hier vier Kategorien an Männern, von denen drei die Laufkundschaft bilden, und dann eben die Escort-Typen. Hier im Haus gibt es verschiedene Bezahlmodelle. Man bucht eine der Damen oder auch zwei. Man kommt alleine oder mit jemandem zusammen. Das ist eine abendfüllende Geschichte, und ich erzähle Ihnen gerne, wie das vonstattengeht, aber bitte nicht jetzt.«
Sie atmete schwer, und Durant nutzte die Gelegenheit, um etwas zu sagen. »Ich interessiere mich tatsächlich dafür, aber auch mir geht es hauptsächlich um Kategorie vier. Auf Ihrer Homepage steht eine Handynummer. Wählt man diese an, wenn es um Escort geht? Oder

schreibt man eine E-Mail? Oder läuft die Kontaktaufnahme direkt über die Frauen?«

»Es geht per Formular oder über Telefon«, antwortete Francesca, »und meistens läuft das Ganze über mich. Wenn ich nicht da bin, kann das aber auch mal jemand anderes im Haus übernehmen. Schließlich«, sie machte eine vielsagende Pause, »bin ich nicht rund um die Uhr abkömmlich. Unsere Kundschaft hingegen erwartet eine sehr zeitnahe Reaktion.«

»Und das können dann *alle* Damen hier sein?«

Francesca lachte bitter. »Gott bewahre! Es sind drei von ihnen. Und ja. Natalie zählte dazu.« Ihre Miene trübte sich wieder ein.

Durant hielt ihren Notizblock bereit und stellte Fragen über Natalie. Wie lange war sie schon hier tätig, was hatte sie vorher gemacht, und gab es Kontakte nach außen. Die Antworten von Frau Gruber waren ernüchternd nichtssagend. Entweder interessierte sie sich nicht besonders für ihre Mitarbeiterinnen, oder sie wollte nichts über sie preisgeben. Doch das passte eigentlich nicht zu ihrer Bestürzung.

»Ich weiß bislang nur vom Schicksal ihrer Mutter«, wiederholte die Kommissarin. »War das ihre einzige Familie hier?«

»Ich glaube schon.«

»Hat ihre Mutter gewusst, womit Natalie ihren Lebensunterhalt verdient? Das war doch sicher nicht das, was sie sich für ihr Kind erhofft hatte.«

Francesca schnaubte verächtlich. »Sehr nett ausgedrückt.«

»Ich wollte Ihnen damit nicht zu nahe treten.«

»Schon gut. Aber Sie haben recht. Ihre Mutter wusste es nicht, jedenfalls hat Natalie es ihr nicht gesagt. Die beiden haben in Mühlheim gelebt, eine kleine Wohnung. Seit dem Tod ihrer Mutter lebte Natalie hier.«

»Ausschließlich hier?«

»Ja. Es ist nicht unüblich, dass die Frauen es sich hier heimelig ma-

chen. Das *Oasis* ist keines dieser dauervollen Laufhäuser, und es gibt hier auch nicht diesen Flatrate-Kram.«
Julia Durant erinnerte sich. Flatrate-Bordelle, im Straßenjargon auch »All you can fuck«-Läden genannt, waren bis vor wenigen Jahren der neueste Auswuchs dieser immer boomenden Branche gewesen. Freier zahlten einen Festpreis, um sich dann so lange und sooft sie wollten, mit den anwesenden Mädchen zu vergnügen. Diese wurden zwischen verschiedenen Läden hin- und hergetauscht, um für Abwechslung zu sorgen. Zum Glück hatte man diesem Treiben einen gesetzlichen Riegel vorgeschoben. Sie dachte an Natalie Marković. Auch wenn das *Oasis* sich edel gab, es war und blieb ein Bordell. Wollte man tatsächlich dauerhaft in einem solchen Haus *leben?*
»Es war ja auch nur eine Zwischenlösung«, erklärte Francesca Gruber, als habe sie ihre Gedanken erraten. »Natalie hat mich nicht bis ins letzte Detail in ihre Pläne eingeweiht. Aber ich hab gewusst, dass sie wegwollte. Weg von hier, weg aus der Gegend, zurück nach Kroatien. Dafür hat sie natürlich Geld gebraucht. Hier zu wohnen und zu arbeiten, war für sie der günstigste Weg.«
»In Ordnung, danke. Das ist doch schon ein wenig mehr, was wir von ihr wissen. Jetzt noch ein Wort zu ihren Freiern. Gab es da Stammkunden oder jemand Besonderen?«
Francesca pustete in die Luft. »Mein Gott, Sie haben echt keine Ahnung, wie das hier läuft! Klar, wir haben Stammkundschaft. Aber da ist jetzt niemand dabei, den ich für verdächtig halte. Und natürlich gibt es auch ein paar schräge Typen, über die untereinander gelästert wird. Aber das sind eher Einzelfälle. Die Frauen hier sind vergleichsweise frei, oder, besser: unabhängig in der Vergabe ihrer Termine«, erklärte Francesca und rieb sich demonstrativ die Fingerkuppen von Daumen und Zeigefinger. »Solange am Ende die Kasse stimmt ...«
Hochgräbe meldete sich zu Wort: »Okay, dann mal Tacheles. Ich rufe also Heiligabend hier an. Einsam und auf der Suche nach einer Begleitung. Was geschieht als Nächstes?«

»Überhaupt nichts«, sagte Francesca kühl. »Gestern hatten wir geschlossen, und es lief nur eine Ansage.«
»Aber ...«
»Manche Frauen haben natürlich trotzdem gearbeitet. So wie Natalie. Doch diese Termine können auch langfristig gebucht gewesen sein.« Francesca schüttelte sich. »Es tut mir leid, das wächst mir gerade über den Kopf.«
»Das kann ich verstehen.« Canan legte ihr eine Hand auf die Schulter. »Können unsere Experten sich das mal ansehen? Auch das Zimmer, in dem Frau Marković gewohnt hat? Es ist wichtig, dass wir alles untersuchen, bevor etwas verändert oder zerstört wird.«
»Hmmm.«
Julia Durant prüfte Francescas Reaktionen sehr genau. »Gibt es jemanden, bei dem Sie sich grünes Licht holen müssen?«
»Wie ...«
»Es ist uns egal«, sagte die Kommissarin. »Nur tun Sie es bitte jetzt. Wir dürfen keine Zeit verlieren, in Natalies Interesse und auch nicht in Ihrem. Solange wir keine Klarheit über die Tragweite des Falls haben, bleibt der Laden hier jedenfalls geschlossen.«
Francesca sprang auf. Woher auch immer unter ihrer hautengen Kleidung sie das Smartphone gezaubert hatte, ihre Fingernägel klackten auf dem Display herum, und es dauerte nicht lange, da führte sie ein Gespräch. Da sie zum anderen Ende des Raumes geschritten war, dorthin, wo die Sessel standen, war nichts zu verstehen. Ihr Gesichtsausdruck indes sprach Bände. Und mittendrin glaubte Julia Durant, ein bitteres Schluchzen zu erkennen.
Echtes Mitgefühl oder eine vorgespielte Leidenschaft?
In diesem Haus war sie sich noch unsicherer als sonst, ob sie dem Augenscheinlichen trauen konnte.
Nach zwei Minuten kehrte Francesca Gruber zurück.
»Wen genau meinen Sie denn mit Experten? Spurensicherung?«
»In erster Linie Spurensicherung und Computerexperten«, erklärte

Hochgräbe. »Wir müssen die Telefone untersuchen, auch Ihres, und den Computer. Postfächer. Termine. Da wir bei der Toten keine persönlichen Gegenstände gefunden haben, wäre es gut, ihre Telefonnummer zu überprüfen. Vielleicht lässt sich das Gerät noch orten, oder wir können irgendwelche Daten abfragen.«
»Jaja, schon gut.« Francesca ließ sich zurück auf ihren Stuhl sinken. Ihr Blick wanderte in Richtung des leeren Glases. Dann räusperte sie sich. »Ich würde jetzt gerne mit den anderen reden, wenn das möglich ist. Sie ... wissen ja noch nichts.«
Die Kommissare wechselten Blicke. Durant und Hochgräbe nickten, baten aber darum, dass mindestens einer von ihnen im Raum bleiben dürfe. Die Wahl fiel auf Canan Bilgiç.

*

Liebe.
Brauchte es diesen schweren Begriff, diesen Ballast an Erwartungen, die dieses Wort transportierte?
Er hatte sich den Tag freigenommen. War beim Friseur gewesen, hatte etwas Neues ausprobiert. Helle Strähnchen. Teuer, langwierig und verbunden mit einer Menge Chemie.
War es das wert? Machte man das heute so?
Wohin waren bloß die Zeiten verschwunden, in denen der Mann sich eine Frau nahm, um den Fortbestand seines Geschlechts zu sichern? Eine Versorgergemeinschaft, die ohne den jeweils anderen nicht bestehen konnte. Worin aber bestand nun der Sinn, sich die Haare zu färben, wenn nicht höchstens aus dem Zweck, sich auf der Jagd besser zu tarnen?
War es Liebe, die den Fortbestand der Menschheit seit Jahrtausenden gesichert hatte? Oder war es nicht vielmehr das Akzeptieren von Notwendigkeiten? Und war das Leben, das er mit ihr führte, nicht genau das? Eine Gemeinschaft, die ihre Ressourcen teilte, weil jeder etwas einbrachte, das dem anderen fehlte. Ein Zweckbündnis? War es für sie tat-

sächlich nur das? Hatte sie ihm nicht immer wieder zu verstehen gegeben, dass da mehr war zwischen ihnen? Dass sie mehr waren als nur die Summe ihrer Teile?
Er betrachtete sich im Spiegel, dann roch er etwas. Schmorgeruch. Das alarmierte ihn. Ein weiterer Urinstinkt. Der Respekt vor dem Feuer. Die Macht, es zu bändigen, gepaart mit der Gewissheit, es niemals ganz beherrschen zu können.
Doch es war nur der Herd. Er schaltete die Kochplatte aus und rührte im Topf. Nichts passiert.
Er hatte sich den Tag freigenommen, ohne dass sie etwas davon mitbekommen hatte. Hatte nach dem Friseur eingekauft und sich an ihr Lieblingsessen gemacht.
Wenn es etwas gab, wofür sie immer und überall Liebe und Begeisterung versprühen konnte, dann war es ein gutes Essen. Das war sein Plan.
Es lief gut zwischen ihnen, was vielleicht an der Zeit lag. Das weihnachtliche Treiben entfachte selbst in den kältesten Herzen die Sehnsucht nach Nähe.
Er würde sie ihr geben.
Er würde ihr gefallen, er würde sie versorgen, er würde alles richtig machen.
Doch sie kam nicht.

12:20 UHR

Julia Durant stand alleine in einem quadratischen Raum von etwa zwanzig Quadratmetern. Hohe Decke, Stuckleiste, ein Kronleuchter mit einem Dutzend Lichter, üppig behängt mit verschiedenfarbigen Kristallen. Eine Ziehharmonikatür führte in ein hell gekacheltes Bad, in dem der beleuchtete Schminkspiegel an die Garderobe eines Filmstars erinnerte. Auf der Kommode drei gerahmte Fotos. Eines zeigte Natalie Marković als Kleinkind mit ihren Eltern. Ein anderes

vermutlich ihre Mutter. Auf dem dritten Bild war Natalie mit drei anderen Frauen abgelichtet. Offenbar ein Schnappschuss. Sie posierten um eine Skulptur, die Durant als den Brockhaus-Brunnen erkannte. Jenen Koloss aus strahlend weißem Marmor, der in den Achtzigern im Zuge von Umgestaltungen der Flaniermeile auf die Frankfurter Zeil gekommen war. Zunächst wohl heftig umstritten, aber als sie selbst in die Stadt gezogen war, hatte er längst zum regulären Stadtbild gehört. Im Hintergrund der vier Damen, die sich um die nur grob aus dem Stein gearbeiteten Personen gruppiert hatten, waren einige der rot-weißen Lettern von Woolworth zu erkennen. Mit seiner Fassade, die die Kommissarin an einen gigantischen Eierkarton erinnerte. Sie kniff die Augen zusammen. Wer waren diese Frauen? Kolleginnen?
Sie erkannte keine davon. Aber wie lange war es her, dass das Kaufhaus geschlossen worden war? Zehn Jahre? Sie fotografierte die Motive und nahm sich vor, Francesca dazu zu befragen.
Es klopfte an der Tür, obwohl sie nur zur Hälfte angelehnt war. Jemand von der Spurensicherung steckte den Kopf hinein.
»Wir würden gerne loslegen.«
Julia Durant, die den Raum ohne Schuhe betreten hatte und auch geflissentlich darauf geachtet hatte, nichts anzufassen, nickte.
»Eine Minute noch«, bat sie, um ihren Blick ein letztes Mal wandern zu lassen.
Der Flachbildschirm, die Miniatur-Küchenzeile mit Kaffeemaschine, das rote Wildledersofa mit Fußhocker.
Etwas an diesem Bild störte die Kommissarin. Der Charme einer Studentenbude, einer geschmackvollen Kleinstwohnung. Und das alles inmitten eines Edelbordells?
Sie wandte sich zur Tür, wo sie hinter zwei Kollegen in Schutzanzügen Platzeck, den Leiter der Spusi, entdeckte.
»Fröhliche Weihnachten«, grüßte dieser, bevor sie ihn davon abhalten konnte.

Insgeheim musste Durant an einen Satz denken, den sie irgendwo aufgeschnappt hatte. *Den Nächsten, der frohe Weihnachten zu mir sagt, bringe ich um.* Fernsehzeitung? Oder war es ein Buchtitel gewesen? Sie rang sich ein »Danke, ebenso« ab und deutete hinter sich: »Bitte informiert mich über alles, was Aufschluss über das Leben gibt, das sie geführt hat. Woher sie kommt, was ihr wichtig war. Solcherlei Dinge.«

»Machen wir«, bestätigte Platzeck und bedachte die Kommissarin mit einem besorgten Blick. »Ist alles okay bei dir?«

»Ich kann's dir nicht sagen. Ehrlich.« Julia stieß einen Seufzer aus. »Diese Frau ist tot. Einfach weg. Und das ausgerechnet an Weihnachten. Niemand hat sie vermisst gemeldet. Das wäre vermutlich noch geschehen, aber ich befürchte, dass es außer vielleicht den Kolleginnen hier niemanden gab, der sich wirklich für sie interessiert hat. *Das* ist nicht in Ordnung.«

»Hmm, ja.« Platzeck wippte mit dem Kinn. »Wir geben uns Mühe.«

»Hast du denn genügend Leute?«

»Definitiv!« Der Chef der Spurensicherung zwinkerte verstohlen. »Manche der Jüngeren sind sogar froh, dem ganzen Weihnachtsrummel zu entfliehen. Da haben sie wenigstens eine gute Ausrede. Nur in Sachen IT sieht es mau aus, aber dafür haben wir ja noch die Offenbacher.«

Julia Durant kehrte zu Francesca zurück. Eine Handvoll Frauen in bequemer Kleidung hatten sich um sie geschart. Zwei hatten Tränen in den Augen, eine schnäuzte sich die Nase, eine bearbeitete stoisch ihr Smartphone. Durant zog ihr eigenes Telefon hervor und zoomte auf das Gruppenfoto von der Zeil. Leider recht unscharf, wie sie feststellte, aber es genügte, um zu erkennen, dass es keine eindeutige Übereinstimmung gab. Außerdem – ihr Blick fiel auf die asiatisch wirkende Frau mit dem Smartphone in der Hand –, wenn das Bild tatsächlich vor zehn Jahren entstanden war, dann dürfte dieses Mäd-

chen kaum älter als zwölf Jahre alt gewesen sein. Und auch die anderen Damen, mit Ausnahme Francescas, kamen allein aus diesem Grund kaum infrage.
Sie nickte Canan Bilgiç zu, die gerade mit einer der verheulten Frauen sprach, und näherte sich dann der Bordellbesitzerin.
»Frau Gruber«, sagte sie leise, »können Sie mir die Namen dieser Frauen hier sagen?«
Francesca schaute auf das Display. Dann schüttelte sie den Kopf. »Das wird nicht viel nützen. Keine davon ist mehr hier in der Gegend.«
»Ich würde trotzdem gerne ...«
»Ja. Schon gut«, sagte Francesca, unerwartet scharf. Sie zählte drei Namen auf, die unterschiedlicher kaum hätten sein können. »Lissabon, Amsterdam, Bukarest«, erklärte sie. »Und vermutlich genau dort leben die Frauen jetzt auch wieder.«
Durant packte das Telefon weg und holte ihren Notizblock hervor. »Danke. Wenn Sie das bitte aufschreiben würden. Am besten in der Reihenfolge, wie sie auf dem Foto abgebildet sind. Moment ...« Sie wollte das Handy erneut hervorziehen, aber Francesca winkte ab.
»Lassen Sie. Ich kenne das Foto. Ich habe es selbst geknipst.«
»Ach ja? Wann genau war das?«
»Sommer 2007. Ein sehr heißer Tag.« Ihr Blick trübte sich ein, und ihre rechte Hand legte sich um den leeren linken Ringfinger. »Ich wollte in diesem Jahr heiraten.«
»Was ist passiert?«
»Ich möchte nicht drüber reden. Schauen Sie in Ihrer Kriminalstatistik nach. Unter Bandenkrieg.« Sie stockte und ergänzte leise: »Man hat ihn am helllichten Tag erstochen.«
Julia zog sich einen Stuhl heran und nahm neben Francesca Platz. »Das tut mir leid.«
»Schnee von gestern. Aber was hat das alte Foto denn mit dem Mord an Natalie zu tun?«

»Ich möchte das persönliche Umfeld kennenlernen. Manchmal hilft es. Es verleiht einem Opfer, das man vorher nicht kannte, eine Gestalt.«
»Klingt nach Hokuspokus«, brummte Francesca. »Für uns alle hier war Natalie ein sehr wichtiger Mensch. Wir sind hier so etwas wie eine Familie.«
Julia Durant fragte sich, ob das eine vorgeschobene Bezeichnung war. Die Illusion, mit der eine Puffmutter es sich schönredete, was die Mädchen für sie taten. Für den Profit.
»M-hm. Dann sollten wir doch jede nur denkbare Möglichkeit nutzen, das Ganze aufzuklären.«
»Mag sein. Aber von diesen drei Frauen hier war es mit Sicherheit keine.«
Francesca schob den Notizzettel in Durants Richtung. Diese bedankte sich.
»Wir werden sehen, was unsere Computerspezialisten in Sachen ihres letzten Termins herausbekommen. Bis dahin ...«
»Bis dahin – was?«
»Das wollte ich Sie gerade fragen. Was werden Sie denn die kommenden Tage tun, solange Sie ... *geschlossen* haben?«
Francesca lachte kehlig, und zwar so laut, dass es das beklemmende Flüstern der Anwesenden durchbrach. »Sie haben ja keine Ahnung, wie die Dinge hier laufen! Wenn die Türen zubleiben, arbeiten die Mädchen eben woanders. Einen Gefallen tun Sie damit aber niemandem.«
Julia Durant erahnte die Zwickmühle, in die sie da geriet. »Sie hielten es also für eine bessere Idee, einfach so zu tun, als wäre nichts geschehen?«
»Das habe ich nicht behauptet. Natalies Tod ist schlimm für uns alle. Aber das interessiert außerhalb dieser Mauern niemanden. Wenn wir hier ein wenig Alltag einkehren lassen, ist das wohl das kleinste aller Übel.«

Es schien sinnlos, hier zu diskutieren. Vor allem, weil es am Ende nicht Francesca Gruber war, die über solche Fragen zu entscheiden hatte.
Das taten andere. Lag es da nicht an Julia Durant, im Sinne der Frauen zu entscheiden und auf ihr Bauchgefühl zu vertrauen?
»Ich könnte es Ihnen ja sowieso nicht verbieten«, sagte sie daher mit einem vielsagenden Blick. »Allerdings benötigen unsere Kollegen uneingeschränkten Zugang, und Natalies Zimmer bleibt versiegelt.«
Eine dankbare Erleichterung trat in Francesca Grubers Augen.

16:05 UHR

In ihrem Inneren pulsierte die Unruhe. Julia Durant hatte gelernt, mit ihren Beklemmungen zu leben, und meistens gipfelten sie nicht mehr in einem Panikanfall. Trotzdem lauerten diese diffusen Ängste, die Alpträume und das Herzrasen im Schatten, und sie kamen meist dann hervorgekrochen, wenn sie nicht damit rechnete. Wenn sie sich zu sehr auf ihr Drumherum konzentrierte und wenn dann auch noch ein Fall dazukam, der ihre Gedanken in Anspruch nahm. In solchen Fällen half es ihr, ein paar Kilometer zu joggen, um den Kopf freizubekommen. Auch wenn das Tageslicht bereits schwand, wollte sie diesem Bedürfnis nachgehen, und ohne Zeit zu verlieren, wechselte Julia ihre Kleidung.
Während sie in ihre Laufschuhe schlüpfte und die Schnürsenkel band, fragte sie Claus: »Kommst du mit?«
Dieser wand sich. »Du weißt doch, wie gerne ich jogge.«
»Schon gut.« Sie grinste.
»Wohin läufst du denn? Holzhausenpark?«
Die Kommissarin schüttelte den Kopf. »Nein. Ich möchte heute mal was anderes sehen. Günthersburgpark, hab ich mir überlegt.«

Julias Wohnung lag im Frankfurter Stadtteil Nordend in unmittelbarer Nähe des Holzhausenparks mit seinem kleinen Schlösschen in der Mitte. Ebenfalls in Laufweite befand sich das Polizeipräsidium. Seit einigen Wochen schon besaß Julia Durant kein Auto mehr, Claus Hochgräbe hatte seines bereits in seiner Münchener Zeit abgeschafft. Die Kommissarin redete zwar stets davon, sich wieder einen spritzigen Kleinwagen zuzulegen, hatte es aber noch nicht getan. Da sie nicht mit dem Dienstwagen zum Joggen fahren, aber etwas anderes sehen wollte, war ihre Wahl auf den Günthersburgpark gefallen. Dieser lag kaum zwei Kilometer entfernt, genau richtig, um einen Rundweg daraus zu machen, denn Julia lief nicht gerne zweimal dieselbe Strecke. Den Hinweg würde sie über die Glaubergstraße nehmen, dann den Park umrunden und retour an der Fachhochschule vorbeilaufen und dann am BCN-Hochhaus mit seinem Außenfahrstuhl, der ihr jedes Mal das kalte Grausen über den Rücken trieb. Wie konnte man nur freiwillig an der Außenseite eines Gebäudes ... Je nach Laune wäre sie am Ende ihrer Tour dann mindestens fünf Kilometer gelaufen. Zuzüglich einer oder zwei Extrarunden um das Parkgelände.
Genau richtig nach den zurückliegenden Ereignissen.
Julia Durant schlüpfte in ihre Sportkleidung, griff sich die Ohrstöpsel und verabschiedete sich von ihrem Zukünftigen.

16:30 UHR
Günthersburgpark

Die Abenddämmerung kündigte sich an. Endlich hatte es aufgehört zu regnen, die Luft schmeckte frisch, und es schien kühler zu werden. Vielleicht brachte das scheidende Jahr ja doch noch Schnee, denn selbst im Taunus und im Vogelsberg sah es in dieser Hinsicht bislang düster aus.

Er klappte den Teddystoff seiner Jeansjacke hoch. Schritt die Reihenhausfassaden der Hallgartenstraße ab. Bunter Weihnachtsschmuck, viele Lichter, dazwischen auch immer wieder Lücken. Ausländer, Andersgläubige. Oder Menschen wie er, die mit dieser Zeit nichts weiter verbanden. Jedenfalls nichts Gutes. Er erreichte den nordwestlichen Eingang des Parks. Ein weitläufiges, mit alten Bäumen bewachsenes Areal, eine Oase inmitten dicht besiedelter Flächen. Jeder Quadratzentimeter der Stadt war teuer. Jede freie Stelle wurde zugepflastert. Auch vor der grünen Lunge machten die Stadtplaner nicht halt, schon bald sollten das Gestrüpp und die Kleingärten am Nordende des Parks zugunsten von Eigentumswohnungen weichen.
Er atmete schwer. Bald. Nicht heute. Seine Finger glitten in die Jackentasche und tasteten, von nervösem Zittern begleitet, nach dem schlanken Kunststoff. Alles da, wo es hingehörte, beruhigte er sich. Doch die Anspannung blieb. Er hatte etwas Unrechtes getan, das wusste er. Aber er war nicht zufrieden. Konnte nicht zufrieden sein. Deshalb war er zu dieser Stunde hier draußen in der Kühle. Deshalb lenkte er seine Schritte zuerst geradeaus, um dann zielstrebig in Richtung Norden abzubiegen.

*

Ihre Beine steckten in schwarzgrauen Leggins, und sie trug Bluetooth-Ohrhörer, die extra so geformt waren, dass sie bei Erschütterungen nicht verrutschten. Waren es die Weihnachtskalorien oder der Weihnachtsstress, den sie sich auf ihren Runden durch den Park austreiben wollte? Vielleicht beides. Es schien nicht wenigen ähnlich zu ergehen, jedenfalls hatte sie das Gefühl, dass neben den Gassigängern und ihren Hunden mehr Läufer unterwegs waren, als sie erwartet hätte. Jeder hatte seinen eigenen Trott, kein bekanntes Gesicht darunter, also konnte sie die Einsamkeit und ihre Musik in vollen Zügen genießen. Noch einmal, spornte sie sich an und beschleunigte. Der Atem formte

Nebel, warmer Schweiß durchdrang ihr Oberteil, und nur an den Beinen und Armen war die Außentemperatur unangenehm zu spüren.
Dann kam sie ins Straucheln. Ein nicht angeleinter Pinscher, dessen braun-schwarzes Gesicht wie ein Bandit mit Maske gezeichnet war, tänzelte um sie herum. Irgendwo durch die Musik drang ein Schreien. Sie stoppte ihren Lauf, wippte hin und her, spürte das Herzrasen in der Kehle. Die rechte Hand suchte das Smartphone, um die Musik zu stoppen. Es befand sich in einer Tasche am Oberarm. Während sie das weitere Umfeld scannte, wechselte ihr Blick immer wieder zurück zu dem angriffslustigen Köter. Dieser hatte jedoch offenbar nur ein Interesse daran, dass sie nicht weiterrannte, und glücklicherweise gelangte auch im nächsten Moment sein Herrchen in ihr Sichtfeld. Das obligatorische »Der tut nichts« auf den Lippen, kam er näher, dann ein paar scharfe Worte in Richtung des Tieres, das sofort den Schwanz einzog und sich zu Boden legte. In der Hand des Mannes eine Leine nebst Schlaufe, fast wie ein Henker, der den Strick zum Galgen trug. »Neues Halsband. Tut mir leid. So was ist noch nie passiert, ich glaube, ich muss das enger machen.«
»Schon gut«, keuchte sie. Mittlerweile fror sie nicht nur an Armen und Beinen. Sie wollte weiter, außerdem lief der Schrittzähler noch.
»Wie gesagt. Sorry«, rief er ihr nach. Sie vergaß vor lauter Eile, die Musik wieder anzutippen.
Hatte das eine plumpe Anmache werden sollen? Dafür hatte er zu schnell aufgegeben. Oder kam da noch etwas? War das am Ende seine Masche? Einen Hund so abzurichten, dass er über ihn mit Frauen ins Gespräch kam? Oder traute sie der Männerwelt damit zu viel zu?
Ihr bisheriges Händchen hatte sich, bis auf wenige Ausnahmen, ja nicht immer als glücklich erwiesen.
Sie zuckte die Schultern und erhöhte das Tempo, um am Gebäude des Kinderzentrums vorbei in Richtung Norden zu gelangen.
Der Takt ihrer Turnschuhe und das Pumpen von Herz und Lunge waren das Einzige, was sie hörte. Sowohl das Gesicht des Fremden als

auch dessen Hund verloren sich aus ihrem Gedächtnis, und mit Erleichterung stellte sie fest, dass sie die nächsten paar Hundert Meter keiner weiteren Begegnung ausgesetzt sein dürfte.

Da trat ein Mann aus dem Gebüsch. Schon wieder ein hundeloses Herrchen? Ein Jogger schien er nicht zu sein, allerdings hatte er auch keine Leine bei sich. Vielleicht war der Mann einem Bedürfnis nachgegangen. Sie machte einen langen Schritt, um ihm auszuweichen, er lächelte sie an, offenbar dankbar und ein wenig erschrocken, weil er sie übersehen hatte. Kaum war sie an ihm vorbei, verschwand er auch schon wieder aus ihren Gedanken. Sie wollte nicht an Männer denken, sie wollte einfach nur ihre Schritte spüren und ihren Herzschlag, der die Lebendigkeit spürbar bis in ihre Halsschlagadern pulsieren ließ. Das war das Leben, das war die Freiheit. Bis zu der Sekunde, als sich eine Hand um ihr Gesicht schlang und so kräftig auf ihren Mund drückte, dass ihr der Atem wegblieb. Vor ihren Augen erschien eine Kanüle. Eine Kanüle mit einer roten Flüssigkeit, so, wie man sie bei der Blutentnahme verwendete.

Und tatsächlich folgten die Worte: »Da drinnen ist Aids-Blut. Wenn du schreist, steche ich zu.«

DONNERSTAG

DONNERSTAG, 26. DEZEMBER, 9:55 UHR

Frank Hellmer war als Erster im Präsidium gewesen und wartete im Konferenzzimmer auf seine Kollegen. Viel zu erwarten gab es da ja nicht, dachte er, denn Peter Kullmer und Doris Seidel hatten die Weihnachtsferien genutzt, um mit ihrer Tochter auf die Kanarischen Inseln zu fliegen. Über ihren neunten Geburtstag. Elisa wäre um ein Haar ein Christkind geworden, hatte sich dann aber doch schon zwei Tage vor Heiligabend entschieden, auf die Welt zu kommen. Seit sie ein Schulkind war, konnte die Familie nur in den Schulferien reisen. Die Kanaren waren ohnehin sündhaft teuer und über Weihnachten auch noch hoffnungslos überlaufen, aber dafür herrschte dort eine Witterung um die fünfundzwanzig Grad, und eine weihnachtlich geschmückte Strandpromenade inklusive Nikolaus mit Surfbrett hatte sie erwartet.

Im Frankfurter Präsidium gab es also nur ein kleines Team. Er selbst, Julia und Claus. Umso mehr wunderte es den Kommissar, als er das Gesicht von Peter Brandt und seiner türkischstämmigen Kollegin erkannte. Während er noch nach ihrem Namen fischte, traten die beiden ein, und sie tauschten die obligatorischen Weihnachtswünsche aus.

»Kein Essen mit der Familie?«, fragte Brandt, und es klang beinahe schnippisch.

»Gestern«, antwortete Hellmer. »Und selbst?«

»Dito.« Der Offenbacher ließ sich nicht in die Karten blicken, ob das

Essen gut oder schlecht gewesen war und mit wem er es verbracht hatte. Seine Familie, das wusste Hellmer, bestand aus Oberstaatsanwältin Elvira Klein, mit der Brandt seit Längerem liiert war, und aus erwachsenen Töchtern. Im Grunde ging ihn das nichts an. »Was treibt euch denn hierher?«

»Hat Julia dich noch nicht informiert?« Brandt schien verwundert. »Canan und ich sind hier ...«

Genau, erhellte sich Hellmers Geist, Canan Bilgiç. So lautete ihr Name. Und sie war auch keine Türkin, sie stammte aus Dreieich, und ihre Familie war besser integriert, als mancher Deutsche es war. Dann brachen seine Gedanken ab, um Brandts Worten Beachtung zu schenken.

»... weil die Tote von der Staustufe bei uns gemeldet war«, sagte dieser. »Ein Callgirl, die von einer der bekannten Adressen operiert hat. Es ist noch unklar, ob sie auf eigene Rechnung unterwegs war oder ob sie überhaupt nicht, hm, im Dienst war. Die ganze Sache zieht jedenfalls ein paar ungute Kreise.«

»Aha. Na prima.« Hellmer sah unruhig auf die Uhr. »Wo bleiben die beiden denn?«

Dann sah er Claus Hochgräbe.

10:10 UHR

Aleksander Salim betrachtete das Kind.

Er hatte schlecht geschlafen, wäre lieber bei Tiana geblieben, doch in der Klinik hatte man ihnen kein Bett geben wollen.

Wie friedlich der Junge dasaß. Mit seinem Auto auf dem Wohnzimmerteppich Runden fuhr, die entsprechenden Geräusche auf den Lippen, und immer wieder der scheue Blick in Richtung des Mannes, als befürchtete er, er könne ihn alleine lassen.

Wie viel verstand der Kleine wohl von den Dingen, die um ihn herum

geschahen? Wie würden sie ihm später erklären, was mit seiner Mutter passiert war? Würden sie überhaupt darüber reden? Und was war mit dem Kind, das in ihrem Bauch heranwuchs?
Salim hatte x-mal nachgerechnet. Natürlich konnte er der Vater sein. Sie liebten sich regelmäßig, und dabei versuchte er immer auszublenden, dass sie das Allerheiligste, wo er in sie eindrang, mit unzähligen anderen Männern teilte. Ein kaum zu ertragender Gedanke, und doch versicherte sie ihm immer wieder, dass es nur Arbeit sei. So wie Hände, die man nach dem Schmutzigmachen einfach abwusch und aus denen man dann gefahrlos essen konnte. Manchmal gelang es ihm, manchmal nicht. Aber was würde passieren, wenn das Kind, das sie gebar, keinem von beiden ähnlich sah? Wenn es rote Haare hatte oder dunkle Haut? Würde er ein zweites Kind annehmen können und dabei nur so tun, als wäre es sein eigenes?
Salim schüttelte sich.
Es klopfte so laut an die Tür, dass er vor Schreck zusammenfuhr.
Ein Blick durch den Türspion ließ ihn erschaudern. Draußen stand Kyril Slavchev mit einem seiner stummen Schläger, die sich nur bewegten, wenn er es ihnen befahl. Offenbar hatte Slavchev den Schatten hinter der Linse wahrgenommen, denn schon landete seine Faust erneut auf dem Türblatt.
»Mach auf!«, drang es in Salims Muttersprache durch den dünnen Pressspan.
Salim wusste, dass Slavchev keine Hemmungen haben würde, die Tür einzutreten, also zog er die Kette zurück und drückte die Klinke. Sofort schob sich der massige Typ durch den Eingang. Sein Begleiter blieb zurück.
»Zahltag«, verkündete Slavchev mit einem verächtlichen Unterton.
Salim zitterte. »Aber wir ...«
»Was, wir?«, herrschte der Riese ihn an. Er drehte seinen Kopf demonstrativ nach hinten, und Salim begriff, was ihm diese Geste sagen wollte. Zahlen oder Schmerzen. Oder Schlimmeres.

»Wo ist deine Hure?«
Salim schluckte. Die beiden hatten Schlimmeres im Sinn. Es war erst ein Mal passiert, aber er würde es niemals vergessen. Tiana war fiebrig gewesen und musste mehrere Tage im Bett verbringen. Am Ende hatte sie kaum etwas verdient, und Kyril hatte ihr daraufhin zuerst ein blaues Auge verpasst und sie anschließend ins Schlafzimmer gezerrt, wo er sie vergewaltigte.
»Ich hole mir meinen Anteil – und zwar pünktlich«, hatte er gelacht, als er mit verschwitztem Hemd und einem höhnischen Lächeln ins Wohnzimmer zurückgekehrt war, wo der zweite Mann Aleksander und den Jungen in Schach gehalten hatte. »Egal wie. Es ist eure Entscheidung.«
Und während sein schallendes Lachen verhallte, war das leise Schluchzen aus dem Schlafzimmer gedrungen.
»Also?«
Slavchevs Frage holte Salim zurück in die Gegenwart.
»Tiana ist im Krankenhaus«, beteuerte er. Warum wusste Slavchev das nicht? Oder spielte er ihm etwas vor?
Sein Gegenüber furchte die hohe Stirn. »Wie, Krankenhaus?«
Salim beäugte ihn, offenbar wusste er es wirklich nicht. Aber wieso? Es war vier Tage her! Zog nicht einer der Hintermänner seine Kreise um die üblichen Plätze, wo sich die Freier einfanden? Tiana hatte ihm doch zugesichert, dass jemand sie beschützte.
Er gab sich einen Ruck und berichtete in knappen Sätzen. Als er zum Ende kam, bekam seine Stimme einen anklagenden Unterton. »Jetzt liegt sie also im Krankenhaus. Unterkühlungen und eine schwere Verletzung. Warum hat denn keiner aufgepasst? Wo war ...«
Der Stoß, den ihm sein Gegenüber versetzte, war so heftig, dass Salim zurücktaumelte und um ein Haar zu Boden gegangen wäre. Schon stand der Angreifer wieder vor ihm, diesmal packte die Hand ihn am Sweatshirt und riss ihn so nahe vors Gesicht, dass er von einem feuchtheißen Geruch nach Knoblauch und Alkohol überflutet wurde.

»Wie redest du denn mit mir? Muss ich dir vor deinem Bastard erst Respekt einbläuen?«

»Entschuldigung«, quälte Aleksander Salim hervor. »Aber sie wäre fast gestorben. Tot!«

Plötzlich zupfte etwas an seinem Bein. Das Kind. Schweiß trieb ihm aus den Poren, und er nahm den Kleinen hoch.

»Na, was haben wir denn da?«, kommentierte Slavchev, und Hohn zeichnete sowohl seine Miene als auch die Stimme. Er langte in Richtung des Kindes, Aleksander spürte, wie der Kleine erschrak und sich an ihn presste.

Wortlos drehte er sich um und brachte ihn ins Kinderzimmer. Schloss die Tür mit dem Befehl: »Bleib hier drinnen. Es wird alles gut, versprochen. Aber *bleib hier!*«

Dabei wusste er schon jetzt, dass er sein Versprechen nicht einhalten konnte. Es würde niemals gut werden können. Nicht, bevor ...

Er dachte den Gedanken nicht zu Ende, auch wenn er ihm nicht fremd war. Aleksander Salim hatte ihn schon oft gedacht. Geträumt. Aber er war stets wieder zurück in die kalte Realität gefallen.

Ob sich daran jemals etwas ändern würde?

10:15 UHR

Julia Durant füllte sich einen Kaffee nach, bereits der dritte des Tages. Sie musste sich ein wenig zurückhalten. Sie war mit fast zehnminütiger Verspätung zur Besprechung erschienen, und weil Claus sich gerade mitten in einem Monolog über die Ortung eines Handys befand, hatte sie stillschweigend neben Hellmer Platz genommen und die beiden Offenbacher mit einem kurzen Nicken bedacht.

»Was sind das denn für neue Sitten?«, stichelte Hellmer.

Durant schüttelte den Kopf. »Später, Frank.«

Als sie zu Fuß im Präsidium angelangt war, die kühle Luft hatte ihr gutgetan, hatte sie ein Gespräch zweier uniformierter Kollegen aufgeschnappt. Eine Vergewaltigung im Günthersburgpark. Gestern Nachmittag. Um welche Uhrzeit, hatte sie sich erkundigt, während ein eisiger Schauer ihr Rückgrat entlangkroch. Tatsächlich musste es fast zur selben Zeit passiert sein, als auch sie ihren Nachmittagslauf gemacht hatte. Verdammte Welt, dachte sie. Und gleich darauf schämte sie sich dafür, denn ihrem Vater, dem Mann Gottes, war es zeit seines Lebens ein Dorn im Auge gewesen, wie gedankenlos die Menschen mit den Begriffen »Teufel«, »Hölle« und »Verdammnis« umgingen. Das stand nur dem Einen zu, hatte er gesagt. Immer dann, wenn die Welt so trostlos erschien, dass sie sie verfluchte, musste Julia Durant daran denken.

»Wir dienen beide dem Guten, nur auf verschiedene Weise«, so hatte Pastor Durant ihr in Zeiten des Zweifelns gesagt. »Solange *du* nicht aufhörst, für die gute Seite zu kämpfen, kann die Welt nicht verloren sein.«

Die Zweifel blieben dennoch. Was war mit der vergewaltigten Frau im Park? Sie hatte überlebt, sonst hätte sie früher davon erfahren. Aber wie würde ihr Leben in den nächsten Tagen, Wochen, Monaten, Jahren aussehen?

Der Gott im Alten Testament hatte sich wenigstens noch eingemischt, auch wenn er das oft auf äußerst grausame Weise getan hatte. Irgendwann aber hatte er damit aufgehört und würde vermutlich auch nicht mehr damit anfangen. Hatte er die Menschheit etwa aufgegeben?

Claus Hochgräbe stand vor drei Whiteboards, von denen zwei noch blütenweiß waren. Auf dem dritten waren sämtliche Informationen über den Mord an Natalie Marković notiert. Sein Finger folgte den Uhrzeitangaben.

»Der Weg des Handys«, schloss er, »passt also lückenlos. Es besteht kein Zweifel, dass der Anrufer sich zum Zeitpunkt, als er die Kollegen in Offenbach anrief, nicht mehr am Fundort befunden hat, ja, nicht einmal mehr am Main.«

Er schritt zum Stadtplan, und Julia Durant war sich nicht sicher, ob er selbst nachschauen wollte oder ob er es zur generellen Veranschaulichung tat. Doch die beiden Hände des Chefs deuteten zielstrebig zwei Punkte aus. Einmal das nördliche Mainufer im Osthafen und außerdem die Konstablerwache, an der Kreuzung Kurt-Schuhmacher-Straße und Zeil.

»Wie genau ist diese Ortsangabe?«, wollte Durant wissen. Selbst an Heiligabend, selbst bei geschlossenen Marktständen auf der Fußgängerzone und bei dieser Witterung herrschte in dieser Ecke der Stadt Betrieb. Sie fragte sich, was der Anrufer damit bezweckt hatte, ausgerechnet von dieser Stelle den Notruf zu wählen. Beziehungsweise: Er hatte ja nicht den Notruf gewählt! Er hatte eine falsche Polizeiwache über deren Festnetznummer erreicht. Hochgräbes Antwort unterbrach ihre Gedankenreise.

»Sehr genau.« Er zwinkerte ihr wohlwollend zu. »Wärst du pünktlich gewesen, hättest du es mitbekommen: Das Telefon war zwar ausgeschaltet, aber der Anrufer hat es vor den Augen eines Zeugen in den Abfalleimer geworfen.«

Frank kicherte leise, und Julia versetzte ihm einen sanften Ellbogenstoß. Vielleicht hatte es ja tatsächlich auch Vorteile, dass Ehe und Mordkommission für die beiden unvereinbar waren. Sie hasste es, vor anderen gerügt zu werden, auch wenn in Claus' Stimme keinerlei Vorwurf gelegen hatte. Denn viel zu oft war er es, der auf sich warten ließ.

»Ein Zeuge«, dachte sie laut.

»Ja. Vis-à-vis ist der Taxistand. Einer der Fahrer muss in seiner Langeweile gesehen haben, wie er das Telefon dort entsorgt hat.«

Durant richtete sich ruckartig auf. »Scheiße! Schon wieder ein Taxifahrer?«

Brandt kniff die Augenbrauen zusammen und beugte sich in ihre Richtung. »Wieso schon wieder? Habe ich da was verpasst?«

Durant fuchtelte mit den Händen. »War es nicht angeblich ein Taxifahrer, der den Fund gemeldet hat?«

»Na ja«, wandte Hochgräbe ein, »das war ja vermutlich gelogen. Es deutet zurzeit einiges darauf hin, dass es sich um den Täter selbst handeln könnte.«

»Meinetwegen«, fuhr die Kommissarin unbeirrt fort. »Aber in meinem Fall war es auch ein Taxifahrer, der die Frau gefunden hat.«

»Deine Frau lebt aber noch«, sagte Hellmer.

»Reine Glückssache. Jedenfalls sind mir das eindeutig zu viele Bezüge ins Taximilieu.«

»Moment.« Hochgräbe hob eine Hand. »Wir haben zwei Zeugen, das stimmt, aber alles andere interpretieren wir da hinein. Und *Taximilieu* ist auch nicht gerade nett. Das sind auch alles Menschen, die lieber im Warmen gesessen hätten, anstatt im Nieselregen rumzustehen und auf einen Fahrgast zu hoffen.«

»Trotzdem ein Zufall, der auffällt«, erwiderte Durant säuerlich. »Haben wir die Personalien der beiden Männer?«

Hochgräbe nickte.

»Dann würde ich gerne mit den Fahrern sprechen«, sagte Durant. Er seufzte. »Ist in Ordnung. Ich habe den anderen übrigens von dem Fall am Rebstockgelände erzählt.«

Wieder ein Hinweis zwischen den Zeilen, dass sie sich verspätet hatte? Oder sah sie Gespenster?

Peter Brandt meldete sich zu Wort. »Ich würde gerne auch noch etwas in den Topf der vermeintlichen Zufälle werfen.«

Hochgräbe sah ihn fragend an. »Aber keinen Taxler, hoffe ich?«

Brandt schüttelte den Kopf. Er gab seiner Kollegin Bilgiç ein Zeichen, die beiden standen auf und positionierten sich vor einem der leeren Boards. Während die dunkelhaarige Frau einen Marker über das glänzende Weiß bewegte, erläuterte Brandt etwas zur Bandenkriminalität in Offenbach. Ein wunder Punkt, nicht nur auf dieser Seite des Mains. Drogen, Glücksspiel, Menschenhandel. Seit den Neunzigerjahren waren diese Bereiche in fester Hand. Prominente Namen, familienähnliche Hierarchien und Hintermänner, von denen jeder wusste, denen aber niemand etwas anhaben konnte. Manch einer unterhielt enge Kontakte zur Wirtschaft, andere in die Politik. Gesichter kamen, Gesichter gingen. Manchmal verlor die Hydra einen Kopf. Aber statt einer Wunde wuchsen neue Fratzen nach. Der Kampf der Polizei glich dem Kampf Don Quichottes gegen die Windmühlen. Viele Beamte hatten insgeheim resigniert. Andere ließen sich bestechen. Man dachte am besten nicht allzu ausführlich darüber nach.

Canan Bilgiç hatte eine Art umgekehrten Stammbaum aufgezeichnet, an dessen Ende, als einer von vielen Zweigen das *Oasis* und darunter Francesca Gruber sowie Natalie Marković standen. Die Linie darüber führte zu einer Gruppe von drei Männern, deren Namen osteuropäisch klangen. An oberster Stelle stand ein leeres Kästchen mit einem ebenfalls fremd klingenden Firmennamen.

»Ein internationales Unternehmen mit x Briefkastenfirmen. Tauchte auch schon in den Panama Papers auf.«

»Hatte aber wohl kaum Auswirkungen auf deren Aktivitäten«, kommentierte Durant lakonisch.

»Stimmt.« Bilgiç fuhr sich durchs Haar. »Das ist in Offenbach nicht anders als bei euch. Oder sonst im Land oder auf der Welt. Irgendwelche Clans oder Oligarchen spielen Monopoly, und der ganze Planet ist ihr Spielfeld. Wir Normalsterbliche sind nur zappelnder Beifang, unterm Strich bedeutungslos.«

»Moment mal.« Hellmer stand auf. »Wenn keiner der Bedeutungslosen mehr in deren Puffs oder Spielhöllen gehen würde, würde das schon irgendwann auffallen.«

»Das bringt uns nicht weiter«, widersprach Brandt. »So ungern ich's zugebe: Die Mafia ist hier nicht unser Feind. Es ist ein Mörder. Ein einzelner, perverser Täter. Allem Anschein nach ein Freier, der sich sein Opfer quasi telefonisch bestellt hat. Ein Todesruf, wenn man so sagen will. Nur, dass sie ihn leider nicht als solchen erkannt hat.« Ein

Seufzer entfuhr ihm. »Und da heißt es immer, als Callgirl habe man es besser, als Fließbandarbeit im Laufhaus zu leisten.«
»Wer sagt das?«, fragte Durant.
»Habe ich gelesen.«
Hellmer kicherte anzüglich. »Das hätte ich jetzt auch gesagt.«
Bilgiç, noch immer vorne stehend, räusperte sich. Ihr feines Gesicht mit den tiefschwarzen Augen sah niemanden direkt an, ihre spitze Nase jedoch schien jeden einzeln auszudeuten. »Können wir zum Thema zurückkommen? Es ist nämlich so, dass die ersten Anwälte bei uns aufgelaufen sind.«
»So schnell?«, fragte Hellmer. »Am Feiertag?«
»Solche Anwälte kennen keine Feiertage.«
»Auch wieder wahr. Aber kriechen die nicht erst aus ihren Löchern, wenn es an die Hintermänner geht?«
»Ich hatte das Gefühl, dass sie uns zuvorkommen wollten. Vielleicht sogar helfen.« Canan überlegte, offenbar suchte sie nach den richtigen Worten. »Vielleicht ist Helfen nicht ganz richtig. Aber es schien so, als wollten sie uns signalisieren, dass wir dieses Mal auf derselben Seite stehen.«
»Ich glaube, ich weiß, was du meinst«, antwortete Durant. »Sie wollen keine große Welle. Sie wollen uns zeigen, dass sie uns bei der Suche nach dem Mörder nicht behindern werden. Und dabei leiten sie uns gezielt in die Richtung, in die wir ohnehin schon gedacht haben: dass es sich um eine Einzeltat handelt, vielleicht sogar einen Affekt. Auch wenn mir das partout nicht schmecken will.«
»Also ist das alles Zufall?«, dachte Hellmer laut. »Ein Überfall hier, ein Mord da. So wie x-mal mehr in der ganzen Republik?«
»Na ja«, erwiderte Brandt, »*wenn* es denn Einzeltaten sind! Worum es uns ging, ist Folgendes: Unsere Tote gehörte zur organisierten Kriminalität. Ganz unten in der Hierarchie, klar, das hat ihr am Ende nichts genutzt. Aber die großen Hintermänner schicken uns sofort die Anwälte. Warum sollten sie das tun? Und wie sieht das bei eurem

Opfer aus? Gibt es da wirklich Frauen, die hundertprozentig auf eigene Rechnung arbeiten? Ist das Opfer am Rebstock nicht genau so einer Bande von Zuhältern untergeordnet gewesen?«

Durant hob den Zeigefinger. »Aah, jetzt kapier ich! Du meinst, da könnten Bandenrivalitäten dahinterstecken?« So richtig überzeugt war sie nicht. Allerdings gab es immer wieder Revierkämpfe, und in der Regel wurden diese mit brutaler Gewalt geführt. Man überfiel einen Kurier, daraufhin reagierte die Gegenseite mit einer schärferen Vergeltungstat. War es bei den Frauen ähnlich gelaufen? Der Mordversuch an der einen rief die Tötung einer anderen hervor? Aber wo kamen die Taxis ins Spiel? Und wie würde das Ganze weitergehen? Niemand konnte ein ernsthaftes Interesse daran haben, Frankfurt und Offenbach mit toten Prostituierten zu pflastern. Auch wenn der Nachschub auf dem Sexmarkt leider schier unendlich schien, davon profitierte am Ende niemand.

Canan Bilgiç räusperte sich und klopfte mit dem Zeigefingerknöchel auf das Whiteboard. »Wir haben jetzt vielleicht kein so hübsches Schaubild davon, aber es gibt tatsächlich Anzeichen, dass das Spinnennetz von unserer Bande in Richtung Frankfurt weitergesponnen werden soll. Wie gesagt, das ist nur eine vage Theorie, aber wir sollten das nicht außer Acht lassen. Und wenn diese beiden Fälle tatsächlich etwas damit zu tun haben, dann stehen uns schlimme Zeiten ins Haus.«

Für einige Sekunden herrschte ein bleiernes Schweigen. Jeder im Raum verarbeitete das Gehörte und sortierte die Gedanken neu.

Schließlich durchbrach Julia Durant die Stille. »Okay, danke. Dann gehen wir also davon aus, dass uns diese Anwälte bewusst in Richtung der Einzeltätertheorie drängen wollen. Gibt es von Andrea schon weitere Erkenntnisse in puncto Sex? Vielleicht Hinweise auf ein Kondom oder sogar Samenflüssigkeit?«

»Dazu komme ich noch«, meldete sich Hochgräbe. »Weshalb fragst du?«

»Nur so ein Gedanke. Die Frau vom Rebstockgelände wurde nach einer missglückten Vergewaltigung mit dem Messer attackiert. Mutmaßlich, um sie zu töten. Zumindest wurde der Tod in Kauf genommen, als der Täter sie im Gebüsch ablegte. Laut ihrer Aussage geriet er in diese Rage, als seine Erektion ausblieb. Das kommt wohl öfter vor, wenn Männer zu Prostituierten gehen.«

»Und das ist ...«, meldete sich Hellmer zu Wort, doch Durant unterbrach ihn mit einem Grinsen. »Hab ich gelesen.«

Hellmer schnaubte und winkte ab, die anderen kicherten.

»Spaß beiseite«, sagte Hochgräbe nach einigen Sekunden, »worauf willst du hinaus? Der Täter bekam keinen hoch und machte Tabula rasa? Das kann nicht ganz stimmen, denn eine Penetration hat laut Andrea ja stattgefunden.«

»Hat sie auch feststellen können, wie lange das vor dem Ableben geschah?«

Noch während sie die Frage stellte, überkamen Durant Zweifel. Frau Marković hatte das Haus erst verlassen, um sich mit diesem Kunden zu treffen. So viel hatte sich rekonstruieren lassen. Und das Haus selbst war an Heiligabend geschlossen gewesen. Herrenbesuch war demnach ausgeschlossen, und auch einen festen Freund hatte Natalie laut Francesca nicht gehabt.

Hochgräbe wollte gerade etwas antworten, da sagte sie hastig: »Vergiss das mit dem Zeitpunkt. Wir haben das ja schon rekonstruiert.«

Er nickte. »Wegen der anderen Dinge: Kondom ja, Samen nein. Und bevor du fragst, es gab am Körper der Frau keinerlei Schnittverletzungen. Nur die Strangulationsmale und ein paar Hämatome, die vermutlich auf den Transport der Leiche zurückzuführen sind. Er muss sie in seinen Kofferraum gequetscht haben – und zwar wortwörtlich gemeint.«

Durant überlegte kurz. »Gut. Meinetwegen. Das mit dem Messer hatte ich noch gar nicht im Sinn. Und das Erwürgen mit ihrem eigenen Tuch könnte tatsächlich auf einen Affekt hindeuten. Er hat das genommen, was gerade da war, und die Tat nicht mit einem eigenen Tatwerkzeug vorbereitet. Andererseits ... er hätte auch einfach die Hände benutzen können. Ein richtiger Beweis pro oder contra Affekt ist das also alles nicht.«

»Vielleicht war er nicht stark genug«, sagte Brandt.

»Aber stark genug, um die Tote ans Ufer zu tragen«, wandte Hochgräbe ein.

»Geht's da nicht bergab?«

»Keine Schlammspuren.«

»Und wie viel hat sie gewogen?«

»Knapp siebzig.« Hochgräbe sah die beiden männlichen Kollegen an und fügte hinzu: »Drei, vier volle Getränkekisten also.«

Man konnte sowohl Brandt als auch Hellmer ansehen, dass ihnen schon der Gedanke an zwei Kisten Rückenschmerzen bereitete. Dabei verfügte zumindest Frank Hellmer über einen gut trainierten Körper. Er ging regelmäßig schwimmen und ließ seinen Weltschmerz am Boxsack aus.

»Trotzdem«, sagte Peter Brandt in die Stille hinein. »Es ist alles nass und der Boden schlammig. Er kann sie zumindest gezogen haben. Wir suchen also vielleicht keinen Hänfling, aber auch keinen Mister Universum.«

»Es könnten auch *zwei* gewesen sein«, entgegnete Hochgräbe, und prompt war sämtliche Aufmerksamkeit wieder auf ihn gerichtet. »Die Spuren unter den Achseln und an den Fußgelenken sagen uns bis jetzt nur, dass sie dort angepackt wurde. Nicht, ob es eine oder mehrere Personen waren. Wir sollten daher für alles offen bleiben.«

»Gilt das auch für die Taxifahrer-Sache?«, fragte Durant schnell.

Hochgräbe erkannte vermutlich, dass er sich mit einem Nein selbst widersprechen würde. Also lächelte er nur matt.

»Tu, was du nicht lassen kannst.«

10:40 UHR

Als die Straßenbahn mit einem Rucken vor ihnen anhielt, nahm Aleksander Salim den Jungen auf den Arm und trat in den Innenraum. Zeigte seine Karte und setzte sich auf einen der freien Plätze. Es war nicht viel los. Die Luft war warm und stickig. Der Junge kletterte auf den Platz neben ihm. Wollte sich auf die Knie setzen, doch Salim fühlte die Rüge im Blick einer zwei Reihen weiter sitzenden Seniorin.

»Nimm die Füße vom Sitz«, sagte er. Der Kleine tat es, wenn auch umständlich, und er wäre dabei fast aus dem Gleichgewicht geraten. Als er schließlich saß, schmiegte er sich an seinen Stiefvater.

Er verstand die Welt noch nicht. Hatte nie einen anderen Mann kennengelernt, der den Anspruch erhob, sein Vater zu sein. Salim war schon vor seiner Geburt an Tianas Seite gewesen, und er wollte das auch weiterhin sein. Mit einem eigenen Kind, das ihn nicht mehr lieben würde als dieser Junge. Das er nicht weniger lieben würde, nur, weil er der biologische Erzeuger war.

War er das?

Salim kämpfte erneut gegen die Zweifel an. Doch das, was am zurückliegenden Wochenende mit der Frau, die er heiraten wollte, passiert war, holte die Realität schonungslos zurück. Sie ließ gegen Geld Dinge mit sich tun, an die er selbst im Traum nicht dächte. Ließ sich berühren und Schmerz zufügen, weil sie nie etwas anderes gelernt hatte. Setzte sich einer Gefahr aus, die das Leben bedrohte. Zwei Leben, wie er nun wusste. Zwei Leben in ein und demselben Körper.

Und dann waren da Typen wie dieser Slavchev.

Zuhälter, die sich als Beschützer bezeichneten.

Beschützer, die keinen Schutz boten.

Deren einziges Interesse darin bestand, ihren Anteil daran zu kassieren, was Tiana tat. Was sie nur noch tat, um bald nicht mehr tun zu müssen, was sie tat.

Typen wie Kyril Slavchev waren daran schuld, dass sie nicht längst aus allem draußen war. Frei. Und selbstbestimmt.
Er ballte die Faust.
Schuld daran, dass seine Nieren schmerzten und sein kleiner Finger vermutlich gebrochen war. Denn Typen wie Slavchev waren schlau genug, ihre Schläge nicht ins Gesicht auszuführen. Man gehorchte ihnen, man gab ihnen, was sie verlangten.
Wie lange war er bereit, das noch zu tun?

Nach einer längeren Fahrt inklusive Umstiege erreichten sie die Unfallklinik. Ein Ort, der ihm mal wieder vor Augen führte, wie schlecht man ohne ausreichende Deutschkenntnisse vorankam. Und kein Ort, an den ein Kind gehörte.
Aber wo hätte er den Kleinen denn lassen sollen?
Aleksander Salim wollte es sich nicht vorstellen müssen, wie das Leben wäre, wenn sie plötzlich nicht mehr da war.
Würde diese Julia Durant dafür sorgen können, dass es nicht so weit kam? Oder lag es nicht vielmehr an ihm?

*

Es hatte keinen Streit gegeben.
Keine verletzenden Worte oder Gesten, keine Aussprache. Nicht einmal eine richtige Entschuldigung hatte sie für ihn übriggehabt, und dennoch hatte er es ertragen. Ließ nicht zu, dass die Nadelstiche, die seiner Seele so übel zusetzten wie einer Voodoo-Puppe, ihn zu einer unüberlegten Reaktion veranlassten.
Sie hatte dieses Strahlen, das nicht nur von dem weihnachtlichen Glanz herrührte. Dazu die Art, wie sie sich bewegte. Wie sie roch. Wie sie atmete und wie sie mit den Wimpern klimperte. Es konnte nicht anders sein. Sie hatte sich mit einem anderen getroffen.
Verbrannte Träume. Genauso verbrannt wie das Festessen.

Seine Gedanken rasten.
War es jemand von der Arbeit? Jemand, den er kannte?
Es machte ihn wahnsinnig. Doch er fragte nicht nach.
Fremdzugehen war ein Tabuthema in ihrer Beziehung, jedenfalls bis jetzt. Es gehörte zum stillschweigenden Arrangement, dass die Beziehung auch ohne Intimität monogam war. Jedenfalls für ihn.
Vielleicht war es zu erwarten gewesen, dass sich irgendwann eine Situation wie diese einstellen würde. Er hatte es nur nicht sehen wollen. Umso härter traf es ihn jetzt.
Oder irrte er sich? Ein Hoffnungsfunke regte sich. Jener nicht-logische, aber lebenserhaltende Strohhalm, der einen zwar nicht retten konnte, aber an den man sich so lange klammerte, bis auch die letzte Kraft aufgebraucht war.
Er entschied sich, die winzige Flamme dieser Hoffnung zu nähren, sie vor Wind und Wasser zu schützen und an ihr festzuhalten.
Auch wenn das bedeutete, dass sie ihn irgendwann auffraß. Denn eines wusste er: Eine falsch genährte Flamme konnte einen Brand auslösen, der einen am Ende qualvoll verschlang.

11:20 UHR

Julia Durant fand ihn am Hauptbahnhof, wo sich wie meistens viel zu viele Taxis auf viel zu engem Raum aneinanderdrängten. Christopher Hampel parkte auf Position vier, was bedeutete, dass es nur noch wenige Fahrgäste brauchte, bis er an der Reihe war. Durant konnte sich vorstellen, wie ungehalten er darüber sein würde, wenn sie ihm eine lukrative Fahrt versaute. Doch der Feiertag und das trübe Wetter spielten ihr in die Karten. Es herrschte wenig Betrieb. Die Menschen blieben entweder zu Hause oder waren längst bei ihren Lieben.
Hampel war ein dürres Männchen mit Dreitagebart, tief sitzenden Augen und fliehendem Kinn. Er trug ein schwarzes Jeanshemd unter

einer Windjacke, die seit den Neunzigern nicht mehr in der Mode war. In seinen Fingern, die selbst auf mehrere Schritte Entfernung nikotingelb leuchteten, hielt er eine Zigarette. Durant konnte den Rauch bereits riechen. Sie mochte diesen Duft noch immer und würde ihn vermutlich immer mögen. Längst hatte sie damit aufgehört, zumindest mit dem Kettenrauchen. Aber manchmal ...
»Herr Hampel?«
»Mmh.« Er stieß sich von der hinteren Tür seines Taxis ab, an der er mit dem Steiß gelehnt hatte. »Und Sie sind diese Polizistin?«
»Kommissarin«, lächelte sie. »Julia Durant.«
»Meinetwegen. Ich muss mich ja wohl nicht mehr vorstellen.«
Durant rief sich ab, was sie über ihn wusste. »Christopher Hampel, Jahrgang einundsiebzig.« Sie fuhr fort mit seiner Meldeadresse im Stadtteil Rödelheim.
Hampel beäugte sie argwöhnisch. »Schuhgröße und Lieblingsspeise auch?«
»Später vielleicht. Reden wir doch lieber über Ihren Frauentyp.«
Er ließ seine Zigarette fallen und trat sie mit der Schuhspitze aus. »Es ist nass und kalt, und das Geschäft geht lausig. Was wollen Sie denn noch wissen? Ich habe doch alles zu Protokoll gegeben.«
»Wir sammeln Details«, erklärte Durant, nun ebenfalls etwas freundlicher. »Kleinigkeiten. Nachfragen. Um ehrlich zu sein, wir tappen im Dunkeln.«
»Okay. Dann bitte.«
»Sehen Sie, ich kenne das Rebstockgelände«, begann die Kommissarin, »und es ist riesig. Unendlich viele Möglichkeiten. Tausend nicht einsehbare Winkel.« Sie machte eine längere Pause.
»M-hm.«
Mehr kam nicht. Sie wartete. Vielleicht würde das Schweigen ihn irgendwann derart anschreien, dass er ...
»Und da meinen Sie, es wäre seltsam, dass ich ausgerechnet da, wo die Frau lag, zum Pinkeln gehalten habe?«

Bingo, dachte Durant und neigte den Kopf. »Der Gedanke drängt sich auf. Es war kurz vor dem Kältetod. Kurz vor dem Verbluten. Suchen Sie sich etwas aus. Genau der richtige Zeitpunkt und genau der richtige Ort.«
»Na und? Vielleicht ein Weihnachtswunder.«
»Für Wunder bin ich nicht zuständig. Wunder sind für uns von der Mordkommission prinzipiell verdächtig.«
Die ohnehin schon gräuliche Gesichtsfarbe wurde blasser.
»Moment«, stammelte Hampel, »Mordkommission? Ist sie ...«
»Nein. Aber es war haarscharf. Und wir ermitteln in einem weiteren Fall. Von daher ist es sehr wichtig ...«
»Ja, okay.« Hampel fuhr sich mit dem Ärmel über die Stirn. Danach fummelte er in der Jackentasche nach seinen Zigaretten. Nahm eine aus der Packung, bot sie der Kommissarin an, die mit einem Kopfschütteln ablehnte, obwohl sie ein inneres Verlangen spürte. Als er den Tabak umständlich entflammte und sie den Rauch einatmete, wurde das Verlangen für einige Sekunden fast übermächtig. Doch dann sprach der Taxifahrer weiter, und sie zwang ihre Konzentration auf seine Frage.
»Hat sie, ich meine, hat Tiana etwas gesagt?«
Julia Durant überlegte hastig. Hatte sie Tianas Namen bereits erwähnt? Oder hatten die Sanitäter das am Abend der Tat getan?
»Was soll sie denn gesagt haben?«
»Scheiße. Sie finden's ja eh raus.« Hampel nahm einen tiefen Zug. Er schaute sich um, vergewisserte sich erneut, dass niemand dem Gespräch lauschte. An einem der Eingangsportale pöbelten sich zwei Betrunkene an. Doch Durant ließ sich nicht ablenken, sondern lauschte seiner gedämpften Stimme, als er weitersprach: »Ich war, ähm, ich war auch mal mit ihr zusammen. Also ... Sie wissen schon.«
Durant riss den Mund auf, verbarg ihre Reaktion aber, so schnell es ging, indem sie sich übers Gesicht fuhr. »Aha. Und wann war das?«
Hampel zuckte die Schultern.

»Herbst? Ist jedenfalls schon 'ne Weile her. War ein warmer Abend.«
»Und an diesem Abend waren Sie auch …«
»Wir waren fast an derselben Stelle. Die Idee kam von ihr. Vermutlich hat sie ein paar solcher Orte in petto. Für Freier, die nicht ortskundig sind.«
Ein verklärter Glanz lag auf Christopher Hampels Gesicht. Neue Fragen ploppten auf, und Durant stellte die erste, die ihr in den Sinn kam: »Waren Sie ein Mal oder öfter mit ihr zusammen?«
Hampel wich ihrem Blick aus. Er sah sich um. Der Diesel des Wagens vor ihm sprang an, obwohl keiner eingestiegen war. Er rückte auf den Spitzenplatz vor. Die beiden anderen Taxis waren weg.
»Ein paarmal.« Er schaute hin und her, dann deutete er auf die Fahrertür. »Ich müsste dann auch mal. Damit hinten Platz ist.«
»Meinetwegen. Wir sind aber noch nicht fertig.«
»Das habe ich befürchtet.«
Hampel fuhr sein Taxi an die Spitze der Schlange und warf einen Blick in die Umgebung. Hoffte er auf einen Fahrgast, der ihn aus der Situation befreite? Doch es war weit und breit keine Rettung in Sicht. Julia Durant verkniff sich ein Lächeln, als sie an das Fenster des Mercedes trat.
»Gut. Also weiter im Text. Was hatten Sie da mit Tiana am Laufen?«
»Herrje. Was denken Sie denn? Es war halt Sex, sonst nichts.«
»Hm. Und dann fahren ausgerechnet Sie an den Ort, wo sie schwer verletzt im Gebüsch liegt?«
»Ich hab doch gesagt, da ist sie gerne hingefahren. Na ja, und so ziemlich jeder Fahrer, der mal muss, ebenfalls. Es gibt nicht viele Orte, an denen man vor fremden Blicken geschützt ist und die trotzdem schnell und ohne große Umwege zu erreichen sind.«
Julia Durant wollte gerade widersprechen, dass es trotzdem ein ziemlich großer Zufall sei. Doch da näherte sich ein Fahrgast mit einem eiligen Winken. Fürs Erste musste sie die Sache abbrechen, aber sie entschied, das Ganze weiterzuverfolgen.

Sie war sehr gespannt, wie sich Tiana zu der Sache äußern würde. Und warum sie ihr noch nichts davon erzählt hatte.

12:00 UHR

Es läutete zu Mittag, als Julia Durant die Konstabler Wache erreichte. Wie passend. Die Geschichte mit den Kirchenglocken hatte sie beeindruckt, denn sie musste zugeben, dass ihr das selbst kaum aufgefallen wäre. Nach all den Jahren, die sie bereits in dieser Stadt lebte, gab es für sie noch immer Neues zu entdecken. Claus hingegen steckte nach wie vor im Anfangsstadium. Für ihn war Frankfurt ein Buch mit sieben Siegeln. Ständig verglich er die Stadt mit München, kritisierte die offensichtlichen Mängel und verschloss sich dabei den ebenso offensichtlichen Vorzügen. Vielleicht war es tatsächlich das Beste, wenn er die Stelle an der Hochschule in Wiesbaden annahm. Blieb die Frage, wer ihm folgen würde.
Dieser Gedanke war für sie alles andere als neu, doch niemand schien so richtig darüber sprechen zu wollen. Es gab eine Handvoll Möglichkeiten, darunter sie selbst und Frank Hellmer. Doch weder er noch sie hatten ein Interesse an dem Chefsessel. Bevor Julia sich weiter in die Sache vertiefen konnte, erkannte sie den zweiten Taxifahrer, mit dem sie heute sprechen wollte. Rudolf Dorn. Ein Mann wie ein Schrank, oben Muskeln, unten Bierbauch. Dazu Bürstenhaarschnitt und Bartstoppeln. Unwillkürlich musste die Kommissarin an den Getränkekästen-Vergleich aus der Dienstbesprechung denken. Dorn war damit beschäftigt, an der A-Säule seines Wagens herumzupolieren.
»Verdammte Tauben!«, fluchte er und spuckte auf das hellblaue Papiertuch, von dem er eine ganze Rolle auf dem Wagendach stehen hatte. Dann hielt er inne. »Sind Sie mein Termin?«
Durant bestätigte und wies sich mit ihrem Dienstausweis aus. »Mordkommission Frankfurt«, schloss sie leise. Das sagte sie nicht immer,

um nicht mit der Tür ins Haus zu fallen. Aber dieser Zeuge wusste bereits, dass es um eine getötete Frau ging.
Dorn nickte in Richtung seiner Windschutzscheibe. »Darf ich das nur schnell zu Ende machen? Diese fliegenden Ratten.« Er fluchte erneut. »Na ja, Sie kennen das ja sicher auch.«
Durant lächelte. Erst kürzlich hatte sie gelesen, dass Tauben weder unreinlich waren noch als Seuchenüberträger fungierten. Im Gegenteil. »Hühner sind viel schlimmer.«
»Hühner scheißen mir aber nicht das Auto voll«, schnaubte der Mann und konzentrierte all seinen Unmut in das Papiertuch. Danach knüllte er es zusammen und trug es zum nächsten Abfalleimer.
»Ist das die Stelle, wo Sie das Handy gefunden haben?«
Dorn kehrte zurück. Bevor er antwortete, hielt er der Kommissarin die Pranke entgegen. »Zuerst mal das Geschäftliche.«
Sie schüttelten Hände, dabei wurde die von Durant förmlich von seiner verschluckt.
»Ich bin der Rudi. So nennt mich jeder, und anders will ich's auch nicht haben.«
Er zog die Hand zurück, und Durant versuchte so dezent wie möglich, ihre gequetschten Knöchel wieder zu lockern.
»Zu Ihrer Frage: Nein, das war nicht der Mülleimer. Der ist da drüben.« Rudi deutete auf einen weiteren mit Aufklebern und Schmierereien übersäten Abfallbehälter. Danach wies er mit dem Zeigefinger auf eine Stelle, die sich etwa drei Fahrzeuglängen hinter seinem Taxi befand und rund fünfundzwanzig Meter Luftlinie von dem besagten Behälter entfernt lag. »Da drüben stand ich. Bin im Auto gesessen und hatte die Standheizung an.«
Durant taxierte die Umgebung. Ein Stromkasten, Straßenschilder, zwei Laternen. Eine davon in unmittelbarer Nähe des Mülleimers. Der Behälter, in den Rudi Dorn sein Papier entsorgt hatte, war deutlich weiter von der nächsten Lampe entfernt. Außerdem gab es eine vorstehende Gebäudeecke, hinter der man sich verbergen konnte.

»Sicher blöd, an Weihnachten hier rumzustehen, oder?«
Rudi feixte. »Sie machen's ja auch, oder?«
»Ich meinte nur. Haben Sie keine Familie?«
Seine Hände schnellten nach oben. »Das Thema ist durch.«
»Wie meinen Sie das?«
»Ich meine, dass ich weder meinen Eltern noch meinem tollen Bruder auch nur eine Träne nachweine. Nicht falsch verstehen, aber seit sich das erledigt hat, geht es mir tausendmal besser.«
Julia Durant musste lächeln. Was gäbe sie darum, ihre Eltern noch am Leben zu wissen. »Meine Frage hat sich auch mehr auf eine eigene Familie bezogen. Frau, Kinder und dergleichen.«
Dorn musterte sie mit durchdringendem Blick. »Aha. Ich verstehe. Sie suchen nach Personen, die mir ein Alibi geben können.«
»Ja und nein. Im Grunde wollte ich Sie nur kennenlernen. Berufskrankheit. Kommen wir zu dem Handy zurück. Wie genau hat sich das Ganze abgespielt? Ich möchte gerne die detaillierte Version. Manchmal fallen einem nachträglich Dinge ein, wenn man das Ganze schrittweise durchgeht.«
Rudi lachte. »Detailliert hatten wir doch bereits, viel mehr geht da nicht. Aber meinetwegen.« Sein Frankfurter Akzent nahm stetig zu, genau wie die Geschwindigkeit seiner Worte. »Woher der Typ gekommen ist, weiß ich nicht. Aber plötzlich lungerte der herum. Stand an dem Mülleimer, ist ein paar Schritte Richtung Zeil gegangen und anschließend wieder zurückgekehrt. Das war so wie im Fernsehen bei einer Lösegeldübergabe. Oder Spione, die einen toten Briefkasten auschecken. Er hat die Gegend abgecheckt, ist noch mal ein paar Schritte gelaufen und hat dann – quasi im Vorbeigehen – das Handy versenkt.«
»Nur das Handy?«
»Wenn ich's doch sage. Keine Hülle, kein Butterbrotpapier, einfach nur das Handy. Deshalb bin ich ja auch stutzig geworden.«
»Weshalb genau?«

»Na, weil diese Dinger ein Heidengeld kosten. Und offenbar war es ja noch ein gutes.«
»Wie kommen Sie darauf?«
»Weil das Display angegangen ist, bevor es verschwunden ist. Vielleicht ist er auf die Oberfläche gekommen, hat unbewusst wo drauf gedrückt. Zuerst hab ich gedacht, es ist ihm nur reingerutscht. Er hat nämlich ein paar Sekunden ins Loch gestarrt. Aber dann bin ich zu dem Schluss gekommen, dass es vermutlich Diebesgut ist. Ein Raubüberfall. Was auch immer. Die Zeiten sind ja ziemlich übel. Jedenfalls hab ich keinen Mucks von mir gegeben und sicher zehn Minuten lang gewartet, als er endlich abgehauen ist. Dann hab ich's nicht mehr ausgehalten. Zwischen dem Reinwerfen des Telefons und seinem Verschwinden und dem Zeitpunkt, als ich's mir rausgeholt habe, war jedenfalls kein Schwein mehr in der Nähe des Mülleimers gewesen. Dann hab ich die Polizei gerufen. Ende der Geschichte.«
»Hmm.«
Durant entschuldigte sich und lief zu der Stelle, die Rudi als seine Parkposition benannt hatte. Sie ging leicht in die Hocke und betrachtete den Mülleimer erneut. Auch im Licht der Laterne hätte man ein Smartphone wohl als solches identifiziert. Dazu die Sache mit dem Display. Sie wechselte zum Abfalleimer und umrundete ihn. Dabei ließ sie ihren Blick umherwandern. Wie auch immer sie es anstellte: Sie trafen immer wieder auf Rudi Dorn und seinen Wagen, und das nicht nur, weil er so eine massive Erscheinung war.
Sie kehrte zu dem Taxifahrer zurück und fragte: »War Ihr Fenster offen oder geschlossen?«
»Zu. Es war ekelhaftes Wetter.«
»Waren die Scheiben beschlagen?«
»Ich sagte doch, ich hatte die Standheizung an.«
»Innenbeleuchtung?«
Dorn schüttelte den Kopf. »Was soll das denn alles?«

Durant räusperte sich. »Ich frage mich, ob er Sie gesehen hat. Haben Sie nicht gesagt, er habe in Ihre Richtung geschaut?«
»Hat er. Mehrmals. Aber die Scheiben spiegeln im Dunkeln ja einiges weg.«
»Trotzdem. Erwartet man bei einem Taxistreifen nicht, dass sich dort auch Fahrer befinden? Was war mit den Autos vor Ihnen? Hat da keiner draußen gestanden, geraucht oder das Fenster runtergelassen?«
Rudi Dorn winkte ab. »I wo. Erstens: Es gab nur noch einen. Die drei anderen Fahrzeuge waren kurz zuvor bestellt worden. Und der Kollege war gerade Zigaretten holen, deshalb bin ich ja auch auf meinem Platz geblieben. Wenn ein Fahrgast oder ein anderer Wagen gekommen wäre, hätte ich das immer noch regeln können.«
Julia Durant sortierte das Gesagte.
»Okay«, sagte sie nach einem Moment der Stille, »eine Sache passt für mich da trotzdem nicht.«
»Und die wäre?«
»Die Polizei hat einen anonymen Anruf erhalten. Von diesem Handy aus. Der Mann hat behauptet, er würde am Mainufer stehen, dabei ist der Anruf nachweislich von hier in der Nähe getätigt worden.«
Dorn zog eine Grimasse. »Da kann ich leider nichts zu sagen.«
»Ich war auch noch nicht fertig«, erwiderte Durant. »Der Anrufer ist womöglich Taxifahrer.«
Rudi Dorns Gesichtszüge entgleisten. »Waaas?« Sein wurstiger Zeigefinger landete auf seiner Brust, als er ausrief: »Und jetzt denken Sie, das bin ich?«
Durant wehrte mit ruhiger Stimme ab. »Das habe ich nicht gesagt. Aber die Sache mit dem Handy ist so auffällig. Warum hat er von hier telefoniert? Warum hat er es ausgerechnet vor Ihren Augen in den Müll geworfen?« Ihr kam ein neuer Gedanke. »Was ist mit Ihrem Kollegen? Der hatte zum besagten Zeitpunkt doch sein Fahrzeug verlassen.«

»Blödsinn!«, schnaubte Rudi. »Der Harry stand erstens viel ungünstiger, der hat rein gar nichts mitbekommen. Zweitens ist er ein Zwerg und drittens stockschwul. Der könnte gar keine Nutte umbringen und hat auch gar keinen Grund dazu.«
Die Kommissarin schluckte. Dennoch, es gab weitere Fahrer. Es würde ihr nichts anderes übrig bleiben, als in diese Richtung zu ermitteln. Nur, weil der Anrufer in Sachen Zeit und Ort gelogen hatte, musste es nicht heißen, dass das mit dem Taxi ebenfalls nicht stimmte. Manchmal verbarg man die Wahrheit am besten hinter einer Lüge.
»Ich muss dem nachgehen«, beharrte sie. »Irgendein Kollege, der von der Statur her zu dem Unbekannten passen könnte?«
Rudi dachte nach, dann schüttelte er den Kopf. »So gut habe ich ihn nicht gesehen. Immerhin war meine Scheibe nass.« Seine Stimme wurde süffisant. »Hätte ich gewusst, dass ich ihn wiedererkennen soll, hätte ich genauer hingesehen.«
Durant ignorierte das. »Glauben Sie denn, er hat es bewusst in Kauf genommen, dass ihn jemand beobachtet? Kann es sein, dass er sich«, sie stockte, »auffällig unauffällig verhalten hat, damit Sie sich an ihn erinnern?«
Rudi hob die Schultern. Irgendwo in seinem Rücken knackte es. »Ehrlich gesagt: Ich habe keinen blassen Schimmer. Es gibt so viele Gestörte, ich kann es einfach nicht sagen.« Er pausierte für zwei Sekunden, dann setzte er nach: »Ist das denn so wichtig?«
Das wusste die Kommissarin selbst nicht, wie sie sich eingestehen musste. Sie verabschiedete sich von Dorn, der ihr noch eine Visitenkarte mit Handynummer aushändigte, unter der sie ihn erreichen könne. Danach trottete sie zurück zu ihrem Dienstwagen, einem brandneuen Opel, in dessen Innenraum sie eine Mischung aus Neuwagenduft und kaltem Rauch erwartete. Nicht jeder hielt sich an das Rauchverbot, wie sie sehr wohl wusste. Dieses Mal jedoch spürte sie kein Verlangen.

Julia Durant stieg ein und führte den Gurt über ihren Oberkörper. Als der Schnapper klackte, kehrten ihre Gedanken zum Stadtläuten zurück. Die Glocken waren längst verklungen, aber etwas hallte in ihrem Unterbewusstsein nach. War es Kalkül gewesen, dass das Läuten während des Anrufs bei der Polizeidienststelle im Hintergrund lief? Für jemanden, der sich so viele Gedanken machte, passten andere Details aber nicht ins Bild. Das Handy war eingeschaltet gewesen. Weder Akku noch SIM-Karte entnommen, nicht einmal der Flugzeugmodus war aktiviert. Drei Maßnahmen, die nicht nur Taschendiebe kannten, um eine Nachverfolgung des Geräts zu erschweren. War es also Absicht gewesen, dass man das Handy zeitnah auffand? War es nur ein Zufall, dass der Täter ausgerechnet von einem Taxifahrer beobachtet wurde, als er es in dem Mülleimer platzierte? War es deshalb bewusst hier geschehen, wo man praktisch rund um die Uhr von jemandem gesehen wurde?

Julia Durant lehnte sich zurück, schloss die Augen und massierte sich den Nasenrücken.

Wenn es sich tatsächlich so abgespielt hatte: Was wollte der Täter damit erreichen?

12:05 UHR

Claus Hochgräbe packte ein belegtes Brot aus, das er sich nach dem Aufstehen geschmiert hatte. Dazu eine Handvoll Studentenfutter und zwei Mandarinen, vor denen man sich in dieser Jahreszeit ja kaum retten konnte. Sein Blick fiel auf den Kalender. Heute Abend stand ein Heimspiel der Frankfurter Löwen an. Seit geraumer Zeit schon hatte Claus seine Liebe zum Eishockey wiederentdeckt, doch das letzte Spiel, das er gesehen hatte, war Anfang Dezember gewesen. Und so wie es aussah, würde sich das auch so bald nicht ändern. Es passierte einfach viel zu viel um ihn herum. Nachdenklich schälte er

die erste Mandarine, dann wog er die zweite in der Hand. Er hatte zwei von ihnen mitgenommen, ebenso zwei belegte Brote. Käse und Salami. Für ihn selbst und für Julia. Er atmete schwer und legte die Mandarine zurück auf die Tischplatte. Sie war noch unterwegs und würde ihm in der Mittagspause keine Gesellschaft leisten. Für heute war das nicht schlimm, doch Hochgräbes Gedankenspirale drehte sich sofort weiter. Wie viele gemeinsame Mittagspausen würden sie überhaupt noch miteinander verbringen? Er hatte keine rechte Lust auf einen neuen Job und war sich noch lange nicht so sicher, wie er Julia gegenüber behauptet hatte, dass die Lehre ihm Erfüllung bringen würde. Hatte er das Ganze nicht etwas voreilig zugesagt? Weil die Weihnachtszeit bevorstand und das damit einhergehende Bedürfnis nach Harmonie zwischen ihm und Julia? Und was war mit der Hochzeit?
Seine Finger zitterten, als er den Brief entfaltete, den er seit einigen Wochen in seiner Schublade verbarg. Er dachte darüber nach, wie gut es war, dass er ihm hier im Präsidium zugestellt worden war und nicht zu Hause im Briefkasten gelegen hatte. An den meisten Tagen war Julia es, die die Post reinholte, und jener bunt beklebte Luftpostbrief hätte Hochgräbe in erhebliche Erklärungsnot gebracht.

Als die Tür aufflog, zuckte der Kommissariatsleiter zusammen. Frank Hellmer.
Hastig ließ er den Brief hinter der Tischkante verschwinden.
»Andrea hat den Obduktionsbericht gesendet«, meldete Hellmer.
»Danke. Steht etwas Neues drin?«
»Wie man's nimmt. Als Todesursache hat sich die Strangulation bestätigt. Sauerstoffmangel durch Zudrücken der oberen Atemwege. Die Faserreste können allein vom Tragen des Halstuchs oder Stoffschals herrühren, aber es könnte ebenso gut das Tatwerkzeug sein. Jedenfalls war es etwas Weiches. Außerdem sind unsere Annahmen zum Todeszeitpunkt und -ort so weit richtig gewesen. Das heißt, sie

wurde an einem unbekannten Ort umgebracht, zur Staustufe gefahren und dort abgelegt. Anschließend der Anruf bei den Kollegen drüben.« Er holte angestrengt Luft. »Das Ganze hat sich zeitlich jedenfalls so knapp abgespielt, dass es zwischen der Tat und dem Anrufer eine direkte Verbindung geben muss. Dass es sich vielleicht sogar um ein und dieselbe Person handelt!«

Hochgräbe nickte langsam. Er rief sich die Aufzeichnung des Anrufs ins Gedächtnis. Die Stimme hatte angespannt geklungen, vielleicht war der Mann auch einfach nur abgehetzt gewesen. Und hatte er nicht wortwörtlich gesagt, dass er mit seinem Taxi an der Staustufe stehe?

Er suchte die Datei und spielte sie ab. Tatsächlich. Genau so war es gewesen.

Hellmer kratzte sich an der Wange. Die winzigen Stoppeln schabten unter seinen Fingernägeln.

»Moment mal. Da behauptet einer, er stünde mit dem Taxi an der Staustufe. Dann stellen wir fest, dass sich das Handy zum Zeitpunkt des Anrufs mitten in der Stadt befand, und zwar an einem Taxistand. Und dann stellt sich heraus, dass der Anrufer und der Mörder ein und dieselbe Person sein müssen? Hat Julia also recht?«

»Eins nach dem anderen. Es könnten auch zwei Beteiligte sein. Haben wir das Handy denn schon untersucht?«

Hellmer zog die Mundwinkel auseinander. »Zweiter Weihnachtsfeiertag. Du verstehst?«

»Trotzdem«, erwiderte Hochgräbe mürrisch. »Es kann doch nicht sein ...«

»Beruhig dich. Unser IT-Fuzzi ist an der Sache dran. Ich habe ihn heute früh aus dem Bett geklingelt und werde ihm nachher einen Besuch in seinem Kellerreich abstatten.«

Hochgräbe nickte und bedachte Hellmer mit einem nachdenklichen Blick, als dieser den Raum verließ.

Wenn er nach Wiesbaden ging, müsste sein Platz neu besetzt werden.

Er hatte keinen blassen Schimmer, wer das sein sollte, aber seine Empfehlung würde in jedem Fall Gehör finden.
Wo in dieser Gleichung stand Julia Durant?
Rechnerisch verfügte Frank Hellmer, wenn auch minimal, über das höhere Dienstalter. Würde Claus sie fragen, bevor er sie vorschlug? Oder setzte er voraus, dass ihre Einstellung zum Chefsessel unverändert geblieben war? Einstellungen konnten sich immerhin ändern. Woher nahm sie die Gewissheit, dass Frank sich noch immer gegen diese Beförderung sträuben würde?

12:50 UHR

In der Unfallklinik traf Durant wieder auf Aleksander Salim, der mit dem Kind am Bett der Mutter saß. Sie verstummten, als die Kommissarin das Zimmer betrat. Salim sah zu Boden.
Durants Blick suchte den von Tiana Ganev. Mit weicher Stimme fragte sie, ob sie sich einen Augenblick unterhalten könnten.
Tiana nickte.
»Es dauert nicht lange«, versicherte die Kommissarin, der in dieser Sekunde ein Einfall gekommen war. »Ich bin in zwei Minuten wieder da.«
Sie drückte die Tür zu und gab der Familie Zeit, sich voneinander zu lösen. Eilte in Richtung Aufenthaltsraum, wo glücklicherweise niemand saß. Ignorierte das Handyverbotsschild, an das sich hier drinnen ohnehin keiner zu halten schien, und suchte die Nummer einer Bekannten, die ein Frauenhaus leitete. In diesem Haus, wo Frauen aller Schichten und Nationen einen sicheren Hafen fanden, hoffte sie, rasch Hilfe zu finden.
Das Feiertagsgeplänkel fiel kurz aus, denn in der Regel waren die Weihnachtstage eine traurige Hochsaison für Einrichtungen wie diese.

»Lange nicht gesehen«, sagte Julias Bekannte.
»Zum Glück, könnte man meinen«, erwiderte Durant. Denn meistens begegneten sich die zwei, wenn die Kommissarin eine Frau aus ihrer schlimmsten Not befreien wollte. »Aber keine Sorge. Heute brauche ich keine Herberge, sondern nur einen Dolmetscher.«
»Oh. Okay.« Wenn jemand kurzfristig einen Dolmetscher für fast jede Sprache dieser Welt organisieren konnte, dann diese Frau. »Welche Sprache suchst du denn?«
»Bulgarisch.«
Für Polnisch oder Russisch hätte das Präsidium selbst am Feiertag ohne Weiteres auf jemanden zurückgreifen können. Durant wartete gespannt. Sie ahnte das triumphierende Lächeln, mit dem ihre Gesprächspartnerin die Worte formte: »Da weiß ich wen! Wie schnell darf's denn sein? Lass mich raten ...«
»... am besten sofort«, vollendete Durant den Satz. »Er soll sich bitte per Handy bei mir melden, dann machen wir was aus.«
»Es handelt sich um eine Sie. Du weißt ja: Die Frauen, die zu mir kommen, vertrauen sich lieber einer Frau an.«
»Kenne ich. Allerdings geht es bei mir um einen Mann. Und die Einzige, die für mich übersetzen könnte, wäre seine Freundin. Das ist mir zu nah, das ist mir zu sensibel, zumal die Freundin das Opfer ist.«
»Ich verstehe nur Bahnhof. Seit wann sind die Opfer, mit denen du zu tun hast, denn noch lebendig?«
Durant verschluckte ein Kichern. »Vielleicht das Weihnachtswunder. Aber im Ernst. Sie hat überlebt, wenn auch nur knapp. Und im Gegensatz zu ihr spricht der Mann kaum einen Brocken Deutsch. Aber seine Aussage ist sehr wichtig.«
»Schon okay. Ich texte dir die Nummer, dann könnt ihr euch verabreden. Sie heißt Mila und lebt in Kelkheim. Ich wünsche dir viel Glück, und grüß sie von mir.«
»Ja, danke. Und der Nachname?«

»Ach so. Pavlov. Mila Pavlov.«
Durant wollte sich den Namen notieren. »Pawlow, so wie dieser Wissenschaftler mit dem Hund?«, fragte sie nach.
Es kicherte. »Kein Hund. Dafür zweimal Vogel-V.«
Julia Durant verabschiedete sich und kehrte zum Krankenzimmer zurück. Soeben traten Aleksander und der kleine Junge auf den Flur. Das Kind quengelte, der Mann lächelte ihr kurz zu, dann wandte er sich ab und sprach leise auf das Kind ein.
Die Kommissarin trat zu Tianas Bett. »Wie geht es Ihnen heute?«
Die junge Frau lächelte, es schien ihr große Anstrengung zu bereiten.
»Tut noch weh. Wird aber besser. Ich möchte bald nach Hause.«
Durant nickte. »Was sagt die Ärztin dazu?«
»Weiß nicht. Ich soll Geduld haben. Dem Körper Zeit geben. Aber meine Familie braucht mich doch. Und es ist Weihnachten.«
Ihr Lächeln hatte sich längst aufgelöst.
»Ihr Freund bekommt das aber gut hin, oder? Hat er ein paar Tage frei?«
Tiana nickte. Ihre Augen zuckten voller Scheu, als habe sie Angst, man würde sie beobachten. Es war mehr ein Raunen, als sie sagte: »Er könnte schwarz gehen. Viel Geld. Aber er geht nicht, und er hat mir auch versprochen, das nicht zu tun. Viel zu gefährlich.«
»Das ist gut«, sagte Durant. Schwarzarbeit würde hier immer ein Thema bleiben, und so streng man die Kontrollen auch durchführte, sie würde nicht weniger werden. Sie hoffte, dass diese werdende Familie es auch in ihrer jetzigen Krise schaffen würde, ohne weitere herbe Rückschläge durch die Zeit zu kommen. Alles hinter sich zu lassen, die Zukunft vor Augen. Sie wusste, dass das Wunschdenken war. Aber man durfte den Glauben an das Gute nicht aufgeben, schon gar nicht an Weihnachten.
Sie räusperte sich. »Wären Sie bereit, uns den Täter zu beschreiben? Vielleicht sogar, dass wir ein Phantombild erstellen können?«
Tianas Gesichtsmuskeln zuckten, und ein Schatten huschte über ihre

Augen. Vermutlich die Erinnerung. Der körpereigene Schutz, traumatische Details ausblenden zu wollen. Sie hob die Schultern. »Ich weiß nicht ...«

»Frau Ganev, wir kommen sonst leider nicht voran.« Sie schwieg einen Moment, bevor sie sagte: »Es hat gestern eine weitere Vergewaltigung gegeben.«

»Oh nein!« Tiana hob die Hände vors Gesicht. Sie wollte sicher tausend Dinge fragen, aber es kamen keine Worte. Also sprach die Kommissarin weiter: »Eine Joggerin im Park. Der Mann hat sie bedroht ...«

»Derselbe Mann?«

»Das müssen wir schnellstmöglich herausfinden.«

»Und was ist mit der Frau?«

»Es geht ihr ... na ja.« Was sollte sie schon groß dazu sagen? Dass sie Glück im Unglück gehabt hatte? Dass es ihr *den Umständen entsprechend* gut ging? Oder dass die Kommissarin im Grunde überhaupt nicht für diese Art Verbrechen zuständig war, es sei denn, sie endeten tödlich? Nein! Julia spürte, dass sie sich auch mit der Frau aus dem Günthersburgpark unterhalten musste. Zuständigkeiten hin oder her. »Sie hat jedenfalls keine schweren Verletzungen«, antwortete sie ausweichend.

Tiana schüttelte entsetzt den Kopf. Hinter ihrer Stirn schien es angestrengt zu arbeiten. Schließlich atmete sie einmal tief durch. »Wie geht das mit ... diesem Bild?«

»Ich schicke Ihnen jemanden vorbei, und Sie beschreiben den Mann, so gut es eben geht. Das Gesicht, seine Augen, eben alles, was Ihnen aufgefallen ist.«

»Können *wir* das machen?«

»Ich kann versuchen, dabei zu sein«, Durant nickte, »aber zeichnen muss das jemand anderes.«

Jedenfalls war das eine gute Idee, wenn das Phantombild nicht einem von Pablo Picassos abstrakten Porträts gleichen sollte. Außerdem, überlegte sie weiter, sollte Tiana sich nicht in eine Abhängigkeit begeben, die an die Person der Kommissarin gekoppelt war. Das würde beiden nicht guttun.

»Ich habe einen sehr vollen Tagesplan«, sagte sie daher, »aber ich verspreche Ihnen, ich schicke Ihnen einen Kollegen, dem ich vertraue. Und vielleicht klappt es ja, dass ich dabei sein kann.«

Das schien Tiana zu genügen. Julia Durant zog ihr Notizbuch hervor und blätterte die Seite mit dem Namen des Taxifahrers auf, der sie gefunden hatte.

Bedeutungsschwanger las sie den Namen ab, auch wenn sie ihn im Kopf hatte. Tiana sah sie fragend an.

»Der Mann, der Sie gerettet hat«, fügte Durant hinzu.

»Ich weiß. Was ist mit ihm?« Tianas Augen weiteten sich. »Er war das nicht!«

»Davon bin ich auch nicht ausgegangen.« Sie atmete langsam ein. »Sie kennen ihn also.«

Tiana schwieg. Ihr Blick brannte sich auf ihr Gegenüber, als wollte sie der Kommissarin hinter die Stirn sehen.

»Frau Ganev«, sagte diese geduldig, »Sie können mir vertrauen. Das wissen Sie doch bestimmt, denn sonst hätten Sie nicht nach mir verlangt.«

»Ja. Schon.«

»Umso wichtiger ist es, dass Sie mir *alles* sagen. Egal, ob es Ihnen wichtig oder unwichtig erscheint.«

»Über Christopher?«, fragte sie leise.

»Zum Beispiel. Er hat ausgesagt, Sie persönlich zu kennen.«

Normalerweise hatte Julia Durant kein Problem damit, die Dinge beim Namen zu nennen. Christopher Hampel war ein Freier gewesen. Hatte für eine Dienstleistung bezahlt, die sie ihm angeboten hatte. Schon in jungen Jahren, bei der Münchner Sitte, hatte die Kommissarin die Hemmnis verloren, unangenehme Wahrheiten auszusprechen. Doch irgendwie fühlte sich es hier anders an. Falsch. Auch wenn sie nicht hätte sagen können, woher dieses Gefühl rührte. Also verpackte

sie das Ganze in unschuldig klingende Worte und wartete ab, wie Tiana reagierte.
»Ja«, sagte sie leise. »Ein einsamer Mann. Aber auch ein zurückhaltender Kunde. Möchte nichts Besonderes, nur das, was er nirgendwo sonst kriegt.« Sie lächelte matt. »Beim zweiten Mal hat er mir sogar Blumen mitgebracht.«
Durant nickte. »Danke. Das ist vielleicht alles nebensächlich, aber wir müssen solche Dinge wissen. Also bitte erzählen Sie mir das beim nächsten Mal gleich.«
Wie das klang. Beim nächsten Mal. Bevor sie sich korrigieren konnte, ergriff Tiana das Wort.
»Entschuldigung. Es ist kein gutes Thema für mich. Normalerweise nur Sex. Aber für Christopher war es mehr als das. Das ist nicht gut.«
Julia Durant drehte sich um, obwohl niemand im Raum war. Trotzdem fühlte sie sich wohler, Gewissheit zu haben. Sie beugte sich nach vorn, als sie fragte: »Haben Sie über solche Dinge auch mit Ihrem Partner Aleksander gesprochen?«
Tiana zog die blassen Lippen in die Breite. »Manchmal.«
»Und wie hat er es aufgenommen?«
»Aufgenommen? Ach so.« Sie kicherte, aber es klang nervös. »Manche Wörter sind so kompliziert. Na ja, er war eifersüchtig. Aber was blieb uns übrig?«
»Wie haben Sie sich denn kennengelernt?«
»Aleksander war keiner von den Männern. Kein Kunde. Aber er hat von Anfang an Bescheid gewusst. Hat gewusst, dass ich aufhören werde, sobald es geht. Und ich habe gewusst, wenn er bis dahin bei mir bleibt, ist er der Richtige.«
Julia Durant nickte. »In Ordnung. Also hat Aleksander nichts mit Ihrer Tätigkeit zu tun. Auch nicht mit den Hintermännern?«
Sie bemerkte das Zusammenzucken sehr genau, auch wenn Tiana sich alle Mühe gab, es zu verbergen.
»Wie meinen ...«

»Ich rede von den Zuhältern. Den Machos, die abkassieren. Schutzgeld. Gebühr. Wie auch immer Sie das nennen.«
»Wieso? Ich arbeite allein!«, beharrte die Frau fast schon weinerlich.
»Die wenigsten Frauen arbeiten allein. Ich weiß ja nicht, *was* Sie von mir gehört haben, aber ich war lange genug bei der Sitte. Da weiß man, wie die Sache läuft. Also machen wir uns nichts vor.«
Tiana Ganev sagte erst einmal überhaupt nichts mehr, sondern starrte mit glasigen Augen durch die Kommissarin hindurch. Unpassenderweise meldete sich genau in diesem Moment Julias Handy. Sie drückte das Gespräch stumm.
»Frau Ganev, ich bitte Sie! Ich wollte Ihnen das eigentlich nicht erzählen, um Sie nicht zu beunruhigen, aber es gibt noch einen weiteren Fall. Nicht nur den Überfall im Park, sondern eine tote Frau. Diese hatte nicht so viel Glück wie Sie. Es gibt außerdem Hinweise, dass es Revierkämpfe zwischen den Banden geben könnte, doch wir wissen noch nicht, wie heftig das Ganze werden wird. Wenn das also *irgendwie* ...«
»Hören Sie auf!«, unterbrach Tiana sie unwirsch. Auch wenn es ihr offensichtlich Schmerzen bereitete, schlug sie mit beiden Armen nach vorn, als wollte sie ein Dutzend Schneebälle abwehren. Der Rest ihrer Worte ging in einem Wimmern unter. »Warum darf ich nicht ... warum soll nicht ... warum lässt es mich.«
Durant setzte sich auf die Bettkante und versuchte alles, um die junge Frau zu beruhigen. Doch es schien zwecklos.
Offenbar hatte Tiana während ihres Ausbruchs auf den Rufer gedrückt, denn wie auf Kommando tauchte eine Krankenschwester auf und verlangte von der Kommissarin, das Gespräch ein andermal fortzusetzen. Als Durant ihr anbot, eine Viertelstunde Pause zu machen, schüttelte die Pflegerin nur den Kopf. »Ich kann das gerne mit der Ärztin besprechen, aber sie wird das nicht anders sehen.«
Die Botschaft war eindeutig. Julia Durant konnte hier keinen Sieg erringen, also verzichtete sie auf einen Kampf.

Sie verließ die Klinik. Prüfte dabei allerdings, ob Tianas Freund und der Sohn noch in der Nähe waren. Die beiden waren nirgendwo zu sehen, auch nicht in der Cafeteria oder auf dem nahen Spielplatz.

Durant ließ sich auf das Sitzpolster des Dienstwagens sinken. Bequem und geräumig, das musste man ihm lassen, aber auch ein paar Nummern zu groß für ihren Geschmack. Sie ging ihre Anruferliste durch. Es war Claus, der sie zu erreichen versucht hatte. Sie musste an ihr Gespräch denken, an den Brief und an das, was das neue Jahr bringen würde. Hatte er sich diese Entscheidung nicht zu leicht gemacht? Immerhin wog ein solcher Schritt schwer, den konnte man doch nicht wie ein großes Weihnachtsgeschenk präsentieren. Was, wenn die neue Stelle ihn unglücklich machte? Sollte ihre Ehe auf einem Fundament von Schuldgefühlen und nicht ausgesprochenen Schuldzuweisungen stehen?

Ihre Gedanken fühlten sich wie verknotet an, deshalb surfte sie ein paar Minuten mit dem Smartphone im Netz, anstatt ihn zurückzurufen. In dieser Jahreszeit waren die Autobörsen voll von guten Angeboten. Noch immer trauerte sie ihrem Flitzer hinterher, der sein trauriges Ende in einer Schrottpresse gefunden hatte, nachdem er vom Grund des Baggersees geborgen worden war. Ein düsteres Kapitel ihrer jüngsten Vergangenheit. Aber kein Grund, mit ihrem Leben als Autobegeisterte zu hadern. Sie markierte ein Peugeot Cabriolet. Ein silberfarbener Zweisitzer, genau die richtige Größe. Außerdem einen Smart Roadster.

Dann verließ sie die Suchergebnisse und forderte im Präsidium jemanden wegen des Phantombilds an. Anschließend wählte sie die Nummer der Dolmetscherin.

13:00 UHR

In der Abteilung für Computerforensik summte es eigentlich immer. Noch bevor man durch die meist offen stehende Tür trat, kam einem der Duft von warmer Kabelummantelung entgegen, dazu ein staubig metallischer Geruch, verursacht von den immer summenden Lüftern, die in den Gehäusen der Rechner für Kühlung sorgten. Benjamin Tomas' neueste Anschaffung war ein Hochleistungs-PC mit Wasserkühlung, doch Frank Hellmer ordnete dieses Gerät eher in den Bereich Privatvergnügen ein. Keiner der Kommissare, die ihre Kriminal-Karriere noch vor dem großen Computerboom begonnen hatten, hatten je dieselbe Technikbegeisterung entwickelt, wie dieser junge IT-Kollege sie besaß. Tomas, der sich jedem als Benny vorstellte, war ein sympathischer, wenn auch etwas schräger Typ Anfang zwanzig. Lässige Klamotten, ein leichter Hang zu Retro-T-Shirts, blonder Vollbart und eisblaue Augen, die er mit einer Hornbrille einrahmte. Eine Prise Nerd und eine Prise Thor, wobei dieser Eindruck heute etwas gelitten hatte. Auch wenn Benny beneidenswert jung sein mochte und einer völlig anderen Sprache mächtig zu sein schien, als die alten Hasen sie pflegten: Momentan schien jeder im Haus körperlich fitter zu sein als er. Benny Tomas kauerte zusammengesunken in seinem Schalensessel. Auf der Tischplatte, zwischen zwei Tastaturen und einem gordischen Knoten aus allerlei Adapterkabeln, lagen zwei leere Dosen mit Energydrinks. Eine dritte Dose hielt er in der Faust, zusammengedrückt und offenbar ebenfalls ausgetrunken.

»Hey«, begrüßte er Hellmer mit einer angestrengten Stimme und gequältem Blick.

»Na, machst du ein Büroschläfchen?«, erwiderte dieser säuerlich, wobei er sich das nach drei Koffein-und-Zucker-Boostern kaum vorstellen konnte.

»Nee, nur Sparflamme. War echt heftig gestern.«

»Manchmal glaube ich, ihr jungen Leute habt den Sinn von Weihnachten nicht verstanden.« Frank Hellmer war heilfroh, dass seine Tochter Stephanie diese Extremphase hinter sich hatte. Ohne allzu massive Entgleisungen. Jedenfalls keine, von denen er wusste.
»Keine Diskussionen, bitte«, sagte Benny mit zur Abwehr erhobenen Händen. »Frag mich einfach, was du wissen willst.«
»Handyauswertung. Deshalb habe ich dich doch ...«
»Okay! Easy.« Der Computerexperte zählte ein paar Daten zum Gerät auf. Ein Billigsmartphone, nicht das neueste Modell, einfach zu knacken. Dann die Ernüchterung. »Das Telefon wurde zurückgesetzt. Werkeinstellung. Ich kann versuchen, tiefer zu forschen, doch das wird dauern. Hilfreich wäre, zu wissen, wonach ich suchen soll.«
»Anrufliste, Kontakte«, überlegte Hellmer laut, »und natürlich das Übliche. Fotos, Mails, wobei ich fast glaube ...«
»Ja. Glaube ich auch. Da wird nicht viel zu finden sein. Das Gerät ist brandneu. Es sieht fast so aus, als wäre es frisch aktiviert worden. Vielleicht ein Weihnachtsgeschenk?«
Hellmer verzog den Mund. Er versuchte sich vorzustellen, wen man an Heiligabend mit einem Niedrigpreis-Gerät überraschen sollte. Und weshalb es danach in der Mülltonne gelandet war. Hatte sich da etwa ein Vater am ersten Handy seines Kindes vergriffen? Aber würde ein Kind so ein Gerät überhaupt vor Neujahr aus der Hand geben? Er merkte, wie sinnlos diese Gedankenspiele erschienen.
»Such bitte trotzdem. Wir wissen, dass mindestens ein Anruf getätigt wurde. Stand diese Nummer im Telefonbuch, oder hat er vorher im Netz danach gesucht? Was weiß der Provider? Welche Daten lassen sich von dort abrufen? Man braucht doch mindestens einen E-Mail-Zugang, oder nicht?«
»Schon gut.« Benny winkte ab. »Lass mich das mal machen. Aber wie gesagt: Das kann dauern, und das liegt nicht an meinem Kater.«
»Das hoffe ich doch! Was ist mit dem anderen Kram? Den Computern und dem E-Mail-Verkehr des Bordells? Der Täter muss sich mit

dem Opfer ja in Verbindung gesetzt haben.« Hellmer schlug ungeduldig mit den Händen ineinander. »Sorry, wenn ich das jetzt an dir auslasse, aber das könnte alles ein bisschen schneller gehen.«
»Darf ich vielleicht was dazu sagen?«
»Ich höre.«
»Der Bürocomputer ist weg!«
Hellmer schreckte auf. »Wie?! Was heißt *weg?*«
»Weg im Sinne von nicht mehr da. Irgendjemand hat ihn vor den Augen der Spurensicherung verschwinden lassen.«

13:20 UHR

Uwe Liebig lebte in seinem Seat Alhambra. Zumindest bekam man den Eindruck, wenn man eine der Schiebetüren aufzog, hinter denen sich Jacken, Pullover und allerlei Unrat befanden. Auf dem Boden lag das gesamte Spektrum an Mitnahmetüten der bekannten Fast-Food-Ketten. Dazu passend der Geruch nach Essen und kaltem Zigarettenrauch. Das zehn Jahre alte Fahrzeug war mattschwarz foliert und verfügte über eine Reihe von Anbauteilen, die dem Van ein sportlicheres Aussehen verliehen und den Eindruck zerstörten, es handle sich um eine Familienkutsche. Bis vor vier Jahren war es das gewesen. Bis zu dem Tag, an dem ein Fremder seine sechsjährige Tochter überfahren hatte. An einem Zebrastreifen. Obwohl sie sich vorher vergewissert hatte, dass sie ihn gefahrlos überqueren konnte. Der Wagen war aus dem Nichts gekommen, mit massiv überhöhter Geschwindigkeit. Er hatte das Mädchen mit dem Kühler erfasst und den Körper über hundert Meter mitgeschleift. Der Schulrucksack war wie ein Tennisball durch die Luft geschleudert worden. Zu diesem Zeitpunkt, so die Obduktion, war die Kleine bereits tot gewesen. Sie hatte nicht leiden müssen. Als wäre das ein Trost. Sie hatte erst zwei Wochen zuvor mit der Schule begonnen. Sie wollte lesen lernen, wollte lachen, sich mit ihren Freundinnen verabreden und Disney-Filme schauen. Stattdessen war der Tod in Form eines dunklen BMW gekommen, von dem nicht einmal das Kennzeichen bekannt wurde. Das Fahrzeug nebst Fahrer blieb verschwunden. Die Trauer und die Verzweiflung wuchsen ins Unermessliche. Schuldzuweisungen, Selbstmitleid und jede Menge Alkohol trieben einen Keil in die bis dahin glückliche Ehe, deren einziges Kind nun in einer Urne im Familiengrab ruhte. Fünf Monate nach dem Tod der Kleinen die Trennung. Eine leise Scheidung, an der hauptsächlich die Anwälte verdienten. Keine Chance, die Scherben eines Lebens wieder zusammenzufügen, das einmal so wundervoll gewesen war. Es würde immer ein bedeutender Teil darin fehlen.

Liebig öffnete die Beifahrertür und legte den Karton mit dem Computertower in den Fußraum, nachdem er eine leere Pommespackung unter den Sitz verbannt hatte. Niemand hatte sich darüber gewundert, als er sich das Gerät auf dem Parkplatz des *Oasis* unter den Arm geklemmt hatte. Das war der Vorteil bei revierübergreifenden Ermittlungen. Man kannte sich bestenfalls vom Sehen, aber man hinterfragte auch nicht, wenn man jemand Fremdem begegnete. Liebig jedenfalls hatte die Gelegenheit beim Schopfe gepackt, als er den Rechner im Auto des Frankfurter Kollegen hatte liegen sehen. Ein kleines, in die Jahre gekommenes Gerät, dessen Festplatte allerdings ein paar interessante Details enthalten hatte. Viel wichtiger für ihn als für die Mordermittlung, um die es hier gerade ging. Er polsterte das Ganze mit seiner Jacke, dann schlug er die Tür wieder zu und stieg auf der Fahrerseite ein. Es war kalt, er startete zuerst den Motor, danach zog er sein Handy hervor. Es tutete lang, dann meldete sich eine Frauenstimme.

»Hi. Gibt's was Neues?«
»Und ob. Treffen wir uns bei dir?«
Sie bejahte.
Liebig legte auf, und sein Mund verformte sich zu einem zufriede-

nen Lächeln. »Er mochte sie sehr. Canan Semra Bilgiç. Die dunkle Schönheit mit den tiefgründigen Augen. Dabei ging es ihm gar nicht primär um eine sexuelle Anziehung, auch wenn sie ein ziemlicher Hingucker war. Er schätzte sie vor allem, weil sie unerbittlich gegen die Clans und Banden kämpfte. Weil sie nicht aufgab und weil sie im Umgang mit fremden Kulturen nicht wie so viele ihrer deutschen Kollegen gehemmt war. Es war ihr schlicht und ergreifend egal, wie jemand aussah und woran man glaubte. Für alle galten dieselben Spielregeln, und wer sich nicht daran hielt, der bekam ein Problem. So zumindest die Theorie. Bilgiç führte diesen Kampf noch immer, während andere längst resigniert hatten. Das gefiel ihm, denn so war er auch einmal gewesen. Vor dem Tod seines Mädchens.
Er schaute in den Spiegel und dann über die Schulter. Scherte aus der Parklücke und steuerte den Van in Richtung Präsidium.

13:25 UHR

Julia Durant erreichte die Zufahrt zum Polizeipräsidium. Nickte den Kollegen an der Pforte zu und steuerte ihren Wagen in den Innenhof. War das Frank Hellmer, der wie ein HB-Männchen zwischen den Fahrzeugen herumsprang? Tatsächlich. Er erkannte sie ebenfalls und eilte auf sie zu. Riss die Beifahrertür auf und stieß hervor: »Wir müssen los. Schnell!«
»Was hat dich denn geritten?«
»Der Computer aus dem Offenbacher Puff«, keuchte er, während er sich anschnallte, »eine ganz komische Sache. Canan hat …«
»Frank! Bitte! Ich verstehe kein Wort.«
»Wir müssen rüber«, sagte er so ruhig wie möglich und deutete grob in die Richtung, wo Offenbach lag, auch wenn in diesem Moment nichts als die Fassade des Präsidiums zu sehen war. »Ich erklär's dir unterwegs. Claus weiß Bescheid.«

Julia fiel siedend heiß ein, dass sie Claus noch immer nicht zurückgerufen hatte. »Scheiße, er hat versucht, mich zu erreichen.«
»Wo warst du eigentlich?«
»In der Klinik.«
»Bei dem Mordfall, der keiner ist?« Hellmer war wieder zu Atem gekommen. Mehr als das. In seiner Stimme glaubte sie eine Prise Hohn zu erkennen.
»Na und?«, fuhr sie ihn an. »Wär's dir lieber, sie wäre draufgegangen? Ist doch bloß eine Hure, und unsere ganze EU-Osterweiterung ist ja ein Füllhorn für Nachschub.«
Passend zu ihrem Ausbruch drehten die Reifen mit einem lautstarken Quietschen durch, als sie das Gelände verließen. Hellmer klammerte sich am Türgriff fest.
»Sorry, aber so war das überhaupt nicht gemeint.«
»Entschuldige. Das weiß ich doch.« Durant ließ den Wagen an die Sichtlinie der Kreuzung rollen. »Ich hab irgendwie 'ne beschissene Zeit, und mein Fell ist nicht gerade das dickste.«
»Schon gut.« Hellmer lächelte. »Bring uns nur heil nach Offenbach, ja?«
»Du schuldest mir noch eine Erklärung.«
»Stimmt. Ich wollte nur warten, bis du und die Reifen mit dem Kreischen aufhören.«
»Blödmann.« Julia lachte.
Frank begann zu berichten. Als er nach wenigen Sätzen bei dem verschwundenen Computer angelangt war, war den beiden jeglicher Humor vergangen.

13:50 UHR
Offenbach, Polizeipräsidium

Die Geleitstraße in Offenbach war eine alte Handelsstraße, über die Kaufleute schon im vierzehnten Jahrhundert von weit her in Richtung Frankfurt gereist waren. Um sie zu schützen, hatten sie Geleitzüge zur Seite gestellt bekommen, und daran hatte man bis ins frühe neunzehnte Jahrhundert festgehalten. Böse Zungen behaupteten, dass man heute an manchen Ecken wieder Geleit brauchte und das Viertel bei Weitem nicht mit den nobleren Ecken in der Umgebung mithalten könne. Tatsächlich schien der eckige Bau des Präsidiums wie hineingequetscht. Man bog um die Ecke und stand plötzlich davor. Fünf Etagen, eine fleckig weiße Hauptfassade, an der der Zahn der Zeit sichtbar genagt hatte, dunkle Fenster mit sandgelben Jalousien. Das oberste Stockwerk war in Schiefer gehüllt. Julia Durant wusste, dass die Tage dieses Standorts gezählt waren. In absehbarer Zeit würde man in einen Neubau im Stadtteil Buchhügel ziehen. Die Bauarbeiten waren bereits in vollem Gange.

Durant musste an den Umzug des Frankfurter Präsidiums denken. Auch damals war eine Ära zu Ende gegangen. Alles wurde moderner, alles sollte einfacher und besser werden. Aber starb nicht gleichzeitig ein wichtiger Teil? Etwas, das man nur schwer in Worte fassen konnte? Wie oft schon war sie auch durch dieses Gebäude hier geschritten? Sie hatte es nicht gezählt. Hier wie dort hatten sich gute, aber auch sehr schlechte Zeiten zugetragen. Brandts Trennung und dazu der Verlust einer Partnerin. Hellmers Alkoholexzesse. Hastig zwang sie ihre Gedanken in eine andere Richtung. Von Peter Brandt war keine Spur zu sehen. Stattdessen Canan Bilgiç, die die beiden Frankfurter Kommissare in eine andere Etage lotste. Andere Räume. Andere Zuständigkeiten. In einem grell erleuchteten Raum hockte ein ungepflegter Mann in einem zu eng geratenen Wollpullover hinter einer Tischplatte. Seine Augen zeugten von wenig Schlaf, die hervorstechenden Äderchen auf den Wangen deuteten darauf hin, dass er gerne mal zu tief ins Glas schaute. Seine Bluejeans wies auf der Oberschenkelseite bräunliche Verfärbungen auf. Prompt zog er die Handflächen über die Hose. Schwitzige Hände also. Schon stand er auf, trat auf Durant und Hellmer zu und streckte den beiden nacheinander die Hand entgegen.

»Morgen. Uwe Liebig.« Kein Dezernat, keine weitere Erklärung. Nur die Gewissheit, dass das mit den Schweißfingern kein Irrtum gewesen war.

Offenbar hatte Canan Bilgiç ihn bereits über alles, auch über Julia und Frank, ins Bild gesetzt, denn er stellte keine einzige Frage. Oder es war ihm schlicht gleichgültig. Jedenfalls setzte er sich wieder auf den Stuhl, von dem er sich erhoben hatte, rückte ihn mit schabendem Geräusch zurecht und widmete sich dem Gerät, das vor ihm aufgebaut war. Ein schwarzer Flachbildschirm, dazu passend eine kabelgebundene Tastatur und Computermaus. Ergonomisch geformt, so viel erkannte die Kommissarin. Was ihr ebenfalls auffiel, auch wenn sie mit Computern nicht viel am Hut hatte, war, dass der hellgraue Minitower überhaupt nicht zu den anderen Teilen passte. Mehr noch: Der dazugehörige Tower stand abgestöpselt auf dem Nachbartisch.

Sie wechselte einen Blick mit Hellmer, dem das offensichtlich auch aufgefallen war. Canan Bilgiç begann zu sprechen, während Liebig auf den Eingabegeräten herumklickte.

»Uwe hat sich den Computer direkt vorgenommen.«

Hellmer unterbrach sie mit einem Schnauben: »Das ist ja schön und gut. Aber unser IT-Experte hätte das auch gerne erledigt.«

Canan verzog den Mund. »Dir ist schon klar, dass das hier unser Revier ist, oder?«

Bevor Frank zu einem Konter ansetzen konnte, legte Julia ihm die Hand auf den Arm: »Sorry. Da muss irgendwas schiefgelaufen sein. Unsere Forensiker dachten wohl, dass sich jemand Unbefugtes Zugang verschafft hätte.«

»Allerdings«, murrte Frank. »Die bekommen davon wahrscheinlich noch tagelang Alpträume.«
Canan blieb sachlich. »Wie auch immer. Muss ein Missverständnis gewesen sein.« Sie deutete auf ihren Kollegen, der sein Geklicke beendet hatte und geduldig wartete. »Uwe hier ist jedenfalls *unser* Experte für die IT ...«
»... wobei es da nicht wirklich einen Experten braucht«, sagte Liebig mit ruhiger Stimme. »Liegt alles vor uns wie ein offenes Buch. Es gibt nicht einmal ein Anmeldepasswort.«
»Aha. Und seit wann sind Sie schon mit dem Computer beschäftigt?«
Frank Hellmer gab sich argwöhnisch, wie meist, wenn er einem neuen Kollegen gegenüberstand. Vielleicht so eine Männersache, dachte Durant. Immer erst mal abchecken, ob da ein Neuer den Platzhirsch machen will. Von Uwe Liebig allerdings schien Hellmer in dieser Hinsicht nichts zu befürchten zu haben.
Liebig reagierte nicht auf den Unterton in Hellmers Stimme. Stattdessen hob er den rechten Arm und warf einen Blick auf eine verkratzte Digitaluhr, die aus der Zeit gefallen schien. »Dürfte gestern ziemlich genau um diese Uhrzeit gewesen sein, schätze ich.«
»Warum wurde das Gerät nicht bereits vor Ort überprüft?«, fragte Durant, in der Hoffnung, die Anspannung etwas herausnehmen zu können.
Liebig zuckte die Achseln. »Da waren mir zu viele Flatteranzüge und dazwischen die ganzen heulenden Frauen. Sorry, für meinen Job brauche ich Ruhe.«
Hellmer schien etwas entgegnen zu wollen, deshalb nickte Durant heftig: »Verstehe ich. Unsere IT hat sich allerdings sehr gewundert, dass ein PC einfach so verschwindet.«
Der Mann schenkte ihnen ein Lächeln. »Das muss irgendwie untergegangen sein, sorry. Leider immer wieder ein Problem, wenn man bei revierübergreifenden Ermittlungen seine Kollegen nicht alle kennt. Soll nicht mehr vorkommen.«

Das wirkte zumindest ehrlich. Auch Frank schien sich wieder entspannt zu haben, also lächelte Julia zurück: »Abgemacht. Was sind denn die Ergebnisse?«

Es folgte ein kurzes Referat über ein E-Mail-Programm mit integrierter Kalenderfunktion. Darin gab es einige Unterordner, in denen man Nachrichtenverläufe archivieren konnte, und außerdem eine Kontaktdatenbank.

»Alles ziemlich simpel«, schloss er. »Man braucht dazu keine Ausbildung, nur ein wenig Praxis.«

»Was uns interessiert, ist der letzte Auftrag an Natalie Marković«, sagte Canan Bilgiç.

Liebig klickte ein paarmal. »Kein Problem«, sagte er. »Bitte sehr.«

Auf dem Display stand eine Telefonnummer. Der zugehörige Name war mit »Raimund« angelegt. Keine weiteren Daten. Offensichtlich ein neuer Kunde – oder jemand, der Wert auf Diskretion legte. Wobei Letzteres vermutlich auf die meisten Personen in der Kontaktliste zutraf.

Julia Durant zog ihr Notizbuch hervor. Es handelte sich tatsächlich um die Nummer des Handys, das in dem Mülleimer an der Konstablerwache gefunden worden war.

»Ich habe zu diesem Termin noch einen kurzen Mailverkehr«, sagte Liebig.

»Lassen Sie mal hören«, bat Durant.

Hallo.
Ich interessiere mich für ein privates Treffen, vorzugsweise mit Natalie. Auf Ihrer Website steht, es sei auch an Heiligabend möglich. Ist das korrekt?
Danke und Gruß,
Raimund

Julia Durant trat an den Bildschirm. Dort stand genau der Text, den Uwe Liebig soeben vorgelesen hatte. Dieselben Worte, die sich nicht nur grammatikalisch von vielem abhoben, was man im Internet so vorfand. Sie klangen zudem auch so nüchtern und geschäftig, als handele es sich um eine x-beliebige Transaktion per Kleinanzeigen-Portal. Oder war das eine Schutzwand, hinter der man die eigene Scham darüber verbarg, dass man sich als Freier für eine Prostituierte interessierte?

Auch Hellmer hatte sich so positioniert, dass er den Text lesen konnte. Durant sah ihn an: »Würdest du das auch so machen? Ich meine den ersten Kontakt, wenn du vorhättest ...«

Hellmer grunzte. »Keine Ahnung. So ein Kontaktformular ist allemal angenehmer, als wenn er dort direkt angerufen hätte. Hinter einer E-Mail und einem, sicher erfundenen, Vornamen kann man sich erst mal bequem verstecken.«

»Er hat aber auch angerufen«, wandte Liebig ein.

»Woher wissen Sie das?«

Der Computer-Experte klickte den Nachrichtenbaum auf. Tatsächlich hatte jemand auf die E-Mail geantwortet. Es war Frau Marković selbst gewesen. Neben ein paar Textbausteinen, die vermutlich zum Standard gehörten, hatte sie darum gebeten, die Termindetails telefonisch zu verabreden. Danach endete der Mailverkehr.

»Haben Sie das Handy der Toten denn auch?«, fragte Hellmer spitz, obgleich er es besser wissen musste. Das Gerät war weder in Markovićs Zimmer noch an der Staustufe gefunden worden.

Liebig verneinte. »Haben Sie schon versucht, es orten zu lassen?«

Hellmer schnaubte und winkte ab. »Provider und Feiertage. Zum Kotzen!«

»Ich kenne da vielleicht eine Abkürzung«, erwiderte der Offenbacher Kollege. »Aber wir können natürlich auch warten.«

»Nein«, entschied Durant. Sie tat dies einerseits, um zu vermeiden, dass die beiden Männer aneinandergerieten, und andererseits, weil die Zeit drängte. Nur noch wenige Tage bis Silvester. Die Personalsituation war eine Katastrophe, und die Mobilfunkanbieter steckten in der anstrengendsten Phase des Jahres. Jeder wollte telefonieren, texten oder Fotos verschicken. Freiwillig würde sich dort niemand die Zeit nehmen, der Kriminalpolizei zu helfen. »Tun Sie alles, was nötig ist. Da draußen ist ein Mann, der ein tödliches Spiel treibt. Der sich sein Opfer herbeigerufen hat und uns bewusst auf falsche Fährten lockt. Und ich fürchte, dass das noch nicht alles war.«

Sie konnte es sowohl Canan als auch Frank ansehen, wie sie hart schluckten. Vermutlich hatten die beiden längst dasselbe gedacht, aber die Tatsache, dass es jemand aussprach, ließ eine vage Befürchtung zur düsteren Prophezeiung werden. Nur Liebig nahm das Ganze völlig teilnahmslos auf.

Er verabschiedete sich, und nur, weil er den Karton mit dem Computertower umklammert hielt, blieb den Kommissaren ein weiterer feuchter Händedruck erspart.

»Ich melde mich, sobald ich was Neues weiß«, schnaufte er. »Je nachdem, welche Sicherheitsbarrieren da drinnen sind, dauert das seine Zeit. Aber die meisten nehmen das Thema ja nicht so ernst. Na ja. Bis dann.«

Julia Durant sah ihm nach, bis er aus der Tür getreten war und diese sich geschlossen hatte.

»Was ist das denn für ein Kauz?«, kam Hellmer ihr zuvor.

Canan Bilgiç fuhr sich durchs Haar. »Lange Geschichte. War mal ein Top-Kandidat für die Mordkommission, aber dann hat das Schicksal zugeschlagen. Unfall mit Fahrerflucht. Seine Tochter ist dabei ums Leben gekommen, die Ehe zerbrochen. Er wäre fast daran kaputtgegangen, hat dann irgendwie die Kurve gekriegt und verschanzt sich seitdem hinter Computerbildschirmen.« Sie seufzte schwermütig und schüttelte den Kopf. »Manche trifft das Schicksal hart. Nicht jeder hat die Kraft, zurückzuschlagen. Aber Uwe ist auf einem guten Weg.«

»Bist du dir da sicher?«, fragte Durant zweifelnd.
»Absolut«, bestätigte Bilgiç. »Das Schlimmste hat er hinter sich. Ich sage dir: Ab jetzt geht es nur noch aufwärts.«

*

Als die Frankfurter gegangen waren, suchte Canan ihren Kollegen noch einmal auf, um ihn sich vorzuknöpfen. »Mensch, Uwe. Du hättest mir das sagen müssen!«
Mangels einer zweiten Sitzgelegenheit hatte sie auf der Tischplatte Platz genommen. Ihre Füße reichten bis kurz über den Boden, sie ließ die Beine baumeln, während sie beobachtete, wie Uwe Liebig den schwarzen Computer in seinen Ursprungszustand zurückversetzte.
»Was sagen?«
Stellte er sich absichtlich dumm? Sie versuchte, die aufsteigende Wut zu unterdrücken. »Mann! Die beiden sind doch nicht blöd. Julia Durant ist eine der besten Ermittlerinnen, die die Region jemals gesehen hat. Denen kann ich nichts vormachen, mal abgesehen davon, dass ich das nicht will!«
»Ach, reg dich ab«, erwiderte Liebig und winkte flapsig mit der Hand. »Feiertage, Personalmangel, Chaos. Das kennen die in Frankfurt ebenso gut wie hier.«
»Trotzdem. Was hast du dir dabei gedacht, den PC einfach mitzunehmen?«
Liebig beendete sein Werk, schob den Monitor und die Tastatur zurecht und betrachtete sein Werk, bevor er sich zu Bilgiç drehte. Er bedachte sie mit einem vielsagenden Blick, als er ihre Frage beantwortete. »Das weißt du sehr genau.«
Denn selbst, wenn sie es bisher nicht gewusst hatte, so würde sie es sich spätestens jetzt ausmalen können.

14:30 UHR

Hellmers Smartphone meldete sich mit einem neuen schrägen Klingelton. Er war bekannt dafür, Musikklassiker dafür zu verwenden, diesmal klang es allerdings mehr wie der Start eines Formel-1-Rennens. Als auch nach Sekunden weder Schlagzeug noch Gitarren einsetzten, verdrehte Durant die Augen.

»Mach das aus!«, forderte sie. Frank grinste und nahm das Gespräch in Zeitlupe entgegen. Julia schielte aufs Display, konnte den Anrufer jedoch nicht erkennen.

»Grüß dich«, meldete sich der Kommissar. »Julia ist bei mir. Wir haben den verlorenen Computer gefunden.«

Währenddessen tippte seine Fingerkuppe auf das Lautsprechersymbol.

Benjamin Tomas hielt sich nicht mit Begrüßungsfloskeln auf. »Echt jetzt?«

»Allerdings. In Offenbach. Uwe Liebig. Sagt dir der Typ was?«

Zwei Sekunden Schweigen, dann kam die Antwort: »Ja. Den kenne ich.«

»Näher?«

»Nein. Wie man sich halt so kennt, wenn man hin und wieder miteinander zu tun hat.«

»Was hältst du von ihm?«

»Fachlich oder menschlich?«

»Beides. Na ja. Hauptsächlich Letzteres. Ich kann ihn überhaupt nicht einschätzen, deshalb frage ich.«

»Sorry, aber da fragt ihr den Falschen. Fachlich hat der es sicher genauso drauf wie Mike.« Michael »Mike« Schreck war Tomas' Vorgänger. Ein Meister seines Fachs. Aber auch eine andere Generation. Die jungen IT-ler tickten anders. Schneller. Sprunghafter. So wie die neuen Zeiten nun mal waren. »Solche Typen sind mit dem Anbruch des Computerzeitalters groß geworden, denen machst du so schnell

nichts vor. Technisch, meine ich. Aber über seine menschliche Ader, hmm, da kann ich leider nicht viel sagen. Ein Eigenbrötler, ein wenig strange, doch das sind wir Nerds für euch ja sowieso.«
Julia musste grinsen, auch wenn sie enttäuscht war. Seltsam war Uwe Liebig durchaus, dafür brauchte sie keine zweite Meinung. Irgendwie hatte sie sich mehr erhofft, wusste jedoch selbst nicht so genau, was das war.
Frank hob das Telefon ein Stückchen in Richtung seines Mundes. »Was hast du denn eigentlich Neues? Du hast doch bestimmt nicht aus Langeweile angerufen.«
»Definitiv nicht! Wir können das Telefon der Toten orten. Ich habe den Provider …«
»Wow!«, rief Durant. »Jetzt gleich? Dann könnten wir direkt hinfahren.«
»Nicht so schnell.« Benny Tomas wollte vermutlich mit einem Referat über rechtliche oder technische Barrieren beginnen, doch Hellmer kürzte das Ganze ab: »Wann können wir mit einem Ergebnis rechnen?«
»Zwei Stunden«, murrte der junge Mann, hörbar enttäuscht darüber, wie wenig man seinen Einsatz wertschätzte. Einen Einsatz, der immerhin auf durch Energydrinks vertuschtem Schlafmangel fußte.
»Du bist ein Schatz«, säuselte Durant, sehr zu Hellmers Amüsement.
»Bis nachher, wir kommen dann zu dir runter.«
Sie startete den Dienstwagen. Im Innenraum war kaum etwas von dem Motor zu hören, was sie auf einen Gedanken brachte.
»Sag mal, Frank …«
»Ja?«
»Könntest du dir bitte einen anderen Klingelton zulegen?« Ihre Frage klang mehr wie eine Forderung. »Dieses Motorengejaule ist ja furchtbar.«
Hellmer stülpte die Lippen nach außen. »Wieso? Das ist ein echter 911 Turbo S von 2018. Musste ich erst mal suchen.« Er schnief-

te. »Macht mir den Abschied von meinem Schätzchen etwas leichter.«
Durant lachte. »Du Spinner! Ist er denn schon weg?«
»So gut wie. Wieso?«
Hellmers Blick hellte sich auf. Durant konnte förmlich mit ansehen, wie ihm ihr Roadster und der Baggersee in den Sinn schossen.
»Mensch, Julia!«, rief er dann, und es klang fast schon begeistert. »Hast du etwa Interesse?«

14:55 UHR

Die Räume der Mordkommission lagen in der vierten Etage. Aus den Fenstern konnte man hinunter auf die Straße blicken, die auch an einem Feiertag wie heute fast rund um die Uhr Menschen in die Innenstadt hineinbeförderte oder wieder hinausbrachte. Außerdem das rot-weiße Logo einer Supermarktkette und eine Handvoll andere Läden, wenngleich alle geschlossen waren. Von oben betrachtet, sah die Stadt recht friedlich aus, aber jeder im Präsidium wusste, dass der Teufel im Schatten lauerte. Und seine Arme waren lang und sein Griff unerbittlich.
Julia Durant hatte sich von Frank Hellmer verabschiedet, der noch eine Zigarette rauchen wollte. Statt nach oben wählte sie den Weg in eine andere Abteilung. Suchte die Kollegen auf, die sich mit der Vergewaltigung im Günthersburgpark befassten, von der sie am Vormittag erfahren hatte. Zeitgleich zu ihrer eigenen Joggingrunde. Eine Mischung aus Schuldgefühlen und Entsetzen durchströmte sie.
Die Frau hieß Nina Stüber und war vierundzwanzig Jahre alt. War zum Studium nach Frankfurt gezogen und verdiente sich ihren Lebensunterhalt in einer Werbeagentur. Dass sie ausgerechnet an diesem Nachmittag eine Runde gedreht hatte, war reiner Zufall gewesen. Kein Muster, keine regelmäßigen Laufzeiten. Kein geplantes Verbre-

chen also, bei dem ein Täter sich ein bestimmtes Opfer aussuchte. Optisch gab es zwischen Nina und Tiana gewisse Ähnlichkeiten. Doch konnte man auch darüber hinaus Parallelen ablesen? Zwei Opfer und zwei sexuelle Übergriffe, die sich am Ende augenscheinlich nicht so entwickelt hatten, wie der Täter es sich erhofft hatte. Doch im Gegensatz zu Tiana, die sich der Freier ins Auto geholt hatte, war Nina wohl eine reine Zufallsbegegnung gewesen. Oder nicht?

»Was hat denn eigentlich die Mordkommission damit zu tun?«

Die Frage kam von Charly Abel, einem der Kollegen, die mit dem Fall betraut waren. Er deutete auf eine leere Kaffeetasse. »Willst du auch einen?«

Durant nickte. »Danke, gerne. Und zu deiner Frage: Ich weiß es nicht. Aber es wurmt mich, dass ich zur selben Zeit vor Ort gewesen bin und nichts mitbekommen habe.«

Abel seufzte. »Es passiert fast immer direkt vor unserer Nase. Die Täter werden hemmungsloser, das ist das eine, aber noch viel schlimmer ist es, dass es keine Zivilcourage mehr gibt.«

Durant nickte erneut. »Wie geht es ihr denn?«

»Sie war nur eine Nacht in der Klinik. Wir fahren nachher noch einmal hin, sobald die Psychologin hier auftaucht. Ich bin ja froh, dass sie am Feiertag Zeit hat. Weil als Mann dahin zu fahren ... das ist und bleibt komisch. Na ja.« Er wippte mit der Tasse. »Schwarz? Oder mit Milch?«

»Schwarz und mit Zucker«, lächelte Durant. »Ich kann gerne mitkommen.«

»Zur Kaffeemaschine?«

»Zu Frau Stüber.«

Charly Abel neigte den Kopf. »Zuerst verrätst du mir endlich, was die Mordkommission damit zu tun hat!«

Julia Durant deutete auf die Papiere, die auf der Tischplatte verteilt lagen. Das Phantombild fiel ihr ein. Wie lange war es her, dass sie jemanden in die Klinik bestellt hatte? Nicht lange genug, dachte sie.

»Es heißt im Protokoll, der Täter habe im entscheidenden Moment versagt. Du verstehst schon, was ich meine.«

Abel kniff die Augen zusammen. »Das kommt häufiger vor, als man denkt. Penetration ja, Ejakulation nein. Ich würde das nie gegenüber einem Opfer erwähnen, aber eine Vergewaltigung ist für den Täter der pure Stress. Ungewohntes Umfeld, die Angst davor, entdeckt zu werden, Zeitdruck und – wenigstens manchmal – auch der innere Kampf gegen ein schlechtes Gewissen. Im Prinzip eine Steigerung des Bordell-Effekts. Da kann man sich die Sache meist noch schönreden und will daran glauben, dass es der Frau auch ein bisschen gefällt. Aber dieses brutale Schwein, mit einer HIV-Spritze ... denk jetzt bloß nicht, dass ich da irgendwelches Mitgefühl habe!«

»Denke ich nicht. Es ist nur so, dass das in einem anderen Fall auch so war. Der Täter hat das Opfer bedroht und wollte es zum Sex zwingen. Doch im entscheidenden Moment Fehlanzeige. Apropos HIV. Wurde die Spritze schon untersucht?«

»Liegt noch kein Ergebnis vor.«

Durant sah auf die Uhr. »Wann wollte die Psychologin denn hier sein?«

»Ich weiß es leider nicht.«

»Rufst du mich an?«

Abel zwinkerte ihr zu. »Du hast meine Frage noch immer nicht beantwortet. Was interessiert dich an dem Fall? Ist es nur die Ladehemmung des Täters? Wie gesagt, das kommt häufiger vor.«

»Nein. Mehr so ein allgemeines Bauchgefühl«, wich Durant aus. Sie wusste nur allzu gut, dass sie nicht jede beliebige Vergewaltigung zu einem Muster konstruieren durfte. Zwei Fälle in wenigen Tagen, bei denen der Täter den Tod seines Opfers riskierte? Auch das war dünnes Eis. Und die Tatsache, dass er offenbar in mehrfacher Hinsicht ein sexueller Versager war, schien plötzlich auch nicht mehr so schwer zu wiegen. Verrannte sie sich? War es ein fehlgeleiteter Helferkomplex, der sie dazu antrieb, die ganze Welt zu retten, oder zumindest alle wehrlosen Frauen in Frankfurt?

»Okay, was soll's«, sagte sie dann, »es ist der Fall am Rebstock, den ich im Blick habe. Ich sehe da noch mehr mögliche Parallelen, aber es ist nicht so, dass ich es schon irgendwo festmachen könnte.«
»Schon gut.« Charly nickte. Andere Kollegen, selbe Abteilung. Er wusste offenbar Bescheid. Julia Durant verabschiedete sich. »Ich bin oben und mache der Forensik Dampf. Du meldest dich dann?«
»Klaro. Und was ist mit dem Kaffee?«
»Ein andermal.«

15:10 UHR

Voller Ehrfurcht betrachtete er die Flammen. Wie sie in dem Erdloch züngelten und alles verschlangen, was er ihnen in den Rachen geworfen hatte.
Mit seiner Rechten, die sanft zitterte, kramte er einen Plastikbeutel hervor, in dem sich zwei Kanülen samt Injektionsnadeln befanden. Für einige Sekunden war er drauf und dran, die Tüte ebenfalls den sterbenden Flammen zu übergeben. Trotz ihrer wenigen Gramm wogen sie schwer. Genau wie das Messer, das er in seiner linken Tasche bei sich trug. Eine Last, die an ihm zog, so wie diese Bleigürtel, mit denen Taucher ihrem Auftrieb entgegenwirkten. Würde das Gewicht ihn ertränken? Nein. Er entschied sich dagegen und ließ den Beutel zurück in der Jacke verschwinden.
Er würde seinen Inhalt noch brauchen.
Eine Brise kam auf und hauchte dem Feuer das letzte Mal Leben ein. Winzige Glutpunkte stiegen auf, um im nächsten Augenblick als Ascheregen zurück auf den Boden zu sinken. Er zog die Schaufel aus dem Erdhügel, den er zuvor ausgehoben hatte, trat an die Grube und vergewisserte sich, dass seine Kleidungsstücke restlos verbrannt waren. Kein Blut, keine DNA, nichts mehr würde man aus dieser Asche ablesen können. Falls man sie überhaupt jemals fand.

Erneut geriet er ins Schwitzen, als er die Schaufel schwang. Dann war das Loch gefüllt. Mit den Schuhen trat er die Erde platt und verteilte danach Laub und Äste über der Stelle. Er zog das Metallblatt über Moos, bis es halbwegs sauber war, und kehrte zu seinem Auto zurück. Schlug das Grabwerkzeug in eine Decke im Kofferraum ein und klopfte sich die Sohlen vor dem Einsteigen ab.
Der Dieselmotor schüttelte sich, und aus dem Auspuff trat eine dunkle Rußwolke. Dann steuerte er das in cremefarbene Folie verpackte Fahrzeug zurück in Richtung Stadtgrenze.

15:50 UHR

Sie starrte aus dem Fenster. Zu dieser Jahreszeit wurde es an manchen Tagen überhaupt nicht richtig hell. Wenn dann auch noch das Wetter und der Nebel, der über der eigenen Seele lag, zusammenspielten, war es besonders schlimm. Julia Durant ließ ihren Blick über die Hochhäuser gleiten, die in einiger Entfernung standen. Hinter jedem Fenster ein Schicksal, wie ein übergroßer Adventskalender, nur, dass man hier eher selten auf süße Glückseligkeiten stieß. Sie ertappte sich bei dem Gedanken, ob es nicht besser wäre, wenn sie das Präsidium anstelle von Claus verlassen würde. Hatte sie hier nicht mehr als genug getan? Und was hatte es gebracht?
Das Handy schnitt diese Überlegungen ab, die ihr nur selten kamen, aber irgendwann würde sie sich eine Antwort auf diese Frage geben müssen.
Es meldete sich eine unbekannte Frauenstimme. Der herbeigesehnte Rückruf der Dolmetscherin aus Kelkheim. Ausgerechnet jetzt, dachte die Kommissarin nervös.
»Wann hatten Sie dieses Treffen denn angedacht?«, fragte die Frau und klang sehr geschäftig.
»Es müsste heute noch sein«, antwortete Durant und schickte ein

Stoßgebet in Richtung der Deckenplatten, dass sich dieser Termin nicht mit der Befragung von Nina Stüber überschneiden würde.
Prompt sagte Pavlov: »Ich könnte jetzt sofort.«
»Hmm. Ginge es auch später? Ich warte noch auf eine andere Befragung.«
»Tut mir leid. Ich möchte heute Abend auf eine Feier.«
»Schon gut.« Durant stieß angespannt den Atem aus. »Dann lieber jetzt gleich. Haben Sie etwas zu schreiben?«
Sie diktierte Tiana Ganevs Adresse und hoffte inständig, dass ihr Lebensgefährte zu Hause war. Andererseits: Wo sollte er sein? Arbeiten ging er momentan nicht, das Wetter war zu schlecht für den Spielplatz, und in der Klinik war er auch bereits gewesen. Sie bedankte sich und verabschiedete sich von der Dolmetscherin, dann legte sie auf. Während sie Mantel und Wagenschlüssel griff, dachte sie daran, dass sie nach dem letzten Gespräch mit Tiana noch einmal diesen Taxifahrer hatte aufsuchen wollen. Christopher Hampel. Im Gegensatz zu Aleksander Salim hatte er einen guten Job, der vom schlechten Wetter sogar profitierte, weil niemand gerne durch diese Witterung lief. Vielleicht wäre es das Einfachste, Hampel einfach einzubestellen. Wer konnte schon wissen, wo genau er sich in der Stadt herumtrieb? Aber gab es dafür einen dringenden Grund? Waren nicht andere Sachen viel wichtiger? Hampel war immerhin nicht der Hauptverdächtige.
Was war er überhaupt? Durant musste sich eingestehen, dass diese Antwort wohl noch eine Weile warten musste.

*

Er war vielleicht kein Spitzensportler in leuchtendem Trikot, eher das Gegenteil war der Fall, dafür wusste er, wie man sich tarnte.
Seine größte Stärke war es, im Verborgenen zu agieren. Seine unsichtbaren digitalen Krakenarme reichten immer das entscheidende Stückchen

weiter als die seiner Konkurrenten. So war es ihm ein Leichtes gewesen, das Telefon seiner Angebeteten auszulesen, ohne dass sie es bemerkte. Ihren digitalen Terminkalender auszuspähen und Zugriff auf ihre Mails zu erhalten.

Er nutzte diese Fertigkeiten auch hin und wieder, um gewisse Lebensumstände zu korrigieren, selbst wenn das ein großes Risiko war. Erst kürzlich hatte er es wieder getan. Schulden waren verschwunden, stattdessen tauchte ein kleines Vermögen auf. Ein wenig Manipulation hier, ein bisschen Trickserei dort. Immer genau so bemessen, dass man bei einer Revision nicht darüber stolperte. Und immer nur für andere.

Solche Betrügereien hatte es schon immer gegeben. Früher waren es die Pfennigbeträge hinter dem Komma, die gerne unterschlagen wurden. Oft über Jahre unbemerkt. Eine einträgliche, aber zeitaufwendige Technik. Im digitalen Zeitalter waren solche Prozesse um ein Vielfaches schneller.

Für die besagte Person bedeutete das nun nicht unbedingt ein Leben wie die Made im Speck, aber er brauchte sich keine Sorgen mehr zu machen. Und als Dank dafür hatte diese Person was getan?

Halt!, mahnte er sich. Dafür hast du keine Beweise.

Noch nicht.

Aber er schwor sich, an der Sache dranzubleiben. Sie gehörte doch zu ihm, er brauchte nur noch ein wenig Zeit, um den Funken der Liebe in ihr neu zu entfachen.

16:15 UHR

Es waren nur wenige Hundert Meter, die das illustre Westend vom Gallusviertel trennten, und doch lagen an mancher Stelle Welten zwischen den beiden Quartieren. Industriebrachen und Neubauten, Geschichte und Verfall, Schönheit und Trostlosigkeit. Julia Durant brauchte einen Moment, um den schwerfälligen Dienstwagen in eine Parklücke zu zwängen. Noch vor hundertfünfzig Jahren waren hier

draußen weite Felder gewesen, außerhalb der Stadtgrenze, irgendwo sollte ein Galgen gestanden haben. Heute fanden sich in den Nebenstraßen der Frankenallee endlose Reihen viergeschossiger Wohnhäuser, die sich auf den ersten Blick nur durch die bunte Vielfalt der Markisen unterschieden. Hier und da war eine Fassade in einem anderen Farbton gestrichen, aber besonders dort, wo die Kommissarin gerade stand, sah man dem Viertel den Ruf an, gegen den es seit Jahren erfolglos kämpfte. Ein Quartier sozial benachteiligter Schichten, und das nur einen Steinwurf von den eleganten Bauten rund um das Messegelände entfernt. Erst vor wenigen Monaten hatte Bryan Adams in der Festhalle ein Konzert gegeben. Die begehrten Karten waren jenseits der hundertfünfzig Euro gehandelt worden.
Hundertfünfzig Euro. Das entsprach in etwa dem Hartz-IV-Verpflegungssatz für einen Monat. Viele hier Lebende hatten den Weltstar also vermutlich nicht spielen sehen. Julia Durant wollte die Stimmen in ihrem Kopf ausblenden, doch sie verstummten nicht. Hundertfünfzig Euro. Das waren, soweit sie auf dem aktuellen Stand war, fünf Freier in einem der billigen Laufhäuser. Allerdings bekamen die Frauen ja nicht den vollen Betrag auf die Hand. Sie mussten Miete für die Zimmer zahlen und allerlei andere fragwürdige Abgaben. Tiana Ganev hatte es da auf dem Straßenstrich vermutlich etwas besser. Zehnmal Handjob, achtmal Blowjob oder viermal Autosex im Schutz der Nacht. Aber durfte man das tatsächlich als besser bezeichnen?
In Bordellen wie dem *Oasis,* das zu den besseren Adressen der Region zählte, konnte man die hundertfünfzig Euro theoretisch in einer Stunde ranschaffen. Allerdings musste man die Abgaben mit einkalkulieren. Vielleicht doch eher drei, vier oder fünf Stunden? Also auch wieder drei, vier oder fünf Freier? Julia Durant schüttelte das Kopfkino von sich. Sie musste anders denken. Es waren Gedanken wie diese, die sie einst von der Sitte hin zur Mordkommission getrieben hatten. Sie würde es niemals begreifen, wie Frauen ein solches Schicksal ertragen konnten. Dabei wusste sie, dass das nur selten aus

freien Stücken geschah. Selbst jenen, die nicht zwangsprostituiert waren, blieb oft keine Alternative. Ohne Ausbildung, im Teufelskreis von Drogen, die durch den Tag und vor allem die Nächte halfen, und mit ein paar einträglichen Jahren vor sich, bis keiner mehr für sie bezahlen wollte ...
»Frau Durant?«
Eine dunkelhaarige Frau mit stämmigem Körperbau trat wie aus dem Nichts heraus auf sie zu. Die langen Beine in einer etwas zu eng sitzenden Jeans, darüber weiße Bluse und ein nicht weniger eng sitzender Wollpullover mit großem V-Ausschnitt. Auf der spitzen Nase thronte eine Hornbrille. Bei genauerem Betrachten waren graue Strähnen in der Haarpracht zu erkennen, die sich wie ein Wasserfall über die Schultern ergoss.
Die Dolmetscherin stellte sich vor und formte wie beiläufig einen Knoten aus ihrem Haar. »Ich sagte ja«, kommentierte sie den Vorgang, »ich bin etwas in Eile. Wo müssen wir denn hin?«
Durant klärte sie auf und schilderte in wenigen Sätzen, worauf es bei dem bevorstehenden Gespräch ankam. Die Frau tat das mit einer Handbewegung ab. »Kein Problem. Ich kenne solche Situationen.«
»Wobei Sie es vermutlich eher mit Frauen zu tun haben«, wandte die Kommissarin ein.
Mila Pavlov zuckte mit den Achseln. »Sie geben den Ton an, ich übersetze. Wird schon schiefgehen.«
Julia Durant wäre gern genauso zuversichtlich gewesen.

Aleksander Salim öffnete erst nach dem zweiten Klingeln, dabei hatte er seine Anwesenheit schon nach dem ersten Versuch durch eine Bewegung hinter dem Türspion verraten. Dazu kam die Stimme des Kleinen, die prompt losquakte, als es im Inneren läutete.
»Herr Salim«, sagte Durant und wies auf ihre Begleiterin, »das ist Frau Pavlov. Sie ist Dolmetscherin und kann für uns übersetzen, denn ich möchte mich gerne mit Ihnen unterhalten.«

Mila Pavlov übersetzte ins Bulgarische. Ihre Stimme klang warm und verlieh der Sprache einen angenehmen Klang.
Aleksander Salim zögerte, dann nickte er und trat beiseite. Erst jetzt zeigte sich auch der Junge, scheu lugte er hinter dem Sessel hervor. Salim sagte etwas zu dem Kleinen, als dieser nicht reagierte, ging er zu ihm, um ihn hochzunehmen und ins Kinderzimmer zu tragen. Der Junge schien etwas zu fragen, dann redete der Vater auf ihn ein. Zuerst scharf, dann besänftigend. Seine Worte waren weniger klangvoll als die der Dolmetscherin, was sowohl an seiner Stimmlage als auch an seiner Nervosität liegen mochte. Als er die Tür geschlossen hatte, kehrte er zu den Frauen zurück.
»Der Kleine darf gerne auch bei uns bleiben«, sagte Durant und fischte in ihrer Erinnerung nach dem Namen des Kindes. Als er im Trüben blieb, fragte sie: »Wie heißt er noch mal? Ich glaube, ich habe ihn im Krankenhaus schon einmal gehört, aber ich komme nicht mehr drauf.«
Die Übersetzung folgte. Dann Salims Antwort und die Rückübersetzung ins Deutsche.
»Er sagt, der Junge müsse sich ausruhen. Er schläft in den letzten Tagen nicht gut.« Salim machte eine kurze Pause. »Sein Name ist Miro.«
»Schön.« Durant lächelte. »Was bedeutet das?«
Aleksander Salim erklärte umständlich, dass es verschiedene Auslegungen gebe. Je nach Sprachraum hieß Miro so viel wie Fürst oder Prinz, aber im Slawischen wurde er zumeist als »der Friedliche« oder auch als »der Berühmte« interpretiert.
Durant vermutete, dass Tiana ihrem Sohn nichts mehr wünschte als ein Leben in Frieden. Ein warmer Schauer überlief sie. Ein Kind in diese Welt zu setzen, war unglaublich mutig, vor allem, wenn man tagein, tagaus in Existenzängsten lebte. Ein Zeichen von Hoffnung. Oder Fahrlässigkeit? Sie schüttelte den Gedanken ab.
»Herr Salim, ich wollte mich mit Ihnen unterhalten, ohne dass Tiana mit dabei ist. Es geht um ihre … Tätigkeit. Um das, was sie tut.«

Sie beobachtete ihn. Dann sprach sie weiter: »Ich denke, dass das zwischen Ihnen beiden kein einfaches Thema ist.«
Aleksander Salim schien einen inneren Kampf auszufechten. Er wollte vor den beiden Frauen keine Schwäche zeigen. Und gleichzeitig musste er verzweifelt sein. Oder war es gar Angst?
»Ich kann nicht viel dazu sagen«, ließ der die Kommissarin wissen. »Ich habe damit nichts zu tun.«
»Das habe ich auch nicht vermutet.« Nach einer vielsagenden Pause fragte sie: »Wer *hat* denn etwas damit zu tun?«
Salim zuckte, als er die Übersetzung vernahm. Durant reagierte sofort, noch bevor er sich äußern konnte: »Herr Salim, ich spüre, dass Sie das alles sehr belastet. Vielleicht sogar beängstigt. Bitte: Wenn Tiana da aussteigen will, wenn das alles aufhören soll, dann müssen Sie uns sagen, was Sie wissen!«
Salim beharrte jedoch darauf, dass er mit der Arbeit seiner Zukünftigen nichts zu tun habe. Wie musste er sich wohl fühlen, so machtlos in seiner Rolle als Vater, als Versorger, als Beschützer? Und auch jetzt saß er zwei fremden Frauen gegenüber, die ihm in vielerlei Hinsicht überlegen schienen, und er sollte darüber berichten, dass die, die er liebte, auf den Strich ging, weil das Geld sonst nicht reichte?
Ein Teil dieser Frage beantwortete sich von selbst, als er aufstand und zum Regal ging, wo eine Flasche mit klarer Flüssigkeit und kyrillischen Buchstaben auf dem Etikett stand. Der Drehverschluss knarzte. Wie ein Alkoholiker wirkte er nicht, aber offenbar trank er nicht wenig davon. Zwei weitere Flaschen standen in Sichtweite. Eine Bewältigungsstrategie, wenn auch keine gute. Er nahm einen kräftigen Schluck aus dem Flaschenhals, dann deutete er auf seine Gäste.
»Wollen Sie auch etwas trinken? Wasser? Tee?«
Mila Pavlov übersetzte die Frage, Durant schüttelte mit einem »Danke« den Kopf. Die Dolmetscherin indes nickte heftig und sagte ein paar Worte auf Bulgarisch.

Als Aleksander Salim in Richtung der Küchenzeile verschwand, raunte sie der Kommissarin zu: »Der Junge hat vorhin etwas gesagt.«
»Was denn?«
Salim goss Wasser in einen elektrischen Wasserkocher, dessen Außenseite von Kalkflecken übersät war. Die gesamte Küchenzeile war spartanisch, sie bestand aus einem Herd mit Ofen, einem Spülbecken und zwei Hängeschränken in weißem Lack. Der Kühlschrank war separat. Sein Griff war gebrochen und notdürftig geflickt. In der Wohnzimmerecke hingegen stand ein prächtig geschmückter Weihnachtsbaum, dessen Nadeln herrlich dufteten. Julia Durant wollte gar nicht wissen, wie die Familie zu einen solchen Baum gekommen war. Für Glanz war auch in der kleinsten Hütte Platz. Immerhin schienen hier Menschen zu leben, die zwar einen harten Lebenskampf führten, aber Träume für die Zukunft hatten.
»Irgendetwas von böse, ich bin mir nicht ganz sicher«, hörte Durant die Dolmetscherin antworten. Salim wandte sich um. Aber er verstand sie ja ohnehin nicht. Oder doch?
»In welchem Zusammenhang?«
Auch Pavlov hatte bemerkt, dass Salim sie anblickte. Sie wartete, bis er sich wieder aufs Wasserkochen konzentrierte.
»Böse. Böser Mann«, sagte sie leise. »Hundertprozentig kann ich es nicht sagen. Aber es klang, als fragte der Junge, ob der böse Mann wiederkäme.«
Julia Durant überlegte. Empfing Tiana Freier in der Wohnung? Sie sah sich um. Wohnzimmer mit Küche, Kinderzimmer, Schlafzimmer, Bad. Kaum ein Winkel, in dem man einer solchen Tätigkeit nachgehen konnte, *ohne* dass die Familie davon etwas mitbekam. Sie sah nur einen Weg, das herauszufinden.
Sie wartete geduldig, bis der Wasserkessel zu pfeifen begann und Aleksander Salim mit einer Tasse zurückkehrte, in der ein Teebeutel hing. Der Duft von Weihnachtsgewürzen erfüllte den Raum.
Die Dolmetscherin bedankte sich und übersetzte dann Julias Frage.

»Hat Tiana auch hier in der Wohnung Männer empfangen?«
Die Reaktion war eine Mischung aus Empörung und Wut.
»Nein! Niemals!«
»Sorry, ich musste das fragen«, erklärte Durant. »Dann berichten Sie uns doch bitte, welche bösen Männer sonst noch hierherkommen.«
Er sagte nichts. Doch die Schweißporen auf der Stirn taten ihr Übriges.
»Böse Männer. Oder ein böser Mann. Irgendjemand muss kürzlich hier gewesen sein und Ihrer Familie Angst gemacht haben.« Die Kommissarin versuchte zu vermeiden, die Worte des Sohnes zu erwähnen, fürchtete aber, dass sie wohl kaum darum herumkommen würde.
Mila Pavlov beugte sich zu ihr hinüber. »Soll ich es so ausdrücken, dass ich das Gespräch der beiden vorhin mitbekommen habe?«
Julia nickte dankbar, und die Dolmetscherin tat es. Vermutlich hatte sie solch sensible Gespräche schon zigmal geführt. Immerhin ging sie in Frauenhäusern ein und aus und musste den Opfern dort die hässlichsten Details entlocken. Häufig über Männer, die vorgaben, sie zu lieben. Und die sie ebenfalls so sehr liebten, dass es ihnen schwerfiel, die Wahrheit zu sagen, selbst, wenn ihre Augen verquollen waren oder Brandwunden die Arme übersäten. Von den Körperteilen, die man nicht sah, ganz zu schweigen.
Es entstand wieder eine Pause, in der Salim aufsprang, einen weiteren Schluck Wodka nahm und Pavlov ihren Teebeutel im Wasser bewegte.
»Herr Salim«, drängte Durant, »bitte.«
Er kehrte zurück. »Bitte. Gehen.«
Einfaches, akzentuiertes Deutsch. Aber die Botschaft war eindeutig. Durant erhob sich, die Dolmetscherin tat es ihr gleich. Julia nickte und ließ den Mann wissen: »Wir müssen Sie dann vermutlich vorladen. Und Ihr Kind Miro ebenfalls. Wollen Sie es sich nicht doch überlegen?«

»Ich kenne nur den Namen«, sagte Salim hastig. »Mehr weiß ich nicht. Aber wenn ich ihn sage, dann bringt er uns um.«
»Wir können Sie beschützen.«
Das Angebot überzeugte ihn augenscheinlich nicht.
»Beobachtet der böse Mann das Haus?«, fragte die Kommissarin weiter. »Dann weiß er jetzt, dass die Polizei bei Ihnen war.«
»Ich kann nicht ...«
»Sollen wir lieber Tiana danach fragen?«, bohrte sie weiter.
»Nein!« Seine Stimme bebte und überschlug sich beinahe. Dann gab er endlich auf und nannte einen Vornamen. Kyril.
Sofort klingelten Durants Alarmglocken. Es gab eigentlich nur einen Kyril, den Salim damit meinen konnte.
»Kyril Slavchev«, wiederholte sie daher.
Ein Zuhälter und Brutalo. Geboren im Ostblock, irgendwann nach der Wende im Rhein-Main-Gebiet aufgeschlagen. Es war einer der Namen, die in Canans Schaubild auftauchten.
Salim riss die Augen auf. »Das habe ich nicht gesagt! Bitte. Ich habe das nicht gesagt!«
Die Dolmetscherin tat alles, um neben den Worten auch etwas von den Gefühlen zu transportieren, die Salim mit ihnen ausdrückte. Auch wenn das in diesem Fall kaum nötig war, denn Julia Durant konnte in seinem Gesicht lesen wie in einem offenen Buch. Er hatte Angst. Angst um das Leben seiner Familie.
Sie sicherte ihm daher alle Hilfe zu, die er in Anspruch nehmen wollte. Dabei begab sie sich auf dünnes Eis, denn für einen banalen Namen würde niemand ihrer Vorgesetzten auch nur auf die Idee kommen, Zeugenschutz in Betracht zu ziehen. Aber von solchen Gedanken hatte sie sich noch nie ausbremsen lassen. Viel zu stark war ihr Bauchgefühl.
So empathisch es ihr möglich war, legte sie den Sachverhalt dar: »Ich setze mich persönlich für Sie ein, für Sie alle. Aber das kann ich nur tun, wenn Sie mir gegenüber zu hundert Prozent offen und ehrlich

sind. Und für einen Haftbefehl benötige ich etwas mehr als nur den Namen. Ich brauche sämtliche Details. Alles, was Sie mir liefern können.«

Doch Aleksander Salim verschloss sich wieder. Er lehnte es ab, eine Aussage zu machen, und bat – flehte förmlich darum –, dass sie diesen Kyril nicht belangten. Er vermied es dabei, mehr als den Vornamen zu nennen. Durant musste wohl oder übel akzeptieren, dass Salim alleine zurechtkommen wollte. Er wollte sich und seine Familie aus allem Ärger raushalten. Dass er der Polizei nicht vertraute, sagte er zwar nicht direkt, aber die Kommissarin verstand es auch so.

Kein Wunder, dachte sie. Bestimmte Gegenden der Stadt schienen bereits unwiderruflich an die organisierten Banden verloren zu sein.

Als Durant und Pavlov auf dem Gehweg vor dem Haus standen, prüfte die Kommissarin ihr Telefon. Zwei Anrufe, einer aus der IT-Abteilung und einer von Charly Abel. So gerne sie sich noch mit der Dolmetscherin ausgetauscht hätte, überwog der Drang, weiterzueilen. Der Anruf des Kollegen, den sie zu der Vernehmung des Günthersburgpark-Opfers begleiten wollte, lag schon eine Viertelstunde zurück.

Etwas plump kam sie sich schon dabei vor, als sie demonstrativ einen Blick auf ihre Armbanduhr warf. Umso erleichternder war die Reaktion ihres Gegenübers: »Meine Güte, jetzt muss ich mich aber beeilen. Wenn Sie mich noch einmal brauchen, rufen Sie gerne an.«

Mit einem dankbaren Lächeln verabschiedete Julia Durant sich und nahm fast zeitgleich das Telefon ans Ohr, um Abel zu erreichen. Als er abnahm, war das Hintergrundrauschen nicht zu überhören. Dazu die leicht verzerrte, blecherne Stimme. Verdammt. Er saß bereits hinterm Steuer und telefonierte per Bluetooth.

»Wir wollten doch zusammen fahren«, sagte Durant.

»Du bist ja nicht rangegangen. Die Psychologin wartet schon auf

mich, und irgendwann will ich heute auch noch mal Feierabend machen und meine Familie sehen.«
Sie biss sich auf die Unterlippe, um die spitze Bemerkung einzufangen, die ihr auf der Zunge lag. Sie sicherte ihrem Kollegen zu, sich zu beeilen, und beendete das Gespräch.

Auf dem Weg durch die Innenstadt telefonierte die Kommissarin außerdem mit Benny Tomas aus der Computerabteilung. Auch ihm war anzuhören, dass er lieber woanders wäre als inmitten seiner surrenden Computer und Monitore. Wobei sie sich seine private Welt nicht viel anders vorstellte. Hockte er da nicht auch vor seinen Hightech-Geräten? Als Online-Gamer in einem Pilotenstuhl, nur dass er seinen Großbildschirm dazu nutzte, um Leute abzuballern? Sein blasser Teint und die unterlaufenen Augen, deren Pupillen nur von den Energydrinks in Bewegung gehalten wurden, schienen in diese Richtung zu deuten. Oder tat sie ihm damit unrecht?
»Müssen wir das am Telefon besprechen?«, fragte er ein wenig mürrisch.
»Ich bin unterwegs. Aber du kannst auch gerne auf mich warten. Allerdings ...«
Das zog. »Nein, schon okay.«
Durant grinste. Tomas holte tief Luft und setzte dann zu einem Monolog an: »Also zuerst das Handy. Die IMEI, also die Seriennummer, ist nirgendwo registriert. Demnach wurde es nie als gestohlen gemeldet. Das Modell ist schon fast fünf Jahre alt, also gehe ich mal davon aus, es wurde gebraucht auf dem Flohmarkt oder über Kleinanzeigen verkauft. Ich vermute jedenfalls nicht, dass es noch der erste Besitzer ist. Mal abgesehen davon: Wer behält ein Gerät schon *so* lange?«
Durant hüstelte. Sie selbst hatte noch nie den Nutzen darin gesehen, ständig das neueste Smartphone zu besitzen. Das hieß nur, ständig neue Funktionen lernen zu müssen, die man ohnehin nie

brauchte, und die Kontakte und Fotos permanent verschieben zu müssen.

»Okay«, sagte sie, »und weiter?«

»Ich wollte das nur klarstellen. Natürlich könnte ich versuchen, den ersten Besitzer zu ermitteln, aber das dauert wieder extra Zeit. An einem *Werktag*«, betonte er.

Durant verstand den Wink mit dem Zaunpfahl. Sie hatte Tomas über die Feiertage tatsächlich wenig Freizeit gegönnt. Andererseits ging es ihr selbst nicht besser.

»Na gut«, sagte sie dennoch freundlich, »dann vertagen wir das auf morgen.«

»Danke. Dafür habe ich noch ein paar Infos zu der SIM-Karte. Prepaid, keine Kontakte darauf gespeichert. Die Karte wurde in einer Drogerie verkauft, über das Datum kann ich nichts sagen. Die Aktivierung allerdings ist erst vor ein paar Tagen erfolgt. Dem Provider nach wurden drei Anrufe getätigt und zwei Textnachrichten gesendet. Natürlich hab ich das erst anfordern müssen, weil das Gerät gründlich zurückgesetzt wurde. So ein Arschloch! Warum hat er es uns dann überhaupt derart offensichtlich zugespielt?«

»Das frag ich mich auch«, gestand die Kommissarin, die sich ihrer Zieladresse näherte. Irgendetwas bezweckte der Täter damit, aber sie konnte es noch nicht begreifen. »Okay, noch was?«, drängte sie. »Wohin sind die Anrufe und Nachrichten gegangen?«

»Wie erwartet war es einmal die Nummer der Polizeidienststelle und einmal die Handynummer der Toten. Die SMS sind auch an sie gegangen. Zeitindex und Inhalt maile ich dir zu. Aber es ging einzig und allein um die Details ihres Treffens. Er hat sich mit ihr verabredet, um sie abzuholen.«

Julia Durant war enttäuscht. Sie hatte sich mehr von dieser Auswertung erhofft. Als sie eine freie Parklücke entdeckte, würgte sie das Gespräch ab, weil sie ihre volle Konzentration für das Manöver brauchte. Die Details liefen ihr ja nicht weg. Und nachdem der

Wagen halbwegs ordentlich abgestellt war, lehnte sie sich für eine Minute in den Sitz und massierte sich den Nasenrücken. Das bevorstehende Gespräch würde nicht einfach werden, wie gut, dass eine Psychologin dabei war.
Bevor sie das Auto verließ, erkundigte sie sich außerdem nach dem Status des Phantombilds. Tatsächlich gab es eine erste Version, die für die Fahndung noch nachbearbeitet und koloriert werden sollte. Es zeigte einen Mann von nicht ganz eindeutig definierbarem Alter. Die Augen lagen tief, mit einem stechenden Blick. Dazu ein freudloser Mund mit tiefen Furchen. Entsprach das tatsächlich der Alltagsvisage des Täters, oder bildete es nur die Fratze ab, mit der er über die junge Frau hergefallen war? Sie wusste es nicht.
Aber sie würde wenigstens nicht mit leeren Händen dastehen.

17:05 UHR

Das Gespräch mit Nina Stüber hatte längst begonnen. Vielleicht war das gar nicht so verkehrt, dachte Durant. So konnte sie sich aufs Wesentliche konzentrieren. Nachdem Charly sie in die Wohnung gelassen und ihr die wichtigsten Neuigkeiten mitgeteilt hatte, führte er sie ins Wohnzimmer, wo Nina Stüber in eine Decke gewickelt auf der langen Seite des Sofas saß. Neben ihr die Psychologin. Charly stellte Julia den beiden vor, dabei erinnerte sich die Kommissarin, dass sie bereits einmal mit der Psychologin zusammengearbeitet hatte, wenngleich das schon eine ganze Weile her war. Dass Charly bei den Begrüßungsfloskeln den Knock-off-Begriff »Mordkommission« vermied, rechnete sie ihm hoch an. Stattdessen sagte er nur, dass sie aus einer anderen Abteilung sei und ebenfalls in einem Fall ermittle.
»Es ist furchtbar«, eröffnete sie. »Ich gehe selbst im Günthersburgpark joggen, ich wohne nicht weit davon entfernt.« Dabei verschwieg sie geflissentlich, dass das letzte Laufen praktisch zeitgleich mit der

Tat erfolgt war. »Umso wichtiger ist es, dass wir diesen Typen zu fassen kriegen.«
Frau Stüber nickte langsam, und Julia fuhr fort: »Ich habe gleich zu Beginn eine Verständnisfrage. Mein Kollege hat mir soeben mitgeteilt, dass Sie laut Ihrem Handy für sechzehn Uhr am Osteingang des Parks verabredet waren. Was genau ist da passiert?«
Nina Stüber kniff die Augen zusammen. »Nichts. Ich meine, sie ist nicht gekommen. Also bin ich alleine losgelaufen.«
»Mit *sie* meinen Sie Ihre Verabredung?«
»Ja, genau. Jemand aus meiner Laufgruppe.«
»Und hat Sie das nicht gewundert oder sogar verärgert?«
»Nein. Na ja«, Nina atmete schwer, »es gibt in der Gruppe ein paar Regeln. Wenn jemand es nicht schafft und auch nicht absagen kann, dann müssen die anderen nicht warten. Wer zu spät kommt, stößt einfach dazu. So muss niemand dastehen und frieren. Aber wieso ist das alles so wichtig?«
Durant sagte: »Ich wollte es nur verstehen. Sie sind also losgelaufen und haben auch niemanden sonst getroffen?«
Nina wurde ganz leise. »Nein. Ich war ganz alleine. Bis auf diesen dummen Hundemenschen.«
»Hundemenschen?«
»Dem gehen wir bereits nach«, ließ Charly Abel sie wissen.
Nina Stüber schüttelte den Kopf. »Der hatte damit nichts zu tun! Das hab ich doch schon gesagt. Der sah ganz anders aus.« Ihre Stimme klang hilflos und verzweifelt.
Julia Durant räusperte sich. »Frau Stüber, danke, das ist ein wichtiger Punkt. Sie haben den Täter also gut genug gesehen, dass Sie ihn von anderen Männern unterscheiden können. Leider müssen wir derzeit davon ausgehen, dass der Übergriff auf Sie mit weiteren Taten zusammenhängt. Wir haben daher schon eine vage Täterbeschreibung und ein paar Fotos. Darf ich Ihnen die vielleicht zeigen?«
Stüber bejahte, und die Kommissarin scrollte durch eine Galerie in

ihrem Telefon, in der die bisher in diesem Fall auftretenden Männer gesammelt waren. Fehlanzeige. Dann allerdings erreichte sie das letzte Bild.

Nina Stüber quiekte panisch und riss sich die Hände vors Gesicht. Sofort war die Psychologin zur Stelle, um sie zu beruhigen. Julia Durant steckte das Smartphone zurück in die Gesäßtasche.

»Das war ja eindeutig«, raunte Charly ihr zu. »Wer war das?«

»Das Phantombild aus dem anderen Fall«, gab die Kommissarin zurück und schluckte einen bitteren Kloß weg. »Es ist also ein und derselbe Täter.«

»Heißt das …« Nina brach ab. Ihr Gesicht verdüsterte sich. »Er hat es also schon öfter getan?«

»Davon müssen wir leider ausgehen«, bestätigte Durant. Etwas in Nina Stübers Miene irritierte sie, aber Julia konnte es nicht greifen. Die Studentin schien zu überlegen. Vielleicht abzuwägen. »Ist da noch etwas, was Ihnen dazu einfällt? Manchmal sind es nur Kleinigkeiten.«

»Ich weiß es nicht.«

»Was ist denn mit dieser Facebook-Gruppe? Wie viele der Mitglieder kennen Sie persönlich?«

»Na ja, ein paar. Nicht viele. Aber das sind alles ganz normale Frauen.« Die junge Frau stockte und schüttelte sich. »Moment! Glauben Sie etwa … nein, das kann doch nicht sein!«

»Zurzeit glaube ich gar nichts. Wie genau läuft das denn ab, wenn man sich dort verabredet?«

Julia Durant gab sich alle Mühe, ihre sehr eingeschränkten Kenntnisse der sozialen Medien nicht zu zeigen. Natürlich wusste sie alles, was man für die Arbeit benötigte. Dafür gab es regelmäßig Schulungen und dergleichen. Aber privat machte sie einen großen Bogen um all diese Plattformen. Sportgruppen. Ernährungsgruppen. Kollegengruppen. Nein danke!

»Man kann sich über Laufrouten austauschen, man kann sich Leute suchen, falls man nicht alleine laufen möchte, oder manchmal organisiert jemand auch eine Fahrt in den Taunus oder so, damit man mal was Neues sieht.« Nina atmete schwer. »Für mich war das nur eine Nebensächlichkeit. Aber manchmal ist es ganz nett, wenn man nicht alleine läuft. Vor allem: Es sind nur Frauen. Das hab ich ja bereits gesagt. Also keine versteckte Partnerbörse, keine schrägen Typen.« Sie brach ab und schluckte hart. Ihre Augen wurden feucht. Mit einem Beben in der Stimme fügte sie hinzu: »Aber ein Fake-Profil? Das *kann* doch nicht sein ...«

Julia Durant notierte sich etwas. Und sparte sich den Kommentar ihres Kollegen Frank Hellmer, der wie ein Echo durch ihren Kopf hallte.

»Man hat schon Pferde kotzen sehen.«

Als die Kommissarin wieder im Auto saß, nahm sie ihr Smartphone zur Hand und entsperrte den Bildschirm. Wie schon bei Nina Stüber rief sie die Fotogalerie auf und wischte mit dem Finger, bis sie gefunden hatte, wonach sie suchte. Das Foto von Natalie Marković. Sie kniff die Augen zusammen. Optisch gab es durchaus Übereinstimmungen zwischen ihr und Nina Stüber, aber nicht so stark, dass das etwas bedeuten musste. Das nächste Foto in der Galerie zeigte Natalie mit ihren Freundinnen. Ein ausgelassener Abend. Lebensfreude. Und was war nun von allem übrig?

Julia legte das Telefon auf den Beifahrersitz und steuerte den Wagen in Richtung Offenbach. Zu dieser Tageszeit stockte der Verkehr normalerweise an allen Ecken der Stadt, aber heute kam sie gut durch. Leichter Nieselregen hatte eingesetzt, und es verging nicht einmal eine Viertelstunde, bis sie in der Einfahrt des *Oasis* zum Stehen kam.

Sie traf Francesca Gruber in einer schwarzen Jogginghose mit pinkfarbenen Längsstreifen an. Das passende Oberteil war zur Hälfte geschlossen und betonte ihre Oberweite. An Schmuck und Schminke hatte sie jedoch gegeizt. Das *Oasis* wirkte geschlossen, kein anderes Auto war zu sehen, und hinter den meisten Fenstern war es dunkel.

»Guten Abend«, sagte Francesca Gruber mit scheu umherhuschenden Augen. Hatte sie jemand anderen erwartet?

»Hallo. Störe ich?«

»Nein. Na ja. Es ist ungewohnt, die Polizei im Haus zu haben.« Die Frau im Trainingsanzug zwinkerte. »Schlecht fürs Geschäft.«

Durant deutete auf den Dienstwagen, der außer einer kleinen Plakette in der Scheibe keine Hoheitszeichen trug, und lächelte. »Ist ja immerhin kein Streifenwagen. Darf ich kurz reinkommen? Es geht noch einmal um Natalie.«

»Meinetwegen.« Gruber öffnete die Tür ganz und ließ Durant eintreten. »Gibt es was Neues?«

Während Durant ihr in Richtung des Bürozimmers folgte, sagte sie: »Nicht direkt. Aber ich habe das Gefühl, dass hinter dieser Person doch noch mehr stecken muss als nur ... eine Prostituierte. Bitte nicht falsch verstehen. Sie hat hier gewohnt und gearbeitet. Aber es muss ein Leben außerhalb gegeben haben.«

Sie nahm Platz, Francesca setzte sich ihr gegenüber und nickte langsam. »Ja. Sicher. Natalie mochte Robbie Williams und Pink. Sie hat sich außerdem daran versucht, ihr Kroatisch aufzubessern. Mit so einem Hörkurs.«

Durant erinnerte sich an Natalies Pläne, wieder in ihr Herkunftsland zu gehen. »Ist das nicht ihre Muttersprache gewesen?«

»Schon. Aber sie war ja noch sehr jung, als sie hierhergekommen ist, und ihre Mutter hat ihr nach der Flucht das Deutsch eingebläut. Da waren also höchstens noch Reste übrig.«

»Hatte sie denn in Kroatien noch Familie? Oder eine Chance auf einen guten Beruf?«, fragte die Kommissarin weiter.

Francesca hob die Schultern. »Ich weiß es nicht. Aber eine ihrer Freundinnen – die von dem Gruppenfoto – hat es wohl dorthin geschafft. Das weiß ich aber leider alles auch nur so halb.« Ihre Miene trübte sich ein. »Und jetzt ist das ja ohnehin nur noch ein geplatzter Traum.«

Durant atmete schwer. Wie recht Frau Gruber damit hatte.

Da schrak ihr Gegenüber zusammen. »Oh verdammt.«

»Was denn?«

Gruber deutete auf einen kleinen Monitor, der die Stufen vor der Eingangstür zeigte. Zwei dunkelhaarige Männer waren zu erkennen, unscharf zwar, aber ihre grimmigen Gesichter kamen trotzdem zur Geltung.

»Slavchev. Der ist hier ... der Boss.« Auf Francescas Stirn hatten sich zwei Adern abgezeichnet, und auch Julia wurde bei dem Namen hellhörig. Ein Zufall? Die Frau schien Angst zu haben, zumindest war da eine große Portion Stress im Spiel.

»Slavchev«, wiederholte Julia. »Kyril Slavchev?«

»Ja.«

»Ha!« Durant schlug auf den Tisch. Und wieder er. Der Typ, von dem Aleksander Salim berichtet hatte. Dieser Mistkerl. Bisher kannte sie ihn nur von Fotos, aber genau so hatte sie ihn sich in natura vorgestellt. Ein muskelbepackter Schlägertyp, der seine Überlegenheit schamlos zur Schau stellte und auch gnadenlos durchsetzte.

»Bitte«, sagte Francesca flehend, »können Sie mir einen riesigen Gefallen tun?«

»Und der wäre?«

»Darf ich Sie ... rauswerfen? Also ein bisschen Show? Dann habe ich es etwas leichter, wenn die beiden feststellen, dass hier nur die Polizei, aber keine Kunden sind.«

Julia Durant musste nicht lange überlegen. Alles, was half, war legitim. Sie nickte, und die beiden tuschelten kurz, bevor sie sich in Richtung Tür bewegten. Als Francesca Gruber sie schwungvoll öffnete, war ihre Gesichtsfarbe deutlich röter geworden, und mit einem Augenrollen begrüßte sie die beiden Männer.

»Ihr kommt genau richtig! Sie wollte gerade gehen!« Sie deutete ein Schieben an, während Durant sich an den Männern vorbeizwängte. »Wenn Sie uns wirklich helfen wollen, dann vergraulen Sie nicht die Kundschaft!«, rief sie ihr hinterher. Es folgte eine Orgie auf Italienisch, von der die Kommissarin nichts verstand. Sie riss die Wagentür auf und stieg kopfschüttelnd ein. Dann setzte sie zurück und ließ dabei den Schotter spritzen. Am Grinsen der Kerle glaubte sie zu erkennen, dass das Theater seinen Zweck erfüllt hatte.

Als sie wenig später auf die Osthafenbrücke bog, streifte ihr Blick die beleuchtete Abendkulisse der Stadt. Die entfernten Hochhäuser des Bankenviertels lagen im Dunst des Nieselregens, das Gebäude der Europäischen Zentralbank ragte unmittelbar vor ihr in den Himmel. Ein gläsernes Monstrum, in dessen Innerem sich heute vermutlich kaum etwas regte. Ebenso schlummerten die Betriebe auf der anderen Brückenseite. Irgendwo dort unten hatte Natalie Marković gelegen. Stumm. Julias Gedanken wurden ebenso trüb wie das Wetter. Der Besuch im *Oasis* hatte wenig erbracht, außer vielleicht, dass Natalies Bild ein wenig mehr an Persönlichkeit gewonnen hatte. Wenn schon kaum jemand von ihrem Tod Notiz nahm und um sie trauerte, so war sie nun zumindest mehr als ein zweidimensionales Fahndungsfoto. Außerdem hatte der improvisierte Schlagabtausch hoffentlich Francesca Gruber etwas genützt, die sich mit diesem Slavchev herumschlagen musste. Julias Laune wurde beim Gedanken an diesen Mann zwar nicht besser, aber sie entschied, dass jemand ihm bei passender Gelegenheit einmal zeigen musste, wo dessen Grenzen waren.
Das hier war nicht seine Stadt. Es war ihr Revier. Oder, um genau zu sein, auch das von Peter Brandt. Aber eins nach dem anderen.

19:20 UHR

Die Dunkelheit hatte sich schon vor Stunden über die Stadt gelegt. Über den Firmengrundstücken leuchteten vereinzelte Scheinwerfer, hier und da eine Leuchtreklame. Nur die Fenster der Siedlungshäuser strahlten etwas Wärme und Besinnlichkeit aus. Er verschwendete keine Zeit mit Parkplatzsuche, sondern rollte direkt auf den geschotterten Bereich, wo nur ein weiterer Wagen stand. Ein Kombi aus der Autoschmiede in Stuttgart, große Maschine, Sportausstattung, tiefschwarz getönte Scheiben. Einzig der Silberstern glänzte im Schein der Treppenbeleuchtung. Unwillkürlich musste er an den Stern von Bethlehem denken. Man kam einfach nicht um diese Zeit herum, sosehr man sich bemühte.
Mit einem bitteren Lächeln notierte er das Kennzeichen und stieg aus. Verriegelte den Wagen, schlug den Jackenkragen hoch und trottete gemächlich die Stufen hinauf. Drückte auf den Klingelknopf und drehte das Gesicht in Richtung der an einem Balken im Giebel verborgenen Kamera. Er musste nicht lange warten, da ertönte ein Summer. Er öffnete die Tür, trat sich die Sohlen ab und ging hinein. Hinter ihm schloss sich der Eingang, während er Schritte trappeln hörte. Sekunden später erschien Francesca. Sie trug weniger Schminke als gewohnt, und ihre Beine steckten in fliederfarbenen Sportleggins. Dazu gepolsterte Hausschuhe und ein weites Oberteil. So erlebte man die Puffmutter in der Tat selten.
»Eigentlich sollte ich gar nicht aufmachen«, sagte sie kehlig.
»Dachte ich mir. Wie sind die Obermacker denn drauf?«
»Was denkst du?« Francesca zog eine verächtliche Miene. »Natalies Tod ist für sie ein herber Verlust. Wobei es ihnen dabei nicht um die menschliche Seite geht.« Sie wandte sich um, als befürchte sie, jemand könne sie belauschen.
»Diese Bastarde«, flüsterte er mit einem Kopfschütteln.
»Was willst du denn eigentlich hier?«

Er zögerte kurz. »Ist Marijke da? Hat sie Zeit?«
Die Hausherrin verdrehte die Augen. »Ehrlich? Deshalb kommst du jetzt hierher?«
»Ich würde nicht fragen, wenn …«
Sie schnitt ihm das Wort ab. »Also eigentlich haben wir zu.« Ihre Gedanken ratterten fast hörbar. »Andererseits würde es den Mackern sicher nichts ausmachen, wenn die Geschäfte weitergehen. Na ja … und Marijke auch nicht. Ein bisschen Trost … ich weiß ja, dass sie dich mag. Aber was ist mit den Bullen?«
Er lachte und winkte ab. »Das lässt du mal besser meine Sorge sein, oder?«
Francesca musste ebenfalls lachen. »Stimmt auch wieder. Na, dann geh schon mal nach oben, ich sage ihr Bescheid. Du kennst ja den Weg.«
Er nickte und setzte sich in Bewegung, während er ihren Blick an seinem Rücken haften spürte. Erreichte einen gekachelten Bereich, in dem es neben einer Dusche vier Spinde gab. Er zog sich aus, deponierte seine Kleidung im obersten Fach, dem er ein frisches Handtuch entnahm. Danach duschte er sich und betrat den nächsten Raum, in dem sich ein Whirlpool befand. Schummriges Licht, leise Musik. Er schaltete die Luftdüsen ein, und ein sanftes Summen und Blubbern mischte sich unter die Geräuschkulisse.
Dann glitt Uwe Liebig ins Wasser und wartete auf seine Verabredung.

19:45 UHR

Julia Durant fuhr den Computer im Büro herunter, um Feierabend zu machen. Zuvor hatte sie Canan Bilgiç angerufen, von der sie wusste, dass sie auch bei Facebook angemeldet war. Canan hatte ihr angeboten, sich über ihr Profil einzuloggen. Julia wollte, dass sie sich in der Laufgruppe von Nina Stüber umsah, doch dafür bedurfte es einer Gruppenzugehörigkeit. Ein Administrator musste der Aufnahme zuerst zustimmen, außerdem gab es Kontrollfragen, und ein kurzer Bewerbungstext war nötig. Julia spürte wieder einmal, wie unbeholfen sie in dieser Materie war. Ihr Blick wanderte zur Uhr, und sie bekam ein schlechtes Gewissen.

»Hör mal«, sagte sie, »soll ich mir nicht lieber ein eigenes Profil zulegen?«

Canan verneinte. »Nein. Das sieht dann ja direkt nach Fake aus«, sagte sie. Sie versprach Julia außerdem, sich direkt in der Laufgruppe anzumelden und sie sofort über alles zu unterrichten, was sie dort herausfand.

»Danke. Könntest du außerdem noch etwas über ein bestimmtes Mitglied dieser Gruppe in Erfahrung bringen?« Julia Durant nannte den Namen der Frau, mit der sich Nina Stüber hatte treffen wollen. Es dauerte ein paar Sekunden. Dann hörte sie ihre Offenbacher Kollegin berichten: »Sie hat ein Profil mit ihrem Realnamen. Allerdings gibt es da nur ein Foto zu sehen, und sie hat keine öffentliche Freundesliste. Das hat allerdings erst mal nichts zu bedeuten. Warte mal.« Es waren leise Klicks zu hören. »Das ist auf jeden Fall eine echte Person. Du kannst das auch ohne Facebook überprüfen, ich sende dir einen Link. Die Frau ist nämlich Hautärztin in Frankfurt. Ihre Praxis ist in Niederrad.«

Zwei Minuten später hatte Durant die Website der Ärztin auf ihrem Bildschirm. Eine dunkelhaarige Frau Anfang dreißig mit geheimnisvollem Blick. Sportlich. Attraktiv. Verheiratet und Mutter von zwei Kindern. So viel gab die Vita her. Warum sollte so jemand ausgerechnet am zweiten Weihnachtsfeiertag quer durch die Stadt in den Günthersburgpark fahren wollen, um dort mit einer unbekannten Frau joggen zu gehen?

Vielleicht wohnte sie ja nicht in der Nähe ihrer Praxis. Ein heftiger Anfall von Gähnen hatte die Kommissarin dazu bewogen, ihre Nach-

forschungen auf den nächsten Tag zu verschieben. Sie würde direkt am Vormittag bei der Ärztin anrufen, oder eben, sobald Canan sich gemeldet hatte und sie weitere Informationen über die Aktivitäten innerhalb der Gruppe besaß.
Julia las noch einmal die Ausdrucke des Chatverlaufs zwischen Frau Stüber und der Ärztin.

Schlage vor, wir treffen uns gegen 16 Uhr am Eingang Wetterau-, Ecke Hallgartenstraße.
Ich freue mich!

Sie dachte nach. Trug man Facebook nicht auf dem Smartphone mit sich herum? Wenn die Frau nicht konnte, weshalb hatte sie nicht abgesagt? Oder zumindest Bescheid gegeben, dass sie sich verspätete? Morgen würde sie mehr erfahren.
Zumindest hoffte sie das, denn morgen war schon Freitag. Ob die Hautarztpraxis zwischen den Jahren offen hatte, würde sich zeigen. Eine entsprechende Information im Netz hatte sie entweder übersehen, oder es gab keine.
Nach dem Freitag wartete das Wochenende. Spätestens ab Montag würde sich der Alltagsrhythmus der Stadt allmählich normalisieren. Es wurde auch höchste Zeit, dass diese Tage der Trägheit ein Ende fanden, in denen auch das Präsidium sich in einer Atempause befand. Besonders von den Eheleuten und Eltern unter den Kollegen wurde die Feiertagsruhe gerne genutzt. Sparflamme. Doch genau das konnte man sich momentan überhaupt nicht leisten! Daher hatte die Kommissarin mit Nachdruck dafür gesorgt, dass das Konterfei des mutmaßlichen Doppel-Vergewaltigers überall auf den Fahndungsportalen online ging.
Es war ein Wettlauf mit der Zeit. Die Presse würde berichten, ein stummer Schreck für sämtliche Frauen der Stadt, die gerne alleine ihren Aktivitäten im Freien frönten. Sicher auch Wasser auf die

Mühlen der Lauftreff-Gruppen. Man würde sich verabreden, und sei es mit Internetbekannten, nur, um nicht alleine unterwegs zu sein. Sich in Sicherheit wiegen, wo es keine gab. Die einsamen Lauf- und Fahrradrouten würden für eine Weile leerer werden, bis auf jene Unerschrockene, die sich in Selbstverteidigung behaupten konnten und glaubten, das würde sie schützen. Jeden Moment konnte das Telefon klingeln. Charly hatte ihr versprochen, im Fall einer Meldung sofort Bescheid zu geben. Denn im Grunde war das alles nicht Julias Metier. Solange niemand starb, musste sie loslassen. Es sei denn, Mister Phantombild war auch der Mörder von Natalie Marković. Sie würde das Bild daher auch an Canan Bilgiç weiterleiten, damit man es den Damen im *Oasis* zeigen konnte. Noch lieber wollte sie das persönlich übernehmen. Denn auch wenn die Chance gering war: Vielleicht hatte der Unbekannte sich ja bereits im Haus vergnügt, bevor er auf die Idee gekommen war, ein Callgirl zu ermorden.
Doch abgesehen von der Tatsache, dass Julia sich wie gerädert fühlte, wusste sie, dass man im *Oasis* jetzt erst mal andere Dinge zu tun hatte, als sich um ein Phantombild zu kümmern. Sie wollte Francesca Gruber und die Frauen nicht in zusätzliche Schwierigkeiten bringen und entschied, erst bei Tageslicht dorthin zu fahren. Wenn sie ausgeschlafen hatte und wenn keine anderen Besucher zu erwarten waren.

Als Julia Durant den Hof des Präsidiums zu Fuß verließ, setzte Nieselregen ein. Gleichzeitig stellte sie fest, dass der Akku des Handys schlappmachte. Höchste Zeit, ins Warme zu kommen und auch die eigenen Batterien aufzuladen.
Eine Viertelstunde später saß Julia an Claus Hochgräbe gekuschelt auf dem Sofa, und sie sahen die *Tagesschau*. Die Themen waren alles andere als weihnachtlich. Mal wieder Streit ums Tempolimit, drohende Streiks bei der Lufthansa und die bedrückende Erinnerung an die Tsunami-Katastrophe vor fünfzehn Jahren. Das Einzige, was an

den Stern über Bethlehem erinnerte, war die ringförmige Sonnenfinsternis, die sich über Arabien und Asien wie ein glühender Halbmond zeigte.

Der weitere Verlauf des Abends war noch nicht geplant. Beide waren müde, die Ermittlung steckte ihnen in den Knochen, und selbst der Appetit auf aufgewärmten Gänsebraten war ausgeblieben.

Als Jan Hofer an den Wetterbericht übergab, hob sich die Stimmung ein wenig. Lag das Land noch immer unter kühlem Nass, würde es ab morgen besser werden. Klare Nächte, sonnige Tage. Nur von Schnee weit und breit keine Spur, dafür hätten sie in die Berge fahren müssen.

»Gehen wir noch eine Runde um den Block?«, schlug Claus vor.

Julia schüttelte den Kopf. »Heute nicht mehr. Ich gehe erst wieder raus, wenn ich Sonnenlicht tanken kann. Aber am Wochenende können wir mal ...«

Sie verstummte. Nur, weil das Wochenende vor der Tür stand, hieß das nicht, dass sie sich einfach in die Wälder des Taunus verdrücken durften. So schön die Vorstellung auch war. Das ging vermutlich erst wieder, wenn der Mordfall aufgeklärt war. Sie biss sich auf die Unterlippe.

Claus verstand sie ohnehin. »Wir finden schon eine Gelegenheit«, sprach er ihr zu. Richtete sich auf, küsste sie auf die Stirn und gab ihr zu verstehen, dass er kurz in Richtung Toilette verschwinden würde.

Julia tastete nach der Fernbedienung und schreckte dann durch den Warnton ihres Handys auf. Mal wieder der Akku. Sie griff sich das Gerät und eilte in Richtung Küche, wo das Ladekabel soeben Claus' Telefon versorgte. Sie stöpselte es aus. Für einen kurzen Moment erhellte sich das Display. Am oberen Ende erschien ein fingerdickes Banner seiner Nachrichten-App. Julia Durant schluckte hart. Sie schaute nie auf das Display ihres Zukünftigen und hatte auch noch nie das Gefühl gehabt, dass es dort etwas gab, was sie nicht sehen sollte. Doch ob sie wollte oder nicht, sie hatte es gesehen. Gelesen.

Und sie konnte die Worte nicht mehr aus ihrem Gedächtnis streichen, denn sie hallten wie ein sich aufschaukelndes Echo immer lauter durch ihren Kopf.

Ich dich auch

20:45 UHR

Er hörte die Auspuffanlage des Mercedes röhren, während er mit einer Zigarette im Mundwinkel auf dem Sofa lag. Im Bad rauschte die Dusche. Sein Körper war in einen Satin-Bademantel geschmiegt, auf dem orientalische Motive abgebildet waren. Die Oberfläche fühlte sich unangenehm glitschig an unter schweißnassen Händen und auf der feuchten Haut. Er konnte nicht verstehen, wie man so etwas freiwillig anzog oder gar in einer solchen Bettwäsche schlafen konnte. Doch all diese Gedanken waren in diesem Augenblick hinfällig. Er sprang auf. Asche fiel von der Spitze der Zigarette zu Boden. Er eilte zum Fenster und drückte die Nase gegen die Glasscheibe. Es waren zwei Männer, so viel konnte er erkennen. Gleichgültige, düstere Blicke in austauschbaren Gesichtern. Schwarze Haare und schwarze Augen, teure Anzüge und darunter eine Menge an Muskeln und Tätowierungen.
Im Nebenraum hörte das Rauschen auf. Die Tür schwang auf.
»Was machst du?«
»Nichts.«
Marijke näherte sich ihm. Der gleiche Bademantel, dazu ein Handtuch, das sie sich um die Haare geschlungen hatte.
Der Mercedes setzte zurück.
Sie nickte verstehend. »Bist du deshalb gekommen?«
Uwe Liebig rang sich ein Lächeln ab. Trat auf sie zu, nahm ihren Kopf zwischen die Hände und drückte ihr einen Kuss auf die Stirn.
»Ich bin wegen dir gekommen.«

Sie lächelte ebenfalls und winkte ab. »Du Charmeur. Aber ich weiß ...«
Er unterbrach sie. »Was weißt du über die beiden?«
Sie zuckte zusammen, und ihr Blick wich seinem aus. »Nicht viel.«
»Und das soll ich glauben?«
»Ich glaube ja auch, dass du wegen mir kommst«, erwiderte sie, und die Ironie in ihren Worten war nicht zu überhören.
»Ich *bin* deinetwegen gekommen. Aber auch wegen denen. Was weißt du über sie?«
»Was soll ich schon wissen? Zwei Machos, die einen auf wichtig machen. Stehen aber nicht weit oben in der Hierarchie. Kommen immer nur, wenn die Obermacker sich raushalten wollen.«
»So wie jetzt.«
Sie hob die Schultern. Wandte sich um, nahm eine Zigarettenpackung vom Tisch, in der auch ein Feuerzeug steckte, und zündete sich eine an. Hinter der Rauchwolke glaubte Liebig, Unsicherheit in ihren Gesichtszügen abzulesen. Er wusste, dass er sie nicht ausquetschen durfte. Ihre Loyalität besser nicht auf die Probe stellte. Wenn die Muskelberge davon Wind bekämen, würden sie wie die Berserker über sie herfallen. Es wäre nicht zum ersten Mal, dass er das Ergebnis solcher Taten zu Gesicht bekäme. Und dafür mochte er sie zu gerne. Außerdem war nicht sie es, die bestraft gehörte.
»Pass mal auf«, sprach er weiter und nahm einen letzten Zug, bevor er die Kippe in den nächstbesten Ascher drückte. »Ich will nur zwei Dinge wissen. Gibt es Anzeichen auf Stunk bei den Bossen, und hat sich für euch hier in den letzten Tagen oder Wochen irgendwas geändert?«
Sie überlegte kurz. Dann verneinte sie. »Es ist Weihnachten. Mehr Arbeit. Mehr Kundschaft. Mehr traurige Gesichter. Aber sonst ...«
»Gar nichts?«
»Gar nichts.«
Er glaubte ihr nicht. Aber er würde nicht mehr aus ihr herausbekommen.

Liebig verabschiedete sich und zog sich an. Er versicherte ihr zweimal, dass er niemandem etwas von ihrem Gespräch sagen würde und dass die zwei Schlägertypen ihn ja auch nicht gesehen hatten. Das beruhigte sie.
»Ich bringe dich runter.«
»Danke, das brauchst du nicht«, wehrte er ab.
Denn Uwe Liebig hatte nicht vor, zur Haustür zu gehen.
Noch nicht.

21:25 UHR

Im Nachhinein konnte Julia Durant nicht mehr nachvollziehen, wie sie hierhergekommen war. Sie kauerte in einem Designersessel mit ausladenden Armlehnen und rang nach Atem. Nur langsam wollte sich ihr Herzschlag beruhigen, und nur mit großer Mühe gelang es ihr, die Atmung hinab in Richtung Zwerchfell zu steuern, um dem Hyperventilieren und der Panik zu entfliehen. So, wie Alina es ihr einst beigebracht hatte.
Das Leder war weich und fühlte sich um einiges wärmer an, als sein Glanz es vermuten ließ. Um sie herum ein Dutzend gestapelte Umzugskartons, die mit schwarzem Marker beschriftet waren und teils bunte Aufkleber trugen. Der Strom in der Wohnung war nicht abgestellt. Niemand hatte sich seit dem Tod der Besitzerin darum gekümmert. In ihre Augen drangen neue Tränen. Die Ermordung ihrer engen Freundin Alina lag mehrere Monate zurück. Familie gab es keine, und die nächstmögliche Verwandtschaft hockte irgendwo an der deutschen Küste. Durant kannte niemanden davon, Alina hatte nie darüber gesprochen. Vermutlich lag es zum Teil an der Bequemlichkeit und zum Teil an ihrem Titel als Kommissarin, dass man sie mit der Abwicklung der Haushaltsauflösung betraut hatte. Durant wollte das nicht, aber der Anwalt hatte ihr versichert, dass es damit

keinerlei Eile habe und sie sich im Gegenzug persönliche Gegenstände der Toten als Andenken nehmen dürfe.
Andenken. Als wäre es das, worum es ihr ginge. Alina Cornelius war ein einzigartiger Mensch gewesen, und nun drohte sie sich im Nirwana des Vergessens aufzulösen. Wen gab es denn noch, dem sie etwas bedeutet hatte? Tot, begraben, die Wohnung aufgelöst. Ein entsorgtes Leben. Julia Durant befreite sich mit einem Schluchzen, das ihren ganzen Körper erzittern ließ. Sie und Alina, das war immer mehr gewesen als Freundschaft. Sie hatten sich geliebt.

Ich dich auch

Julias Gedanken fielen von einem Abgrund in den nächsten.
Wie viele Sätze in der deutschen Sprache gab es, auf die man mit »ich dich auch« antwortete? War das nicht immer Liebe? Oder mindestens ein Liebhaben oder inniges Vermissen?
Mit wie vielen Menschen wechselte man diese Worte, und mit wie vielen Personen tat man das per Textnachricht?
Wären sie Teenager oder frisch Verliebte, dann lägen die Dinge vielleicht anders. Dann hätte Julia selbst ihrem Liebsten eine Nachricht ins Bad gesendet, sei es aus Jux oder weil die Minuten seiner Abwesenheit sich für sie zu einer gefühlten Ewigkeit verwandelten.
»Ich vermisse dich sooo sehr« – »Ich liebe dich« – »Ich dich auch«.
Sie schüttelte den Kopf. Wie absurd das alles war!
Es gab keine andere Erklärung. Sie waren schon so lange keine Teenager mehr, und die Erkenntnis traf sie mit aller Härte. Wem auch immer Claus zuvor geschrieben hatte, er hatte dieser Person eine sehr persönliche Botschaft übermittelt.
Ihre Gedanken liefen Sturm, genau wie ihre Gefühle, und diese Mischung tat ihr nicht gut. Denn Claus Hochgräbe hatte zwar ein paar alte Bekanntschaften, die allesamt in München waren, darunter nur wenige Frauen. Er war verwitwet und kinderlos. Seine Eltern lebten

schon lange nicht mehr. Wer auch immer ihm diese drei Worte geschrieben hatte ...
»Warum hast du nicht nachgesehen?«, fragte Julia sich selbst. Ihre Schläfen pochten hörbar. Doch es war zu spät. Sie war einfach gegangen. Hatte ihr leeres Handy noch in der Hand und war noch vor dem Geräusch der Toilettenspülung im Flur gewesen. War in die Schuhe geschlüpft und hatte sich den nächstbesten Mantel gegriffen. Dazu ihr Schlüsselbund.
Ohne Auto und im Regen war sie wie benommen in Richtung Präsidium gestrauchelt, hatte dort kurz gezögert, war dann in Richtung Alinas Wohnung weitergegangen, die nur ein paar Häuser weiter lag.

Irgendwann begriff sie, dass das wiederkehrende Klopfen nicht aus ihrem Kopf stammte. Es war das Geräusch von Knöcheln auf der Tür.
»Julia?«
Sie rappelte sich auf. Schritt zum Spion. Die Stimme gehörte Frank Hellmer, doch war er alleine?
Es war niemand sonst zu sehen. Der Hausflur war genauso verlassen wie zuvor, als sie die Treppen nach oben geschritten war.
Sie öffnete. Frank drängte sich herein und musterte sie besorgt. »Um Himmels willen, was ist denn mit dir los?«
»Ich ...«, stammelte sie, doch dann wurde sie von einem Heulkrampf überwältigt, der jede weitere Erklärung verschlang.

21:50 UHR

Uwe Liebig hatte sich bei Burger King eingedeckt. Der Sex und die Anspannung machten ihn hungrig. Ein weiterer Pommeskarton für den Fußraum und Mayonnaise-Flecken auf der Jeans waren das Ergebnis. Er spülte die Kalorien mit einer Cola light hinunter und rülpste in die hohle Hand. Auch wenn er ein Leben weit entfernt von

Glückseligkeit führte, war er doch fähig, Zufriedenheit zu spüren. Wie nach dem Orgasmus, der ihm wie ein Befreiungsschlag vorgekommen war, und jetzt, bei murmelnder Standheizung und mit vollem Bauch. Der Geruch nach gegrilltem Rind hing noch in seinem Wagen, als er den Außenbezirk der Stadt erreichte. Der Mercedes parkte vor einem jener Glücksspiel-Bunker, wie sie seit einigen Jahren überall aus dem Boden gestampft wurden. Sie hatten nichts mit der Eleganz eines Spielcasinos gemein und zogen ein völlig anderes Publikum an. Doch all das interessierte Liebig nicht. Francesca Gruber hatte ihn nicht belogen. Er hatte sie in ihrem Büro überrascht, wo noch immer der Computer fehlte und in das sie mit den beiden Muskelmachos verschwunden war, während er sich vergnügt hatte. Francesca war erschrocken gewesen, eher verängstigt, auch wenn sie sich alle Mühe gegeben hatte, das zu verbergen. Nach einigem Zögern sagte sie ihm, dass die beiden Männer sie nacheinander vergewaltigt hatten. Erst der eine, während der andere sie festhielt. Dann tauschten sie. Sie hatten gegrunzt und gelacht und abfällige Laute von sich gegeben. Es war ihnen dabei nicht einmal darum gegangen, sich zu befriedigen. Es war eine Machtdemonstration, eine Bestrafung. Es war brutale Willkür, um einer Untergebenen zu zeigen, wo ihr Platz war. Um sie auf Kurs zu halten im Umgang mit der Polizei, denn diese Kontakte waren im Zuge der Mordermittlung nicht zu vermeiden. Solange Francesca funktionierte, würde den anderen Mädchen nichts geschehen. Und falls nicht …
Liebig hatte mit geballten Fäusten dagesessen. Im Grunde hatte er nur in Erfahrung bringen wollen, wer die beiden waren. Welche Rolle sie spielten. Doch allein der Gedanke daran, dass er das Ganze vielleicht hätte verhindern können, wenn er Francesca in ein Gespräch verwickelt hätte, anstatt eine Nummer zu schieben, brachte ihm die härtesten Schuldgefühle ein. Schuld und Verzweiflung. Da war sie wieder, diese Leere. Diese immerwährende Trostlosigkeit, die er seit dem Tod seines kleinen Mädchens nicht mehr loswurde. Ein

weiteres unnötiges Verbrechen, das die kriminellen Banden wie eine Pestplage über die Stadt gebracht hatten.
Uwe Liebig zündete sich eine Zigarette an. Er musste nachdenken. Und dann musste er handeln.

22:30 UHR

Julia Durant hatte eine lange Dusche genommen und saß nun mit Frank Hellmer und dessen Frau Nadine im Wohnzimmer ihres Hauses in Okriftel. Es hatte nicht lange gedauert, sie zu überzeugen, Alinas Wohnung zu verlassen. Zu viele Erinnerungen hingen zwischen den gestapelten Kisten, darunter heftige Bilder, denn es waren diese vier Wände, in denen Alina brutal ermordet worden war. Und niemand anderes als Julia Durant hatte sie dort aufgefunden.
Frank hatte sogar seinen Porsche aus der Garage geholt, obwohl er den Wagen schon beim Reinigen und Polieren gehabt hatte und (außer einer Abschiedsrunde durch den Taunus) nicht mehr damit fahren wollte, bis er ihn einem neuen Besitzer übergab. Doch nach Julias Anruf wollte er schnellstmöglich zu ihr gelangen. Er hatte sich verhalten, wie ein guter Freund das tun sollte. Keine Fragen, weshalb sie ihn zu dieser Stunde von Alinas Telefonanschluss anrief. Keine überbordende Besorgnis, kein Auf-sie-Einreden, sondern schlicht und ergreifend das Versprechen, sofort zu ihr zu kommen. Für sie da zu sein.
Kaum zwanzig Minuten später hatte Frank Alinas Wohnung abgeschlossen, nachdem er die Lichter gelöscht hatte. Julia Durant hatte sich in den vorgewärmten Wagen gesetzt und kaum ein Wort gesprochen, außer einem leisen »Danke«.
Die Weiterfahrt war zunächst still verlaufen, denn keiner der beiden wollte so recht in eine Wunde stechen, von der man nicht wusste, was man darin finden würde. Nur ein kleiner Infekt? Oder war das Gewebe so nachhaltig zerstört, dass nur eine Amputation helfen würde?

Frank steuerte den PS-starken Wagen über die Miquelallee westwärts, denn es war klar, dass er Julia heute Abend nicht in ihre eigene Wohnung bringen würde. Als die Bundesstraße nahtlos in die Autobahn überging, gab er dem 911er die Sporen. Minuten später ließen sie bereits das Nordwestkreuz und das Dreieck Eschborn im Rückspiegel. Auf Höhe des Main-Taunus-Zentrums und der Ausfahrt zur Ballsporthalle hielt Hellmer es dann nicht mehr aus. Ganz banal kam seine erste Frage heraus: »Warum sind bei Alina denn Strom und Telefon noch angemeldet?«
Durant war dankbar für diese Frage, denn darauf konnte sie sofort eine Antwort geben: »Weil sich keiner drum kümmert. *Ich* soll das alles machen.« Sie seufzte. »Am besten hätte ich die Wohnung direkt weitervermietet. Aber mir war einfach noch nicht danach. Es ist noch so ... frisch.«
Es tut noch so weh.
Neue Tränen drangen aus ihren Augen.
Frank bewegte seine Hand vom Schaltknauf in Richtung ihres Oberschenkels. Er presste sie sanft darauf. »Du Arme. Willst du erzählen, was sonst noch los ist?«
Bislang hatte sie nicht viel preisgegeben, im Grunde überhaupt nichts. Als ihr in der Wohnung klar wurde, dass der Akku noch immer leer war, hatte sie Alinas Telefon gegriffen, das mitsamt dem Router auf einem schmalen Regal stand. Wer bezahlte eigentlich die Rechnung? Wer würde den Totenschein einreichen, um den Vertrag zu beenden? Sie hatte nur wenige Worte gesagt. »Komm. Komm bitte schnell.«
Die Freundschaft zu Frank Hellmer dauerte lange genug an, dass er auch ohne Nachfragen verstand, was nun von ihm verlangt war. Er würde für sie da sein, so wie sie für ihn da gewesen war. So lief das schon von Anfang an, auch wenn sie in *diesem* Fall vermutlich zuerst zu Alina gegangen wäre. Aber diese Möglichkeit gab es ja nicht mehr. Julia hatte Frank auch nur Bruchstücke liefern können. Er wusste noch nichts von Claus' Plänen, an die Hochschule zu wechseln. Dass

es im Zuge der Hochzeit zu personellen Umbrüchen kommen würde, pfiffen zwar schon die Spatzen von den Dächern. Aber dass Claus sich womöglich eine Geliebte hielt, ließ seine Bereitschaft, die Stelle aufzugeben, in einem völlig neuen Licht erscheinen. Tat er es aus schlechtem Gewissen heraus? Oder steckte am Ende die neue Liebschaft dahinter, dass er nach Wiesbaden wechseln wollte? Vielleicht kam sie Hand in Hand mit einer neuen Wohnung? Sie wusste nicht, welcher Gedanke ihr mehr wehtat.

Das warme Wasser der Dusche hatte ihr den Tränenregen aus dem Gesicht gewaschen. Hatte ihr Gänsehaut verursacht, denn innerlich fühlte sie sich so kalt wie ein Gefrierfach, und das konnte auch die Temperatur des Wassers nicht ändern. Der Duft von Lavendel hüllte sie noch immer ein. Hinter einer Glasscheibe flackerte Feuer und füllte den Raum mit behaglichem Licht. Doch zwischen den dreien hing eine bleierne Wolke des Schweigens.

»Du musst ihn fragen«, wiederholte Nadine. In der Hand eine Tasse heißen Gewürztee, von dem sie nun einen Schluck nahm. Frank hielt ebenfalls eine Tasse. Julia hatte abgelehnt.

»Was soll sie denn fragen?«, widersprach Frank. »Wer ihm so etwas schreibt?«

»Warum denn nicht?« Nadines Augen versuchten, ihn mit einem vielsagenden Blick zu erreichen, aber offenbar war er gerade nicht empfänglich für ihre Signale. Stattdessen sah er nun schon zum zweiten Mal in kürzester Zeit verstohlen auf seine Armbanduhr.

Julia hatte sich weitgehend aus allem herausgezogen – wie eine Schnecke in ihr Haus, wo aber nur eine innere Kälte auf sie wartete. Und es schützte sie nicht vor den Polarstürmen, die tausend stechende Fragen auf sie niederprasseln ließen.

Was jetzt? – Was, wenn alles nur Einbildung war? –
Was ist denn nun mit der Hochzeit? – Hast du überhaupt richtig gelesen?
Warum hat er denn Ja gesagt, als …?

Wäre die Situation nicht so verfahren, hätte sie laut auflachen kön-

nen. Sie hatte ihn damals völlig überrumpelt, vor wenigen Monaten, die nun wie eine Ewigkeit entfernt wirkten. An der Gepäckaufgabe. Als man sie für ein Ehepaar mit gleichem Nachnamen gehalten hatte. Dabei hatten sie sich niemals ernsthaft übers Heiraten unterhalten, denn das Thema war für beide schon lange abgehakt gewesen.
Warum also hatte er Ja gesagt?
Julia Durant wusste es nicht, aber sie wollte Hoffnung spüren. Sich daran festklammern, dass es eine banale Erklärung für alles gab oder dass sie in jeder Sekunde aus diesem Alptraum erwachen würde.
Warum war sie einfach abgehauen? Warum hatte sie ihn nicht direkt gefragt? Lag es daran, dass sie schon einmal die gehörnte Ehefrau gewesen war? Wie das naive Dummchen dagestanden hatte, auch wenn das schon eine gefühlte Ewigkeit zurücklag? Hatte der Selbstschutz einen irrationalen Fluchtreflex ausgelöst?
Ihre Fäuste ballten sich. Sosehr sie es sich auch wünschte: Es war *sein* Handy gewesen, das die unerträgliche Nachricht empfangen hatte. *Er* war es, dem jemand diese Worte schrieb. Und trotzdem wünschte sie sich in diesem Moment nichts mehr, als dass Claus neben ihr säße und alles wieder gut sei.
Wie in einem fernen Nebel registrierte sie, dass Frank aufgestanden und aus dem Zimmer gegangen war.
Und dann stand *er* plötzlich im Raum.
Claus.

*

Wie herrlich alles brannte.
Kindheitserinnerungen drangen vor sein Auge. Der Christbaum, jedes Jahr von einer stattlichen Gestalt. Geschmückt mit vierundzwanzig weißen Wachskerzen, die er mit seiner Mutter auf kleine Spieße gedrückt hatte. Sie überprüfte jede, die er angebracht hatte, auf einen stabilen

Sitz. Und warnte ihn praktisch täglich mit einem selten scharfen Unterton davor, diese Kerzen eigenmächtig zu entzünden.
»Wir wollen keine elektrische Lichterkette. Aber du darfst niemals alleine mit dem Streichholz an den Kranz oder an den Baum gehen, hörst du? Darauf müssen wir uns verlassen können. Du bist doch auch schon groß und vernünftig.«
Groß. Vernünftig.
Was hatten ihm diese Eigenschaften jemals gebracht?
Er schüttelte sich. In seinem Nacken pikte etwas, ein Zweig des Gebüsches, in dem er sich verborgen hatte. Von hier aus konnte er sein Werk bestaunen, ohne von jemandem gesehen zu werden.
Glas zerbarst unter der Gluthitze.
Längst war die Feuerwehr eingetroffen und hatte mit dem Löschen begonnen. Das Blaulicht der Einsatzfahrzeuge mischte sich unter den warmen Schein der Flammen. Ein beißender Geruch von Löschqualm mischte sich unter den Geruch, der von den Böen bis zu seiner Nase getragen wurde.
Bahren wurden in die Rettungswagen geschoben.
Aufgeregte Stimmen. Kommandotöne. Hektische Bewegungen.
Er konnte keine Gesichter und keine Gesichtsausdrücke erkennen. Aber er wusste, wer in dem Haus gewesen war.
Schöne Bescherung, dachte er bitter.
Jeder bekam das, was er verdiente.
Manchmal früher, manchmal später.

FREITAG

FREITAG, 27. DEZEMBER, 3:45 UHR

Der Kriminaldauerdienst informierte Frank Hellmer mitten in der Nacht, dass es einen Toten gab. Schlaftrunken taumelte der Kommissar ins Bad, um sich dort Wasser ins Gesicht zu spritzen. Es war spät geworden – Mitternacht war längst verstrichen, als er und Nadine sich zurückgezogen hatten. Claus Hochgräbe und Julia hatten eine schwierige Zeit, und es würden noch viel schwierigere Zeiten folgen. Doch das mussten die beiden alleine klären. Die Müdigkeit ließ es nicht zu, dass er sich weiter den Kopf zerbrach, also konzentrierte er sich, so gut es ging, auf die notwendigen Handgriffe. Waschen. Anziehen. Ein Müsliriegel und vor allem ein starker Kaffee. Nadine war ebenfalls aus dem Schlaf gerissen worden, doch er bestand darauf, dass sie liegen blieb. Eine Viertelstunde später saß er schon wieder am Steuer seines Porsche. Knetete die Ohrläppchen, weil das angeblich wach machte. Vielleicht schoss auch schon das Koffein ein. Spätestens aber, als der Heckmotor den Sportwagen kraftvoll aus der Garage schob, war Frank Hellmer wach.
Er jagte über die leere Autobahn in Richtung Frankfurts Skyline. Erreichte das Nordwestkreuz und suchte sich kurz darauf den Weg in ein Gewerbegebiet. Heruntergekommene Bauten und neue Fassaden wechselten sich ab. Leerstand und Möchtegern-Eleganz. Windige Autohändler und ein Spieltempel, der alles war, aber kein Palast. Blaulicht und Flatterband verrieten ihm, dass er hier richtig war. Er stellte den 911er auf einem Freigelände ab, wo auch der Notarzt

parkte. Suchte die von Scheinwerfern erleuchtete Szene nach bekannten Gesichtern ab, fand aber weder Andrea Sievers noch einen der Kollegen. Wie auch, dachte er. Doris und Peter waren viertausend Kilometer entfernt, und Julia und Claus waren – und wenn nur gedanklich – mindestens ebenso unerreichbar.

Hellmer näherte sich dem Fundort. Auf Flatterband hatte man verzichtet, weil es keinen Menschenandrang gab. Er hielt seinen Dienstausweis bereit und stand kurz darauf am Rand des gepflasterten Parkplatzes der Spielhalle. Unweit der Zufahrt fraßen sich Bodendecker über die Betonkante. Zwei Meter dahinter endete das Gelände an einem verwitterten Maschendrahtzaun. Dahinter undurchdringliches Gebüsch. In dem Streifen Immergrün lag der Tote. Ein Mann mit kantigen Gesichtszügen. Mindestens eins neunzig, ziemlich muskulös, auf der Wange prangte eine aufgeplatzte Stelle. Offenbar Überbleibsel eines Kampfes. Frisch genug, um unmittelbar vor seinem Ableben entstanden zu sein.

Der Notarzt trat neben den Kommissar, er hatte seine Arbeit längst getan und wirkte wenig erfreut, dass man ihn nicht hatte wegfahren lassen. Er drückte Hellmer den Papierkram in die Hand: »Todesursache dürfte Erstickung sein.« Dabei deutete er auf den Hals des Mannes, und jetzt erkannte auch Hellmer die Male. Der Arzt fuhr fort: »Sieht so aus, als habe er schon am Boden gelegen, als man ihm die Kehle zugedrückt hat.«

»Ist das ein Schuhprofil?« Hellmer deutete auf seinen eigenen Halsansatz. An der Leiche waren verschmierte Spuren zu erkennen, und irgendwie erinnerten die den Kommissar an die Form einer Sohle. Hatte der Mörder ihm auf den Hals getreten?

Der Arzt zuckte nur die Achseln. »Möglich. Soll die Spurensicherung rausfinden.«

»Was haben Sie am Leichnam denn alles verändert?«

Immer noch schnippisch erläuterte der Notarzt ihm, dass er den Mann einzig und allein auf Lebenszeichen untersucht habe. Der Tod

war ohne große Umstände feststellbar gewesen. »Eine Temperaturmessung habe ich nicht gemacht«, schloss der Arzt. »Als ich hier eingetroffen bin, waren die Totenflecke noch derart frisch, dass das Ableben erst vor Kurzem erfolgt sein musste. Genauer könnte mein Thermometer das auch nicht feststellen.«
»Okay.« Hellmer rechnete zurück. »Also reden wir von circa zwei Uhr? Oder halb zwei?«
»So in etwa.« Auch wenn seine Stimme etwas umgänglicher geworden war, blieb der Arzt kühl. »Ich habe alles getan, um Ihnen den Tatort nicht zu versauen. Aber bitte ... ich möchte jetzt wirklich aufbrechen.«
Hellmer bedankte sich und verabschiedete sich. Dann suchte er den nächstbesten Uniformierten, einen jungen Kollegen, der kein Haar auf dem Kopf trug, außer ein paar dunklen, schmalen Augenbrauen. Er war noch keine dreißig, und sein Namensschild las sich polnisch.
»Wer hat ihn gefunden?«
Der Uniformierte deutete auf eine blonde Frau in einem Mantel aus Kunstpelz, unter dem ein Paar endlose Beine hervorkamen. Sie hockte auf der Rückbank des Polizeiwagens und klammerte sich an einen Pappbecher mit Kaffee.
Er las einen Namen von seinen Notizen ab und fuhr fort: »Sie hat den ganzen Abend über in der Spielhalle gearbeitet und angegeben, mit zwei weiteren Personen um zwei Uhr Feierabend gemacht zu haben. Normalerweise kommt dann jemand, um abzuschließen, die Geräte zu entleeren et cetera. Als keiner kam und sie auch niemanden erreicht hat, entschied sie, zu warten. Die anderen beiden sind weggefahren. Gegen drei hatte sie dann genug. Sie ist ebenfalls nach draußen gegangen, hat noch mal die Nummer des Toten gewählt und dann sein Telefon gehört. Voilà. Den Rest kennen wir.«
»Verdammt«, brummte Hellmer, der die Schilderung des Beamten im Kopf noch einmal durchging. Eine einzelne zierliche Frau. Die Tageseinnahmen der Spielautomaten. Daran hing er fest.

»Wurde denn etwas gestohlen?«

Der Kollege weitete die Augen. »Raubmord?« Er schüttelte den Kopf. »Sie hat mehrfach betont, dass kein einziger Cent fehlt!«

Hellmer nickte. Andererseits, dachte er, würde er an der Stelle der Frau wohl dasselbe aussagen. *Egal*, ob etwas fehlte oder nicht. Wer konnte schon ahnen, wie viel der Einnahmen hier am Finanzamt vorbeigeschleust wurde. Wie viel man hier zwischenlagerte, und über welche Kanäle es weitergereicht wurde. Was würden die Hintermänner mit der Frau wohl alles anstellen, nur, um ein Exempel zu statuieren? Oder ging dieser Gedanke zu weit? Er verwarf ihn fürs Erste und fragte: »Okay. Dann also eher ein Mord aus persönlichen Gründen? War der Tote denn der Mann, den sie zum Abschließen des Ladens erwartet hat?«

»Ja, genau. Sein Name lautet Kyril Slavchev.«

Hellmer neigte den Kopf und durchsuchte seine Erinnerung erfolglos nach dem Namen. »Sagt mir nichts.«

»Mir auch nicht. Ich wollte auch nur sagen, dass wir die Identität des Mannes kennen. Sein Führerschein war nämlich in der Hosentasche, außerdem ein paar große Geldscheine.«

»Also war es wohl tatsächlich kein Raubmord.«

Hellmers Blick ging erneut in Richtung der Frau, die entweder fror oder mit den Nerven am Ende war. Das Zittern war nicht zu übersehen. Vermutlich eine Mischung aus beidem.

»Dann war dieser Slavchev so etwas wie ihr Boss«, konstatierte er, wartete nicht auf eine Antwort und setzte sich in Richtung der Frau in Bewegung.

»Mein Name ist Frank Hellmer«, stellte er sich vor. »Mordkommission.«

Die Dame sah ihn mit leeren Augen an. Hellmer deutete in Richtung des Fundorts. »Sie haben ihn also gefunden? Das muss schrecklich gewesen sein.«

»Ja. Allerdings«, antwortete sie knapp.

»Kann ich etwas für Sie tun? Brauchen Sie einen Arzt, etwas zur Beruhigung?«

»Fahren Sie mich einfach nur nach Hause«, murrte die Frau in akzentfreiem Deutsch, »oder rufen Sie mir wenigstens ein Taxi. Mir ist kalt, ich habe Angst, und ich bin todmüde.«

»Angst? Wovor?«, fragte Hellmer. Er hatte fest damit gerechnet, dass sein Gegenüber mit der katzenhaften Aura und den geheimnisvollen Augen einen russischen Akzent hatte. So konnte man sich irren.

Die Frau machte derweil eine fast unsichtbare Bewegung mit dem Kopf. Der Kommissar folgte der Bewegung mit den Augen, und dann sah er es. Eine schwarze Limousine. Oder waren es zwei? Der eine Wagen parkte in einiger Entfernung, aber so, dass man von den Vordersitzen alles, was hier geschah, gut überblicken konnte. Weiter hinten bewegte sich ein anderer Wagen. Ebenfalls schwarz. Zufall?

Hellmer hüstelte. »Sind es diese Typen, die Ihnen Angst einjagen? Wer ist das?«

Sie vermied es, noch einmal in die Richtung zu sehen, stattdessen fixierte sie ihre Schuhspitzen. »Das eine ist sein Partner«, antwortete sie leise. »Vermutlich kreist er hier herum, weil er Slavchev vermisst hat.« Ein schweres Atmen. »Normalerweise kommt Slavchev mit einem eigenen Wagen. Manchmal hat er aber auch ein Begleitfahrzeug dabei, das seine Runden dreht. Meistens, wenn viel Geld zu holen ist, aber das war heute nicht der Fall.«

»Also war Slavchev heute alleine?«

»Ja. Ich denke schon. Aber irgendwann wird ihn jemand vermisst haben, ich meine, er fährt mit dem Geld ja sonst auch immer irgendwohin.«

»Und wohin wäre das?«

Die Frau zog eine empörte Miene. »Das weiß ich doch nicht!«

»Gut. Aber er hat das Geld ja heute nicht abgeholt, oder? Folglich müsste es noch im Haus sein.«

»Ja.« Sie begann zu zittern. »Das müssen Sie mir glauben, hören Sie? Es ist *alles* noch drinnen! Ich habe nicht ...«
Ein heftiges Schluchzen durchfuhr sie.
»Schon gut.« Hellmer legte ihr eine Hand auf die Schulter. »Ist Ihnen denn sonst irgendetwas aufgefallen? Heute oder auch an den Abenden davor? Gab es Konflikte, Streitigkeiten, Unruhe?«
»Ich weiß nicht. Eigentlich nicht. Ich meine, es gibt immer mal Stunk mit einem von den Typen, die ihr Geld hier verzocken. Aber Kyril war stark. Alle hatten Respekt vor ihm. Da fällt mir keiner ein, der ... Haben Sie vielleicht eine Zigarette?«
Frank Hellmer musste grinsen, wenn auch ohne Freude. Tatsächlich hatte er eine Packung einstecken. Er dachte schon so lange übers Aufhören nach (zumal es alle anderen seiner Freunde längst geschafft hatten), aber er würde es wohl niemals packen. Im Grunde wollte er es nicht, und solange er Sport trieb, dachte er, würden die Auswirkungen sich schon in Grenzen halten.
»Das Leben ist zu kurz, um kein Laster zu haben«, sagte er laut und hielt der Frau die Packung hin. Sie bedankte sich, er nahm sich auch eine, und gemeinsam bliesen sie Rauch in die aufklarende Nacht. Erste Sterne zeigten sich am Firmament. Im Hintergrund riefen sich Kollegen Anweisungen zu, ein Auto startete und fuhr los. Hellmer ergriff wieder das Wort: »Ich frage Sie jetzt etwas, und Sie antworten bitte ehrlich.«
Die Frau blickte ihn fragend an.
»Haben Sie von einem der Typen in dem Wagen etwas zu befürchten?«
Es verstrichen ein paar Sekunden, dann schüttelte sie den Kopf. »Ich glaube nicht. Das Geld ist ja noch da, und innen sind überall Kameras. Von uns Frauen kann da keine in Verdacht geraten oder so. Außerdem«, sie kicherte freudlos, »was sollten wir gegen so einen Typen wie Slavchev ausrichten können?«
»Hm.« Hellmer wollte keine Details preisgeben, aber musste be-

stimmte Fragen stellen. Also sagte er: »Wissen Sie etwas über Revierstreitigkeiten? Oder über Veränderungen in der Rangfolge? Wer nimmt Slavchevs Platz ein? Und wie wird sich das auf diesen Laden hier auswirken?«

Die Angestellte hatte gerade tief inhaliert und prustete den Rauch mit einem Lachen aus. »Da überschätzen Sie meine Position aber gewaltig! Ich weiß hiervon nichts, aber absolut gar nichts.« Ihre Augen flohen für den Bruchteil einer Sekunde in Richtung des schwarzen Wagens. Mit gesenkter Stimme und ausgeprägtem Kopfschütteln sagte sie: »Und ich stelle auch keine Fragen! Je weniger man weiß, desto besser.« Sie schälte sich aus dem Polizeifahrzeug und nahm einen letzten Zug, bevor sie die Zigarette auf den Boden fallen ließ und austrat. »Darf ich jetzt bitte gehen?«

Hellmer ging einen Schritt zurück und sah sich um. Der Kollege war nicht zu sehen. »Ich bleibe noch hier«, antwortete er, »aber ich kümmere mich darum, dass man Sie nach Hause fährt. Ihre Personalien wurden aufgenommen?«

»Ja. Schon zweimal«, kam es leicht unterkühlt zurück.

Ein paar Minuten später näherte der Kommissar sich erneut dem Toten. Die Spurensicherung hatte ihre Arbeit beendet, und die Bestatter waren ebenfalls eingetroffen. *Die Gnadenlosen,* wie sie im Jargon der Mordkommission genannt wurden. Was im Grunde nicht stimmte, denn gnadenlos waren die Mörder, die das Leben ihrer Opfer beendeten. Müsste man die Bestatter nicht eher als *Würdevolle* bezeichnen? Wenn sie den Ermordeten auf ihrer letzten Reise noch etwas von dem mitgaben, was ihnen beim Sterben nicht erlaubt war? Hellmer konzentrierte sich auf den Leichnam zu seinen Füßen. Was steckte hinter diesem Mord? War es tatsächlich ein sich anbahnender Bandenkrieg? Er hatte da bis jetzt Zweifel gehabt. Er dachte an die schwarzen Limousinen und hob den Kopf. Sie waren noch immer da, wie Raubtiere, die in tödlicher Nähe um ihr Opfer kreisten.

Spontan setzte er sich in Bewegung. Seine Dienstwaffe lag zu Hause im Tresor. Egal. Er wollte nicht schießen, er wollte reden. Wollte die Insassen des parkenden Wagens befragen, wollte sehen, ob in ihren Gesichtern Trauer oder Häme lag. Waren es die Raubtiere oder nur die Aasgeier, die sich um die Reste zankten? Irgendjemand würde die Tageseinnahmen schließlich abholen müssen. Und irgendwer musste die Geschäfte weiterführen.

Der Motor startete. Frank Hellmer beschleunigte seinen Schritt, dann hob er die Hand, um zu winken. Schon setzte sich das schwere Gefährt in Bewegung. Zuerst ein Stück rückwärts, dann schlugen die Vorderräder ein, und der Fahrer trat aufs Gas. Die Hinterräder drehten kurzzeitig durch, und in einem Schleier aus aufstäubender Nässe verschwand die Sportlimousine im Nichts.

Hellmer hielt an und atmete schwer. Dann notierte er sich das Kennzeichen, auch wenn er wusste, dass das zu nichts führen würde. Wo auch immer er den Wagen aufspüren würde: Er würde gereinigt sein, und der Fahrzeughalter hätte keine Ahnung, wer ihn in dieser Nacht gefahren hätte. Man würde sich kurz über das Opfer beklagen, ehrenvoll über den Mann reden, aber niemand würde der Polizei brauchbare Hinweise geben. Denn innerhalb des organisierten Verbrechens kümmerte man sich um solche Angelegenheiten selbst.

Sie mussten die bittere Pille wohl oder übel schlucken:
Es würde weitere Tote geben. Bald.

5:30 UHR

Julia Durant quälte sich aus dem Bett und schlich in Richtung Badezimmer, wo sie sich auf die Toilette setzte. Ihr Körper war wie gerädert, doch ihre Gedanken mit einem Mal wieder hellwach. Es war lange nach Mitternacht gewesen, als sie nach Hause gekommen waren, und ihre Köpfe waren heißgeredet. Dazu die schwer verdauliche

Kost in ihrem Magen, die zwar keine Kalorien hatte, aber dadurch nicht bekömmlicher wurde.

Ich dich auch

Claus Hochgräbe hatte vor ihr gestanden wie ein begossener Pudel. Und es musste ihm hochgradig peinlich gewesen sein, dass er sich nun wie vor Gericht hatte verteidigen müssen. Vor Frank, vor Nadine und vor ihr.
Zuerst wollte er ansetzen und sagen: »Warum hast du mich nicht einfach direkt gefragt?«, aber inmitten des Satzes brach er ab und begann noch einmal von vorn. »Julia, es tut mir leid, es tut mir so leid! Ich hätte es dir längst sagen müssen, aber ...«
Das Aber wirkte wie ein Theatervorhang. Julia bekam nur die Hälfte mit, obwohl sie sich entschieden hatte, ihn anzuhören. Sie wollte Frank und Nadine hassen dafür, dass sie Claus angerufen hatten. Und Claus dafür, dass er ein Lügner war. Wenn sie eines nicht leiden konnte, dann ...
»... aber ich konnte es nicht.« Das waren Claus' Worte. »Nein, anders gesagt: Ich habe es nicht hinbekommen. Ich habe so lange nach dem richtigen Zeitpunkt gesucht, dass ich ihn einfach verpasst habe. Julia!« Er hatte sie flehend angesehen und nach ihren Händen gegriffen, aber sie hatte die Geste nicht erwidern wollen. »Julia, es tut mir leid, bitte, ich schwöre dir, dass es nicht so ist, wie es aussieht.« Er atmete schwer. »Es gibt keinen einfachen Weg, um dir das zu erklären, und es ist auch für mich eine komplett neue Welt ... aber so, wie es aussieht ... habe ich eine erwachsene Tochter.«
Knock-out.
So musste sich ein Tritt auf den Solarplexus anfühlen.
Was hatte er da gesagt?
»Waaaas?« Hellmer war ihr zuvorgekommen. Der Rest des Abends verlief wie eines jener Puzzlespiele, bei denen beide Seiten mit unter-

schiedlichen Motiven bedruckt waren. Julias Bild, das sie sich seit dem Verlassen der Wohnung zusammengesetzt hatte, wurde in sämtliche Einzelteile zerrissen. Die Affäre, eine neue Wohnung, irgendwann die Trennung. Keine Hochzeit. Und in der Mitte von allem sie, das Opfer, das von allen bedauert wurde. Eine Rolle, die Julia Durant noch nie hatte leiden können. Die ihr zutiefst zuwider war. Aber jetzt kam das Wechselmotiv. Claus Hochgräbe. Kinderlos verwitwet. Der mit einer angeblichen Tochter sehr innige Textnachrichten austauschte. War das ein Bild, das ihr besser gefiel?
Noch immer fiel es ihr schwer, den Erklärungen zu folgen, mit denen er aufgewartet hatte. Claus war ein treuer Ehemann gewesen, und sie wusste, dass er seiner verstorbenen Frau lange nachgetrauert hatte. Aber natürlich wusste sie auch, dass es, im Gegensatz zu einer Frau, bei theoretisch jedem Mann sein konnte, dass er sich im Laufe seines Lebens unwissentlich reproduziert hatte. War es tatsächlich so einfach?
»Ich habe früher nicht wie ein Mönch gelebt«, so seine Erklärung. Gut, das hatte Julia auch nicht.
»Das war Jahre vor meiner ersten Ehe gewesen. Einundachtzig, zweiundachtzig. Da war ich jedenfalls schon auf dem Weg in den Polizeidienst.«
Was dann gekommen war, klang mehr wie ein Groschenroman oder eine dieser Endlos-Soaps. Irmgard, genannt Irmi, war ein Freigeist gewesen, für die es keine Konventionen zu geben schien. Sie liebte das Leben und die Liebe und war immer dabei, die Welt zu erkunden oder sie in einem entfernten Winkel zu retten. Umweltschutz. Ärzte ohne Grenzen. Afrika. Das Entbinden eines Kindes hatte sie in keinerlei Weise daran gehindert. Und der Name des Erzeugers hatte für das Kind nie eine Rolle gespielt. Claus hatte Stein und Bein geschworen, dass er seit ihrer Trennung nie wieder von ihr gehört hatte. Mit Ausnahme einer einzigen Ansichtskarte, die in Windhoek, Namibia, abgestempelt war und ein prächtiges Elefantenmotiv enthielt.

Die Karte kam zwei Wochen, nachdem sie ihre Zelte in Deutschland abgebrochen hatte. Während Claus ihr noch nachtrauerte, war sie längst in einer anderen Welt angekommen. Und sie würde nicht wiederkehren. Damit endete die Geschichte.
»Von einer Schwangerschaft hab ich nichts gewusst«, beteuerte er. »Denn dann hätte ich …«
Er hatte diesen Satz nicht beendet, er wusste wohl selbst nicht, was er damals getan hätte. Die Polizeikarriere an den Nagel hängen und nach Afrika auswandern? Mit Sicherheit nicht. Oder etwa doch?

All diese Gedankenfetzen jagten durch Julias Kopf, während ihre Blase längst entleert war und sie noch immer auf der Klobrille hockte und mit dem Toilettenpapier zwischen den Fingern spielte.
Claus Hochgräbe hatte also eine erwachsene Tochter. Clara. Ob es ein Zufall war, dass ihr Name mit denselben drei Buchstaben begann wie der seine? Wie auch immer, das Kind hatte nun einen Namen, ein Gesicht, und er hatte sie lieb. Oder er vermisste sie. Oder beides. Jedenfalls musste er ihr etwas in dieser Art geschrieben haben, um dafür als Antwort jenes die Lawine auslösende »Ich dich auch« zu empfangen.
Genau genommen war die vorausgehende Formulierung eine andere gewesen. Er hatte ihr den Chatverlauf gezeigt, in dem Clara ihm geschrieben hatte, dass sie ihn gerne persönlich kennenlernen wolle. Dass sie ihn in ihrer Nähe haben wolle. Aber beinhaltete seine Antwort nicht trotzdem all das, was unter die Kategorie väterliche Liebe fiel?
Während Julia Durant im Laufe der vergangenen Monate gleich mehrere ihr nahestehende Menschen verloren hatte und ohne jegliche Familie dastand, gewann ausgerechnet ihr zukünftiger Ehemann eine Familie dazu? Und das auch noch ungewollt? Und was bedeutete das für die Zukunft? Plötzlich wirkte der Wechsel nach Wiesbaden wie eine Lappalie, und es fiel ihr wie Schuppen von den Augen, wa-

rum dieses Thema wie ein namibischer Elefant im Raum gestanden hatte.
Wie ungerecht diese Welt doch manchmal sein konnte!
Kein Wunder, dass Claus ihr das nicht leichtfertig verkünden konnte. Und trotzdem. Seine Unehrlichkeit würde ihr vermutlich noch lange zu schaffen machen.

6:40 UHR

Der Anruf von Canan Bilgiç versetzte Uwe Liebig in Aufregung. Er lag auf seinem Futon, Arme und Beine um ein Kissen in Hufeisenform geschlungen, welches die Lösung sämtlicher Verspannungsprobleme versprach. Tatsächlich wachte er, seit er das Kissen hatte, deutlich erholter auf. Von gutem Schlaf war er jedoch noch weit entfernt.
Ob sich das jemals wieder ändern würde?
»Was gibt's denn?«, hatte er genuschelt.
Dann hatte Bilgiç den Namen des Toten und den Tatort genannt.
»Die Frankfurter haben das übernommen«, fuhr sie fort. »Was weißt du über ihn?«
Liebig betrachtete die Gänsehaut, die sich über seine nackten Unterarme zog, während er antwortete. Er wählte seine Worte mit Bedacht, wusste aber auch, dass er ihr etwas geben musste.
»Okay, pass auf. Um den ist es nicht schade, aber das willst du wahrscheinlich nicht hören. Ich bin gestern noch mal im *Oasis* gewesen. Da waren auch er und sein Partner. Haben Francesca ziemlich zugesetzt. Da kriegen wir offiziell nichts raus, aber das Ganze sieht für mich nach Revierkampf aus. Dass es ihn erwischt hat ... na ja, wir müssen sehen, was als Nächstes geschieht.«
Bilgiç schwieg. Offenbar verdaute sie seine Informationen.
»Was meinst du mit zugesetzt?«

»Frag lieber nicht.«

»Aber ...«

Liebig sagte mit Nachdruck: »Wenn du ihr helfen willst, dann halte dich fern. Jeder Kontakt zu uns macht es für die Frauen dort nur noch schlimmer.«

Das schien seiner Kollegin einzuleuchten, wenn auch nur widerwillig.

»Was schlägst du als Nächstes vor?«, fragte sie.

»Ich denke drüber nach«, versicherte Liebig ihr. »Gib mir eine Stunde, na ja, lieber anderthalb, dann bin ich im Präsidium.«

Bis dahin würde er genügend Zeit zum Nachdenken gehabt haben. Und dafür, um zu entscheiden, was davon er Canan Bilgiç preisgeben würde.

7:10 UHR

»Ich finde es kriminell, an Weihnachten um diese Zeit zu frühstücken!«, sagte Claus, der soeben mit einem Pott Kaffee aus der Küche trat.

Julia konnte den spontan einschlagenden Gedanken nicht mehr stoppen: Viel schlimmer fand sie es, eine Tochter vor seiner Partnerin zu verheimlichen. Sie schluckte ihn hinunter. Doch sie spürte, wie sehr diese Sache – diese Person – plötzlich zwischen ihnen beiden stand. Würde sich das jemals normalisieren können?

»Für die meisten ist es nur ein normaler Freitag«, sagte sie etwas gezwungen. »Und Frank hat es noch viel schlimmer getroffen. Er musste richtig früh raus.«

Beide hatten die Benachrichtigung auf ihren Mobiltelefonen empfangen. Die neue Leiche, diesmal ein Mann. Ein Mann, der offenbar mit Prostitution und Glücksspiel in Verbindung stand. Zufall?

Außerdem hatte Julia eine Nachricht von Canan Bilgiç erhalten. Auch sie interessierte sich für den Toten und hatte vielleicht hilfreiche Infos.

»Wie wollen wir es denn angehen?«, fragte Claus und nahm sich ein Aufbackbrötchen. Er brach es auseinander und tunkte es in den Milchkaffee. Julia verzog das Gesicht.

»Du ins Präsidium und ich zu Canan?«, schlug sie vor. »Dann können wir direkt danach mit dem Phantombild zu den Damen ins *Oasis* fahren.«

Claus kaute und nickte. »So machen wir es.«

Ihre Augen trafen sich. Sie setzte die Kaffeetasse an, er kaute noch immer. Dann sagte er plötzlich: »Schatz, wir müssen das irgendwie hinbekommen.«

Julia zuckte. »Ja, sicher«, antwortete sie, weil ihr nichts Besseres einfiel. »Es ist nur … Lass uns zuerst die Arbeit erledigen.«

So grauenvoll die Dinge auch waren, die der Kommissarin bei der Mordkommission begegneten: Sie wusste, sie konnte damit umgehen. Sie hatte ihr Team, ihr Bauchgefühl, ihre Lebenswelt. Das alles verlieh ihr Sicherheit. Eine Sicherheit, die es im Privaten nicht mehr zu geben schien.

9:30 UHR

»Ich werde Sie heute noch nicht entlassen«, erklärte die Ärztin mit Nachdruck. »Die Wunde braucht Zeit, um zu verheilen.«

»Aber ich möchte nach Hause.«

Tianas Stimme klang flehend. Aleksander und der kleine Miro standen am Fenster des Krankenzimmers und schwiegen. Erst vor wenigen Minuten waren die beiden eingetroffen, und Aleksanders Miene hatte zum ersten Mal seit einer Woche ihren sorgenvollen Schatten verloren. Das Bild glich einer Familie, die sich vor Sehnsucht nacheinander zerfraß. Doch die Gründe waren, zumindest teilweise, weitaus banaler.

»Aleksander muss morgen zur Arbeit. Wir können sonst keine Miete

zahlen. Bitte.« Tiana warf der Ärztin einen Blick zu, der nur von Frau zu Frau möglich war. »Ich muss jetzt nach Hause. Für Miro. Bitte halten Sie mich nicht fest.«
Die Ärztin gab auf. »Gut. Wie Sie meinen. Aber Sie gehen auf eigene Verantwortung.«
Aleksander lächelte, als Tiana ihm mit einem Augenaufschlag zunickte. Der Kleine rannte auf sie zu und umarmte sie.
Die Ärztin verließ das Zimmer und wählte Julia Durants Nummer. Etwas stimmte hier nicht.

9:35 UHR

Canan Bilgiç hatte mit ihrem Smartphone gewinkt, als die Kommissarin bei ihr eingetroffen war. Unterwegs hatte sie noch zwei große Milchkaffee in Mitnahmebechern und eine Pappschachtel mit Zimtschnecken gekauft. Statt im Büro hatten sie in Durants Dienstwagen Platz genommen, der mittlerweile eine angenehme Innentemperatur aufwies. Während die Kommissarin das Auto in Richtung *Oasis* steuerte, berichtete ihre Kollegin.
»Ich bin in der Laufgruppe aufgenommen worden! Aber es war ein gehöriger Aufwand. Anscheinend ist die Gründerin der Gruppe sehr darauf bedacht, dass sich dort nur Frauen treffen. Dass ich Polizeibeamtin bin, hat es mir womöglich einfacher gemacht. Allerdings habe ich ihr noch nichts über die Ermittlung verraten.«
»Hm, okay.« Julia nickte. »Und was ist mit unserer Hautärztin?«
»Ich müsste ihr eine Freundschaftsanfrage schicken, um mehr zu sehen. Soll ich?«
»Weiß nicht. Mach doch mal. Was schreibt sie denn so?«
»Nur hier und da eine Laufempfehlung. Günthersburgpark. Eine Workout-Runde in der Innenstadt. Den Niddaradweg.«
»Verabredungen?«

»Keine offensichtlichen. Ich müsste die Teilnehmerinnen einzeln anschreiben, um zu fragen, ob jemand sich schon mal mit ihr getroffen hat.«
»Wie viele sind es?«
»Zweiundvierzig.«
Julia Durant musste unwillkürlich grinsen. Seit sie zu ihrem zweiundvierzigsten Geburtstag eine Karte mit dem Hinweis aus *Per Anhalter durch die Galaxis* erhalten hatte, auf der vermerkt war, dass zweiundvierzig – warum auch immer – die Antwort auf die Frage nach dem Leben, dem Universum und dem ganzen Rest sei, begegnete ihr diese Zahl immer wieder. Mitsamt der Erinnerung. Mittlerweile hatte sie sogar das Buch gelesen, auch wenn sie mit Science-Fiction an sich nicht viel anfangen konnte.
Canan sprach weiter: »Die Hälfte der Frauen sind nur mit Kürzeln angemeldet, aber das ist heute so üblich. Trotzdem sollte sich das Ganze gut bewerkstelligen lassen, ich brauche nur ein bisschen Zeit dafür.«
»Du kannst gerne direkt nach unserem Besuch damit anfangen«, sagte Julia mit einem Zwinkern. Mittlerweile hatten sie das *Oasis* fast erreicht, sie bogen soeben um die letzte Straßenecke.
Noch bevor Canan etwas erwidern konnte, sah Julia ihn. Den Mann mit dem Kleinbus. Sie atmete tief durch. »Auch das noch. Hast du ihn etwa verständigt?«
»Ja. Sorry, das wollte ich dir noch sagen. Er hat auch den Computer dabei, falls er zu deinen Experten soll.«
Julia dämpfte ihre Stimme, obwohl sie noch im Innenraum des Wagens saßen. »Ich finde ihn ... komisch. Mehr als das.«
Canan zwinkerte. »Du sollst ihn ja nicht heiraten. Und er ist gut. Ein Jammer, dass es ihn so gebeutelt hat. Jemanden wie ihn könnte die Mordkommission echt gebrauchen.«
Julia Durant erwiderte nichts darauf.

Fünf Minuten später saßen sie zu viert in dem Raum, den Francesca Gruber als Büro benutzte. Der Computer fehlte noch immer, er stand nun auf dem Rücksitz von Durants Dienstwagen. Neben Francesca waren die drei Kommissare anwesend, die Tür war geschlossen. Im gesamten Haus hatte Stille geherrscht. Nicht festlich, eher betreten. Oder einfach nur, weil es abends zuvor für die meisten Frauen sehr spät geworden war und sie alle noch schliefen.
Francesca Gruber betrachtete das Phantombild mit nachdenklicher Miene. Irgendetwas an ihr wirkte verändert. Sie schien etwas von ihrer Stärke, der Koketterie, verloren zu haben. Vielleicht lag es auch an Uwe Liebigs Anwesenheit. Gut möglich, dass der Kollege, den Canan Bilgiç offenbar für sehr wichtig hielt, nicht nur ihr selbst Unbehagen bereitete. Bei allem Mitgefühl für sein privates Schicksal; Sympathie konnte Durant keine für ihn empfinden.
Das bearbeitete Bild war ein kleines Kunstwerk geworden. Trotz der lückenhaften Beschreibung von Tiana Ganev hatte es etwas Lebendiges. Ein Mann mit stechendem Blick und einer Miene, die einen das Gruseln lehrte. Leider ein Allerweltsgesicht, keine markanten Merkmale, aber vielleicht genügte es ja doch.
Francesca aber verneinte. »Das sagt mir nichts, tut mir leid. Und das ist Natalies Mörder?«
»Jedenfalls ist es eine Spur«, sagte Durant, um nicht allzu offen einzugestehen, dass sie noch immer im Trüben fischten. Sie ärgerte sich, dass sie nicht längst noch mal persönlich zu dem Taxifahrer Rudi Dorn gefahren war, der das Handy aus dem Mülleimer gefischt hatte. Immerhin hatte er den Unbekannten beobachtet, wenn auch die meiste Zeit über von hinten. Und die Hautarztpraxis stand auch noch an. Andererseits konnte sie eben nicht überall sein. Die Kollegen, die Dorn in der Stadt angetroffen hatten und ihm das Phantombild vorhielten, hatten ihm lediglich ein »Vielleicht, vielleicht auch nicht« entlocken können.
Vielleicht, vielleicht auch nicht.

Das konnte sie doch nicht gegenüber einer Zeugin zum Ausdruck bringen!

»Was ist mit den anderen Frauen?«, fragte sie daher. »Ich würde das Foto gerne allen hier zeigen. Auch denen, die vielleicht gerade nicht da sind.«

»Warten Sie.« Francesca griff zu ihrem Smartphone und tippte eine Nachricht. Dann deutete sie auf das Bild, das Durant auf die Tischplatte gelegt hatte. »Darf ich?«

Die Kommissarin wechselte einen Blick mit Canan Bilgiç, von der keine Einwände kamen, und nickte. »Bitte.«

Francesca fotografierte das Konterfei und sendete es in eine WhatsApp-Gruppe. »Damit erreiche ich alle auf einmal«, erklärte sie. Und es dauerte tatsächlich nur Sekunden, bis die ersten Reaktionen eintrafen. Binnen weniger Minuten reagierten auch die anderen Frauen. Und bis auf eine Nachricht waren alle eindeutig:

Nein.

Die andere Nachricht lautete:

Ich glaube, der war mal bei Natalie.

Durant schluckte hart. Doch bevor sie etwas sagen konnte, klingelte ihr Telefon.

»Frau Dr. Kerner«, sagte sie angespannt, »kann ich zurückrufen? Ich bin gerade ...«

»Tut mir leid. Frau Ganev ist im Begriff, die Klinik zu verlassen. Ich dachte, das sollten Sie wissen.«

Durant atmete heftig ein. »Stand ihre Entlassung nicht ohnehin kurz bevor?«

»Ja. Aber ich habe ein ungutes Gefühl bei der Sache. Seit Tagen herrscht hier eine betretene Stimmung, der Mann hockt stumm im

Halbdunkel, sie blickt ins Leere, jedenfalls ist das das Bild, sobald man das Zimmer betritt. Und heute plötzlich Aufbruchsstimmung. Eine nicht erklärbare Eile und dazu dieses Lächeln auf ihrem Gesicht. Ich weiß nicht ... es ist irgendwie eine Mischung aus Hoffnung und Entschlossenheit. Vielleicht interpretiere ich da auch zu viel hinein, aber ich dachte mir, Sie sollten das wissen. Ich habe einfach Angst, dass Frau Ganev etwas Dummes tun könnte. Und dann ist da ja auch noch ihr Baby.«

Julia Durant murmelte etwas, während ihre Gedanken fieberhaft nach einem Grund für das soeben Gehörte suchen. Erst gestern hatte sie mit Salim gesprochen. Er hatte alles andere als freudig gewirkt, im Gegenteil, er hatte am Ende keinen Hehl aus seiner Angst gemacht. War seine Panik so groß geworden, dass er mit seinen Liebsten untertauchen wollte? Doch wohin wollten sie gehen, und woher sollte das Geld dafür kommen? Und warum dann dieses Lächeln, von dem die Ärztin gesprochen hatte? So, wie sie sich ausgedrückt hatte, hatte die Szene im Krankenhaus mehr einem Urlaub als einer Flucht geglichen. Sie knetete sich die Unterlippe, während im Hintergrund die Stimmen von Francesca und Canan lauter wurden.

Verdammt. Sie konnte sich nicht zerteilen.

Julia Durant entschuldigte sich und ging auf den Flur. Die Tür ließ sie offen. Draußen telefonierte sie mit Claus, um ihm die Sache kurz zu schildern und ihn darum zu bitten, zwei Streifenwagen loszuschicken. Einen ins Gallusviertel und einen an den Hauptbahnhof. »Sie fahren entweder nach Hause, oder sie planen vielleicht, einen Fernbus zu nehmen«, endete sie. »Ich mache mich hier auf den Weg, sobald es geht. Aber ich *muss* mit ihnen reden.«

Claus Hochgräbe versprach ihr, sich um alles zu kümmern. Er tat gut daran, ihr Bauchgefühl nicht infrage zu stellen. Und sie tat gut daran, sich auf sein Versprechen zu verlassen. Claus war ein guter Chef und ein toller Mann. Ein Ehrenmensch, einer, der für Fair Play stand. Vergiss das nicht, mahnte sie sich. So schwer es auch im Moment fiel.

Sofort switchte sie ihre Gedanken wieder auf das Geschehen im *Oasis* um.

»Sorry«, sagte sie, als sie wieder in den Raum trat. »Wo stehen wir?«

»Ich habe kurz mit dieser Marijke telefoniert«, erklärte Canan. »Das ist die Dame, die den Typen erkannt haben will. Sie sagte, er sei vor ein paar Tagen bei Natalie gewesen. Vielleicht sogar schon davor. Aber sie sei sich nicht sicher. Der Grund, weshalb sie sich erinnert, ist, dass er eine Art Narbe trug.« Sie fuhr sich mit dem Zeigefinger über die untere linke Gesichtskante. »Hier, in diesem Bereich. *Wenn* er es denn war.«

»Wie sicher ist sie sich denn?«

Canan rümpfte die Nase. »Fifty-fifty. Aber jedenfalls gab es einen Mann mit Narbe, den sie irgendwie unangenehm empfand. Und mal ehrlich: Dieses Phantombild ist das Unbehagen in Person, findest du nicht?«

Julia Durant nickte. Allerdings dachte sie daran, dass das wohl auf die meisten Männer zutreffen dürfte, die das *Oasis* betraten. Zumindest in der Wahrnehmung der Frauen, denn die Männer, die durch die Eingangstüre traten, kamen allesamt, um Dinge zu verlangen, die ihnen offenbar an anderer Stelle verwehrt blieben. Gab es etwas Unangenehmeres? Für Julia war es ja bereits unbehaglich, mit Uwe Liebig in einem Raum zu sitzen, dabei gehörten sie nicht einmal zum selben Präsidium. Aber es ging hier nicht um sie.

Uwe Liebig hatte sich die ganze Zeit über vollkommen still verhalten. Hatte nur dagesessen, zugehört und ab und an einen Blick mit Francesca gewechselt. Diese Blicke hatten fast etwas Vertrautes, so, als wenn die beiden sich schon lange kannten. Vielleicht war das ja so. Gehörte es nicht zum Job, wenn man im Milieu ermittelte, dass man seine Schäfchen kannte? Und nicht nur die Wölfe jagte? Sie hätte ihn gerne gefragt, aber dann spürte sie wieder diese persönliche Abneigung aufsteigen.

Als sie Canan Bilgiç am Polizeipräsidium Offenbach abgesetzt hatte, verharrte die Kommissarin noch einen Moment, bevor sie weiterfuhr. Ihre Gedanken kreisten um die erwähnten Narben. Das Foto musste unbedingt ergänzt werden, dachte sie. Wo hatte sie ein solches Merkmal gesehen? Sie scrollte sich durch die Fotogalerie auf ihrem Smartphone. Erst einmal, dann noch mal von vorn. Bei einem der Bilder stockte sie. Christopher Hampel. Der Taxifahrer vom Rebstockgelände. Tianas Freier, der zu ihrem Retter geworden war. Dieser vermeintliche Zufall störte sie noch immer. Sie zoomte näher heran. Das Gesicht war pockennarbig. Einige der Narben links des Kinns bildeten – jedenfalls mit viel Fantasie und wenn die Lichtverhältnisse stimmten – eine Art Bogen. Dazu die immer in Bewegung befindlichen Augen, die tief in den Höhlen saßen.

Julia Durant stockte der Atem. Aber wie konnte das sein? Erstens hätte die Joggerin ihn in der Fotogalerie erkennen müssen. Und zweitens: Was war mit Tiana Ganev? Immerhin kannte sie diesen Mann nicht nur als ihren Retter, sondern sie hatte ihn bereits als Kunden bedient. Er hatte ihr sogar Blumen gebracht. Die Kommissarin mahlte so fest mit den Backenzähnen aufeinander, bis es im Kiefer knackte. Das passte doch alles nicht. Hinten und vorne nicht.

Sie warf das Telefon auf den Beifahrersitz und hieb mit den Fäusten aufs Lenkrad.

10:45 UHR

Auf ihrem Weg nach Frankfurt fragte sie ab, wohin sich Tiana Ganev und ihre Familie bewegt hatten. Doch seit sie das Mehrfamilienhaus im Gallus erreicht hatten, war von ihnen nichts mehr zu sehen gewesen. Das war vor etwa einer halben Stunde gewesen. Tiana hatte gehumpelt, Aleksander Salim hatte sie gestützt. Eine Folge des Rippenbruchs, wie Durant kombinierte. Sie überlegte kurzzeitig, ob sie dort anrufen sollte, entschied sich aber für das Überraschungsmoment. Drückte das Gaspedal ein wenig tiefer und fuhr die Gänge etwas länger aus. Der Vormittag mit seinem verhältnismäßig dünnen Verkehr spielte ihr nun in die Karten.

Sie klopfte mit dem Knöchel an die Tür, nur Sekunden, nachdem sie auf den Klingelknopf gedrückt hatte. Glaubte, eine Bewegung hinter dem Türspion zu sehen, dann öffnete sich auch schon ein Spalt. Salim. Jede Reaktion auf das plötzliche Auftauchen der Kommissarin hatte er längst überspielt – der Nachteil, wenn die Aufgesuchten über ein Guckloch verfügten. Er bedeutete ihr, einzutreten. Tiana saß am Tisch. Keine gepackten Koffer, keine Aufbruchsstimmung. Trotzdem hing eine Anspannung in der Luft.

»Ich habe gehört, Sie haben sich selbst entlassen«, sagte Durant.

»Ja. Aleksander muss arbeiten. Ich muss zu Hause sein.«

»Aber doch nicht heute, oder?«

»Morgen. Ganz früh.« Tiana hob die Achseln. »Ich kann ja nicht mehr.«

Durant musterte sie argwöhnisch. »Sie haben ausdrücklich nach mir verlangt. Warum haben Sie mich denn nicht vorher gefragt? Oder zumindest informiert. Ich hätte ...«

»Was denn? Sie hätten auf Miro aufgepasst?« Tiana kicherte, was Durant mehr verletzte, als sie es sich eingestehen wollte.

»Ich hätte Ihnen jedenfalls gerne geholfen«, sagte sie angesäuert. »Egal, auf welche Weise. Und das möchte ich noch immer.« Sie wartete kurz, dann fragte sie: »Was arbeitet Aleksander denn genau?«

Die beiden wechselten einen scheuen Blick. Er deutete ein Kopfschütteln an, doch sie sagte leise: »Arbeiterstrich. Ganz früh am Morgen, er hofft auf einen guten Tag.« Sie schaute betreten. »Im Winter ist alles sehr schlecht. Weniger Baustellen, weniger Bedarf. Aber es sind auch weniger Männer unterwegs, also vielleicht ...«

Sie verstummte. Julia Durant nickte langsam. »Die Ärztin hat mir erzählt, Sie hätten in der Klinik gelacht. War das nur die Freude darüber, nach Hause zu können?«

»Ja. Was denn sonst?«
»Ich mache mir Sorgen, um ehrlich zu sein. In der Szene scheint es Probleme zu geben. Heute Nacht ist ein Mann ums Leben gekommen. Warten Sie.« Die Kommissarin zog das Telefon hervor und rief ein Foto von Kyril Slavchev auf. »Kennen Sie diesen Mann?«
Der Gesichtsausdruck von Tiana sprach Bände, aber nur als Momentaufnahme, dann hatte sie sich wieder gefangen. »Ich arbeite nicht für solche Männer.«
»Das habe ich nicht gefragt. Und Aleksander hat mir erst gestern erzählt, dass dieser Kyril ihn bedroht habe.«
Beinahe schon panisch flog Tianas Kopf herum. Sie redete in ihrer Muttersprache auf ihren Partner ein. Dieser nahm eine Abwehrhaltung ein.
Julia Durant unterdrückte ein Lächeln. Ihr Pokerspiel mit dem Vornamen war also aufgegangen. Sie stand auf und streckte das Display in Richtung des Mannes. »Ist das der Mann, der vorgestern hier gewesen ist?«
Zuerst fror Salim ein, aber dann gab er nach. Er nickte. »Da.«
Hierfür brauchte Durant keine Dolmetscherin. Sie wandte sich wieder an Tiana. »Kyril Slavchev wurde heute Nacht ermordet. Hatten Sie es deshalb so eilig, aus dem Krankenhaus zu kommen? Wollen Sie untertauchen?«
Tiana blickte traurig zu Boden. »Wenn wir bleiben, dann sind wir in Gefahr.«
»Das verstehe ich nicht. Was haben denn *Sie* ...« Durant verschluckte sich an ihren eigenen Worten, als sie begriff. Verdammt! »Hat etwa *er* ... hat Aleksander etwas damit zu tun?«
»Nein!« Tiana wurde rot, doch die Kommissarin konnte nicht erkennen, ob aus Wut oder aus Angst. Ihr fiel etwas ein. »Man hat sich im Krankenhaus über Ihre gute Laune gewundert. Sie haben gelächelt. Ich würde gerne wissen, weshalb.«
Tianas Gesicht entfärbte sich nur langsam wieder. Dafür begann sie

zu zucken, und sie streichelte sich mit der Hand über den Bauch.
»Ach ... es war wegen dem Nachhausegehen. Und dem Baby geht es gut. Ich möchte das jetzt alles vergessen. Das neue Jahr wird sicher besser werden.«
»Also hat es nichts mit dem Tod von diesem Slavchev zu tun«, konstatierte Durant.
»Nein.« Tiana neigte den Kopf, als sei sie sich selbst nicht ganz sicher, ob das stimmte. »Aber ich kann nicht wissen, was jetzt passiert.«
»Irgendjemand wird Slavchev sicher ersetzen«, sagte Durant. »Aber vielleicht gibt es auch Revierkämpfe. Es wäre mir daher lieb, wenn Sie vorerst die Wohnung nicht verlassen. Wenn Sie sich von allem, soweit es geht, fernhalten. Ich versuche außerdem, so oft wie möglich eine Polizeistreife vorbeizuschicken.« Mit einem Nicken in Richtung Aleksander Salim ergänzte sie: »Das Gleiche gilt auch für ihn.«
Aber ob sie sich darauf verlassen konnte? Irgendjemand musste ja das Geld ranschaffen. Nun, die beiden würden ihren eigenen Weg wählen, und sie konnte nichts daran ändern.
Danach wählte Durant die Telefonnummer von Uwe Liebig. Normalerweise würde sie Peter Kullmer für solch einen Job heranziehen, doch der sonnte sich ja noch auf den Kanaren. Es schmeckte ihr überhaupt nicht, aber außer Liebig blieben ihr nicht viele Optionen. Aber wenn Canan ja so auf ihn schwor, dann sollte sie ihm wohl eine Chance geben.
»Haben Sie Zeit?«, fragte sie ihn ohne Umschweife. Sie erklärte ihm, dass sie für ein paar Stunden Personenschutz brauche. »Ohne Bürokratie und nicht mit einem Streifenwagen«, erklärte sie.
Liebig stellte nur wenige Fragen und versprach ihr, binnen dreißig Minuten vor Ort zu sein.

11:30 UHR

Die Computerabteilung meldete sich, als Julia gerade in einen Cheeseburger biss, den sie sich in unmittelbarer Nähe zur Dauerbaustelle des Kaiserlei-Kreisels geholt hatte. Genau genommen waren es zwei gewesen, dazu ein Milchshake. Frustessen. Sie hatte den Dienstwagen unweit der Einfahrt zur Gerbermühle abgestellt und war trotz des kühlen Windes in Richtung Ufer gelaufen. Drüben, auf der anderen Seite, war Natalie Markovićs Leiche gefunden worden. Warum sie ausgerechnet hierher gefahren war, wusste sie nicht. Aber irgendetwas in ihr suchte die Nähe zum Tatort, den sie auch direkt vom Parkplatz des Fast-Food-Riesen über die Staustufe hätte erreichen können. Von hier drüben sah alles noch einmal anders aus. Wie in weiter Ferne und doch so nah, so spürbar und allgegenwärtig. Julia wusste aus Erfahrung, dass das so bleiben würde. So lange, bis sie den Täter gefasst hatte.
Sie nahm das Telefon zur Hand, um das eingehende Gespräch anzunehmen.
»Guten Abo«, sagte Benjamin Tomas. Offensichtlich hatte er es trotz Wind und eiligem Runterschlucken gehört.
»Danke. Was gibt's denn? Ich dachte, du würdest heute frei machen. Sonst hätte ich dir den Computer aus dem *Oasis* schon vorbeigebracht.«
»Weihnachten nervt«, verkündete Tomas, und irgendwie gelang es ihm, sein genervtes Augenrollen genauso deutlich durchs Telefon zu transportieren, wie es mit Julias Cheeseburger passiert war. »Familien-Überdosis. Das langt mir wieder für ein Jahr. Ich hab mich lieber hierher verabschiedet. Außerdem steigen die guten Partys eh erst, wenn's dunkel wird.«
»Danke. Aber ich vermute mal, du rufst nicht nur an, weil dir langweilig ist oder ich dir einen Burger mitbringen soll?«
Tomas kicherte. »Definitiv keine Langeweile. Ich habe etwas aus dem Browserverlauf des Mülleimer-Handys gezogen. Und außerdem

habe ich die Anruferliste der Toten. Irgendjemand bei ihrem Provider scheint auch keinen Bock mehr auf die Feiertage zu haben und hat mir die Liste geschickt. Um ehrlich zu sein, hätte ich nicht vor Dienstag damit gerechnet.«
Die Kommissarin wurde langsam ungeduldig. »Browserverlauf?«, wiederholte sie daher. »Ich wusste gar nicht, dass er gesurft hat.«
»Doch, hat er. Aber es sind nur drei Seiten. Einmal das *Oasis,* dann die Seite des Taxiunternehmens, für das die beiden Fahrer unterwegs sind. Na ja, und dann noch die Feuerwehr.«
»Die Feuerwehr?« Durant wunderte sich. Mal abgesehen davon, dass man die 112 wohl kaum nachschlagen musste, hätte sie eher auf das Polizeirevier getippt, das von diesem Handy aus kontaktiert worden war.
»Und diese Seiten wurden auch sicher alle von ihm aufgerufen? Also keine alten Klicks, die vom Vorbesitzer sein könnten?«
Benny Tomas ließ einen Seufzer fahren, der eine Portion Verzweiflung mit sich trug. »Oje. War das eine ernst gemeinte Frage?«
»Sonst würde ich sie nicht stellen«, erwiderte Durant spitz. »Aber ich hab's kapiert. Nicht der Vorbesitzer.«
»Definitiv nicht. Und ich erspare uns jetzt mal die technischen Details. Die Seiten wurden allesamt am Abend der Tat aufgerufen.«
»Geht das noch genauer?«
Tomas nannte die Uhrzeiten. Wenn sich Andrea Sievers nicht in der Todeszeit geirrt hatte, waren sie nach dem Mord erfolgt und nach dem Ablegen der Leiche. Das bedeutete aber auch, dass der Täter die Rufnummer der Polizeiwache schon bereitgehalten hatte. Oder dass er über genug technische Finesse verfügte, um die IT-Abteilung an der Nase herumzuführen.
»Könnte es denn noch weitere Aufrufe geben?«, fragte Durant, viel zu angespannt, um an den Rest ihres Burgers zu denken, der in ihrer Hand kalt wurde.
Tomas verneinte. »Es gibt zwar keine hundertprozentige Sicherheit«,

wandte er ein, »aber ich glaube nicht, dass da noch was zu finden ist. Jedenfalls nichts, was er uns nicht zeigen wollte.«
»Wie meinst du das?«
»Na ja, die Reihenfolge der Seiten. Das *Oasis* hat er zuerst aufgerufen. Aber da war seine Begleitung schon längst tot. Er hat auch nichts auf der Seite gemacht, sondern keine Minute später ist auch schon die Taxi-Website im Verlauf. Kein Anruf, kein Garnichts. Ich meine, warum schlägt man so eine Seite nach, wenn man sich kein Taxi rufen möchte? Und genauso die Feuerwehr. Da kommt man ja nicht einfach so drauf, das war eine gezielte Eingabe.«
Julia Durant dachte nach, was das bedeutete. Jemand wollte ihr etwas mitteilen, so viel war sicher.
Aber sie verstand die Botschaft nicht.

Als Nächstes stand der Anruf bei Frau Höllermann an. Kurz überlegte die Kommissarin, ob sie einfach hinfahren sollte. Die Praxis lag nur einen Steinwurf von hier entfernt. Die Meldeadresse allerdings nicht. Also wählte sie die Nummer, die Canan ihr durchgegeben hatte.
Eine Kinderstimme meldete sich. »Hallo?«
»Hallo. Hier ist Julia Durant. Ich würde gerne deine Mama sprechen.«
»Wer ist da?« Das Kind schien unsicher, aus dem Hintergrund erklang eine männliche Erwachsenenstimme. »Wer ist denn dran?«
»Ich weiß nicht.«
»Na, gib mal her. – Hallo?«
»Guten Tag. Ich bin auf der Suche nach Cornelia Höllermann. Ist sie zu sprechen?«
»M-hm. Und wer ist da?«
»Julia Durant. Ich kenne sie über den Lauftreff.«
Das klang allemal besser als Mordkommission und war im Grunde auch nicht gelogen. Der Mann schien nur Bahnhof zu verstehen.
»Aha. Moment. Warten Sie bitte kurz.«
Es verstrichen einige Sekunden, offenbar hielt jemand das Mikrofon

des Apparats zu. Irgendwann ein helles Rauschen, dann eine Frauenstimme. »Hallo? Hier ist Cornelia Höllermann. Worum genau geht es?«
»Ich habe Sie über die Jogging-Gruppe gefunden, Frau Höllermann. Um genau zu sein bin ich aber ...«
»Welche Jogging-Gruppe?«, unterbrach die Frau sie schroff.
»Na, den Lauftreff. Bei Facebook.«
»Da müssen Sie mich verwechseln. Ich bin nicht bei Facebook.«
Danach klickte es in der Leitung. Hatte die Frau etwa einfach aufgelegt?
Durant zog eine Grimasse. Sie entschloss sich, direkt zu ihr zu fahren. Immerhin wusste sie ja jetzt, dass die Familie zu Hause war.

Zwanzig Minuten später läutete sie auf dem Klingelfeld an einem schlanken, eleganten Haus in einer wenig befahrenen Seitenstraße.
Es dauerte eine Weile, dann stand Frau Höllermann in der Tür. Sie trug bequeme Kleidung und wirkte in natura noch jünger als auf dem Profilfoto. Durant schätzte sie auf Anfang, höchstens Mitte dreißig.
»Ja, bitte?«
»Mein Name ist Julia Durant, Kriminalpolizei.« Der Dienstausweis schwebte in ihrer Hand, während sie fortfuhr: »Wir haben vorhin telefoniert, es geht um ...«
»Hören Sie«, sagte Frau Höllermann schroff, »ich weiß nichts von Facebook oder sonst irgendwas! Wir gönnen uns heute einen Brückentag. Das kommt viel zu selten vor, und ich habe daher weder Interesse an irgendwelchen Gruppen, noch möchte ich mich mit Ihnen über soziale Netzwerke unterhalten. Ich möchte einfach nur ein paar Stunden Zeit mit meiner Familie verbringen.«
»Das tut mir leid für Sie«, entgegnete Durant mit einer nicht zu überhörenden Schärfe in der Stimme. »Aber es gibt eine Reihe von schweren Verbrechen, die in den letzten Tagen begangen worden sind, und ich habe ein paar Fragen, die beantwortet werden wollen. Von Ihnen.

Es sind dringende Fragen. Denn nicht jeder hat an den Feiertagen so ein schönes Leben wie Sie hier.«

Frau Höllermann sah die Kommissarin an, als wäre ihr gesamtes Gesicht ein großes Fragezeichen.

Durant atmete kurz durch und verlieh ihrer Stimmfarbe einen versöhnlicheren Ton. »Also Folgendes. Ich kann Ihnen zwar keine sensiblen Informationen preisgeben, aber wenn es stimmt, dass Sie keinen Facebook-Account haben, dann sollten wir dem dringend auf den Grund gehen. Denn irgendjemand mit Ihrem Namen und Aussehen hat einen Account, und er benutzt ihn auch.«

Cornelia Höllermann wurde blass und zuckte nervös mit den Nasenflügeln. »Und was genau soll das jetzt heißen?«

»Haben Sie einen Computer, an den wir gehen können?«

Im Hintergrund erschien der Ehemann. »Ist alles okay? Die Kinder ...«

»Nicht jetzt, Schatz«, wehrte die Ärztin ab und fuhr sich durch die Haare. Dann, an die Kommissarin gerichtet: »Gehen wir nach oben ins Arbeitszimmer.«

Fünf Minuten später saßen die beiden Frauen vor einem All-in-one-PC. Riesiges Breitbildformat, kein separates Gehäuse, dafür jede Menge Kabelgewirr. Auf einer viel zu klein wirkenden Tastatur loggte sich zuerst die Ärztin in ihr Benutzerkonto ein, danach überließ sie Durant das Feld. Diese hatte kurz mit Canan Bilgiç telefoniert und ihrer Kollegin erklärt, worum es ging. Sie brauchte ein Passwort, wenn sie sich mit Canans Profil einloggen wollte. Und sie brauchte dieses Profil, um Frau Höllermann mit den Mitgliedern der Laufgruppe zu konfrontieren. Noch hatte sie nichts von den vergewaltigten Frauen erzählt, und offenbar hatte die Ärztin auch nicht den leisesten Schimmer, worum genau es hier ging. Aber das alles konnte sich in den nächsten Augenblicken ändern, und Julia Durant wollte live dabei sein und keine Reaktion versäumen.

»Ich schick's dir aufs Handy«, hatte Canan versprochen. »Schade.

Wieder ein Passwort, das ich ändern muss. Ich hatte gerade angefangen, es zu mögen.«

Durant schmunzelte. Als ihr Telefon piepte, war sie bereits am Login-Fenster. Zwei Klicks später dann das Lächeln der hübschen Kollegin, und darunter ihre persönlichen Infos. Julia Durant suchte die Laufgruppe, dann die Mitgliederliste. Als sie den Namen der Ärztin anklickte, hörte sie ein Keuchen.

»Aber ...« Die Frau ruderte mit den Armen. »Wie kann das denn sein?«

»Das ist also *nicht* Ihr Profil?«, vergewisserte sich Julia.

»Wenn ich's doch sage! Aber wer macht denn so was? Ist das dieses Phishing? Ich habe unlängst eine Reportage über Banden in Russland und Südafrika gesehen ...«

»Organisierte Kriminalität? Das glaube ich in diesem Fall eher nicht. Fällt Ihnen noch etwas anderes dazu ein? Jemand, der Ihnen nahesteht oder vielleicht mal nahestand? Ein ehemaliger Liebhaber, ein Spaßvogel, der Ihnen eins auswischen will, ein Familienmitglied? Gibt es vielleicht jemanden, der sich mit Ihren Zugangsdaten eingeloggt hat? Oder, noch mal anders gefragt: Wer hat alles Zugang zu diesem Rechner?«

»Na, hören Sie mal!«, schnaubte Höllermann und stemmte die Hände an die Hüften. »Erstens habe ich gesagt, dass das nicht mein Profil ist! Ich habe keine Zugangsdaten, und Sie werden auf dem Computer auch nichts finden. Ich bin seit sieben Jahren glücklich verheiratet. Unsere Kinder sind noch zu klein, um sich dafür zu interessieren. Und was sich früher mal in meinem Leben abgespielt hat, das hat doch hiermit nichts zu tun!«

Irgendetwas war da in ihrer Miene, doch es war so flüchtig, dass die Kommissarin es nicht zu greifen vermochte. Etwas leiser fügte Höllermann hinzu: »Ich meine ... wir haben doch alle schon Trennungen hinter uns, oder? Manchmal sind sie leise, manchmal sind sie hässlich. Aber das ist doch kein Grund ...«

So wichtig das auch alles sein mochte, Durant musste sich zur Konzentration zwingen. In ihr regten sich Erinnerungen an ihre erste Ehe. An die Trennung, die ein schweres Trauma ausgelöst hatte. Dennoch: Sie hatte es überwunden. Irgendwie. Aber es hatte viele Jahre in Anspruch genommen, und die Narben würden niemals vollständig verheilen.

»Schon gut.« Sie lächelte. »Ich muss diese Möglichkeiten abklopfen, denn irgendwie müssen wir der Sache auf die Spur kommen. Warten Sie kurz.« Sie suchte das Profil von Nina Stüber und rief es auf. Noch bevor ihr Finger auf die Maustaste drückte, suchten ihre Augen das Gesicht der Ärztin. Diese schaute relativ unbeeindruckt auf den Monitor. Eine fast schon enttäuschende Regungslosigkeit.

»Wer ist das?«, fragte sie.

»Das ist eine junge Frau, die beim Joggen vergewaltigt wurde. Im Günthersburgpark.«

»Oh Gott.« Frau Höllermann hob die Hand vor den Mund.

»Es sieht ganz so aus, als habe sich jemand von Ihrem Profil aus mit ihr verabredet. Im Günthersburgpark. Und ihr anschließend dort aufgelauert.«

»Nein. Nein«, hauchte die Ärztin entsetzt. »Das ist ja furchtbar.«

Nicht zum ersten Mal in ihrer Laufbahn fragte sich Julia Durant, ob man solche Reaktionen derart gut spielen konnte. Doch es wäre auch nicht zum ersten Mal, wenn sie einem guten Schauspiel auf den Leim gegangen wäre.

»Frau Höllermann, ich will ganz offen zu Ihnen sein. Ob Sie dieses Profil nun erstellt haben oder nicht: Wir müssen Ihren Computer und sämtliche Geräte untersuchen. Auch die in der Praxis. Und das am besten sofort. Das ist der einzige Weg für uns, um Gewissheit zu erlangen. Auch darüber, ob es vielleicht jemanden in Ihrem direkten Umfeld gibt, der dafür verantwortlich ist. Haben Sie Einwände?«

»Ich ... ich weiß nicht. Aber mein Mann. Er arbeitet oft hier zu Hause. Ich muss das mit ihm besprechen.«

Sie fuhr sich durchs Haar, um es anschließend wieder zu richten. Offenbar bereitete der Gedanke daran, was bei dieser Untersuchung zutage kommen würde, ihr massives Unbehagen. Alles an Frau Höllermann wirkte plötzlich so fragil wie eine dünne Eisschicht auf einem See. Aber würde das nicht jedem so gehen? Julia Durant gab sich freundlich, aber bestimmt, als sie sagte: »Ja. Tun Sie das bitte.«
Während Cornelia Höllermann das Büro verließ, wählte Julia die Nummer von Benjamin Tomas und bereitete den IT-Spezialisten darauf vor, dass sie ihn auch heute wieder voll in Anspruch nehmen würde.
»Das schaffe ich aber nicht alleine!«, empörte er sich.
Durant zuckte innerlich zusammen, als sie daran dachte, wen sie als Nächstes anrufen würde. Gab es keine andere Möglichkeit, als immer wieder auf Uwe Liebig zurückzugreifen? Doch sie wusste auch, dass sie dem Kollegen damit unrecht tat. Außerdem war er mit den Ermittlungen vertraut. Denn noch immer stand nicht fest, ob sie es hier mit unterschiedlichen Fällen zu tun hatten. Kurz entschlossen wählte sie zuerst Canans Nummer. Dann rief sie Liebig von Tianas Wohnung ab. Als Letztes war Claus an der Reihe. Er mochte es ja gerne, wenn man ihm Strategien präsentierte, die bereits zu Ende gedacht waren. Das war zwar keine Entschuldigung dafür, dass er Julia derart mit dem Kopf auf die vollendete Tatsache einer leiblichen Tochter gestoßen hatte, aber darum ging es hier auch gerade nicht.
»Langsam«, bat dieser, »bitte noch mal von vorn.«
Sie erklärte ihm, wie sie der Hautärztin auf die Spur gekommen war. »Wenn es sich tatsächlich um ein Fake-Profil handelt«, schloss sie, »dann könnte es mehrere davon geben. Und er könnte schon früher nach diesem Muster vorgegangen sein. Ach ja. Und vielleicht können wir noch mal einen Streifenwagen vor dem Wohnhaus von Frau Ganev postieren. Ist mir einfach wohler, wenn da jemand ein Auge drauf hat.«
Claus Hochgräbe murmelte etwas schwer Verständliches, es hatte mit

der ausgedünnten Personallage zu tun. Dann äußerte er sich in deutlicher Sprache zu den Ermittlungen: »Ich kümmere mich um die notwendigen Beschlüsse und hake bei den Kollegen nach. Welche Fälle, meinst du, sollten wir uns zuerst vornehmen? Sagen wir, alles in diesem und letztem Jahr und in beiden Präsidien?«
Julia Durant bestätigte.

Eine Dreiviertelstunde später war das Haus der Höllermanns mit Polizeibeamten gefüllt. Zwischen den beiden Eheleuten war ein kurzer Streit darüber entbrannt, wer mit den beiden Kindern wegfahren sollte. Keiner wollte sich in dem angespannten Treiben, das hier herrschte, aufhalten, und gleichzeitig schien keiner von beiden die Polizei alleine mit sämtlichen Geräten lassen zu wollen. Als Julia Durant den Gedanken einbrachte, dass jemand auch noch mit ihr und einem Kollegen in die Praxis fahren müsse, glätteten sich die Wogen. Herr Höllermann verabschiedete sich mit den Kindern in Richtung Innenstadt. Auf die Frage, was er denn unternehmen wolle, antwortete er mit unsicherer Miene. Zoo, Kino, irgendwo etwas essen gehen. Ihnen würde schon etwas einfallen. Dafür nahm er seiner Frau das Versprechen ab, erst dann in die Praxis zu fahren, wenn die Beamten mit der Wohnung fertig seien. Frau Höllermann umarmte und küsste ihre Kinder zum Abschied und hauchte auch ihrem Mann einen Kuss zu. Sie winkte an der Tür, dann war sie mit der Kommissarin allein im Flur. Sofort fragte diese: »Ich will nicht mit der Tür ins Haus fallen, aber ich möchte auf unser erstes Gespräch zurückkommen. Können Sie mit absoluter Sicherheit ausschließen, dass Ihr Mann das Konto erstellt hat?«
Flammende Empörung stand der Ehefrau ins Gesicht geschrieben, als sie rief: »Hundertprozentig!«
»Wie gesagt, ich muss diese Fragen stellen. Glauben Sie mir, im Laufe meiner Dienstzeit sind mir da die undenkbarsten Dinge über den Weg gelaufen.«

»Trotzdem. Das ist genauso lächerlich wie die Sache mit einem Ex-Freund. Ich meine, eine Vergewaltigung ist doch was anderes als ein paar aufgeschlitzte Autoreifen.«
»Wurden Ihnen die Autoreifen aufgeschlitzt?«
»Wie? Nein! Das war nur ein Beispiel. Aber warum sollte ein Ex-Freund mich damit bestrafen wollen, dass er eine mir unbekannte Frau vergewaltigt?«
Da hatte sie recht, dem war kaum zu widersprechen.
Die beiden Frauen gingen wieder nach oben, wo sich Benjamin Tomas am Computer betätigte, während Uwe Liebig an den beiden Smartphones der Höllermanns saß.
Liebig blickte zuerst auf. »Ihr Mann nutzt genau wie Sie gar keine sozialen Netzwerke?«
Frau Höllermann schüttelte den Kopf. »Nein. Haben wir noch nie. Glücklicherweise sind wir beide nicht darauf angewiesen.«
»Hm.« Liebig nickte und konzentrierte sich wieder auf die kleinen Geräte vor sich. Kurz darauf räusperte er sich. »Ich will es noch nicht beschwören«, sagte er, »aber bis jetzt finde ich tatsächlich keine Anzeichen dafür, dass der Account hier erstellt oder regelmäßig benutzt wurde.«
»Das sage ich doch«, jaulte Frau Höllermann. »Das Ganze ist ein Alptraum. – Und überhaupt: Wie bekomme ich dieses Konto denn gelöscht? Muss ich das nicht irgendwo beantragen?«
Canan Bilgiç meldete sich aus dem Hintergrund. »Darüber sollten wir später in Ruhe reden. Taktisch gesehen wäre es vielleicht am besten, wenn wir damit noch ein wenig warten.«
Frau Höllermann zeigte sich wenig begeistert von dieser Idee. »Wie? Warten? Worauf denn warten?«
»Wenn wir davon ausgehen, dass jemand Fremdes hinter diesem Account steckt, haben wir momentan einen Vorteil. Er weiß nicht, dass wir ihm auf die Schliche gekommen sind. Ich sag's nicht gerne, aber Triebtäter neigen dazu, ihre Schlagzahl zu erhöhen. Es könnte also

durchaus sein, dass er bald wieder aktiv wird. Wollen wir uns diesen Vorteil tatsächlich entgehen lassen?«

13:50 UHR

Nachdem auch die Untersuchung der beiden Praxis-Computer keine Hinweise darauf ergeben hatte, dass Cornelia Höllermann selbst hinter dem fraglichen Benutzerkonto steckte, hatten sich die Beamten zurückgezogen. Die Ärztin hatte Julia Durant hoch und heilig versprochen, vorläufig niemandem von dem gefälschten Account zu erzählen. Im Gegenzug versicherte die Kommissarin ihr, dass sie ihn nur so lange bestehen lassen würden wie unbedingt notwendig. Canan Bilgiç versprach darüber hinaus, ihr beim Beantragen der Löschung behilflich zu sein.

Die beiden Männer der Computerforensik machten sich auf den Weg nach Frankfurt. Benny Tomas wollte seinem Kollegen aus Offenbach Verschiedenes zeigen, außerdem wollten die beiden damit beginnen, die Mitglieder der Laufgruppe unter die Lupe zu nehmen. In den Beiträgen gab es zwei neue Anfragen, sich am Nachmittag zu treffen. Einmal in der Innenstadt, einmal etwas abgelegener. Einmal mit drei, einmal sogar mit fünf Teilnehmerinnen. Feiertage waren eben einsam. Oder lag es nur an einem Monat der Völlerei, der sich dem Ende neigte?

Canan Bilgiç schlug vor, die Pressemeldung über die Vergewaltigung zu verlinken. Gepaart mit dem Hinweis, vorsichtig zu sein.

»Zerstörst du damit nicht das Vertrauen?«, fragte Durant. »Du bist neu in der Gruppe, und dann gleich so was?«

»Auch wieder wahr. Aber müssten wir die beiden Grüppchen nicht trotzdem irgendwie vorwarnen?«

Julia sah auf die Uhr und überlegte. Die einen wollten um halb vier Uhr laufen, die anderen schon in vierzig Minuten. Der zweite Ter-

min lag mitten in der Innenstadt. Unwahrscheinlich, dass jemand dort eine Vergewaltigung plante, zumal ein größeres Besucheraufkommen als an anderen Tagen zu erwarten war. Wer es bis jetzt noch nicht geschafft hatte, die Zeil oder den Römer mit den zahlreichen Weihnachtsmarktbuden zu besuchen, der musste sich ranhalten.
»Wollen wir einfach mitmachen?«, fragte sie. »Halb vier kriege ich hin.«
»Wo genau ist das?«
»Niddapark. Das ehemalige Gelände der Bundesgartenschau.«
»Kenne ich nicht.« Canan machte eine bedröppelte Miene. Sie zögerte kurz, dann rückte sie heraus: »Ich bin auch ehrlich gesagt nicht so begeistert davon. Erstens glaube ich nicht, dass der Täter bei einer Gruppe von mehreren Läuferinnen zuschlagen wird. Außerdem ist mein letztes Mal Joggen ... Na ja, reden wir nicht drüber. Es ist jedenfalls ein Weilchen her.«
»Es geht mir nicht nur um den Täter«, widersprach Julia. »Je besser wir die Gruppe kennenlernen, desto leichter wird die Suche nach dem schwarzen Schaf. Irgendjemand darunter ist ein falscher Fünfziger, und bis jetzt sind wir die Einzigen, die nach ihm suchen.« Sie lächelte. »Außerdem siehst du topfit aus. Und immerhin bist *du* es, die dort angemeldet ist, nicht ich.«
»Ich wusste, dass ich das bereuen werde.« Canan zwinkerte. »Und wegen der Anmeldung: Ich kann gerne fragen, ob ich eine Freundin mitbringen darf. Stattdessen würde ich mich dann lieber irgendwo im Auto hinsetzen, wo ich alles im Blick habe, und prüfen, wer alles kommt. Ein paar Fotos machen. Schauen, wer hinter den Profilen steckt und – noch viel wichtiger – wer zur selben Zeit online ist. Im Lauftreff sind ja ausschließlich Frauen. Wer weiß, vielleicht taucht jemand vom anderen Geschlecht auf. Dann lassen wir die Falle zuschnappen.«
Julia Durants Herz begann zu pochen.
Auch wenn sie von Canan Bilgiçs sportlicher Zurückhaltung noch

immer nicht begeistert war, so versetzte sie das bevorstehende Treffen in Aufregung. Es bestand zumindest theoretisch die Möglichkeit, dass auch heute nicht alle Teilnehmerinnen kamen oder der Täter sich hinter einem der angemeldeten Profile verbarg. Wie auch immer: Der Tag würde sie einen oder mehrere Schritte voranbringen, und das nicht nur im wörtlichen Sinne. Sie informierte Claus, der gerade mit Charly Abel über den Fällen der letzten vierundzwanzig Monate brütete. Wie erwartet hatte er keine Einwände, mahnte sie aber zur Vorsicht. Auch wenn er, genau wie Canan, noch nie im Niddapark gewesen war, wusste er, dass es ein Ort mit vielen verborgenen Winkeln war. Mit vielen Gelegenheiten, um auch die wachsamste Beute zu überlisten.

14:45 UHR

Er hatte es sich auf seinem Sessel gemütlich gemacht, im Hintergrund lief das Radio, und auf dem Tisch dampfte eine Tasse Kaffee. Weihnachten war vorbei, für ihn hatte es ohnehin schon lange jegliche Bedeutung verloren. Das Beobachten von Menschen in ihrem scheinbar sinnlichen Treiben war jedoch immer wieder interessant. Genau wie die um sich greifende Einsamkeit in einer gleichzeitig immer enger vernetzten Welt, die es ihm so einfach machte, seinen dunklen Trieben nachzugehen.
Auf seinen Knien ruhte der Laptop. Das Browserfenster füllte den gesamten Bildschirm. Er gab die E-Mail-Adresse und das Passwort ein, um sich einzuloggen. Zwei neue Freundschaftsanfragen, eine Nachricht im Messenger. Er ignorierte sie. Seit er das Profil mit dem Namen Cornelia Höllermann angelegt hatte, kamen immer wieder Reaktionen. Patientinnen, alte Schulfreunde, das Übliche. Irgendwann würde auch die echte Person dahinterkommen, doch darauf war er vorbereitet. Er wollte sich gerade ausloggen, um mit einem

weiteren Fantasie-Profil fortzufahren, da fiel sein Blick auf ein neues Gesicht in der Liste der Laufgruppen-Mitglieder.

Semra Bilgiç

Dunkles Haar, dunkle Augen, unverkennbar südländische Wurzeln. Das erregte ihn. Dieser selbstbewusste Blick mit einem Hauch von Scheu, weil man sich gegenüber der Kamera unsicher fühlte. Als würde die Linse einen tiefen Blick in die Seele werfen. Dorthin, wohin man selbst nicht schauen konnte.
Er rief ihr Profil auf. Es gab nicht viel, das sie mit Nicht-Befreundeten teilte. Keine öffentliche Freundesliste, kein Geburtsjahr, keinen Beruf. Keinen Beziehungsstatus. Er betrachtete sich die Likes unter ihrem Foto. Doch auch diese brachten ihn nicht weiter.
Sein Interesse war geweckt. Er spürte, wie es zwischen seinen Lenden zu pulsieren begann, und er wusste, dass er das aufkeimende Verlangen nur auf eine Weise befriedigen konnte.
Und tatsächlich! Sie hatte etwas gepostet.

Kann ich mich noch spontan anmelden?

Der Lauftreff um halb vier im Niddapark. Er hatte davon gelesen, aber die Gruppe war ihm zu groß, um sein Interesse zu wecken.
Melanie, eine der aktivsten Frauen der Gruppe und gleichzeitig eine Administratorin, hatte geantwortet:

Klar. Komm einfach dazu, dann lernen wir uns gleich kennen! :-)

Ein Lachsmiley. Er lächelte auch.
Unmittelbar darauf fragte diese Canan noch, ob es okay sei, eine Freundin mitzubringen, die selbst nicht bei Facebook sei. Melanie hatte geantwortet, dass das für sie in Ordnung gehe, allerdings müss-

ten auch die anderen Teilnehmerinnen zustimmen. Normalerweise machten sie das nämlich nicht so gerne. Es gäbe einfach viel zu viele Deppen, die den Unterschied zwischen Sport- und Singletreffs nicht kapieren wollten und sich mit weiblichen Profilbildern und falschen Angaben zum Geschlecht überall hineinzumogeln versuchten.
Wie recht sie damit hatte.
Doch es kamen keine Einwände und auch keine Kommentare zu dem Vorfall, der sich im Günthersburgpark ereignet hatte. Keine der üblichen Weisheiten, wie zum Beispiel, dass eine große Gruppe immer sicherer sei als eine kleine. Auch diese Dinge würden bald eine Rolle spielen. Spätestens, wenn Nina Stüber sich wieder meldete.
Für einen kurzen Moment wollte er sich darüber wundern, dass sie ihm nicht geschrieben hatte. Ein anklagendes und verzweifeltes »Wo warst du?«. Zum Beispiel. Weil das alles nicht passiert wäre, wenn Cornelia Höllermann ihre Verabredung nicht hätte platzen lassen. Vielleicht kam ja noch etwas. Vielleicht auch nicht. Er verschwendete keine weiteren Gedanken an sie, sondern klappte den Laptop zu, stürzte den mittlerweile trinkwarmen Kaffee hinab und streckte sich. Ein Blick auf die Uhr verriet ihm, dass er es noch rechtzeitig zum Niddapark schaffen konnte.
Er musste sich nur beeilen.

18:55 UHR

Claus Hochgräbe lief ihr an der Aufzugtür in die Arme. Nach fünf Kilometern Dauerlauf kreuz und quer über das Parkgelände hatte Julia Durant sich die Treppen hinauf in den vierten Stock geschenkt. Bevor sie hierhergekommen war, hatte sie sich eine ausgiebige Dusche und frische Kleidung gegönnt. Im Grunde wäre sie auch viel lieber auf der Couch geblieben und hätte es sich mit einer Portion Tomatensuppe gemütlich gemacht, doch Claus hatte dringend ge-

klungen. Deshalb noch einmal ins Büro, auch wenn an den meisten anderen Plätzen schon lange keiner mehr war.
»Huch. Du riechst aber gut«, kommentierte der Kommissariatsleiter. Julia grinste schief. »Das war auch nötig. Diese jungen Dinger legen ein ganz schönes Tempo vor.« Sie wurde wieder ernst und berichtete kurz über das Treffen im Niddapark. Es waren ausschließlich Frauen gekommen, keine Spur von einem potenziellen Verdächtigen. Sämtliche Profile waren demnach echt gewesen. Die Stimmung in der Gruppe war ausgelassen, man fühlte sich sicher, und die in den Medien erwähnte Vergewaltigung kam nicht zur Sprache. Am Ende der Runde hatte Canan eine Andeutung fallen lassen, denn ohne jeden Kommentar wäre es unverantwortlich gewesen. Doch selbst dann blieben die jungen Frauen entspannt.
»Deshalb verabreden wir uns ja und laufen nicht alleine«, lautete die Begründung.
Die beiden Kommissare gingen in Richtung Konferenzzimmer. Ein großer, unpersönlicher Raum. Überall grau gesprenkelter Bodenbelag und grelles Röhrenlicht. Ein einsamer Weihnachtsstern zierte die Fensterbank. Er war dort von einer Kollegin platziert worden. Nicht aus einer Festtagslaune heraus, wie die Kommissarin wusste, sondern weil die Pflanze hochgiftig für Haustiere war und die Kollegin sie nicht in derselben Wohnung wie ihre Katze wissen wollte.
»Ich wollte gerade noch mal nach unten«, erklärte Hochgräbe, während sie sich einem der Boards näherten, auf denen Fotos, Pins und allerlei Notizen gesammelt waren. Eine der Darstellungen war Durant noch gänzlich unbekannt. »Aber wir schauen uns das zuerst mal an«, sprach er weiter. Sein Finger landete am oberen Ende einer Auflistung, die über mehrere Zeilen ging und ein paar ausgedruckte Fotos von Frauen enthielt. Durant spürte den Kloß in ihrem Hals.
»Sind das etwa alles ...«
»Alles Frauen, die Opfer von sexueller Gewalt wurden. Manchmal wurde eine Vergewaltigung versucht, manchmal auch vollzogen. Es

gibt zwei Fälle, wo dem Täter offenbar die Erektion wegblieb, und es gibt auch einen Fall mit einer Spritze. Das war vor eineinhalb Jahren in der Nähe von Bad Vilbel. Allerdings war es damals kein HIV-infiziertes Blut, sondern nur Luft. Der Täter drohte dem Mädchen – eine Oberstufenschülerin, gerade mal achtzehn –, ihr Luft in die Ader zu spritzen, wenn sie ihm nicht gefügig sei. Danach steckte er ihr einen Knebel in den Mund und zwang sie, sich untenrum auszuziehen.« Während Durant noch immer entsetzt über die entstehenden Bilder in ihrem Kopf war, sprach Hochgräbe unbeirrt weiter: »Das war eine der Gelegenheiten, wo seine Männlichkeit versagte. Glück im Unglück für die junge Frau, wobei ihr dieses Erlebnis vermutlich auch so jede Menge Alpträume bereiten wird.«
»Von Glück würde ich da nicht sprechen«, erwiderte Durant bitter. Sie zählte durch. »Also haben wir sechs weitere Fälle in einem Zeitraum von zwei Jahren. Was ist mit Tötungsdelikten? Gibt es da was Passendes?«
»Es gab einen Fall in Offenbach, wo das Opfer bis zur Bewusstlosigkeit gewürgt wurde. Allerdings passt die Täterbeschreibung da überhaupt nicht.«
Julia kniff die Augen zusammen. »Stimmt sie denn sonst überein?«
»Na ja.« Claus seufzte. »Wenn ich sämtliche Fälle zusammenlege, bekomme ich einen männlichen Weißen von blasser bis leicht gebräunter Hautfarbe, zwischen eins fünfundsechzig und eins achtzig groß, mit mittelblondbraunem Haar und bösen Augen heraus.«
Julia Durant schwieg. Sie wusste, dass es bei sexuellen Übergriffen verschiedene Faktoren gab, die eine Täterbeschreibung verzerrten. Sei es die Scham, die den Angreifer oft größer und stärker erscheinen ließ, als er in Wirklichkeit gewesen war. Die blasse Haut rührte oft daher, dass die Verbrechen sich im Dunkel ereigneten und die Lichtquellen, wenn überhaupt, ein kaltes Licht verströmten. Und dann die Augen. Konnte es überhaupt möglich sein, dass man einer solchen Bestie etwas Warmes, Vertrauenerweckendes oder Positives ab-

gewinnen konnte? Selbst wenn sein Blick einem George Clooney oder Daniel Craig glich? Oder das Strahlen von Terence Hill? Sie versuchte, sich von Bildern attraktiver Schauspieler zu lösen. Nein, entschied ihre innere Stimme. Selbst dann würde sich die Psyche eines Opfers dagegen wehren und die Erinnerung mit einem Trauma belegen.

Kurzum: Der Tauglichkeit von Phantombildern und Personenbeschreibungen waren einige Grenzen gesetzt. Julia Durant wollte sich gerade fragen, wie sich diese Einschätzung auf den Taxifahrer Hampel auswirkte, als Claus sie unterbrach: »Du, hör mal. Es passt vielleicht gerade überhaupt nicht, aber wir sollten auch irgendwann mal über … die andere Sache reden.«

Auch wenn Julia damit gerechnet hatte, dass das Thema bald auf den Plan kam, traf es sie völlig unvorbereitet.

»Die Tatsache, dass du mir eine Tochter verheimlicht hast?«, fragte sie spitz und schämte sich sofort dafür. Es ärgerte sie, dass sie es nicht selbst geschafft hatte, das Ganze anzusprechen. Dass seine Frage mitten in einen völlig anderen Gedankengang einschlug und damit einen Tsunami auslöste, der jegliches kriminalistisches Grübeln unterspülte. Und sie ärgerte sich noch viel mehr, dass es ihr offenbar nicht möglich war, da etwas nüchterner heranzugehen. Claus hatte ein Leben vor ihr gehabt, na und? Hatten nicht die letzten Monate durchgehend unter dem Stern ihrer ersten Ehe gestanden? Hatte Claus sie nicht unendlich verständnisvoll begleitet und sogar ermutigt, bei der Beisetzung ihres Ex-Manns dabei zu sein? Durfte sie ihm vorwerfen, dass er nur den richtigen Moment hatte abwarten wollen und diesen dann irgendwie verpasst hatte?

»Tut mir leid«, presste sie hervor. Das Gesicht ihres Liebsten sprach Bände. Ihr Schuss vor den Bug hatte gesessen. »Ich war gerade ganz woanders. Aber du hast vielleicht recht. Für die alten Fälle brauchen wir einen klaren Kopf und vor allem die anderen Kollegen.« Sie atmete hörbar ein und aus, dann hob sie die Hand. »Machen wir

Schluss für heute und reden über alles. Aber zuerst brauche ich einen Kaffee. Du auch?«

Fünf Minuten später saßen die beiden an Julias Schreibtisch. Claus hatte sich Hellmers Stuhl gegriffen und dessen Keksdose mit Makronen und in Schokolade getauchtem Spritzgebackenen in die Mitte gestellt. Es duftete nach Kaffee, und alles in allem wirkte es auf den ersten Blick so besinnlich wie seit Heiligabend nicht mehr. Seit die Ermittlungsarbeit den Feiertagen ein jähes Ende bereitet hatte. Und nun, trotz einem kleinen Wiederaufleben der Atmosphäre, drohte die nächste Störung. Diese *Sache,* dieses völlig neue Gefühl. Julia Durant kämpfte gegen ihre innere Unruhe und hatte die ersten drei Kekse schon verspeist, bevor Claus Hochgräbe sich dem Höhepunkt seiner Erzählung näherte. Eine bis dato unbekannte Frau, jemand, mit dem er vor seiner ersten Ehe etwas gehabt hatte. Seine Ehe hatte mit dem Tod seiner Frau geendet. Das war kein Geheimnis. Kinder gab es keine. Danach ein paar Jahre Stillstand, dann hatte er Julia kennengelernt. Alles, was sich vorher abgespielt hatte, war nie ein Thema gewesen. Aber musste man jede Jugendliebe voneinander kennen?
»Irmi war ein Energiebündel«, sagte er, und für einen Moment lang bekamen seine Augen einen sonderbaren Glanz. »Sie war immer auf der Suche nach irgendetwas und immer unter Strom. Sie war damals so um die dreißig, das war für einen jungen Kerl wie mich schon eine Herausforderung. Aber irgendwie auch eine Ehre, dass sie sich ausgerechnet für mich entschieden hat. Sie hat den Kerlen reihum den Kopf verdreht, aber mit mir war sie zusammen. Jedenfalls für eine kurze Zeit. Ich glaube, es waren neun Tage. Dann sagte sie mir vom einen auf den anderen Tag, dass sie nach Afrika gehen würde. Ärzte ohne Grenzen. Sie hatte das wohl schon länger geplant, aber nie etwas zu mir gesagt. Ich meine, ich war ja noch total grün hinter den Ohren. Am Anfang meines Dienstwegs. Auf dem Weg ins Beamtentum. Stockkonservative Eltern. Natürlich habe ich mit dem Gedan-

ken gespielt, ob ich alles hinwerfen und mit ihr durchbrennen sollte. Aber weißt du, was sie gesagt hat? ›Kleiner, das ist süß von dir. Doch du musst deinen Weg gehen und ich meinen. Kannst du das nicht verstehen?‹« Hochgräbe lächelte flüchtig und schüttelte den Kopf. »Wie dämlich ich mir da vorgekommen bin. Und trotzdem war ich ihr dankbar für jede Minute, die wir miteinander hatten.« Er stockte und sah ihr tief in die Augen. »Ist doch okay, wenn ich das so sage, oder?«

»Wir hatten beide ein Liebesleben, bevor wir uns kannten«, sagte Durant und sprach damit aus, was sie sich bereits zuvor gesagt hatte. »Deshalb hättest du mir das mit Clara auch früher sagen müssen. Sofort, als du davon erfahren hast. Du kennst mittlerweile genug von meinem früheren Leben, um zu wissen, dass ich ein Problem mit Vertrauen habe und dass solche Geheimnisse das pure Gift dafür sind. Und dann ausgerechnet dieses bescheuerte ›Ich dich auch‹!«

»Es tut mir so leid.« Claus griff nach ihren Händen, und auch wenn sie kurzzeitig zurückzucken wollte, ließ sie es geschehen. »Soll ich dir von ihr erzählen?«

Julia nickte. »Hast du auch ein Foto?«

Claus zog sein Telefon hervor und rief die Galerie auf. Er scrollte, wählte ein Motiv und drehte das Display dann in ihre Richtung. Der Himmel war azurblau, im Hintergrund waren zwei Giraffen zu erkennen. Das Gesicht der Frau war braun gebrannt, ganz anders als Claus, aber sie hatte eindeutig seine Augen. Diesen tiefsinnigen, beruhigenden Blick. Diese Ehrlichkeit. Durant spürte, wie ihre Tränenkanäle sich füllten, und kämpfte mit ganzer Kraft dagegen an. Er hatte das, was sie immer bloß als Wunsch vor sich hergeschoben hatte. So lange, bis es zu spät gewesen war. Ein Kind. Auch wenn er seit über dreißig Jahren nichts von dem Mädchen gewusst haben wollte.

»Sieht nett aus«, sagte sie kehlig. »Und du hast nie ... also es hat nie jemand ...«

»Ich habe es vor drei Wochen erfahren. Ein Kollege aus München hat sich bei mir gemeldet, weil irgendjemand in der alten Dienststelle nach mir gefragt habe. Er hat auf meinen Wechsel nach Frankfurt hingewiesen, eine Sache, die man ja im Grunde auch aus dem Internet erfahren kann. Er konnte sich auch weder an einen Namen erinnern, noch hatte er nach dem Grund gefragt. Vermutlich wurde ihm das Ganze dann suspekt, also warnte er mich vor. Er hat mir sogar die E-Mail mit der Anfrage geschickt. Na ja, und kurze Zeit später habe ich dann auch einen Brief erhalten.« Hochgräbe sog Luft durch die Nasenflügel ein. Er deutete in Richtung seines Büros. »Du kannst das alles lesen. Kein Problem«, bekräftigte er.

»Schon okay.« Durant lächelte matt. »Erzähl weiter.«

»Clara Amakali. Bei der E-Mail dachte ich zuerst, dass das dieser Spam ist, in dem ein afrikanischer Prinz dir sein Vermögen hinterlassen will, aber zuerst muss man dafür eine horrende Bearbeitungsgebühr abdrücken. Aber egal. Der Name hat mir nichts gesagt, aber dann kam ein Brief per Luftpost, und darin hat sie nicht nur Irmgard erwähnt, sondern sogar noch die Kopie eines Polaroid von uns beiden beigefügt. Irmgard ist vor drei Jahren gestorben. Auf dem Totenbett hat sie Clara wohl von mir erzählt. Sie wusste jedenfalls Dinge, die sie nur von Irmi wissen konnte, und mit dem Brief hat sie mich auch überzeugt. Das war zu viel Substanz, um ein Betrug zu sein. Und damit meine ich nicht nur das Papier.«

In Julia Durants Bauch meldete sich unwillkürlich die innere Kriminalistin. »Und warum meldet sie sich ausgerechnet jetzt bei dir? Und wo genau hat sie sich gemeldet? Sie scheint ja immerhin gewusst haben, dass du bei der Kriminalpolizei bist.«

»Eben, *weil* ich bei der Kripo bin, habe ich mir diese Fragen auch alle gestellt. Und auch ihr. Glaub mir, die Erklärung ist ziemlich simpel. Irmi wusste damals, dass ich Karriere bei der Polizei machen wollte. Und auch in Namibia kennt man Google. Polizei, München, Hochgräbe. Ich hab's selbst probiert. Dass ich mittlerweile in Frankfurt bin, findet man zwar auch, aber die Zeit in München war nun mal länger.«

Hochgräbe schluckte schwer. »Glaub mir, ich musste das auch alles hinterfragen und verdauen. Darf ich erst mal weitererzählen?«
»M-hm.« Die Kommissarin zwang sich zur Geduld und sagte sich wie ein Mantra immer wieder, dass sie ihr inneres Misstrauen nicht auf alle anderen projizieren sollte. Zugegeben, das fiel ihr in diesem Fall schwer, denn die Ausgangsbedingungen waren denkbar schlecht.

Ich hätte dich jetzt so gerne in der Nähe. – Ich dich auch.

Okay. Es war eine Form von Liebe, wenn auch »nur« Vaterliebe. Aber im Gegensatz zu ihr hatte Claus sich für diese Entwicklung wochenlang Zeit genommen. Zeit, in der er offenbar völlig an ihr vorbeigelebt hatte.
Claus schien zu spüren, wie schwer ihr das alles fiel, und er raffte seine Schilderungen ein wenig. Clara hatte offenbar ein erfülltes Leben in Namibia. Zweisprachig aufgewachsen, einen guten Schul- und Universitätsabschluss. Nicht in Medizin, sondern in Agrarwesen. Sie wollte den Kontinent nicht heilen, so wie einst ihre Mutter, sondern sie wollte ihn satt machen. Krankheiten vorbeugen. Armut verhindern. Vielleicht ein wenig romantisch, aber sicher eine der größten Herausforderungen des neuen Jahrtausends. Deutschland kannte sie hauptsächlich aus Erzählungen, sie war bislang nur einmal hier gewesen, und das als Schulmädchen.
»Clara hat geheiratet, daher der Nachname«, erklärte Claus. »Amakali ist in Namibia in etwa so häufig wie Müller oder Meier bei uns. Leider ist ihr Mann im Sommer bei einem Flugzeugabsturz ums Leben gekommen. Die beiden kannten sich seit dem Studium. Schrecklich.« Er atmete kurz durch, dann sagte er leise: »Vielleicht liegt es daran. Vielleicht hat Clara in dieser Adventszeit so etwas wie tiefe Einsamkeit gespürt. Deshalb die Suche nach mir. Ich bin ja quasi der letzte Verwandte, der ihr bleibt.«
»Hast du sie nicht danach gefragt?«

Claus schüttelte den Kopf. »Nicht direkt. Aber es klang sehr deutlich durch.« Er schwieg einige Sekunden, dann drückte er die Hände seiner Liebsten und fuhr fort: »Darf ich bitte noch die letzte Textnachricht erklären?«
Julia nickte stumm.
»Du kannst den Verlauf gerne lesen. Es ging um Heiligabend, es ging um Familie, es ging darum, wie man in Afrika bei dreißig Grad und Sonnenschein die Festtage beging. Plötzlich schwang da dieser trauriger Unterton mit, fast schon depressiv. Und dann schrieb sie, wie sehr ihr die Geborgenheit fehle, die sie als Kind gehabt habe. Wie sehr sie ihren Mann vermisse und ob es komisch sei, jemanden zu vermissen, den man überhaupt nicht kennt.«
»Und damit meinte sie dich?« Julia gab es auf, gegen das Misstrauen anzukämpfen. Irgendetwas in ihr schrie sie an, dass Gefahr drohte. Aber Claus schien das alles völlig anders zu bewerten. Er lächelte nur verklärt.
»Ja. Seltsam. Findest du nicht?«
»Allerdings.«
»Jedenfalls hat ein Wort das andere gegeben. Ich weiß nicht, warum ich geschrieben habe, dass ich sie gerne in der Nähe hätte. Ich wollte zuerst ›ich vermisse dich auch‹ tippen, aber irgendwie fühlte sich das komisch an. Na ja. Hätte ich rückblickend wohl besser mal machen sollen.«
Julia Durant zog ihre Hände zurück. »Dann wüsste ich vielleicht immer noch nichts von ihr.«
Sie schwiegen sich eine Weile an, nippten an ihrem lauwarm gewordenen Kaffee und griffen abwechselnd in Hellmers Keksdose.
»Tut mir leid«, sagte Claus irgendwann, »dass ich das alles so verbockt habe.«
»Weiß sie von mir?«, fragte Julia.
»Natürlich«, antwortete Claus. »Clara weiß so gut wie alles. Auch, dass wir demnächst heiraten wollen.«

Julia Durant nickte und schwieg.
Ja, das wollten sie. Und daran hatte sich auch nichts geändert.
Oder doch?

20:50 UHR

Knisternder Schaum türmte sich rings um die Stelle, wo der Wasserstrahl in die Badewanne geprasselt war. Die glänzend weißen Kacheln und das LED-Licht verliehen dem Raum etwas Klinisches, doch das störte ihn nicht weiter. Er hatte die Augen geschlossen, ließ das Rauschen des Wassers in seinen Ohren nachhallen und lauschte den zerplatzenden Bläschen, die nun immer klarer zu hören waren. Für einige Sekunden dachte er an die Gesichter, die er im Niddapark gesehen hatte. An ihre Körper.
Doch diese Gedanken gehörten jetzt nicht hierher.
Er richtete sich auf und griff nach dem Handtuch, das er am Kopfende der Wanne bereitgelegt hatte. Trocknete sich die Hände und angelte sich im Anschluss sein Smartphone von einem Hocker, wo auch eine Wasserflasche stand.
Er aktivierte eine App, mit der er seine IP-Adresse verschleiern konnte. VPN, Virtual Private Network. Eine Mechanik, die ihm die bestmögliche Anonymität im Internet ermöglichte. Die App konnte je nach Server-Standort vorgaukeln, dass sein Gerät sich im Ostblock, in den USA oder sonst wo auf der Welt befand. Gedanklich aber zog er nur ein paar Straßenzüge weiter.
Das Browserfenster, der Log-in-Vorgang, ein paar Bewegungen über das Display. Eine andere Frau in einer anderen Gruppe. »Flohmarkt Frankfurt und Offenbach«. Er musste schmunzeln, waren sich die beiden Städte doch in der Regel spinnefeind und zelebrierten das auch auf beiden Seiten des Mains voller Inbrunst.
Unter dem Kurznamen Bir Git bot jemand aus Sachsenhausen ein

Mountainbike an. 399 € Verhandlungsbasis. Ob ihr auch dreihundert Euro reichen würden, war seine erste Frage gewesen. Er hatte sie am Vormittag gestellt. Unter dem Namen Sybille. Es war eines seiner Profile, die er allesamt an eine eigene E-Mail-Adresse gekoppelt hatte und mit denen er sich in diversen Gruppen herumtrieb. Manchmal verwendete er echte Personen, manchmal kombinierte er willkürliche Vor- und Nachnamen, manchmal nutzte er Comicbilder als Profilfotos, und genauso gerne bediente er sich an Fotos von Frauen aus anderen Ländern. Es gab so viele von ihnen. So unzählig viele. Bir Git würde die Nächste sein. Sie hatte geantwortet.

> 350 wären okay, aber weiter runter möchte ich eigentlich nicht gehen. Das Rad ist tipptopp gepflegt!

Sybille lächelte. Er würde weder dreihundertfünfzig noch vierhundert Euro ausgeben.

> Hast du es selbst gefahren?

> - Mein Ex. Seit er weg ist, steht es nur noch im Keller.

> Okay. Die Reifen sind aber aufgepumpt? Würde es gerne Probe fahren und dann im Idealfall gleich mitnehmen.

> - Können wir so machen. Woher kommst du?

Er rief in seinem Kopf eine Karte der Stadt auf. Wie ein Raubvogel drehte er Kreise und schoss dann willkürlich auf ein Ziel hinunter.

> Riederwald. Wann passt es dir denn immer so?

> - Das geht ja. Wie ist es am Wochenende?

Morgen Nachmittag ginge es. Aber ich muss arbeiten, also wird's sicher später werden.

- ja, das passt. Alles ab 16 Uhr geht für mich klar.

Perfekt. Um diese Zeit würde es schon dunkel sein. Sein innerer Stadtplan blendete wieder auf, und er folgte im Kopf den Straßenzügen Sachsenhausens. Von Bir Git wusste er, dass sie in einer Nebenstraße der Mörfelder Landstraße wohnte. Nur einen Steinwurf entfernt des Park Louisa, einem Waldstück des Frankfurter Grüngürtels.
Er schickte Bir Git ein »Daumen hoch« und scrollte zurück auf das Angebot. Wieder fingen seine Augen das Bild des Fahrrads. Weder der Zustand noch die Rahmenhöhe interessierten ihn im Geringsten.
Aber alles andere war genau das, was er sich erhofft hatte.
Er verließ den Browser, trennte die VPN-Verbindung und schaltete das Gerät in den Flugmodus, um es im Anschluss zurück auf den Hocker zu legen. Noch immer knisterte der Schaum vor sich hin, während er die Augen schloss und das Wasser genoss. Ein Element, das ihn niemals auf dieselbe Art beängstigen würde wie das Feuer. Eine Wärme, die ihm Geborgenheit verlieh und nicht die Panik heraufbeschwor, von ihr verzehrt zu werden. Und immer wieder jenes verschmitzte Lächeln der jungen Frau, die ihn morgen am Nachmittag zum Rendezvous erwartete. Bir Git. Seine Hände, die nun ebenfalls unter Wasser ruhten, begannen, um seine Scham zu kreisen. Eine neue, andere Wärme und ein anderes Feuer durchströmten ihn. Er wollte dem Verlangen nachgeben, doch im letzten Moment machte er einen Rückzieher.
Morgen.
Dieses Mal, sagte er sich, würde alles glattgehen.

SAMSTAG

SAMSTAG, 28. DEZEMBER, 12:30 UHR
Polizeipräsidium Frankfurt, Dienstbesprechung

Es war eine bunte Mischung, so wie ein Weihnachtsbaum, bei dem man sich nicht auf eine Stilrichtung hatte einigen können. Silbernes Lametta traf auf klassischen Strohschmuck, violette Kugeln hingen zwischen rotgoldenem Behang, Echtwachskerzen züngelten auf einem Plastikbaum. Offenbach besuchte Frankfurt. Brandt, Bilgiç und Liebig, dazu Charly Abel, Benny Tomas und das hiesige Team der Mordkommission.

»Was wir bislang wissen, ist Folgendes«, referierte Tomas, nachdem er einige Beispiele erörtert hatte und dabei nicht an Fachchinesisch gegeizt hatte. »Sämtlichen Fällen ging eine irgendwie geartete Kontaktaufnahme per Computer oder Mobilgerät voraus.«

»Aber ist das nicht normal heutzutage?«, hakte Brandt nach. »Ich meine, man hängt doch ständig an diesen Dingern. Und wenn ich mich mit jemandem verabrede …«

»Mag sein«, fiel ihm Liebig ins Wort, »aber wir sprechen hier von gezielter Ansprache unter falscher Identität.«

»Genau.« Tomas übernahm wieder. »Es handelt sich um eine Person, die über eine Anzahl verschiedener Accounts verfügt, ebenso viele E-Mail-Adressen und über mehrere Smartphones. Das alles dient einzig und allein dem Ausfindigmachen von Frauen, die er sich als potenzielle Opfer aussucht. Ein gewisser Typ, dunkelhaarig, mit entsprechendem Teint, scheint bevorzugt zu sein. Wir stehen noch ganz am Anfang unserer Recherche, aber so wie es aussieht, hat er sich da ein brillant funktionierendes System ausgedacht.«

Bei dem Wort brillant stieß es Julia Durant säuerlich auf. Perfide hätte es besser getroffen. Doch bevor sie etwas sagen konnte, stellte Hochgräbe die Gretchenfrage: »Wer sagt uns denn, dass es sich um einen Täter handelt? Immerhin gibt es durchaus Unterschiede, sowohl beim Tathergang als auch bei der Täterbeschreibung.«

»Das ist dann euer Job«, sagte Tomas mit einem Augenzwinkern. »Aber nach allem, was wir bisher sehen konnten, hat sich da jemand ein funktionierendes Schema zurechtgelegt. Mal abgesehen davon gibt es auch keine konkreten Hinweise darauf, dass es sich um mehrere Personen handeln könnte. Und überhaupt: Wie sollte ein solches Netzwerk denn aussehen? Heute ich, morgen du? Oder: Einer bestellt für den anderen das nächste Opfer?« Er winkte ab. »Sorry. Aber das klingt in meinen Ohren absurd.«

Hellmer wollte das Wort ergreifen, und Durant konnte seine Weisheit von Pferden und Apotheken bereits durch den Raum klingen hören. Deshalb sagte sie eilig: »Danke, das stimmt, das ist unser Job. Und ich habe mir gestern schon eine Menge Gedanken über die Personenbeschreibung gemacht. Ich bleibe dabei: Bei all der Bandenkriminalität und dem Wissen darüber, dass es viele Männer gibt, die sich das Internet zunutze machen, um Frauen zu bedrängen, sagt mir mein Bauchgefühl, dass wir hier eine Person suchen. Jedenfalls eine Hauptperson, die, wenn nicht für alle, dann für die meisten dieser Verbrechen verantwortlich ist. Es handelt sich um einen Mann, der es offenbar aus irgendeinem Grund nicht hinbekommt, sich auf normalem Weg eine Partnerin zu suchen. Oder dem das nicht mehr genügt, der einen perversen Kick braucht. Er ist ausreichend gebildet und technisch versiert und verfügt auch über ein gewisses Sprachvermögen, um sich erfolgreich in Frauenrollen zu begeben und Vertrauen aufzubauen. Nach allem, was Benny uns berichtet hat, reicht das von Sport-, Haustier- und Kleidungsbörsen querbeet durchs Netz.

Das Einzige, was wir noch nicht haben, sind Singlebörsen. Die scheint er zu meiden, ganz im Gegenteil zu Prostituierten. Letztere sind womöglich das letzte Mittel. Oder, wenn es mal besonders schnell gehen muss.« Sie schluckte schwer, während die Worte noch nachwirkten. Wie krank das alles klang, wenn man es laut aussprach.
»Das mit den Singlebörsen zeugt von einer gewissen Erfahrung«, meldete sich Canan Bilgiç zu Wort. Manch einer im Raum mochte ahnen, dass sie aus Erfahrung sprach, als sie fortfuhr: »In solchen Gruppen weiß man, dass allerlei Perverse sie gezielt unterwandern. Da trifft man sich nicht einfach so mit jemandem, und dort gibt man auch besser nichts von sich preis. Doppelte Arbeit und minimale Erfolgsaussichten«, schloss sie.
»Genau«, bestätigte Uwe Liebig. »Wohingegen eine Flohmarktgruppe vor Vertrautheit nur so wimmelt. Zwei, drei Mails, und man ist sich einig. Danach ›Wann bist du zu Hause und wo wohnst du?‹ – und im Gegenzug hält man dem Täter noch schön höflich die Türe auf.«
Eine unangenehme Stille füllte den Raum, bis Claus Hochgräbe sich räusperte und fragte: »Also, wie verfahren wir in der Sache weiter?«
Tomas und Liebig wechselten einen Blick. Dann antwortete Tomas: »Wir nehmen den Lauftreff als Ausgangsgruppe und klemmen uns hinter alle Kontakte. Das wird aber ein ziemlicher Brocken.«
»Was ist mit Nina Stüber?«, fragte Brandt. »Müsste sie nicht irgendwem von ihrer Vergewaltigung erzählen? Oder zumindest eine Warnung in die Gruppe schreiben?«
Durant schüttelte den Kopf. »Das erwartet keiner von ihr. Zumal das ja nur Online-Bekanntschaften sind und keine engen Freundinnen. Aber du hast recht, irgendjemand sollte das Ganze da mal thematisieren. Sonst sind die Mitglieder ja praktisch Freiwild.«
»Das übernehme ich«, sagte Bilgiç entschlossen. »Ich bin sowieso schon angemeldet, und irgendwie passe ich optisch in das Opferprofil. Vielleicht ergibt sich ja noch mal die Chance, an einem Treffen teilzunehmen. Womöglich kann ich den Täter sogar aus der Reserve

locken. Das würde ich vor dem Aussprechen einer Warnung gerne noch mal probieren, denn hinterher ist's wohl zu spät.«
Brandt warf ihr einen Blick zu, der wenig Begeisterung erkennen ließ. »Ist das eine gute Idee?«
»Warum nicht?« Canan wirkte äußerst überzeugt. »Meine privaten Informationen sind gut geschützt, niemand kann erkennen, dass ich bei der Polizei bin, und außer gemeinsamen Freunden wird nichts weiter angezeigt.«
»Jemand könnte deinen Namen in die Suchmaschine eingeben. Und dann?«
»Dann findet er eine Menge Bilgiç, aber nichts über mich und die Kripo«, grinste Canan. »Ich habe mich nämlich mit meinem Zweitnamen angemeldet. Als Frau muss man auf der Hut sein, das ist ja nicht erst seit gestern so.«
Dem wusste niemand etwas entgegenzusetzen, also war es beschlossene Sache. Auch wenn das flaue Magengefühl nicht nur bei Julia Durant bestehen blieb. Vielleicht war es aber auch nur die Tatsache, dass bis vor ein paar Jahren sie es gewesen wäre, die als Lockvogel agiert hätte. Canan gehörte der nächsten, der jüngeren Generation an. Irgendwann würde diese Generation die Älteren ablösen. Dieser Gedanke schmeckte Julia überhaupt nicht.

16:20 UHR

Es war dunkel im Park. Dunkel und kalt. Birgit Mälzer lag auf dem Rücken, das nasse Laub hatte ihre Kleidung eingeweicht und klebte an ihrer Haut. In ihrem Mund steckte ein Knebel, der sie nicht nur am Schreien hinderte, sondern ihr auch das Atmen erschwerte. In ihrem Kopf wechselten sich Panik und Gedankenfetzen ab. Wie war sie hierhergekommen? Wie hatte das passieren können? Sie hatte doch nur ...
Er hatte sich vor einer halben Stunde gemeldet. Zumindest vermu-

tete sie, dass er es selbst gewesen war, der ihr unter dem Namen von Sybille schrieb.

> Ich schaffe es heute leider nicht. Aber mein Freund arbeitet in Neu-Isenburg und könnte auf dem Heimweg vorbeischauen. Das Rad ist sowieso für ihn. Wäre das okay?

Natürlich war das okay. Birgit verband nichts Positives mit ihrem Ex, und solange sein Fahrrad in ihrem Keller stand, war es wie ein Anker, der sie immer wieder runterzog. Er war ein Narziss gewesen, ein selbstverliebtes Arschloch. Bei jeder Gelegenheit hatte er sie untergebuttert und ihr schließlich während eines ihrer immer häufiger auftretenden Streits ins Gesicht geschlagen. Das war das Ende. Der letzte Akkord einer verschwendeten Zeit. Zum Glück lief die Wohnung auf ihren Namen, auch wenn sie die Miete allein kaum stemmen konnte. Wie gerne hätte sie das teure Sportgerät einfach an Flüchtlinge gespendet, denn das hätte ihrem Ex mit Sicherheit den Schaum vor seine arrogante Visage getrieben. Aber das Geld würde ihr noch besser tun, besonders in diesem teuren Wintermonat.
So jedenfalls war Birgits Plan gewesen, und sie empfand nichts Falsches dabei. Aber warum lag sie dann hier, keine hundert Meter von ihrem Wohnzimmer entfernt, und musste ein viel schlimmeres Gräuel über sich ergehen lassen?
Er hatte sich charmant gegeben, wartete vor dem Haus und winkte, als sie das Rad aus der Haustür bugsierte. Danach die erste Begutachtung unter einer Straßenlaterne. An der Straßenecke parkte ein Taxi, das verwunderte sie, aber nur kurz.
»Darf ich mal Probe fahren?«
»Ja, klar.« Er würde schon nicht abhauen.
Die abnehmbare LED-Beleuchtung funktionierte, als sei sie frisch aufgeladen. Der Luftdruck war optimal. Dabei hatte sie das Fahrrad einfach nur nach oben getragen. Ihr Ex hatte es gepflegt wie sein

Augenlicht. Liebevoller, als er je zu ihr gewesen war. Irgendwann würde er es vermissen. Ob er *sie* auch vermisste?

Der Fremde wirkte nicht wie ein Radrennfahrer. Im Gegenteil, er stellte sich sogar ein wenig unbeholfen an. Er trat an, schlingerte, dann aber setzte er sich in Bewegung. Richtung Park. Birgit war eine sehr sportliche Person. Sie trug zwar eine Stretchjeans und Wollschuhe, aber für ein paar Schritte Jogging würde es schon gehen. Sie setzte sich in Bewegung und folgte ihm. War das zu misstrauisch? Wohin sollte er denn schon fahren? Er hatte doch das Auto dabei.

In diesem Moment zog er die Bremse so hart, dass das Reifengummi kurzzeitig über den feuchten Asphalt rieb.

»Ein tolles Stück. Obwohl ich es erst noch genau auf mich einstellen muss.«

Sie erreichte ihn. Ihr Atem kondensierte. Hätte sie doch bloß eine Jacke mitgenommen anstelle der Steppweste.

»Das freut mich.«

Er räusperte sich. »Wäre es denn okay, wenn ich einen kurzen Sprint durch den Park mache? Nur einmal alle Gänge durchschalten, geht ganz schnell. Ich lasse auch mein Portemonnaie da, als Kaution. Oder meine Wagenschlüssel.«

Ohne eine Reaktion abzuwarten, tastete er seine Jackentasche ab.

»Hmm, ich weiß nicht.«

»Kommen Sie doch ein Stück mit. Ich bleibe in Sichtweite. Und hier«, er zog ein Schlüsselbund hervor und grinste verwegen, »die Kiste ist ein paar Euro mehr wert als das Rennrad. Überlegen Sie es sich also gut. Am Ende komme ich wieder, und *Sie* sind durchgebrannt.«

Birgit musste kichern. Er war weder besonders sportlich noch besonders attraktiv. Und trotzdem hatte er diesen Schalk. Einen gewissen Charme. Etwas, was ihrem Ex leider völlig abhandengekommen war.

»Ich laufe hier öfter«, sagte sie und deutete in Richtung einer Baumgruppe, die in der Dunkelheit wie ein übergroßer Schwamm aussah, der alles Umliegende in sich aufsog. »Dort vorbei geht es ein ganzes

Stück geradeaus. Ich warte an der ersten Bank.« Sie rieb sich über die Arme und setzte nach: »Aber bitte beeilen Sie sich, ich bin überhaupt nicht passend angezogen.«
Es hatte nur wenige Minuten gedauert. Der wippende Schein der vorderen LED, das Rasseln der Kette, sein schwerer Atem. Danach verschwanden die Bilder in einem Chaos aus Panik und Geschwindigkeit. Wie aus dem Nichts war da diese Kanüle gewesen. Eine Spritze. Wer brachte denn eine Spritze mit zu einer Verabredung? Das brutale Piksen an ihrem Oberarm, als er sie von hinten übermannte und die Hand um ihre Kehle drückte. Aids.
»Ich spritz dich krank, wenn du nicht spurst.«
Wo war der Charme, wo war der Schalk, den sie bei ihm gesehen hatte? Einbildung oder Wunschdenken? Vielleicht lag es doch an ihr, dass sie immer wieder an die falschen Kerle geriet ...
Dann verschluckte der finstere Schwamm die beiden.
Niemand konnte sie hören, niemand konnte sie sehen.
Das Fahrrad lag ein paar Meter weiter. Aber es war niemand hier, der sich für ein herrenloses Rennrad interessieren konnte.

18:45 UHR

Die Meldung über den Fund einer Frau in einem Park auf der südlichen Mainseite gelangte erst über Umwege ins Präsidium. Allem Anschein nach hatten Jugendliche ein paar Silvesterböller zünden wollen und beim Sprengen eines Laubhaufens einen Körper gefunden. Der Anruf war anonym eingegangen, jedenfalls war das der offensichtliche Plan des Anrufenden gewesen. Mit blockierter Nummer bei der nächstgelegenen Feuerwache, wo niemand darauf geachtet hatte, ob die fremde Stimme nun jugendlich klang oder nicht. Von dort aus hatte man den Rettungsdienst und die Polizei benachrichtigt. Zu diesem Zeitpunkt war das Opfer schon über eine Stunde tot gewesen.

Julia Durant traf beinahe zeitgleich mit Andrea Sievers am Tatort ein. Das Dickicht lag nur ein paar Meter abseits des Weges, war seiner Dichte und der Dunkelheit wegen aber kaum einsehbar. Trotzdem hatten die Beamten Flatterband gespannt. Der Notarzt hatte den Tod festgestellt, auf Drängen der Polizei auf eine weitere Leichenschau verzichtet. Die Spurensicherung war mit vier Personen angerückt und durchkämmte die Gegend im Schein von Flutlichtstrahlern. Eine Handvoll Passanten drückte sich in der Nähe der Absperrung herum. Angezogen wie die Motten vom Licht. Die durchdringende, feuchte Kälte der Abendluft ließ die meisten jedoch nur kurz verharren.

»Weiblich, Mitte zwanzig«, fasste eine uniformierte Beamtin mit dunklem Pferdeschwanz zusammen. Ihre Augen zuckten nervös. »Sie ist teilweise entkleidet, alles deutet auf eine Vergewaltigung hin.«

»Sexualmord«, murmelte Durant leise. Schon wieder. Selbst für einen Serientäter war dieser plötzliche Anstieg seines Tatrhythmus sehr auffällig. Wenn die Fälle tatsächlich einem einzelnen Mörder zuzuschreiben waren. Weiter kam sie nicht, denn Andrea Sievers räusperte sich. Sie steckte bereits mit beiden Beinen in dem Astronautenanzug. Julia Durant tat es ihr nach. In Schutzkleidung und Latexhandschuhe gehüllt, näherte sie sich der Stelle, die mit einer Art Baldachin gegen Nieselregen geschützt wurde, gleichzeitig sorgten die herabhängenden Stoffbahnen dafür, dass die entblößte Frauenleiche nicht gaffenden Blicken preisgegeben wurde.

»Himmel, ist die jung«, entfuhr es Dr. Sievers. Sie stellte ihren Lederkoffer ab und führte die üblichen Untersuchungen durch, während die Kommissarin sich einen Überblick über die Szenerie verschaffte. Ein blicksicheres Dickicht in einem Park. Das kam ihr bekannt vor. Doch die Frau trug wollene Schuhe mit Gummisohle und eine Stretchjeans. Nichts, mit dem man zum Joggen ging. Dann fiel ihr das Rennrad ein.

»Gehört das Fahrrad zu ihr?«, erkundigte sie sich.

»Wissen wir nicht.«

Julia reckte den Hals. Ein Herrenrad. Nirgendwo lag ein Fahrradhelm herum. Alles in allem eher unwahrscheinlich, wenn auch nicht ganz auszuschließen, dass sie hier Radsport betrieben hatte.

»Wir haben ein Handy und ein Schlüsselbund, aber kein Portemonnaie«, sagte die Kollegin mit dem Pferdeschwanz.

»Dann wohnte sie vermutlich nicht weit von hier«, konstatierte Durant. »Versuchen Sie bitte, das so schnell wie möglich in Erfahrung zu bringen. Ist das Handy noch eingeschaltet?«

»Ja, aber gesperrt.«

Aus dem Hintergrund meldete sich Andrea Sievers. »Bringt es mal rüber!«

»Was? Das Handy?«

»Klar. Es sei denn, es ist irgend so ein vorsteinzeitliches Modell.«

Ein ebenfalls in einem Ganzkörperkondom steckender Kollege der Spurensicherung reichte der Kommissarin einen Plastikbeutel. »Dürfte das Elfer sein«, kommentierte er.

Als Julia das Logo des abgebissenen Apfels sah, verstand sie. Und sie ahnte, was Andrea mit dem Smartphone vorhatte.

»Darf ich?«, vergewisserte sie sich mit einem Fingerzeig auf den Beutelinhalt.

»Klar. Es lag zwei Meter entfernt von ihr im Dreck. Vermutlich aus der Tasche gefallen. Das Display war derart verschmiert, dass wir nichts Verwertbares finden konnten, und die Schutzhülle ist aus einer Art Kunstleder mit sehr starker Struktur. Ziemlich übel, da einen brauchbaren Abdruck zu entnehmen.«

»In Ordnung.« Durant öffnete den Beutel und gab sich dabei trotzdem größte Mühe, das Telefon behutsam herauszufischen. Sie reichte es Andrea, die verschmitzt grinste.

»Das wollte ich schon immer mal probieren«, sagte sie und ging in die Knie. Danach tippte sie das Gerät an, wie erwartet erschien der Sperrbildschirm. Sie drehte ihn in Richtung der toten Frau, nur um zwei Sekunden später ein triumphierendes »Voilà!« auszurufen. »Mit Fingerabdrücken kannte ich es schon«, erklärte sie triumphierend, »aber Face-ID war mir neu.«

»Ich dachte, die Augen müssten dabei geöffnet sein«, sagte Durant.

»Offenbar nicht. Aber jetzt sieh erst mal zu, dass das Teil sich nicht wieder sperrt. Danach können wir gerne über ihre Augen reden.«

Durant tippte auf die Kontakte. Direkt oben wurde der Name der Frau angezeigt. Birgit Mälzer. Sie tippte darauf. Tatsächlich waren neben der Mobilnummer auch ein Festnetzanschluss, eine E-Mail-Adresse und die Postanschrift angelegt. Ein weiteres Tippen mit der Kuppe des Zeigefingers auf den roten Pin der Anschrift. Die Karte öffnete sich. Die Entfernung nach Hause betrug nur wenige Hundert Meter. Die Kommissarin schluckte. Warum auch immer sich Birgit Mälzer heute im Park aufgehalten hatte, sie hatte mit Sicherheit nicht damit gerechnet, hier zu sterben.

Sie übergab das Telefon wieder den Forensikern und nannte der Kollegin den Namen, die Straße und die Hausnummer.

»Das ist ja gleich dort drüben«, stellte sie überrascht fest. Durant nickte nur und kehrte zurück zu Dr. Sievers.

»So. Dann jetzt mal der Reihe nach«, begann diese, »auch wenn unser kleines Experiment eine erfrischende Abwechslung war.«

»Erfrischend würde ich das nicht nennen«, wandte Durant ein. Aber sie kannte Andrea und ihren flapsigen Umgangston, wenn sie einer Leiche gegenüberstand. Das war eben ihre Art, auch wenn man ihr das auf den ersten Blick nicht ansah. Man kannte solch schräge Typen meist nur aus dem Fernsehen und belächelte diese. Kaum jemand mochte sich aber mit dem Gedanken befassen, wie es wirklich war, wenn man sein Berufsleben dem Tod verschrieben hatte. Bestatter, Rechtsmediziner. Der immerwährende Blick in den Spiegel der eigenen Sterblichkeit und die Perversität anderer ging nicht spurlos an einem Menschen vorbei. Manche tranken, andere wurden depressiv, und wieder andere kleideten sich in eine Hülle aus tiefem Sarkasmus,

die den weichen Kern schützte. Andrea Sievers zählte zu Letzteren, und die beste Strategie war, ihre Anmerkungen einfach zu überhören, was Julia Durant allerdings nicht immer gelang.
»Was hast du vorhin in Bezug auf die Augen gemeint?«, fragte sie.
»Lass mich von vorne beginnen, wenn's recht ist.« Die Ärztin referierte über den etwaigen Todeszeitpunkt und die Verletzungen im Intimbereich, die die Theorie des Sexualdelikts bestätigten. »Keine Hinweise auf Sperma, alles Weitere kann ich dir erst sagen, wenn ich sie im Institut habe. Sie hat sich womöglich gewehrt, nicht besonders heftig. Kaum Beschädigungen an den Fingernägeln, allerdings auch kein Hinweis darauf, ob sie vielleicht unter Medikamenten oder Alkoholeinfluss stand. Aber du weißt ja, auch das ist bis zum toxikologischen Screening reine Spekulation.«
»Die Augen«, drängte Julia. »Hat das etwas mit den Augen zu tun?«
»Hätte ich bloß mal die Klappe gehalten.«
»Jetzt spuck's schon aus.«
»Es ist … seltsam. Ich meine, was auch immer mit ihr geschehen ist, es wundert mich, dass sie mit geschlossenen Augen daliegt. Der Notarzt hat es bestätigt, er hat nichts an ihr verändert, sie lag also genau so da. Keine äußeren Merkmale darauf, wie der Täter sie umgebracht hat. Keine Würgemale, vielleicht hat er ihr Mund und Nase zugedrückt, ich kann's dir nicht sagen. Aber wie auch immer: Wenn ich mich im Todeskampf befinde, dann reiße ich doch instinktiv die Augen auf. Das ist unser Überlebenstrieb. Und wenn jemand mit geöffneten Augen stirbt, fallen die nicht einfach zu.«
Durant verarbeitete die Informationen. Es ergab Sinn, aber dann auch wieder nicht.
»Gibt es da keine Ausnahmen? Ich meine, wie sicher ist das denn?«
»Sicher genug, dass ich mich daran störe. Dieses Mädchen ist viel zu jung und viel zu gesund, um einfach so zu sterben. Sie musste die Vergewaltigung ertragen, gegen einen übermächtigen Gegner, aber sie wollte das Ganze überleben.« Und diesmal war es der innere

Kern, der aus Andrea Sievers sprach, als sie mit wässrigen Augen fortfuhr: »So was, liebe Julia, trifft mich hart. Das war nicht nötig, das ist so schlimm. So überflüssig.«
Julia nickte nur. Sie wusste genau, was Andrea fühlte.

SONNTAG

SONNTAG, 29. DEZEMBER, 10:35 UHR
Institut für Rechtsmedizin

Andrea Sievers hatte ihre Werkzeuge bereits gereinigt und die Schürze und das Haarnetz ausgezogen. Sie riss sich die Gummihandschuhe von den Händen, das übliche Schmatzen geschwitzter Haut erklang. Danach wusch und desinfizierte sie sich ausgiebig. Julia Durant hatte der Obduktion nicht von Anfang an beigewohnt. Ein in vielen Punkten standardisiertes Verfahren, der Schnitt über das Brustbein, das Begutachten der inneren Organe und natürlich besonders die Untersuchung der Geschlechtsorgane auf Spuren der Gewalttat. Sie hatte kaum etwas Bahnbrechendes erwartet. Dank einigen Fernsehserien sowie dem Internet wusste heutzutage jeder Verbrecher, worauf man achten musste, um Spuren zu vermeiden. Bis auf die Rückstände des verwendeten Kondoms fand sich nichts. Selbst Hautschuppen oder Fasern gab es kaum. Diese hatte Sievers in zwei Etappen gesucht, einmal vor dem Entkleiden und dann noch einmal an den Stellen, wo der Täter die Frau berührt haben musste. Außerdem hatte sie Blut entnommen, welches nun im Labor auf Alkohol und allerlei weitere Substanzen untersucht wurde.

»Gibt es Stich- oder Schnittverletzungen?«, wollte die Kommissarin wissen.

Die Rechtsmedizinerin schüttelte den Kopf. »Nein, keine. Und glaube mir, das wäre mir aufgefallen. Die Gute hat einen makellosen Körper, ich ...«

Durant unterbrach sie: »Auch keine minimale Verletzung, so wie die einer Einstichstelle einer Injektionsnadel?« Sie legte sich den Finger auf den Hals. Es fühlte sich unbehaglich an.
Sievers kniff die Augen zusammen. Sie wandte sich erneut in Richtung der Toten, beugte sich zu ihr hinab und leuchtete mit einer kleinen, stiftförmigen Taschenlampe über die Haut. »Wie ich schon sagte. Makellos. Wie kommst du drauf?«
Durant berichtete in knappen Sätzen von dem Überfall im Günthersburgpark. Sie schloss mit den Worten: »Ihr wurde eine Kanüle an den Hals gedrückt, in der sich angeblich HIV-positives Blut befinden sollte.«
»Aha.« Sievers verzog den Mund und schüttelte sich. »Aber er hat sie nicht gestochen?«
»Nein. Die Vergewaltigung ging schief. Er bekam offenbar keinen hoch.«
Die Ärztin kicherte und nahm die Hand vors Gesicht. »Das nennt man wohl Karma.«
Auch Durants Mundwinkel zuckten, dann aber fiel ihr Blick auf Birgit Mälzer. »Leider hat nicht jede so viel Glück.«
»Glaubst du denn, es war derselbe Typ? Und denkst du, er läuft tatsächlich mit einer Spritze voll infiziertem Blut herum? Ich meine – die meisten Menschen könnten das in einer solchen Situation nicht von rotem Saft unterscheiden. Außerdem müsste er ja jemanden kennen, der Aids hat. Oder meinst du, er hat es selbst?«
Zu viele Fragen für Durants Geschmack. Nicht, dass sie nicht schon selbst darüber gegrübelt hätte, nur leider ohne Erfolg. »*Wenn* wir es mit einem Täter zu tun haben, dann fährt er mindestens zweigleisig. Spritze und Messer. Das eine macht vielleicht nur Angst, aber mit dem anderen sticht er zu.«
»Wie gesagt«, Andrea Sievers nickte in Richtung der Toten, »da ist keinerlei Anzeichen zu finden. Sie ist makellos. Und genau das hat mich echt Nerven gekostet.«

Julia Durant versuchte, im Gesicht der Ärztin abzulesen, wie sie das meinte. Manchmal hatte Andrea ja diese Anflüge von Sarkasmus, gepaart mit zweideutigen Bemerkungen. Kam jetzt als Nächstes ein Spruch, dass sie ihr lieber lebendig begegnet wäre? Obwohl Andrea ihres Wissens nicht auf Frauen stand? Sie wollte gerade die Hand heben, um eventuelle Sprüche abzuwehren, da sagte Andrea: »Es gibt keine Anzeichen eines gewaltsamen Todes. *Nichts*, verstehst du? Und ich garantiere dir, dass das Tox-Screening auch nichts anzeigen wird.«

»Wie kannst du dir da so sicher sein?«

»Wenn es bis jetzt keine Gifte gab, warum dann ausgerechnet hier? Und falls doch, dann nehme ich alles zurück. Aber Stand jetzt würde ich alles darauf verwetten, dass die Gute einen letalen Infarkt hatte.«

»Ein Infarkt?« Julia spürte, wie ihr das eigene Herz in der Brust krampfte. Die Frau auf dem Sektionstisch war gerade mal halb so alt wie sie und offenbar kerngesund. Kein jahrelanger Zigarettenkonsum in Kombination mit ungesundem Essen und zu viel Alkohol. Und ausgerechnet sie sollte einen Infarkt erlitten haben?

»Jep. Eine Panikreaktion. Stress, ausgelöst durch eine real empfundene Todesangst. Das Ganze kann so heftig sein, dass das Herz nicht mehr mitspielt. Es ist ein Drama, und üblicherweise ist ein Mensch auch in der Lage, einem solchen Stresslevel standzuhalten. Aber manchmal ...«, sie zog die Lippen breit, »leider ...«

Julia Durants Blicke wechselten einige Male zwischen Andrea und der Toten. Im Grunde klang das alles nachvollziehbar, und netterweise hatte die Ärztin auf unverständliche Fachtermini verzichtet. Doch wurde die Theorie dadurch glaubhafter? Wollte sie überhaupt daran glauben?

»Das würde ja bedeuten«, dachte sie laut, »dass er sie gar nicht umbringen wollte.«

»Schien ja bisher auch nicht so gewesen zu sein«, wandte Andrea ein.

»*Wenn* es derselbe ist.«

Julias Fäuste ballten sich. »Aber dann war es ja vollkommen unnötig! Dann könnte sie noch leben!«
»Wenn das Toxikologische nichts anderes sagt, ist das wohl so.«
»Dieses Schwein. Dieses gottverdammte Schwein!«

Zehn Minuten später standen die beiden Frauen auf dem Parkplatz vor dem Sandsteinbau, und Andrea rauchte eine Zigarette. Außer ihnen war niemand hier, was ihnen sehr recht war.
»Nicht mehr viel übrig von der Weihnachtsstimmung, hm?«, sagte Julia.
Die hellen Schwaden, hinter denen Andreas Gesicht verborgen war, wurden durch ein Schnauben auseinandergetrieben. »Weihnachten. Hör mir bloß auf. So eine bescheuerte Zeit!«
Die Rechtsmedizinerin musste das nicht weiter ausführen, denn Julia konnte in ihrem Blick lesen wie in einem Buch. Andrea hatte es nie geschafft, einen Mann an sich zu binden. Oder andersherum: sich auf eine langfristige Beziehung einzulassen. Das Singleleben hatte ihr jahrelang gutgetan, und falls sie einmal das Bedürfnis nach Nähe verspürt hatte, war es ihr nie schwergefallen, jemanden zu finden. Doch außerhalb der geselligen Sommernächte, wo überall in der Stadt etwas los war und man sich nie allein fühlen musste, wurde das Leben zunehmend leerer, wenn man älter wurde, wenn einem gewahr wurde, dass man die Chance auf Kinder verpasst hatte. Besonders an Weihnachten schlugen diese Erkenntnisse so unbarmherzig auf wie jene Asteroiden, deren Krater man auch nach Jahrtausenden noch erkennen konnte. Julia Durant kannte solche Phasen aus ihrem eigenen Leben, und sie wünschte sich für Andrea, dass der Richtige ihr noch über den Weg lief. Am besten bald.
»Und bei euch?«
Sie zuckte zusammen. Andrea drückte ihre Zigarette in den Sand des Aschenbechers, und ihre Augen forschten in Julias Gesichtszügen nach einer Antwort, die mehr enthielt als das abwehrende »Alles gut«.

Julia hob die Schultern. »Geht so. Wieso fragst du?«
»Immerhin heiratet ihr bald. Das ist doch sicher megastressig. Oder hast du etwa kalte Füße bekommen?«
»Wie? Ach Quatsch!« Wenn sie ehrlich war, fühlte sich diese Hochzeit so weit entfernt an wie nie zuvor. Das schien auch Andrea zu erkennen. Dennoch bohrte sie weiter, fast so, als ahne sie etwas.
»Na, komm schon. Mir kannst du es doch sagen. Ich hab's schon bei Claus gemerkt, wie sehr ihm das alles zu schaffen macht. Den Job aufgeben, alles amtlich machen ... meine Güte.« Sie wedelte sich mit der Handfläche Luft zu, während Julia zusammenzuckte und die Augenbrauen hob. »Moment mal. Was meinst du mit ›gemerkt‹?«
»Wie? Gemerkt?«
Tat Andrea nur so unschuldig, oder irrte Julia sich? Sie musste es herausfinden. »Du hast gesagt, du hast bei Claus etwas gemerkt. Ich würde gerne wissen, *wann* und *was*.«
Die Ärztin plusterte die Backen auf. »Ach herrje. Na ja, ich habe ihn halt angesprochen, als wir uns Heiligabend wegen der Toten hier getroffen haben. Er wirkte so fahrig, da habe ich ihn ein bisschen gepiesackt.«
»Aha. Und?«
Andrea hob die Schultern. »Hätte das Telefon nicht geklingelt, wüsste ich vielleicht mehr. Aber das war mir leider nicht vergönnt.« Ein Schatten legte sich auf ihre Miene. »Ernsthaft, Julia. Sag mir bitte, dass da nichts ist. Ich meine ... du bist eine meiner besten Freundinnen. Das war doch überhaupt erst der Grund, warum ich Claus so auf die Pelle gerückt bin. Nicht, dass er dich am Ende vor dem Standesamt stehen lässt.«
»Claus?« Julia musste lächeln, auch wenn ihr eigentlich nicht danach war. Er würde wohl vieles tun, aber das sicher nicht. Gleichzeitig spürte sie, dass nun der Zeitpunkt gekommen war, an dem sie über alles reden musste. Über Claus, über seine Tochter Clara und über diese vermaledeite Textnachricht. Und über ihre Reaktion darauf, die sie im

Nachhinein betrachtet für völlig überzogen und sogar ein wenig peinlich hielt. Und tatsächlich war Andrea Sievers nicht die schlechteste Gesprächspartnerin dafür, wenngleich Julia sie nicht als beste Freundin bezeichnen würde. Aber gehörte sie nicht in diese kleine Gruppe engster Vertrauter?

»Gibst du mir auch eine?«, fragte sie nach einem schweren Atemzug und deutete auf das Zigarettenpäckchen, das aus Andreas Hosentasche lugte.

Diese hob die Augenbrauen. »Als Ärztin muss ich da ganz klar sagen ...«

»Gib schon her!«, forderte Julia. »Ich bin drüber weg, glaub mir. Aber manchmal ...«

Die beiden rauchten und redeten. Um genau zu sein, redete Julia Durant. Sie begann bei dem Eiertanz um Claus' neue Stelle und über ihre gegenseitige Unfähigkeit, die Sache beim Namen zu nennen. Andrea nickte ab und an oder ließ ein mitfühlendes Murmeln verlauten. Dann gelangte das Gespräch zu dem Abend mit der folgenschweren Nachricht auf dem Display seines Telefons und ihrer Flucht in Alinas Wohnung und dem Gespräch bei Frank und Nadine Hellmer.

Andrea Sievers hatte zwar hier und da gezuckt, aber sich in ihren Reaktionen weitestgehend zurückgehalten, wofür Julia ihr dankbar war. Am Ende sagte sie: »Mal ehrlich. Ziemlich bescheuert, oder? Irgendwie komme ich mir total plemplem vor. Ich hätte ihn doch einfach konfrontieren können.«

Andrea kicherte. »Aber dann wäre ja das ganze Drama futsch gewesen.«

Julia knuffte sie in die Seite. »Hör auf! Ich komme mir total blöd vor, nicht nur gegenüber Nadine und Frank.«

»Na, aber hallo! Denk doch mal nach, was in den letzten Monaten alles passiert ist. Alina. Dein Ex. Und dann bist du ja auch ein gebranntes Kind. Wer einmal betrogen wurde, der ist eben getriggert,

ob du willst oder nicht. Ich hätte vermutlich genauso reagiert. Meine Beziehungen haben vielleicht nie lange gehalten, aber das heißt nicht, dass ich vor allen Enttäuschungen gefeit war.«
»Hmm.«
Julia Durant zog ein letztes Mal an dem Filter. Das meiste des Glimmstängels war ungenutzt abgebrannt, während sie geredet hatte. Sie inhalierte tief und musste prompt husten. Kopfschüttelnd entsorgte sie die Kippe und entschied, dass es keine gute Idee gewesen war. Ihre Zunge war pelzig, und sie hatte plötzlich Lust auf eine Cola.
»Lass uns wieder reingehen«, sagte sie und stieß sich von der Mauerkante ab, an der sie gelehnt hatte.
»Okay«, antwortete Andrea, doch dann fingen sich ihre Blicke, und die Rechtsmedizinerin fragte mit gesenkter Stimme: »Nur eines noch: Was habt ihr als Nächstes vor?«
Die Kommissarin zuckte. Wenn sie das nur selbst wüsste.
Vermutlich stand demnächst ein gemeinsames Telefonat per Videostream auf dem Plan. Claus hatte so eine Bemerkung fallen lassen, wenn sie ihn richtig verstanden hatte.
War sie dafür schon bereit?

12 UHR
Polizeipräsidium, Dienstbesprechung

Frank Hellmer studierte die Tatortfotos. Er wirkte müde, aber das waren sie alle in diesen Tagen. Schon wieder ein kaltblütiger Mord – oder musste man es eher als eine Art Unfall abtun? Ein Kollateralschaden? Natürlich nicht! Der Tod war eine Folge der Vergewaltigung, und damit gab es keine Ausreden, die das Ganze abmildern konnten. Der Täter hatte das Risiko in Kauf genommen, war also verantwortlich – und damit basta.

»Das Tox-Screening ist soeben reingekommen«, erläuterte Claus Hochgräbe. »Absolut unauffällig. Kein Alkohol, keine Betäubungsmittel, und Medikamente hat sie wohl auch keine genommen. Jedenfalls hat sich in der Wohnung nichts finden lassen.«
Julia Durant warf einen Blick auf Canan Bilgiç und Uwe Liebig. Sie hatte die beiden dazugebeten, denn auf dem Handy der Toten war ein interessanter Nachrichten-Verlauf entdeckt worden. »Birgit Mälzer hat sich mit jemandem verabredet. Es ging um die Kleinanzeige des Rennrads, welches unweit ihrer Leiche gefunden wurde. Wir haben damit also gleich die doppelte Gewissheit: Es handelt sich um denselben Serientäter, und er tritt unter verschiedenen Pseudonymen auf. Klemmt euch bitte dahinter, dringend!«
Hellmer stöhnte auf. »Dieser ganze Mist mit den Plattformen! Als habe man nicht schon so genug Stress und Ärger damit.« Offenbar spielte er auf seine bisherigen Versuche an, den Porsche privat zu verkaufen. Wenn auch etwas halbherzig, das war ein offenes Geheimnis. »Wahrscheinlich war es nur eine Frage der Zeit, bis die Perversen auch diese Wege für sich entdecken. Suche Fahrrad, biete Mord. Und alle Vorsicht, die einem immer gepredigt wird, geht flöten, weil man hinter einem Kaufinteressenten nichts Böses erwartet. Wer weiß, wie viele dieser Todesrufe er noch am Laufen hat! Und wie viel Echo er damit erzeugt.«
Todesruf, wiederholte Durant im Stillen. Wenn dieser Begriff mal bloß nicht an die Presse gelangte!
Uwe Liebig rieb sich mit dem Handrücken übers Gesicht. Auch ihm war anzusehen, dass er offenbar zu wenig Schlaf abbekommen hatte. Doch das konnte ein Trugschluss sein. Nach allem, was Julia über ihn wusste, schien er ein ziemliches Wrack zu sein. Was einerseits verständlich war, aber andererseits auch schade. In diesem Typ steckte eine Urwucht an Potenzial, doch dieses schien immer tiefer in einem Wanst aus Fast Food und Selbstmitleid zu versanden.
»Können wir noch mal über den Notruf reden?«, nuschelte er.

»Welchen Notruf?«, fragte Bilgiç ihn. »Du meinst, über den Auffindungszeugen?«
»Einen Zeugen hat es doch überhaupt nicht gegeben«, widersprach Liebig, »oder irre ich mich da?«
Julia Durant grub in ihrer Erinnerung. Der Anrufer hatte mit blockierter Nummer bei der nächstliegenden Feuerwache angerufen. Verdammt! Warum war sie da nicht selbst draufgekommen? Blockierte Nummer. Indirekter Notruf. Sie verschluckte sich beinahe, als sie ausrief: »Scheiße! Wie an Heiligabend, oder?«
Hochgräbe schien anderer Meinung. »Nein. Die Sache mit dem Glockengeläut und dem weggeworfenen Telefon war doch, hm, viel mehr konzertiert. Das war alles abgestimmt, und der Anruf ist außerdem nicht bei der Feuerwehr eingegangen.«
»Aber die Feuerwehr war im Browserverlauf«, gab Durant zurück, »in einem ansonsten ziemlich leeren Verlauf.« Sie drehte sich zu Liebig. »Stimmt doch, oder?«
»Stimmt.«
Hochgräbe zweifelte noch immer. »Aber der Überfall im Park war doch überhaupt nicht als Mord geplant ...«
»Eben. Ich finde aber nicht, dass das ein Widerspruch sein muss. Er hat für die Kontaktaufnahme wegen dem Rennrad sicher ein eigenes Handy benutzt und auch dabeigehabt. Und als die Frau starb, hat er sich reflexartig an sein Muster gehalten. Ein anonymer Notruf über Umwege, der uns sofort an den Mord an der Staustufe erinnern dürfte. Das ist mir zu viel Gemeinsames für einen Zufall.«
»Ich weiß nicht. Ist das nicht ziemlich abgebrüht?«, fragte Canan Bilgiç und wippte unschlüssig mit dem Kopf. »Selbst für einen Triebtäter? Denn es ist schon ein Unterschied, ob man vorsätzlich mordet oder davon überrascht wird.«
»Deshalb vielleicht sein Reflex, dem Opfer die Augen zu schließen«, sagte Durant. Laut Dr. Sievers war es eine der sehr wenigen Möglichkeiten, die verblieben. Jemand hatte Birgits Augenlider zugedrückt,

und das musste kurz nach ihrem Ableben passiert sein. Eine Art von Mitgefühl? Schwer zu glauben. Aber wer hätte es sonst tun sollen?
»Das alles ist mir viel zu vage«, schloss Hochgräbe.
»Trotzdem sollten wir dem nachgehen, finde ich«, wandte Hellmer ein. »Die Sache mit den Taxifahrern war ja auch so eine Sache, die wir verfolgt haben.«
»Weitergebracht hat es uns leider nicht.«
»Noch nicht.« Hellmer überlegte kurz. »Welche Feuerwache war denn in diesem Browserverlauf zu finden?«
Es verstrichen einige Sekunden, bevor Liebig die Frage beantwortete.
»Da haben wir's doch!«, rief Hellmer. »Das ist dieselbe Wache, bei der gestern die Meldung eingegangen ist.«
Claus Hochgräbes Gesichtszüge entgleisten.
»Oh shit.«

13:35 UHR

Julia Durant und Frank Hellmer fuhren auf den gepflasterten Hof. Hellmer steuerte den Dienstwagen zuerst in Richtung der Rolltore, hinter denen die Einsatzfahrzeuge warteten, drehte dann aber einen Bogen und parkte neben einem Autowrack, an dem die Kameraden ihre Gerätschaften testen konnten. Die Berufsfeuerwehr Frankfurt verfügte über ein ganzes Arsenal an Ausrüstung für die verschiedensten Einsätze. Immerhin fielen sowohl Waldflächen als auch Autobahnen, der Flughafen sowie die Altstadt, der Main und natürlich die ganzen Hochhäuser in ihre Zuständigkeit. Das Gebäude der Wache war relativ neu, in einem funktionalen Design, und versprühte trotzdem einen gewissen Charme, eine beruhigende Sicherheit.
Die Kommissare stiegen aus und näherten sich der Eingangstür. Sie fragten sich durch bis zu einer Art Büro, in dem eine Schlafcouch mit aufgeschlagenem Bettzeug stand. Ein Mann Mitte fünfzig erwar-

tete sie. Er saß hinter einem Laptop, eine große Kaffeetasse daneben, in der ein Silberlöffel steckte. Ringsherum Krümel. Seine Augen lagen tief in den Höhlen, entweder hatte er die halbe Nacht vor dem Bildschirm verbracht, oder es hatte Einsätze gegeben. Durant wusste nicht, ob es in der Nacht irgendwelche Vorkommnisse gegeben hatte. Die meiste Arbeit der Kameraden erfolgte unbemerkt, das hatten sie mit der Polizei gemeinsam. Wenn nicht Blaulicht und Martinshorn direkt an einem vorbeifuhren, gerieten die Helfer gerne in Vergessenheit. Nun, bei ihnen war es nicht anders: Wenn nicht gerade ein Kapitalverbrechen im eigenen Umfeld geschah, dachte niemand gerne an die Kriminalpolizei.
Der Feuerwehrmann reichte ihnen die Hand, stellte sich als Timo Strohm vor und rollte das Bettzeug zusammen, um ihnen einen Platz anbieten zu können. Dann wischte er sich noch einmal hastig über die Mundwinkel. »Ich war gestern um diese Zeit noch nicht hier.«
»Aber Sie können nachvollziehen, wer den Anruf entgegengenommen hat, oder?«, fragte Hellmer.
Strohm nickte. »Ja und nein. Im Grunde könnten das alle sein, die gestern Nachmittag hier Dienst hatten. Aber ich verstehe nicht, was das soll. Wir sind eine Feuer- und Rettungswache, niemand kommt doch auf die Idee, uns im Notfall über den Festnetzanschluss anzurufen!«
Er blickte Durant und Hellmer prüfend an.
Die beiden wechselten einen Blick, dann antwortete Durant: »Sicher nicht. Es hat an Heiligabend einen ähnlichen Vorfall gegeben. Da wurde eine Polizeiwache angerufen, anstatt die 110 zu wählen. Das Ganze passierte, genau wie hier, mittels Handy. Wir haben das Gerät untersucht und einen Hinweis auf diese Feuerwache gefunden.«
Dieses Mal war die Kommissarin es, die ihr Gegenüber mit Argusaugen betrachtete. Strohm war einigermaßen muskulös, glatt rasiert und mit militärischem Kurzhaarschnitt. Keine Narbe auf dem Gesicht, wie sie insgeheim feststellte, allerdings gab es ein paar Unregel-

mäßigkeiten in der Haut. Eine Übereinstimmung mit der Täterbeschreibung konnte sie allerdings nicht ableiten.
»Und?«
Strohm gab sich einsilbig. Blockte er ab, oder war das sein natürliches Wesen? Durant checkte seine Hände. Kein Ehering, doch das musste nichts heißen. Durften Feuerwehrleute im Einsatz überhaupt Schmuck tragen? Dabei bemerkte sie eine großflächige Verbrennung, die sich über den linken Handrücken bis unter den Ärmel seines Holzfällerhemds zog.
Strohm spürte den Blick.
»Flughafen«, erklärte er. »Als die Amis noch aktiv waren. Golfkrieg. Die Bomber sind so tief geflogen, dass man im Waldstadion fast noch den Luftzug gespürt hat.« Er winkte ab. »Dann haben sie sie irgendwann nur noch nachts losgeschickt. Na ja. Es war einer der ersten Großeinsätze, die ich gefahren bin. Kerosin. Der Brandherd war nicht mal was Besonderes, aber wenn sich das Ganze ausgebreitet hätte, wäre es eine Katastrophe gewesen. Wer weiß, was die Amis da alles gelagert hatten, man hat ja immer nur einen Bruchteil davon erzählt bekommen. Alle waren jedenfalls extrem angespannt. Dann gab's einen Knall und eine riesige Stichflamme. Keine Toten, das ist erst mal die Hauptsache.« Er knöpfte den Ärmel auf und zog ihn bis zum Ellbogen hoch. Das Gewebe normalisierte sich erst kurz vor der Armbeuge. »Das ist jedenfalls mein Andenken daran. Im Laufe der Jahre kamen noch ein paar kleinere dazu.«
Er zog das Hemd wieder nach unten. »Ich trage jedes davon mit Stolz. Aber wie genau kann ich Ihnen denn jetzt helfen?«
Hellmer räusperte sich. »Wir bräuchten die Namen aller, die gestern zwischen halb vier und, sagen wir, halb sieben im Haus gewesen sind. Darunter müsste sich ja dann auch die Person befinden, die den Hörer abgenommen hat. Dann Einblick in die Telefonaufzeichnungen. Und dann ...«
Strohm richtete sich pfeilgerade auf. »Moment! Stopp«, rief er, und

in seinen Augen loderte es. »Das klingt ja so, als wäre einer von uns verdächtig.«

Durant kam ein Gedanke, gerade rechtzeitig, und sie widersprach: »Wer gestern um diese Zeit hier gewesen ist, scheidet als Täter aus. Kein Grund zur Sorge.«

Strohm schnaubte verächtlich. »Ich weiß genau, wie diese Dinge laufen.«

»Sie würden uns sehr helfen, wenn wir das schnell klären könnten«, beharrte Durant. »Auch im eigenen Interesse. Sobald die Presse von der Sache Wind bekommt, ist das für Sie hier auch unangenehm. Glauben Sie mir. Das kann keiner von uns gebrauchen.«

Der Feuerwehrmann grunzte und zog eine mürrische Miene, während die Kommissarin ihr Smartphone zückte und das Phantombild aufrief. Er kniff die Augen zusammen, betrachtete es, dann schüttelte er den Kopf.

»So jemand arbeitet hier nicht.«

»Okay. Danke. Wir würden es trotzdem gerne herumzeigen.«

»Kein Problem.« Timo Strohm atmete tief ein und aus, dann deutete er in Richtung Tür. »Ein paar der Kollegen von gestern sind heute Nachmittag wieder dran, die anderen erst ab morgen wieder. Soll ich Ihnen eine Liste machen?«

Na bitte, dachte Julia Durant. Geht doch.

»Das wäre nett von Ihnen«, sagte sie.

Allerdings regte sich in ihr das Gefühl, dass dieser Strohm sie loswerden wollte. Hatte sie etwas übersehen?

»Was hältst du von ihm?«, erkundigte sich Frank Hellmer, der offenbar ähnlich empfand, noch bevor er den Motor startete.

»Ich weiß es nicht«, antwortete die Kommissarin. »Er wirkt ziemlich abgebrüht, aber das ist vermutlich eine Nebenwirkung des Jobs. Kennen wir ja selbst. Er scheint das ziemlich ernst zu nehmen. Feuerwehrmann durch und durch.«

Hellmer lachte. »Auch das kennen wir. Oder willst du umschulen?«
»Blödmann.«
»Ich sag's ja nur. Ich glaube, er wird kooperieren, damit seine Wache so schnell wie möglich aus dem Schneider ist. Auch wenn ich beim besten Willen keinen Grund darin erkennen kann, seine eigene Wache im Internet nachzuschlagen.«
»Vielleicht Neider, Rivalen oder jemand, der irgendwie zu Schaden gekommen ist. Je eher wir die Befragung der diensthabenden Kameraden durchziehen, desto eher können wir das abhaken.«
Hellmer nickte. »Können wir Benny und ein paar andere mobilisieren? Die Liste umfasst immerhin ein gutes Dutzend Personen.«
Die Kommissarin seufzte und drückte die gerollte Papierseite in ihrer Hand zusammen. Was blieb ihnen anderes übrig?

18:40 UHR

Julia Durant klammerte sich mit beiden Händen an ihre Bierflasche. Wann genau hatte sie damit aufgehört, Bierdosen zu kaufen? Wie sehr vermisste sie das metallische Reißen, das Zischen und das Knacken der Aluminiumhülle. Alles hatte damit begonnen, dass man den Öffnungsring änderte. Zugegeben, es war eine gute Idee, wenn man an die ganzen Tiere mit aufgeschlitzten Mägen dachte. Keine scharfen Abfälle mehr, alles blieb an der Dose hängen. Dann die schleichende Verbannung der meisten 0,33l-Sechserpacks. Und der Dosenpfand. Sie nahm einen kräftigen Schluck aus dem schlanken Hals, dann noch einen.
»Es ist so weit«, raunte Claus. »Kommst du?«
Julia erhob sich, stieß auf und hielt die Flasche noch immer in der Hand. Claus deutete auf sie und zwinkerte. »Die lässt du am besten auf dem Couchtisch, hm?«
Natürlich.

Da stand sie nun. Kommissarin Julia Durant, die Kämpferin aus München, die Heldin von Frankfurt, unbeirrbar im Kampf gegen das Teuflische in der Welt. Mit weichen, zittrigen Knien. Am Esstisch meldete sich eine leicht verzerrt klingende Frauenstimme.
»Claus?« Ein Rauschen, dann wurde es klarer. »Ah ... jetzt wird die Übertragung besser. Kannst du mich denn auch hören und auch sehen?«
»Klar und deutlich.«
Eine kurze Pause entstand. »Mensch, um diese Uhrzeit muss ich immer noch an die Lindenstraße denken.«
Claus lachte auf. »Echt? *Die* Lindenstraße? Im Ersten?«
»Ja, genau die. Wir leben hier nicht auf dem Mond und auch nicht auf dem Stand der Kolonialzeit, musst du wissen.«
»An der Sache mit dem Apfel und dem Stamm ist also was dran«, scherzte Claus. »Auch wenn ich zugeben muss, dass ich vor ein paar Jahren ausgestiegen bin.«
»So, ein paar Jahre«, meldete sich Julia aus dem Hintergrund zu Wort und trat neben ihn. Ihr Gesicht erschien in einem kleinen Fenster auf dem Display. Claus legte den Arm um sie. »Na ja. Es gab halt Wichtigeres. – Das ist Julia. Julia Durant.«
»Hallo. Clara Amakali.«
Eine etwas gezwungene Pause entstand. Dann sagte Claus' Tochter: »Clara reicht aber.«
»Julia auch. Freut mich, dass wir uns kennenlernen.«
Die junge Frau lächelte sie an, und in ihren Augen lag etwas Melancholisches. »Ja, mich auch. Claus hat mir erzählt, dass er dich ziemlich überrumpelt hat. Na ja. Männer halt.«
»Hey, ich stehe immer noch vor dir!«, sagte Claus mit aufgesetzter Empörung.
»Damit kann ich leben. Es liegen trotzdem noch achttausend Kilometer dazwischen.«
Schlagfertig war sie, das musste Julia ihr lassen. Und sie hatte tatsäch-

lich eine sehr vertraute Art, die sie an Claus erinnerte. Und dann war da wieder etwas völlig Fremdes, aber vielleicht lag das auch daran, dass der Kontakt nur über ein Handydisplay stattfand und besagte Distanz zwischen ihnen lag.

Das Gespräch dauerte circa zwanzig Minuten, irgendwann klinkte sie sich aus und beschränkte sich aufs Zuhören.

Wie unkompliziert die beiden miteinander umgingen. Beneidenswert. Und auch beängstigend.

Julia Durant würde dieses Gefühl niemals erleben, und auch wenn sie das Thema schon vor Jahren ad acta gelegt hatte, machte es ihr in diesem Augenblick sehr zu schaffen.

MONTAG

MONTAG, 30. DEZEMBER, 10:00 UHR

Uwe Liebig versuchte, den Atem flach zu halten, um seinen rasenden Puls unter Kontrolle zu bringen. Es gelang ihm nur schlecht. Ein Gedankensturm tobte in seinem Kopf, und parallel dazu kamen schmerzhafte Erinnerungen hoch. Bilder, die sich wie eine Überblendung vor die Realität drängten. Die ihn begleiteten wie ein ständig in Bewegung befindliches Mobile aus tanzenden Fotografien. Hässliche Fotografien. Beängstigende Bilder von Blut, von einem leblosen Körper, einem sehr kleinen Körper. Von einem lachenden Mädchen und von einer Urne, deren Begräbnisstätte einer Miniaturausgabe der Bundesgartenschau geglichen hatte. Bis die Blumen verblüht waren. Mit ihnen starb das Mitgefühl, und mit ihnen war auch seine Ehe gestorben.

Sein Atem wollte sich nicht beruhigen. Nicht hier, nicht in diesem Viertel. Ein Bezirk Offenbachs, in dem der Wohnraum noch verhältnismäßig erschwinglich war. Wo man lieber unter sich blieb, wo sich ähnlich viele Nationalitäten auf engstem Raum mischten wie im Frankfurter Gallus. Bis hierher hatte Liebig die Spuren des Fahrzeugs verfolgt, das seine Tochter aus dem Leben gerissen hatte. Doch am Ende hatte es ihm nichts genutzt. Die Handlanger waren zu klein, zu auswechselbar, und ihre Gemeinschaft war zu verschworen. Man verbarg sich hinter der Barriere, entweder nichts sagen zu wollen oder nichts sagen zu können. Gab vor, kein Deutsch zu sprechen. Manchmal half das.

Doch Liebig war nicht hierhergekommen, um in alten Wunden zu stochern. Nicht heute. Er schloss noch einmal die Augen, legte sich die Handfläche auf den Solarplexus und konzentrierte seine Atmung in Richtung Zwerchfell. Durch die Nase hinein, durch den Mund hinaus. Immer wieder. Durch die einen Spaltbreit geöffneten Seitenscheiben drangen Kinderschreie an sein Ohr. Drei viel zu dünn gekleidete Jungs liefen in ihren Pullovern über das Trottoir. Natürlich, dachte Liebig. Es waren ja Ferien. Er schloss die Fenster, griff sich seinen Parka und stieß die Fahrertür des Seat Alhambra auf. Seine Beine zitterten leicht, doch dafür pochte das Herz nicht mehr so heftig. Er schlüpfte in die Jacke, dann knallte auch schon die Tür, und er lenkte seine Schritte in Richtung der Kreuzung, von der die drei Kinder gekommen waren.

Der kleine Laden befand sich hinter einer gekachelten Fassade, deren beste Zeiten (wenn es die jemals gegeben hatte) lange vorüber waren. Es war ein Wohnhaus für mehrere Parteien, die Räume im Erdgeschoss waren zweckentfremdet, um einer Mischung aus Lager und Geschäft zu dienen. Spezialitäten aus dem ehemaligen Ostblock standen neben Ikonenbildern. Karamellspeisen, Fisch- und Gemüsekonserven vermischten sich mit allerlei buntem Porzellan und Küchenutensilien. Es roch nach scharfem Tabakrauch und Gewürzen. Auf einem Lehnstuhl hockte eine alte Frau mit eingefallenem Gesicht und blickte ins Leere. Liebig sah sich um, dann trat er auf sie zu.

»Viktor«, verlangte er.

Die Alte zuckte kaum merklich. Uwe Liebig stemmte die Hände in die Hüften, nicht ohne dabei wie zufällig das Holster mit seiner Dienstwaffe sichtbar zu machen.

»Viktor«, forderte er erneut. Und auch wenn sie das Folgende vermutlich nicht verstand, unterstrich er das Ganze mit: »Ich gehe hier nicht weg, bis Viktor da ist.«

Seine Strategie schien aufzugehen. Die Frau rief Viktors Namen. Liebig lächelte zufrieden.

In einem der hinteren Zimmer rückten Stuhlbeine, dazu ein paar Worte in melodischem Klang, die vermutlich einen weitaus weniger melodischen Inhalt transportierten.
Dann erschien Viktor. Als er Liebig erkannte, trat ihm der Schweiß auf die Stirn.
»Ich brauche dich«, sagte Liebig ohne eine Begrüßung. Seine Stimme klang scharf genug, um den Bulgaren verstehen zu lassen, dass er ein Nein nicht akzeptieren würde.
»Jetzt sofort?«
»Ja.«
Fünf Minuten später saßen die beiden in Liebigs Minivan auf dem Weg in Richtung Frankfurt.
Während Liebig seinem Beifahrer erklärte, was als Nächstes passieren würde und was er dabei von ihm erwartete, kehrte das Kopfkino zurück. Nur, dass es diesmal andere Bilder zeigte. Angsterfüllte Blicke. Ein regungsloser Körper am Parkplatz der Spielhölle. Julia Durant.
Liebig versuchte, das Gesicht seiner Kollegin zu verjagen. Was er vorhatte, würde ihr alles andere als gefallen. Aber es musste sein. Und am Ende ...
Ein Hupen schnitt ihm die Gedanken ab.
»Pass doch auf!«, rief sein Nebenmann, während Liebig in ein wütendes Gesicht hinter dem Steuer eines Lieferwagens blickte. Der Fahrer gestikulierte wild, unter anderem das Plemplem-Zeichen. Offenbar hatte Liebig zu weit in die andere Fahrspur gelenkt. Kein Wunder, dachte er bitter, bei all den Baustellen.
»Wenn er noch Zeit zum Hupen hatte, kann's ja nicht so schlimm gewesen sein«, kommentierte er.
Sie erreichten die Stadtgrenze.
Und Uwe Liebigs Anspannung wich einer kühlen Entschlossenheit, die sogar sein gepresstes Atmen verfliegen ließ.

11:05 UHR

Julia Durant hatte Uwe Liebigs Anruf mit Verwunderung entgegengenommen. Er war auf Hellmers Apparat eingegangen, was zunächst nicht ungewöhnlich war, denn immerhin war er auf Frankfurter Seite mit dem Fall betraut worden. Doch Hellmer war nicht am Platz, was Liebig nicht weiter zu stören schien. Er redete einfach drauflos, und seine Worte versetzten die Kommissarin ins Staunen. Was behauptete er da? Es gebe ein Geständnis im Spielhallen-Mord? Die Verhaftung sei bereits in die Wege geleitet worden?
Sie legte den Hörer zurück auf den Apparat und sah auf die Uhr. Liebig wollte sich in einer halben Stunde mit ihr treffen. Sie fühlte sich überrumpelt und grübelte noch einen Moment, dann stand sie auf und schritt in Richtung von Claus' Büro. Die Tür stand offen, Claus saß am Schreibtisch, über eine Akte gebeugt. Der Wandkalender zeigte bereits das neue Jahr, auch wenn das alte noch nicht abgelaufen war. Auch in Julias Büro stand eine neue Papierrolle bereit. Ein langweiliger Jahresplaner. Vermutlich würde es noch ein bis zwei Wochen dauern, bis sich jemand erbarmte, ihn aufzuhängen. Und irgendwie fühlte es sich falsch an, ein Jahr für beendet zu erklären, bevor man diesen Fall zu einem Abschluss gebracht hatte. Aber stand eine Auflösung denn tatsächlich in Aussicht? Die Antwort darauf war ernüchternd.
»Julia.« Claus Hochgräbe lächelte warm.
»Dieser Liebig hat mich angerufen.« Sie kam direkt auf den Punkt. »Der Mord an der Spielhalle. Weißt du etwas darüber?«
Claus runzelte die Stirn. »Ja und nein. Es wurde Untersuchungshaft für Aleksander Salim angeordnet. Das kam mir zwar etwas spanisch vor, aber Frank wird das Kind schon schaukeln. Ich vermute mal, er ist in dieser Sache unterwegs.«
»Aha. Das vermutest du.«
Claus neigte den Kopf und kniff die Augen zusammen. »Habe ich irgendwas verpasst, oder sind wir heute frostig zueinander?«

»Nein. Aber der Anruf kam nicht von Frank. Um ehrlich zu sein, weiß ich überhaupt nicht, wo er steckt. Es war eine Info von Liebig *für* ihn. Da wundere ich mich schon, weshalb Offenbach jetzt unsere Ermittlungen übernimmt. Vor allem in diesem Fall. Aleksander Salim! Das ist doch der Mann von unserem Opfer am Rebstockgelände.«

Hochgräbe brauchte einige Sekunden, um ihrem Galopp zu folgen, dann hob er die Schulter. »Mal abgesehen von der Zuständigkeitsfrage: Hattest du ihn nicht sogar in der Mordsache Slavchev befragt? Gab es da nicht eine Verbindung mit der Prostitution seiner Frau?«

»Mag sein, die gibt es tatsächlich. Aber dieser Typ ist doch schon allein vom Körperbau her nicht in der Lage, jemanden wie Slavchev um die Ecke zu bringen. Von seiner Angst ganz zu schweigen. Er hat mich förmlich angefleht, nichts weiter zu unternehmen.«

»Hm. Vielleicht war das ja nur ein Schauspiel, weil er eigene Pläne hatte.«

Julia schüttelte energisch den Kopf. »Wenn das so war, dann zweifle ich an all meiner Menschenkenntnis.«

Hochgräbe unterdrückte ein Schmunzeln, doch es gelang ihm nicht ganz. »Du weißt ja, was Frank über die Pferde zu sagen pflegt.«

»Untersteh dich!«, warnte Durant ihn mit blitzenden Augen. »Jedenfalls will Liebig sich mit mir treffen. Ich versuche mal, Frank zu erreichen. Ich gebe aber sicher keine Ruhe …«

Hochgräbe unterbrach sie. »Wann trefft ihr euch?«

»Knappe halbe Stunde.«

»Gut.« Der Kommissariatsleiter wies auf den Stuhl, der seinem Schreibtisch gegenüberstand. »Dann setz dich bitte kurz, nur für ein paar Minuten. Am besten mit ungeteilter Aufmerksamkeit.«

Julia Durant spürte, dass das schwer werden würde. Ungeteilt würde es mit Sicherheit nicht gehen. Und auch der Weg zu ihrem ausgewiesenen Sitzplatz fühlte sich so an, als zöge ein Magnet sie in die entgegengesetzte Richtung. Ging es um Wiesbaden? Oder um Namibia?

Und hatte sie überhaupt die Kraft, sich auf einen dieser Nebenschauplätze zu konzentrieren?

Claus Hochgräbe verschränkte die Finger ineinander und löste dabei ein unangenehmes Knacken aus. Und als er zu sprechen begann, schlug das Ganze eine völlig andere Richtung ein, als Julia es erwartet hätte.

»Du weißt ja selbst, wie dünn es bei uns im Team aussieht«, begann er. Auf den vergleichsweise hohen Altersdurchschnitt der Kollegen – zu dem sie ja selbst nicht wenige Jahre beisteuerte – ging er dabei freundlicherweise nicht ein. Aber irgendwann würden, rein rechnerisch betrachtet, mit einem Schlag eine Handvoll von Kollegen auf einmal wegfallen. »Als Chef muss ich mir auch um solche Dinge Sorgen machen, auch wenn ich weiß, wie schwer es ist, jemand wirklich Guten zu finden.«

Er atmete tief ein und aus. »Es gibt da auch ein paar junge Kandidaten, die sich die Finger nach der Mordkommission lecken würden.« Er zwinkerte. »Und künftig kann ich ja direkt an der Hochschule nach der Crème de la Crème Ausschau halten.«

Julia rutschte auf ihrem Stuhl hin und her. »Ich finde nicht, dass wir so schlecht dastehen. Peter Brandt hat da viel größere Probleme. Wenn Doris und Peter aus dem Urlaub zurück sind ...«

Claus winkte ab. »Das mag alles sein. Doch der Name, den ich im Kopf habe, will aus Offenbach raus. Und hier bei uns wäre die passende Lücke dafür.«

Sie spürte, wie ihre Kinnlade ins Leere sackte. Hatte sie richtig gehört? Aber was gab es daran misszuverstehen? Julia schüttelte sich und schloss den Mund wieder.

»Canan möchte nach Frankfurt wechseln?«, fragte sie dann, und ein Wechselbad aus persönlicher Freude und Mitleid mit Peter Brandt brodelte in ihrem Innersten.

Doch Claus hielt ihrem fröhlichen Blick mit einem Pokerface stand, als er antwortete: »Ich rede nicht von Canan. Es geht um Uwe Liebig.«

11:40 UHR

Es wäre schön, wenn du das mal ganz unvoreingenommen angehen könntest.
So hatte Claus sich ausgedrückt.
Als hätte er ihr in den vergangenen Tagen nicht schon genug aufgebürdet! Eine alte Liebschaft, eine Tochter, die sich aus dem Nichts materialisierte, und jetzt noch dieser Typ. Ausgerechnet Liebig, der sich zuerst eigenmächtig in ihre Ermittlung eingemischt hatte und den sie nur aus purer Not in viel mehr Bereiche einbezogen hatte, als es ihr lieb war. Vermutlich war er nur deshalb so vorgeprescht, um sich mit seiner ersten Verhaftung auf Frankfurter Boden ein Paar Sporen zu verdienen. Dieser Kerl, den Canan aus unerfindlichen Gründen mochte, obwohl er aussah, als würde er in seinem runtergekommenen Familienbomber wohnen.
War das voreingenommen?
Oder steckte am Ende etwas anderes dahinter?
Julia Durant krampfte die Hände um die Armlehnen des Drehstuhls. Wie lange arbeitete sie schon mit Hellmer, Seidel und Kullmer zusammen? Eine Ewigkeit. Ein tolles Team, das sich gegenseitig trug, und jedem Einzelnen hätte sie blindlings ihr Leben anvertraut. Dann war Sabine Kaufmann dazugestoßen. Jene Kommissarin, die von der Sitte zur Mordkommission gewechselt war – gerade in dem Moment, als Julia Durant unverschuldet in eine tiefe persönliche Krise schlitterte. Julia war entführt worden, und ihr wurde perverse Gewalt angetan. Doch sie stand die Sache durch, auch wenn ein paar hässliche Narben auf der Seele zurückblieben. Sabine wurde ein wichtiger Teil des Teams, ihr fotografischer Blick auf Details war legendär. Doch Sabine hatte eine schwer kranke Mutter und entschied sich, den kräftezehrenden Job in Frankfurt gegen eine beschaulichere Tätigkeit einzutauschen. Nach dem Tod der Mutter hatte Durant kurzzeitig darauf gehofft, dass Sabine zum K11 zurückkehren würde, aber Fehlanzeige.

Sie wechselte nach Wiesbaden zum Landeskriminalamt. Der Kontakt der beiden beschränkte sich auf seltene Telefonate in immer länger werdenden Zeitabständen.

»Nein!«, beschloss Julia grimmig.

Sie wollte diese Sache nicht angehen, weder voreingenommen noch unvoreingenommen. Sie war noch nicht bereit für jemand anderen und würde das vielleicht auch niemals sein.

»Hast du was gesagt?«

Sie zuckte zusammen, als sie Hellmers Stimme hörte. Er stand in der offenen Tür, hinter ihm Liebig.

Durant sprang auf, stellte sich vor ihren Kollegen und machte ihrer Empörung Luft.

»Kannst du mir mal erklären, was hier los ist?«

Hellmer zog eine Grimasse. »Was meinst du?«

»Na, *er*«, sie deutete auf Uwe Liebig, »und dann diese plötzliche Verhaftung von Aleksander Salim.«

Liebig drängte sich neben Hellmer. »Das ist wohl alles meine Schuld.« Er machte eine bedröppelte Miene, aber das mochte reine Show sein. »Vielleicht erkläre ich es am besten der Reihe nach. Aber zuerst wäre ein Kaffee was Tolles. Wo bekommt man hier denn einen?«

Während Hellmer, der offenbar schon gut Freund mit Liebig war, voller Stolz auf den Kaffeevollautomaten im Büro verwies, raste Durants Puls auch ohne Koffein. Deshalb schüttelte sie nur den Kopf, als Hellmer sich erkundigte, ob sie ebenfalls einen wolle. Fast apathisch verfolgte sie den Vorgang der Produktion. Das Rasseln des Mahlwerks, das Brummen der Pumpe, den anregenden Duft.

Derweil plauderten die beiden Männer entspannt über die Lage des Büros, die Aussicht aus dem vierten Stock und die technische Ausstattung. »Nicht alles auf dem neuesten Stand«, sagte Hellmer großspurig, »aber wir haben mehr Glück als die meisten anderen Dienststellen.«

Endlich waren die Tassen gefüllt. Julia Durant hätte es auch keine Sekunde länger ausgehalten.

»Können wir dann?«, fragte sie frostig. »Oder wollt ihr euch noch den Fuhrpark anschauen?«

Hellmer bedachte sie mit einem angesäuerten Blick, während Liebig eilig das Wort ergriff: »Ihr wisst ja, ich bin ziemlich tief im Bandengeschehen drin.«

Duzen wir uns jetzt schon alle?, dachte Durant, sagte aber nichts. Im Grunde war es unter sämtlichen Kollegen so üblich. Außerdem gab es momentan Wichtigeres, deshalb entschied sie sich, zuzuhören. Vorläufig.

»Das Opfer hatte direkte Verbindungen zum *Oasis,* er steht in der Hierarchie zwar nicht ganz oben, aber sein Name sorgt überall für Respekt. Sicher wegen seines brutalen Auftretens. Er ist seit fünf Jahren hier aktiv und in dieser Zeit in zahlreiche Gewaltverbrechen verwickelt gewesen. Weiße Weste natürlich, aber das kennt man ja. Es heißt, er habe sich seinen Weg nach oben als brutaler Zuhälter geebnet, der sämtliche seiner Mädchen persönlich gefügig gemacht hätte. Ich erspare euch die Details. Danach Drogen und jetzt Glücksspiel beziehungsweise Schutzgeld. Diese Spielhölle ist nichts weiter als eine von vielen Geldwaschanlagen.«

Julia Durant folgte ihm aufmerksam, auch wenn sie bislang nicht viel Neues erfahren hatte. So liefen die Dinge hier nun mal, das war die erschütternde Realität, und jeder wusste das.

»Jedenfalls habe ich meine Quellen angezapft und bin einer Spur nachgegangen, die mich direkt zu Salim geführt hat.«

Sofort meldete sie sich zu Wort: »Von dieser Spur würde ich gerne mehr wissen.«

»Tut mir leid. Meine Informanten, meine Regeln.«

Durant wollte etwas erwidern, und auch Hellmer kräuselte die Stirn, doch Liebig war schneller: »Lasst mich bitte zuerst zu Ende erzählen.«

Julia schluckte. So ein toller Teamplayer! Selbst Hellmer hatte es offensichtlich bemerkt.

»Kurzum, ich habe mir einen Dolmetscher geschnappt und bin rübergefahren. Da war keine Zeit für große Erklärungen. Außerdem: Wenn ich diese Spur aufnehmen konnte, wer weiß, wer noch? Dieser Salim hat Frau und Kind. Nicht auszudenken, was da alles hätte passieren können. Na ja, wie auch immer. Als wir ankamen, war Salim fast schon erleichtert, dass er endlich mit der Wahrheit rausrücken konnte. Ich musste ihm Verschiedenes zusichern, also dass wir die Frau beschützen und so weiter. Und dass sein Name, soweit möglich, aus allem draußen bleibt. Er hat mir folgende Geschichte erzählt: Irgendwas von einem Baby und dass Tiana nicht mehr auf den Strich gehen dürfe. Dass sie frei sein solle und dass er seine Familie von Kyril Slavchev freikaufen wollte. Er sei also zu ihm gegangen, es kam zu einer Auseinandersetzung ... Am Ende war Slavchev tot. Ein unglücklicher Treffer – oder ein glücklicher, wie man's nimmt – hat ihn zu Boden gestreckt, obwohl Slavchev ja eine ganze Ecke stämmiger ist als Salim.« Liebig hob die Achseln und zog die Lippen breit. »Am Ende vielleicht Totschlag im Affekt. Wer weiß. Fakt ist, dass wir mit diesem Geständnis die Wogen in der Bandenszene flach halten können ...«

»Und dass Aleksander Salim im Gefängnis keine zwei Wochen überleben wird!«, vollendete Durant den Satz. »Mal abgesehen von einer ganzen Reihe an Unklarheiten, die mir da einfallen.«

»Und die wären?«

»Warum nicht wenigstens eine Rücksprache mit einem von uns? Warum ein eigener Dolmetscher, der womöglich mit den Clans in Verbindung steht? Und wie genau soll dieser glückliche Schlag denn ausgeführt worden sein? Salim ist ein Zwerg im Vergleich zu seinem angeblichen Opfer. Er müsste ja selbst einiges eingesteckt haben. Wurde er auf Verletzungen untersucht? Und was ist mit dem Geld? Hat er welches mitgebracht, und wenn ja, woher? Oder wollte er sich bei Slavchev um einen einträglicheren Job bemühen? Typen wie der brauchen doch immer Handlanger, um sich die Hände nicht selber schmutzig machen zu müssen. Aber wieso sollte sich ausgerechnet Slavchev auf so etwas einlassen? Warum sollte er früher als nötig auf Tiana verzichten, die ihm auf der Straße offenbar gutes Geld eingebracht hat? Und Salim hätte da nichts dran ändern können.« Die Kommissarin atmete angestrengt. »Das will mir alles nicht in den Kopf.«

Liebig rieb sich über die Bartstoppeln und grunzte. Während sich Julia fragte, ob da ein Ketchupfleck auf seinem Pullover war, begann er mit behäbiger Stimme zu sprechen: »Das sind alles berechtigte Fragen, aber ich mach's mal kurz: Salim ackert seit Jahren auf dem Bau, das sollte man nicht unterschätzen. Und die Bedrohung seiner Liebsten treibt auch dem zahmsten Schaf den Wolf in seinen Pelz, glaubt mir, ich weiß, wovon ich spreche. Ich glaube, Salim ist über sich hinausgewachsen, und das ist auch kein Widerspruch zu einer Tat im Affekt. So etwas plant man nicht, insbesondere, wenn man weiß, dass der Gegner einem überlegen ist. Dann besorgt man sich eine Waffe und erledigt ihn aus dem Hinterhalt. Aber so ist das nicht gewesen. Salim ist in dem verzweifelten Vorsatz dorthin gegangen, seine Familie aus allem zu befreien. Ein bisschen blauäugig, sicher, aber das wäre auch mein erster Versuch gewesen.«

Als er eine Atempause machte, meldete sich Hellmer zu Wort. »Bleibt die Frage, ob da jetzt Geld geklaut wurde oder nicht.«

Liebig kniff die Augen zusammen. »Salim schwört, dass er nichts an sich genommen hat.«

»Bei aller Liebe«, Hellmer lachte unfroh, »aber das kann er dreimal schwören. Wenn sich das alles so abgespielt hat, dann wäre er schön blöd, wenn er *nichts* genommen hätte. Slavchevs Hosentasche war jedenfalls leer.«

Liebig schnaubte. »Und woher wollen wir wissen ...«

»Also durchsuchen wir die Wohnung«, unterbrach Durant ihn kurzerhand. »Es bleibt mir ohnehin ein Rätsel, wie genau Salim sich mit

Slavchev einigen wollte. Ich erinnere nur daran, dass Slavchev ihn kurz zuvor zu Hause heimgesucht und bedroht hat. Was hat sich seither denn geändert?«

Hellmer räusperte sich. »Es gibt ja auch noch mindestens eine weitere Person.« Er nannte den Namen der langbeinigen Kunstpelzblondine.

Doch Julia Durant schüttelte energisch den Kopf. »Das ist doch noch viel unwahrscheinlicher! Wenn ihr mich fragt, werden wir bei keinem der beiden etwas finden. Denkt doch mal nach! Slavchev hatte einen ziemlich üblen Ruf. Er wird auf dem Parkplatz seines eigenen Territoriums ermordet – und was passiert jetzt? Wer auch immer seine Nachfolge antritt, muss doch noch viel heftiger auftreten als er. Und gnade demjenigen, der auch nur ein Centstück in der Tasche hat, dessen Herkunft er nicht erklären kann.«

»Guter Ansatz«, lobte Liebig. »Genauso läuft es. Leider haben wir bloß keine Chance, den realen Geldbestand der Spielhölle in der Tatnacht in Erfahrung zu bringen. Solche Angelegenheiten werden noch vor Eintreffen der Polizei geregelt. Was wir da sehen können, ist nicht mehr das, was zum Zeitpunkt des Ablebens existierte. Im Grunde spielt das auch keine Rolle, weil Slavchev die Einnahmen noch nicht geholt hatte.«

»Das hat zumindest die Angestellte ausgesagt«, erwiderte Durant beharrlich. »Doch ich stimme Ihnen zu. Wir werden da keine Gewissheit bekommen. Allerdings waren Slavchevs Hosentaschen leer. Allein das wirft Fragen auf, denn solche Typen tragen eigentlich immer eine Rolle Scheine mit sich herum. Wir müssen noch mal mit Aleksander Salim reden. Und diesmal ziehen wir *meine* Dolmetscherin hinzu.«

Uwe Liebig zuckte mit den Schultern, als interessiere ihn das nicht mehr. Aber etwas in seinen Augen gefiel ihr nicht.

16:10 UHR

Julia Durant fror. Sie hatte sich die erstbeste Jacke gegriffen, viel zu dünn, und nicht bedacht, dass sie vielleicht ein ganzes Stück bis zu Tiana Ganevs Haustür laufen musste. Die Temperatur lag um den Gefrierpunkt, von der angekündigten Milde war noch nichts zu spüren. Wenigstens war es trocken.
Sie erreichte das Mehrfamilienhaus und läutete. Keine Reaktion. Ungeduldig drückte sie alle Klingeln nacheinander. Das funktionierte nicht nur im Fernsehen. Aber Fehlanzeige. Also nahm sie das Smartphone zur Hand und wählte Tianas Nummer.
Es war etwa eine halbe Stunde her, da hatte sie bei ihr angerufen. Julia war nicht schnell genug gewesen, das Telefon hing am Ladekabel, und sie selbst hatte gerade geduscht und war im Begriff, den Föhn einzuschalten. Bis sie das Handy erreichte, hatte Tiana schon eine Nachricht getippt.

Bitte melden Sie sich. Es ist wichtig. Ich habe Angst.

Die Kommissarin hatte sofort zurückgerufen. Tiana war mit Miro in ihrer Wohnung. Rastlos. Auf Habacht. Nicht wissend, was als Nächstes passieren würde. Mit Salim, mit ihr. Julia ärgerte sich über sich selbst, denn sie hatte ja selbst schon daran gedacht, ihr einen Besuch abzustatten. Warum hatte sie das nicht getan? Sie wollte fragen, ob sich vor dem Haus oder der Wohnungstür etwas Verdächtiges tat, doch sie verkniff es sich rechtzeitig. Was würde sie mit einer solchen Frage anrichten? Selten war sie so schnell angekleidet und notdürftig frisiert gewesen. Dann der nächste Fallstrick: kein Auto. Das konnte so nicht weitergehen!
Claus schlug ihr vor, ein Taxi zu rufen. Sie rechnete nach: eine Viertelstunde zu Fuß bis zum Präsidium, wo die Dienstwagen standen. Wenn sie joggte, konnte sie diese Zeit locker halbieren.

Ihre Bestmarke lag bei sechseinhalb Minuten. Und sie sprintete sogar.

Drei Freizeichen, dann brach die Verbindung ab. Durant richtete einen bangen Blick nach oben. Die Rollläden waren vollständig geschlossen. Nicht feststellbar, ob dahinter Licht brannte oder jemand zu Hause war. Noch ein Versuch. Dann, endlich, die erlösende Stimme.

»Hallo?«

»Ich stehe unten vor der Tür.«

»Allein?«

»Ja.«

»Entschuldigung. Ich habe Sie nicht kommen sehen. Ich mache auf.« Der Summer ertönte.

Tiana Ganev wirkte verängstigt, und ihre Nerven spielten ihr übel mit. Sie war blass, die Gesichtsmuskeln zuckten, und sie kratzte sich immer wieder an den Unterarmen und auf den Handrücken. Julia Durant bot an, einen Tee zu kochen, doch sie lehnte ab. Irgendwann fanden die beiden sich in einem halbwegs normalen Dialog wieder, und die Kommissarin leitete das Gespräch auf die Tatnacht des siebenundzwanzigsten Dezember, als Kyril Slavchev ermordet worden war.

»Was genau ist an diesem Abend geschehen?«

»Ich weiß es nicht.« Tiana schloss die Augen und überlegte. »Aleksander ist lange bei mir in der Klinik gewesen. Wir haben uns gestritten, aber nur kurz, weil Miro ja dabei war. Es ging um die Zukunft. Um das Geld, das uns fehlt, und wie alles weitergehen soll.«

»Und weiter?«

»Wir haben diskutiert, aber ohne Ergebnis. Aleksander wollte mehr Jobs annehmen. Ich hab ihn gefragt, welcher Art, aber das wollte er mir nicht sagen.« Sie zögerte.

»Ich werde ihn schon nicht wegen Schwarzarbeit anzeigen«, sicherte Julia ihr zu. »Seien Sie bitte ganz offen.«

Doch darum schien es Tiana nicht zu gehen. »Er hat nie etwas richtig Illegales gemacht. Keine Drogen, keine Waffen. Keine dieser Kurierfahrten, bei denen so viele verhaftet werden. Aber plötzlich hat er behauptet, dass wir ohne solche Jobs nicht weiterkommen. Denn ich ... na ja.«

Tianas Hand lag wieder auf ihrem Bauch. Sie holte Luft und fuhr fort: »Ich wollte das aber nicht. Darum ging der Streit hauptsächlich. Irgendwann ist er gegangen, ohne dass wir uns geeinigt hatten. Miro blieb bei mir, das hatte die Ärztin mir erlaubt, aber wir hatten das vorher nie gewollt. Ich hatte natürlich Angst, dass Aleksander etwas Dummes macht. Aber ich hab auch nichts tun können. Außer zu hoffen, dass er sich nur irgendwo hinsetzt und sich betrinkt. Das macht er manchmal.« Ihre Stimme wurde leise. »Was soll ich dagegen tun?«

Julia Durant nickte, sagte aber nichts. In diesem Stadium war es am besten, wenn sie es der Frau überließ, das Tempo zu bestimmen.

Tiana fuhr fort, manchmal stockend, aber sie fand immer wieder zurück. Salim habe sich erst am Morgen danach wieder bei ihr gemeldet. Er stand unerwartet früh im Krankenzimmer, sie und Miro hatten gerade gefrühstückt.

»An seinen Augen und an seinem Atem habe ich es gemerkt. Er hatte getrunken, und er war total übermüdet. Aber trotzdem schien es ihm besser zu gehen. Irgendwie – ich weiß das Wort nicht – *leichter.*«

»Erleichtert?«

Tiana schüttelte den Kopf.

»Gelöst?«

»Ja. Ich glaube, das stimmt. Er war immer noch angespannt, aber da war so etwas wie Hoffnung. Er hat gesagt, wir kriegen das alles hin. Und dass ich nach Hause kommen soll.«

»Haben Sie ihn gefragt, wie er das meint?«

»Natürlich. Aber er wollte nichts verraten. Er hat mir nur versichert, dass alles gut wird.«

Durant druckste. Dann räusperte sie sich: »Hat er von Geld gesprochen? Oder hatte er welches dabei?«
Tianas Augen weiteten sich. »Woher denn? Hat er ...«
Also nein. So eine Reaktion war schwer vorzuspielen.
»Was glauben Sie, wo er an dem Abend gewesen ist und was er getan hat?«
Schatten fielen über Tianas Miene. »Er hat jedenfalls niemanden ausgeraubt und auch Kyril nicht getötet!«
Schweiß war ihr auf die Stirn getreten, und in den Augen lag ein verzweifelter Glanz.
»Sind Sie sich da absolut sicher?«, fragte Durant.
»Ja! *Bozhe moi!*«
»Dann wundert es mich, dass er die Tat gestanden hat.«
Tiana Ganev konnte die Tränen nicht mehr zurückhalten. Es dauerte eine Weile, bis sie sich wieder unterhalten konnte. Und dann öffnete sich auch noch die Tür, hinter der Miro geschlafen hatte, und der Kleine stand in einem viel zu großen Shirt und mit nackten Beinen im Wohnzimmer.
Julia Durant fühlte sich hilflos. Sie lächelte ihm instinktiv zu und streckte die Hand aus, doch Miro verharrte, die Finger im Mund, dann rannte er los in Richtung seiner Mutter.
»Bitte helfen Sie uns«, jammerte diese. »Miro zuliebe ... und für das Baby. Ich kann hier nicht bleiben. Ich weiß nicht, aber wir müssen hier weg! Es ist doch egal, ob Aleksander ein Mörder ist oder nicht, auch wenn ich es nicht glaube. Kyril Slavchev ist tot, und der Rest spielt keine Rolle mehr. Sie werden ihn rächen, sie werden ... oh Gott ...«
Sie klammerte sich an das Kind.
»Ich könnte im Frauenhaus anrufen«, schlug Durant vor. »Wir finden jedenfalls eine Lösung. Und um Ihren Aleksander kümmere ich mich auch. Ich glaube nämlich selbst nicht ...«
»Nein! Bitte! Keines dieser Häuser. Da suchen sie doch zuerst.«

»Glauben Sie wirklich, dass man nach Ihnen sucht?«

Tiana lachte hysterisch. »Nach mir, nach Geld, nach Rache. Wer weiß?«

Durant dachte nach. Also gab es womöglich doch Geld. Hatte die Frau das nur so gesagt? Oder hatte sie Angst, dass Slavchevs Kumpane etwas in diese Richtung glauben könnten? Vielleicht hatte Aleksander Salim ja doch etwas gestohlen und dafür ein Versteck, einen Ort, außerhalb der Wohnung gefunden. Damit Tiana die Sache glaubhaft abstreiten konnte. Aber wo sollte das sein? Und war er derart abgebrüht? Durant konnte das alles nicht so recht glauben, und sie ahnte, dass es Tiana nicht anders ging.

Sie dachte an Schutzhaft. Hatte Salim sich bewusst verhaften lassen? Aber abgesehen von allen anderen Einwänden: eine schwangere Frau mit einem Kind alleine lassen? War das nicht vollkommen widersinnig? Würde er sie nicht einer viel größeren Gefahr aussetzen, wenn er selbst nicht mehr erreichbar war? Und – den Gedanken mit dem Geld weitergesponnen – wann würde er seiner Frau dann sagen, wo sie es finden konnte? Oder hatte er das längst getan? Würde Tiana dann nicht längst das Weite gesucht haben? Nein. Diese Frau wirkte wie eine Gefangene. Wie ein ruheloses Tier, das man in einen viel zu engen Käfig gesperrt hatte und dem die Geräusche und Gerüche Angst einjagten.

Doch mit einem Mal trat ein Lächeln auf Julias Gesicht: »Ich habe da eine Idee. Da sind Sie vollkommen sicher. Wie lange brauchen Sie, um zu packen?«

DIENSTAG

DIENSTAG, 31. DEZEMBER, 8:30 UHR

Der letzte Tag des alten Jahres war angebrochen. Dabei fühlte es sich an, als wäre es noch überhaupt nicht dazu bereit, losgelassen zu werden. Zu viele unerledigte Dinge, zu viel Ungesagtes, zu viel Chaos. Adieu, Besinnlichkeit.
Julia Durant schloss die Wohnungstür ab, stapfte die Treppe hinab ins Erdgeschoss und trat kurz darauf ins Freie, wo Claus Hochgräbe auf sie wartete. Er hielt die Nase in Richtung Himmel gedreht – dorthin, wo er die Sonne vermutete, auch wenn sich diese schon seit Tagen nicht zeigen wollte. Als Julia neben ihn trat, lächelte er und bot ihr den Arm an. Hand in Hand gingen sie los in Richtung Präsidium und redeten über Belanglosigkeiten, wie das ewige Baugerüst an einem der benachbarten Häuser und einen Langzeitparker, dessen Reifen mittlerweile luftleer waren und auf dessen Windschutzscheibe bereits der zweite Zettel des Ordnungsamtes klebte.
»Wollen wir wetten, wann der Abschleppdienst kommt?«, scherzte Claus.
Eigentlich hatte Julia den Spaziergang nutzen wollen, um noch einmal auf Uwe Liebig zu sprechen zu kommen. Sie hatte trotz bleierner Müdigkeit lange wach gelegen und versucht, sich den Alltag mit ihm vorzustellen. Sie hatte sich bemüht, das Positive zu sehen und alles Negative auszublenden. Zumal es, genau betrachtet, nichts Negatives gab, das man rational erklären konnte. Fehlende Sympathie jedenfalls reichte nicht aus. Trotzdem sträubte sich alles in ihr. Vor

allem, wenn Claus dann auch noch seinen Hut nahm. So anstrengend es auch sein konnte, mit dem Chef liiert zu sein: Auf eine gewisse Weise war er ja auch ihr persönlicher Schutzschirm, auch wenn sie in der Regel stark genug war. Doch ein neuer Kollege und ein neuer Boss? Und überhaupt ... *wer* ...

»Findest du wirklich, dass das die beste Lösung war?«, unterbrachen seine Worte ihr Grübeln.

Sie brauchte ein paar Sekunden, bis sie begriff. Er sprach von Tiana Ganev. Julia hatte sie kurzerhand in Alinas Wohnung untergebracht. Eine Wohnung in einem Mehrfamilienhaus unweit des Präsidiums. Eine leer stehende Wohnung, die ihr seit Wochen wie ein Klotz am Bein hing. In der es Strom, Wasser und einen funktionierenden Telefon- und Internetanschluss gab. Was es nicht gab, waren kriminelle Bandenmitglieder.

»Kein Mensch wird sie dort vermuten«, wiederholte sie das Hauptargument. »Und ich muss dich auch bitten, dass wir das vorerst nicht an die große Glocke hängen. Am liebsten absolute Geheimhaltung.«

»Aber die anderen ...«

»Wenn Frau Ganev für die Ermittlung gebraucht wird, laden wir sie vor, und ich hole sie. Ist doch um die Ecke. Claus, ich bitte dich. Sie steht jetzt ganz alleine da und bekommt auch noch ein Kind.«

»Ja, okay. Wie du meinst.« Er schwieg kurz. Dann fragte er: »Sollte die Wohnung nicht verkauft werden?«

Julia nickte. »Theoretisch schon. Aber es geht ja nicht voran. Das kommt uns zugute.«

Claus schwieg. Er wusste ebenso wie sie, dass das langsame Vorangehen vor allem auf Julia zurückging. Sie hatte allerdings weder darum gebeten, sich um diese Sache zu kümmern, noch tat es ihr gut, den Tod ihrer engsten Freundin abzuwickeln wie ein Geschäft. Sie gingen eine Zeit lang schweigend, dann griff er das Thema erneut auf: »Langfristig geht das wohl nicht, oder?«

Julia löste ihre Hand aus seiner und blieb stehen. Ihre Antwort sprühte vor Energie: »Langfristig ist mir im Moment schnurzpiepegal! Aber ich will ihren Typen, diesen Aleksander, noch einmal befragen und mache mir derweil auch die größten Sorgen um dessen Sicherheit. Und wo wir gerade beim Thema sind: Diese ganze Sache mit Liebig schmeckt mir überhaupt nicht! Da läuft mir viel zu viel aneinander vorbei, und ich bin auch ziemlich enttäuscht davon, dass ich das so zwischen Tür und Angel erfahren musste. Ich habe gedacht, wir hätten da wenigstens noch ein Mitspracherecht. Das betrifft ja nicht nur mich, sondern auch alle anderen. Ist das jetzt die neue Art, wie wir miteinander umgehen?«

Für einige Sekunden war es still. Je länger Durant gesprochen hatte, desto mehr hatte sie sich ereifert. Einige Meter entfernt stand eine Mutter mit Kind an der Hand im Eingangsbereich ihres Hauses. Beide starrten sie an. Erst langsam kehrte die Kulisse vorüberfahrender Autos und zweier streitender Amseln wieder in ihre Wahrnehmung zurück. Und parallel der Satz, den sie als Letztes gesagt hatte. Hochgräbe war anzusehen, wie sehr ihn diese Aussage verletzt hatte. Doch wie immer reagierte er ruhig. Besonnen. Eine Art, die Julia manchmal auf die Palme brachte, aber zugleich eine Fähigkeit, um die sie ihn insgeheim beneidete.

»Ich habe das von oben serviert bekommen«, sagte er. »Gleich bei der ersten Gelegenheit habe ich's dir gesagt, da kam ich selber noch nicht zum Verdauen. Aber abgesehen davon sprechen Liebigs Referenzen tatsächlich für sich. Alles Persönliche jetzt mal ausgeklammert. Und die paar Joker, die ich in Personalfragen noch habe, würde ich lieber einsetzen, wenn es um meine Nachfolge geht.« Er atmete durch und sprach dann weiter: »Und wegen der anderen Sache: Da unterstütze ich dich. Mach, wie du denkst, ich vertraue deinem Bauchgefühl. Aber nutze die Sache mit Tiana Ganev und ihrem Lebensgefährten doch als Chance, dich mit Uwe Liebig zu arrangieren. Macht das gemeinsam, gib ihm diese Chance, das wäre ein Rat, den *mein* Bauch dir geben würde.« Er deutete ein Grinsen an und klopfte sich mit der Hand

auf die besagte Stelle, die zwar eine sichtbare, aber keine ausgeprägte Rundung unter seine Jacke zeichnete. »Und der ist größer als deiner.«
Auch Julia konnte sich ein Grinsen nicht verkneifen. »Ich werte das jetzt mal als Schmeichelei.«
Sie gingen weiter. Nicht mehr Hand in Hand, aber die Schritte fielen ein wenig leichter. Auch wenn die Kommissarin noch immer nicht davon überzeugt war, dass die Angelegenheit mit Liebig so reibungslos verlaufen würde, wie ihr Liebster sich das ausmalte.

Der letzte Arbeitstag des alten Jahres brachte keine bahnbrechenden Erkenntnisse. Eine gemeinsame Dienstbesprechung mit den Kollegen aus Offenbach wurde daher vertagt. Allerdings entschied Hochgräbe, dass es nun an der Zeit war, eine offizielle Warnung herauszugeben. Sämtliche Personen aus den bekannten Gruppen bei Facebook sollten informiert werden, außerdem ein öffentlicher Warnhinweis für die Bevölkerung, der über die entsprechenden Plattformen verbreitet werden sollte.
»Und wie soll der aussehen?«, erkundigte sich Hellmer, in seiner Stimme schwang Zweifel. »Fällt das unter die Kategorie Cyberkriminalität?«
»Das überlassen wir am besten den Profis«, entschied der Kommissariatsleiter. »Die Leute *müssen* erfahren, dass da eine Gefahr besteht. Sonst beginnen wir das neue Jahr mit dem nächsten Übergriff. Der Typ scheint ja außer Rand und Band zu sein.«
»Was, wenn es doch mehrere Täter sind?«, fragte Julia leise.
»Wie meinst du das?«, kam es von Hellmer. »Mehrere Täter, die sich irgendwie organisiert haben, oder Einzeltäter, die unabhängig voneinander agieren?« Er zögerte. »Beides ist schwer vorstellbar.«
»Ich weiß«, sagte sie. »Es war nur so ein Gefühl. Irgendetwas treibt diesen Typen an, was ich nicht begreife. Er hat ein Messer, und er hat diese bescheuerten Aids-Spritzen, die wahrscheinlich überhaupt keine sind. Er möchte Sex, das ist ja wohl klar, aber er bekommt keinen

hoch. Manchmal tötet er, manchmal wiederum nicht. Und dann dieses Schließen der Augen. Das ist eine Geste des Mitgefühls, der Pietät, vielleicht sogar der Bestürzung. Also hat er auch eine Ebene mit starken Gefühlen. Das stört mich irgendwie.«
»Warum?« Hochgräbe meldete sich zu Wort. »Birgits Tod hat ihn aus der Fassung gebracht. Ein Mann, der die Kontrolle ausüben möchte. Zwanghaft. Mit einer Waffe, mit erzwungener Überlegenheit. Immer dann, wenn etwas schiefgeht, reagiert er impulsiv. Im Grunde ein typisches Verhalten, findest du nicht?«
»Mag sein. Aber dann ist da ja auch noch diese Sache mit den Taxis und der Feuerwehr.« Julia suchte einen Papierwisch, auf dem sie sich etwas notiert hatte. Bei der Befragung von Nachbarn und der Suche nach potenziellen Zeugen hatte jemand zu Protokoll gegeben, dass ein Taxi mit laufendem Motor an der Zufahrtsstraße zu Birgits Wohnhaus gestanden habe. Sie las die betreffende Zeile vor. »Immer wieder Taxis. Dazu Anruf auf der Feuerwache. Mindestens eines von beidem ist kein Zufall!«
»Sondern?«, fragte Hellmer. »Eine Botschaft?«
Hochgräbe griff diesen Faden auf. »Aber an wen? Und was will er uns damit sagen?«
»Das sollten wir dringend herausfinden«, schloss Durant.
Die beiden Männer stimmten ihr zu, wenn auch mit Fragezeichen im Gesicht. Um eine Botschaft zu entschlüsseln, musste man wenigstens die Sprache kennen, in der sie gesendet wurde. Oder zumindest ein grobes Bild im Kopf haben, was einem das Ganze sagen sollte. Nichts davon war greifbar.
»Wenigstens können wir die Bandensache vom Tisch nehmen«, sagte Hellmer, auch wenn er nicht zufrieden klang.
Die Bandensache.
Julia Durant schluckte. Für die Serie an Gewalttaten war das Thema vielleicht nicht mehr aktuell. Aber das Dreieck aus Salim, Liebig und ihr selbst würde sich nicht einfach in Wohlgefallen auflösen.

Sie überlegte kurz, ob sie Salim im Gefängnis aufsuchen sollte. Aber dann würde Claus von ihr verlangen, das mit dem neuen Kollegen zu tun. Dagegen wehrte sich so ziemlich alles in ihr. Also entschied sie sich für einen Anruf in der Haftanstalt, bei dem sie noch einmal darauf drängte, gut auf den Inhaftierten achtzugeben.
»Selbstgefährdung?«, wurde sie gefragt.
»Möglich. Aber hauptsächlich Fremdgefährdung. Eine Bandengeschichte. Passt also bitte besonders gut auf ihn auf. – Und übrigens: Er wird Vater.«
Man sicherte der Kommissarin zu, dass man sich bestmöglich um Salim kümmern werde.
Die Zweifel blieben.
Als sie am frühen Nachmittag das Präsidium verließ, verabschiedete sie sich von Claus Hochgräbe, um noch einen Abstecher in Alinas Wohnung zu machen. Denn wenn sie sich schon Sorgen um Aleksander Salim machte, wie unerträglich musste die Angst erst für Tiana Ganev sein?

15:30 UHR
Polizeipräsidium Offenbach

Canan Bilgiç leerte die angebrochene Flasche Cola light und drehte den Deckel zurück auf das Gewinde. Sie stand auf, weil ihre Beine kribbelten. Trat ans Fenster und blickte hinaus ins kalte Dauergrau. Seit dem Mord in Sachsenhausen waren drei Tage vergangen. Es herrschte eine bleierne Ruhe. Keine DNA, keine Fingerabdrücke, auch nicht an den Augenlidern. Julia Durant hatte sie auf dem Laufenden gehalten. Sämtliche Befragungen der Feuerwehrleute hatten keine neuen Erkenntnisse gebracht, auch wenn man herausgefunden hatte, wer den Anruf entgegengenommen hatte. Aber anders als in der Leitstelle des Notrufs, in der Anrufe aufgezeichnet und auch unterdrückte Rufnummern zugeordnet werden konnten, war es nicht nachzuvollziehen, von wo und von wem der Leichenfund gemeldet worden war. Eine männliche Stimme, gepresst, so die Erinnerung. Sachlich, aber angespannt. Die meisten Anrufe, die über die 112 eingingen, waren da weitaus panischer. War es also der Mörder selbst gewesen? War die Anspannung ein Indiz dafür, dass er schockiert über das unerwartete Ableben seines Opfers war? Oder hätte er sie am Ende sowieso stranguliert?

Auch Birgit Mälzers Todesursache warf noch immer Fragen auf. Wie immer, wenn ein junger, gesunder Mensch einen plötzlichen Herzstillstand erlitt. Canan mochte sich das nicht im Detail ausmalen, aber die Erklärung in Andrea Sievers' Abschlussbericht war nachvollziehbar. Die Panik beziehungsweise der Stress, den Todesangst auslöst, konnte zu einem letalen Herzversagen führen, auch wenn das Organ in der Regel belastungsfähig war. Unterm Strich ein Drama. Eine derart junge, offenbar lebensbejahende Frau ... tot. Eine weitere Attacke. Ein Menschenleben, ausgelöscht.

Sie gehörte ebenso wie ihr Kollege Liebig zur Soko, die sich mit den Gewaltverbrechen befasste. Die verzweifelt zu filtern versuchte, was zu einer Serie gehörte und was nicht. Ob es tatsächlich noch einen echten Bezug zur Bandenkriminalität gab oder ob das nur ein Störgeräusch war. Dazu kamen die zahlreichen Nebenbaustellen, die in den letzten Tagen das meiste ihrer Zeit in Anspruch genommen hatten. Neben der Überwachung der Internetforen, um einem erneuten Kontaktversuch des Täters auf die Spur zu kommen, hatte sie sich noch einmal hinter den Mord von Heiligabend geklemmt. Es war ein Bauchgefühl, aber eines von der Sorte, das sie nachts wach liegen ließ und ins Grübeln brachte. Julia Durant hatte ihr einmal geraten, öfter auf den Bauch zu hören. Von dort aus kamen nicht nur Hungergefühle, sondern auch andere Impulse, auf die man achten sollte. Sie hatte das zuerst als kindisch abgetan, aber andererseits, wenn man die Erfolge ihrer Kollegin betrachtete, war vielleicht doch etwas dran. Im Falle

von Uwe Liebig und dessen Besuchen im *Oasis* meldete der Bauch jedenfalls Bedenken an, irgendwas lag da im Argen. Es war nicht nur die Sache mit dem PC. Oder diese ominöse Verhaftung im Nachbarbezirk. Er hatte ihr auch wichtige Fakten vorenthalten. Ohne jemandem etwas zu sagen, war Canan selbst ins *Oasis* gefahren, zweimal, und hatte Francesca Gruber schließlich dazu gebracht, ihr Dinge zu erzählen, die sie schockiert hatten. Das war zum einen die Tatsache, dass Frau Gruber von dem Opfer des Spielhallen-Mordes vergewaltigt worden war. Eine Bestrafung, eine Zurschaustellung von Macht. Canan hatte außerdem erfahren, dass Uwe Liebig zur selben Zeit wie Kyril Slavchev im *Oasis* gewesen war. Ihre Fäuste ballten sich. Genau diese Dinge waren es, mit denen er sich den beruflichen Erfolg verbaute. Alleingänge, illegale Aktionen und unsaubere Ermittlungsmethoden. Das alles war längst nicht mehr mit seiner persönlichen Situation zu rechtfertigen. Dabei steckte so ein schlauer Kopf hinter der Fassade, die er seit dem Schicksalsschlag derart gehen ließ. Canan hatte noch ein wenig weitergestochert. Je mehr sie das tat, umso weniger gefiel es ihr. Hatte sie ihren Kollegen derart falsch eingeschätzt? Sie wusste, dass sie ihn zur Rede stellen musste, und zwar bald. Wenn er so weitermachte ...
Ihr Handy piepte. Liebig. Wie auf Bestellung.

Bist du oben? Ich hab dir was zu sagen ;-)

Ja,

tippte sie.
Und dachte weiter: *Ich dir auch.*
Dann stand er auch schon in ihrer Tür, als könne er kein Wässerchen trüben. Die übliche Mixtur aus verknitterter Kleidung und Gleichgültigkeit. Dazu eine Prise Anmaßung. Sosehr sie ihn auf eine gewisse Weise mochte, so sehr hasste sie manchmal seine Attitüde. Besonders jetzt.

»Tickst du eigentlich noch ganz richtig?«, herrschte sie ihn an, als er den Raum betrat.
»Wovon redest du?«
»Vom *Oasis!* Wie kannst du *jetzt* dort rumvögeln gehen und dann auch noch solche Informationen über Francesca Gruber zurückhalten? Ich glaub echt, ich bin im falschen Film!«
»Daher weht also der Wind.« Liebig versuchte nicht einmal, sich aus dem Offensichtlichen herauszureden. Er war ein Mann, der den Zenit seiner attraktiven Jahre überschritten hatte. Dessen Körperform und Ausstrahlung seit dem Tod seiner Tochter gelitten hatten, das eine war mehr, das andere weniger geworden. Canan brachte eine Menge Verständnis und auch Mitgefühl für ihn auf, denn sie wollte nicht um alles in der Welt in seiner Haut stecken. Aber trotzdem …
»Mann!«, rief sie, noch immer erzürnt. »Hättest du nicht woanders hingehen können? Hättest du nicht …«
»Hätte, hätte«, äffte Liebig sie nach. »Jetzt reg dich mal ab! Wir sind doch alle erwachsen.«
»Erwachsen nennst du das?«
Uwe Liebig zuckte zusammen. Wären sie nicht im selben Raum gewesen, sondern am Telefon, dann hätte er das Gespräch vermutlich einfach abgebrochen. Weglaufen konnte er gut. Doch hier, in ihrem Büro, behielt Canan Bilgiç die Oberhand. Sie sah ihm an, dass er sich zurückgedrängt fühlte. Kurz vor der Defensive. Sie legte sich gerade einen Wortschwall zurecht, mit dem sie ihn an die Wand reden konnte. Denn wo es solche Geheimnisse gab, da war noch mehr zu finden. Das sagte ihr nicht nur das Bauchgefühl ganz deutlich. Ausgerechnet in dieser Sekunde betrat Peter Brandt das Büro.
»Feiert ihr hier eine Party?«, fragte er. Er wusste, dass hier nichts Gutes lief, und er wusste auch, dass Canan das wusste. Vielleicht wäre es gut gewesen, wenn er sie direkt gefragt hätte, aber sie rechnete es ihm dennoch hoch an, dass er es nicht tat.
»Silvesterstress«, erwiderte sie und rang sich ein gequältes Grinsen ab.

»Verstehe.« Brandt nickte. »Wenn es noch was gibt, ich bin bis gegen vier Uhr am Platz. Danach entsorge ich dieses Dienstjahr endgültig in die Tonne.«

Er wechselte zuerst einen Blick mit Liebig, dann noch mal mit Bilgiç. »Das solltet ihr auch tun. Was wir bis jetzt nicht erledigt haben, kann bis Neujahr warten.«

Peter Brandt verließ den Raum, und seine Schritte entfernten sich allmählich.

Obwohl sie noch immer eine Mordswut im Bauch spürte, mischte sich warme Melancholie darunter. So konsterniert hatte sie Peter lange nicht mehr erlebt. Womöglich nie. Sie rechnete nach, wie viele Dienstjahre er wohl noch vor sich hatte. Ob er überhaupt bis zum bitteren Ende bleiben würde? Er wirkte müde, abgeschlagen. Aber entsprach das nicht genau dem Gefühl, das sie selbst in sich trug? Musste es nicht genau das Gefühl sein, mit dem Liebig tagein, tagaus aufwachte?

Derweil war Liebig ans Fenster getreten und rauchte eine Zigarette. Das Rauchverbot störte ihn dabei nicht im Geringsten.

»Das Thema ist noch nicht durch«, sagte sie, als sie neben ihn trat. Denn sosehr sie ihren Kollegen auch schätzte, sie wusste, dass er eine dunkle Seite hatte. Etwas, das nicht allein mit der Trauer um sein Mädchen und dem Verlust seiner Beziehung zu tun hatte. Da war mehr. Da war eine Entschlossenheit, eine Kälte, vielleicht sogar eine Besessenheit, die er vor den Kollegen verbarg. Canan Bilgiç aber war überzeugt, dass sie kurz davorstand, diese Fassade zu durchschauen. Einen Teil wusste sie bereits. Uwe Liebig, so viel hatte sie erkannt, nutzte jede Gelegenheit, die sich ihm bot, um nach dem unidentifizierten Fahrer zu suchen, der seine Tochter mitgeschleift und getötet hatte. Dass er hierfür seine Zugangswege als Kriminalbeamter nutzte, konnte sie ihm nachsehen. Das war menschlich. Dass er dafür seine Freizeit aufwendete, weil das Leben für ihn außer dieser Jagd keinen Inhalt mehr bot, war zwar nicht gesund, aber nachvollziehbar. Aber irgendwann würde der Tag kommen, an dem Liebig einen

Erfolg verbuchen würde. An dem seine Suche ihn ans Ziel bringen würde. Dann würde er diesem Mann gegenüberstehen, und wenn dieser Tag gekommen war, fürchtete Canan Bilgiç, musste sie eine Entscheidung treffen, die ihr nicht gefallen würde.

Sie spürte Liebigs Blick, der in ihr zu lesen schien wie in einem Buch. Was auch immer sie gerade gedacht hatte, er wusste es.

Vielleicht war das gar nicht schlecht.

»Lass uns Schluss machen«, schlug sie vor. Der Kampfeswille war einer müden Schwere gewichen und ließ sich auch nicht mehr entfachen.

»Nichts lieber als das«, erwiderte er, wobei in seinen Augen etwas lag, das sie nicht einzuordnen wusste.

»Ach so«, fiel ihr ein, »du hattest doch auch noch was, oder?«

»Ist nicht so wichtig.«

»Jetzt zier dich nicht.« Sie hob den linken Mundwinkel und fügte hinzu: »Oder hab ich dich für heute genug eingeschüchtert?«

»Als ob!« Liebig lachte unfroh. Dann atmete er tief durch. »Okay, die Kurzfassung. Ich brauche einen Tapetenwechsel. Das alles hier erdrückt mich. Und dich irgendwie auch.«

»Hm.«

»Ich gehe im Frühjahr nach Frankfurt.«

Canan Bilgiç riss die Augen auf und sagte erst mal gar nichts. Irgendwann fing sie sich. »Okay. Nicht, was ich erwartet habe. Das muss ich jetzt erst mal verdauen.«

»Du siehst doch selbst, wie ungut das alles läuft. Ich meine, die Arbeit ist top, aber das Drumherum ist scheiße. Und das wird auch so bleiben. Ich will wieder zur Mordkommission, aber das schaffe ich hier drüben nicht.«

»Ja, schon gut, ich verstehe das. Aber *Frankfurt?* Was sagt Peter denn dazu?«

Liebig lächelte. »Peter hat mir das vorgeschlagen.«

Auch Bilgiç konnte sich das Lächeln nicht verkneifen. Peter Brandt, der alte Frankfurt-Hasser. Das wollte was heißen!

»Guter Mann«, sagte sie.
»Der Beste.« Liebig schnaufte. »Gut, dass wir das geklärt haben. Jetzt Feierabend!«
»Aber nächstes Jahr setzen wir die andere Unterhaltung fort!«, beharrte die Kommissarin.
»Wegen mir.« Da war er wieder. Sein Schutzpanzer aus Überheblichkeit. Julia Durant würde ihre Freude mit ihm haben. Ob sie es überhaupt schon wusste?
»Kommst du mit runter?« Liebig deutete in Richtung Aufzug, aber Canan verneinte. »Ich muss noch mal kurz hoch.«

In Wahrheit wurde es über eine Stunde. All ihre Müdigkeit war vergessen, denn Liebigs bevorstehender Wechsel nach Frankfurt schien ihr die Zeit zu rauben. Canan Bilgiç war keine Frau der vorschnellen Beschuldigungen, und sie würde niemals einen Kollegen hinhängen, wenn es nicht unbedingt erforderlich war. Die Sache mit Francesca Gruber? Geschenkt. Die sexuellen Eskapaden? Sein Bier. Aber das war nicht alles, und sie wusste, dass sie ihm auf den Zahn fühlen musste. Viel zu lange hatte sie das auf die lange Bank geschoben. Er war zu gut, zu gewieft, und je länger sie über ihn nachdachte, desto unbehaglicher wurde das Gefühl in der Magenregion.
Am Ende, als Canan Bilgiç das Licht in ihrem Büro löschte, war die Kommissarin sich sicher, dass sie das besagte Gespräch mit Uwe Liebig schon viel zu lange hinausgezögert hatte.

20:30 UHR

Frankfurt lag im Nebel. Die Lichter der Bankentürme kämpften gegen eine milchige Suppe an, die größtenteils von der Witterung herrührte, vom Boden aus aber durch regelmäßige Feuerwerksdetonationen genährt wurde. Er wusste, wenn es so lief wie in den Jahren zuvor, würden spätestens in zwei Stunden die Rauchschwaden zwischen den Fassaden wabern, und der Schwefelgeruch wäre nicht mehr aus dem Wageninneren wegzudenken. Es war eine Nacht der Einsatzfahrzeuge, eine Nacht der Brandwunden, eine Nacht der Feuerwehrleute. Und eine Nacht der Taxifahrer. Zerborstene Raketen, Pappreste und Glasscherben. Betrunkene Menschen, deren Sprachfähigkeit vom Alkohol derart gelähmt war, dass sie nur noch mit ihren Ausweisen winkten, damit man ihre Zieladresse herausfinden konnte. Dreck im Fußraum und Kotze auf den Sitzen. Eine Nacht, in der er sich am liebsten zu Hause verkrochen hätte, aber es war zugleich auch *seine* Nacht.

Er rutschte auf dem Sitz umher, klappte den Innenspiegel herunter und wieder hinauf. Er hatte ein frisches Hemd angezogen und sich die Haare frisiert. Etwas zu tollkühn, wie er jetzt fand, aber er konnte es nicht mehr ändern. Auf dem Beifahrersitz eine Rose, die er an der Tankstelle mitgenommen hatte. Sie hatte dicke, stabile und vor allem tiefrote Blütenblätter. Sah aus wie gemalt, dafür duftete sie nicht. Vermutlich hatte sie noch nie einen echten Sonnenstrahl in der Natur erlebt. Aber das spielte keine Rolle. Es war die Geste, die zählte.

Er verharrte eine Weile und beobachtete die Umgebung. Ein paar Jugendliche standen in der Nähe einer Bushaltestelle. Sie tranken Alkohol und rauchten. Ab und zu knallte es. Dann lachten sie. Keiner aus der Gruppe interessierte sich für ihn. Ansonsten war es relativ ruhig. Die meisten Menschen saßen jetzt beieinander, aßen Fondue oder Raclette oder hingen einfach vor dem Fernseher. Es grenzte an ein Wunder, dass er eine Parklücke in Sichtweite des Hauses gefunden hatte. Der Eingang lag unbeleuchtet da.

Er öffnete die Wagentür, und prompt wehte eine Brise Schwefelgeruch ins warme Innere. Er zog eine Grimasse, griff hinter sich, nahm die Jacke und stieg aus. Schlug die Tür zu und schritt danach zur Beifahrerseite, um die Rose zu holen. Angespannt tappte er über den

Gehweg in Richtung des Hauses. Dass er wusste, wo sie wohnte, war sein Geheimnis. Er hatte es mit viel Beharrlichkeit und einer Portion Zufall herausgefunden, einmal, als er sie zwei Straßen entfernt mit einem Kind von einem Spielplatz hatte kommen sehen. Er war ihr ein Stück weit gefolgt, musste dann aber aufgeben, weil er ihr nicht auffallen wollte. Vier Wochen und ein halbes Dutzend Anläufe später hatte er es schließlich in Erfahrung gebracht. Seitdem fuhr er hin und wieder durch diese Straße, auch wenn es keinen rationalen Grund dafür gab. Gesehen werden wollte er nicht. Aber nah sein wollte er ihr.

Erst gestern hatte er wieder hier gestanden. Eine ganze Pausenlänge lang, mit stark gezuckertem Kaffee und einem glitschig belegten Tankstellen-Baguette. Die Polizei hatte vor dem Haus geparkt, irgendwann waren zwei Männer aus der Tür getreten. Einer stieg in den Wagen, der andere spähte die Umgebung aus. Kriminalpolizei? Dann war sie im Eingang erschienen. Aufgelöst. Verängstigt.

Er wusste nichts über das Kind oder den Mann. Im Grunde war es ihm immer klar gewesen, dass eine Frau wie Tiana nicht alleine lebte und dass ihre Gefühle für ihn nichts weiter waren als eine käuflich erworbene Zuneigung. Zeitlich befristet. Während ihr Herz woanders schlug.

Doch jetzt war sie allein. Brauchte jemanden, der ihr beistand. Der für sie da war. Unbezahlt und unbefristet. Ein rettender Schutzengel, der all seine Hingabe auf sie konzentrierte.

Er erreichte die Tür mit einem Lächeln. Ließ die Wagenschlüssel in die Jacke gleiten, wo sie mit einem Rasseln auf das Messer trafen, das er mit sich trug. Dann las er die Namensschilder, doch noch während er das tat, hörte er Stimmen im Inneren. Kurz darauf wurde die Tür aufgerissen. Er lächelte noch immer. Das war ja schon fast zu einfach. So hart das Leben manchmal auch sein konnte, hin und wieder entschädigte das Schicksal einen dafür.

MITTWOCH

MITTWOCH, 1. JANUAR, 11:15 UHR
Neujahr

In jeder anderen Stadt hätten Julia und Claus das Feuerwerk wohl verschlafen – in Frankfurt allerdings wäre ein solches Vorhaben unmöglich gewesen. Sie hatten eine Einladung der Hellmers ausgeschlagen und waren nicht einmal in der Stimmung, zu zweit an einen der Plätze zu fahren, von wo aus man das Feuerwerk bestaunen konnte. Abgesehen davon, dass all diese Plätze hoffnungslos überfüllt gewesen sein dürften. Stattdessen hatte es Dinner for One gegeben sowie die Neujahrsansprache der Kanzlerin, deren letzte Sätze auf das neue Jahrzehnt einstimmen sollten.
»Die Zwanzigerjahre können gute Jahre werden … Veränderungen zum Guten sind möglich, wenn wir uns offen und entschlossen auf Neues einlassen.«
Wie recht sie damit hatte und wie unwahrscheinlich das Ganze trotzdem schien. Man brauchte kein Silvester, um etwas Gutes zu beginnen. Man musste es nur wollen. Doch was bedeutete das für Julia, für Claus und für all die Dinge, die ihnen ins Haus standen?
Doch statt über solch hochtrabende Dinge zu reden, waren die beiden einfach nur müde und abgeschlagen gewesen und auf der Couch eingedöst, bis eine Reihe harter Kanonenschläge sie aus dem Dämmerzustand riss. Sie rappelten sich auf, stießen auf das neue Jahr an und waren froh, als sie endlich im Bett lagen und die Explosionen und das Gezische langsam nachließen. Nun saßen sie am Frühstücks-

tisch, ausgeschlafen und in der Vorfreude auf einen halbwegs ruhigen Feiertag, auch wenn am Nachmittag eine Dienstbesprechung ins Haus stand. Niemand der Polizeioberen war darüber erfreut, dass eine Serie von Gewaltverbrechen mit ins neue Jahr schwappte. Man erwartete Ergebnisse. Und irgendwann würde die Presse sich auf das Ganze stürzen, Fragen stellen, Theorien in den Raum stellen oder Legenden bilden. Das würde die Ermittlungen zusätzlich erschweren, doch für den Augenblick wollte das noch niemand laut aussprechen.

Claus war aufgestanden, um zwei weitere Aufbackbrötchen aus dem Ofen zu holen, als das Telefon klingelte. Julias Handy. Der Klang kam von der Couch, wo sie es liegen gelassen hatte, nachdem sie ein paar Neujahrs-Nachrichten versendet und empfangen hatte. Sie schritt auf das Klingeln zu und fischte das Gerät zwischen Kissen und Armlehne hervor. Während sie noch auf die unbekannte Nummer auf dem Display blickte, registrierte sie, dass der Akku im unteren Drittel angelangt war.

»Julia Durant.«

»Und hier ist Christopher Hampel, Sie erinnern sich? Frohes Neues.«

Die Kommissarin zuckte zusammen, als die Stimme ihr das Gesicht des Mannes in die Erinnerung rief. Das Gesicht eines Zeugen, eines Helfers, an dessen Motiven es immer noch Zweifel gab. Der Empfindungen für Tiana Ganev hegte, von denen alle Beteiligten wussten, dass diese nicht angemessen waren.

»Ja, hallo. Danke, ebenso.« Durant wusste nicht, was sie sonst sagen sollte.

»Können wir uns vielleicht treffen?«

»Um ehrlich zu sein ...«

»Bitte. Es ist sehr wichtig.« Er schien zu schlucken. »Es geht um Tiana.«

Die Kommissarin wurde hellhörig. »Was gibt es denn?«

»Können wir das persönlich besprechen? Am liebsten vor Ort.«

»Vor Ort? Wie meinen Sie das?«
»Im Gallusviertel. Bei ihr zu Hause.«
Durant richtete sich auf. »Ich wusste nicht, dass Sie ihre Adresse kennen.«
»Ich bin Taxifahrer. Das ist mein Job.«
Das klang zwar wie einstudiert, aber vielleicht war es tatsächlich die Erklärung. Obwohl ... Wie sollte man sich das vorstellen? Hatte sie sich von ihrem Freier nach Hause bringen lassen? Hinterher? War das nicht – komisch?
Durant räusperte sich. »Aber warum dort? Kommen Sie doch einfach ins Präsidium.«
»Nein.« Hampel klang trotzig, als er fortfuhr. »Ich mache mir Sorgen um Tiana. Jetzt, wo sie alleine ist.«
Das wusste er also auch.
»Und das sorgt Sie so sehr? Warum?«
»Es ist nicht nur das. Tiana ist seit gestern selbst verschwunden.«
»Mhm.« Wollte er sie aushorchen, oder war seine Sorge echt? Durant entschied sich, ihre Karten vorerst verdeckt zu halten. »Vielleicht ist sie ja arbeiten.«
»Sie ist doch verletzt!«
»Das ist leider kein Hinderungsgrund. Ich war selbst lange genug bei der Sitte, um das beurteilen zu können.«
»Und was ist mit dem Kind?«
Verdammt! Hampel wusste ziemlich gut über alles Bescheid. Erschreckend gut. Also war er doch mehr als ein Freier. Zumindest in seiner eigenen Vorstellung. Aber wie weit ging diese Fantasie wohl bei ihm? War er ein Stalker? Sie überlegte. Vielleicht sollte sie die Sache anders angehen.
»Okay, hören Sie. Wir brauchen uns nicht zu treffen, wenn es nur um Ihre Sorge geht. Das ehrt Sie, aber glauben Sie mir, es besteht kein Anlass.«
»Aha. Und wieso nicht?«

»Tiana ist, ähm, anderweitig untergekommen.«
»Soso. Anderweitig.«
»Ja. Mehr gibt es dazu erst einmal nicht zu sagen.«
Hampel kicherte höhnisch. »Da wäre ich mir nicht so sicher!«
Durant wurde stutzig. »Wie meinen Sie das?«
»Weil ich gestern zufällig beobachtet habe, wie zwei ziemlich finstere Typen aus ihrem Haus gekommen sind. Muskelberge. Wenn die nicht zu einer Bande gehören, dann fall ich vom Glauben ab. Und die haben da ziemlich gewütet, das kann ich Ihnen sagen.«
»Aha. Und wann war das?«
Hampel nannte eine Zeit, und Durant notierte es sich. Des Weiteren versuchte er sich an einer Beschreibung, aber es wurde schnell klar, dass außer den erwartbaren dunklen Haaren, dunklen Augen und grimmigen Gesichtern nicht viel herumkam. Dasselbe galt für den Wagen. Erst als Hampel vor der angelehnten Tür der leeren Wohnung gestanden hatte, war ihm die Gewissheit gekommen, dass diese Typen bei Tiana gewesen waren. Dass sie sie suchten. Irgendwo auf der Straße dröhnte der Klappenauspuff einer getunten Angeberkarre. Er war zu einem der Fenster geeilt, doch außer dem Motorengeräusch gab es nichts mehr zu erkennen.
»Und Sie sagen, die Typen hätten gewütet. Waren Sie demnach in der Wohnung?«
»Deshalb rufe ich ja an. Sie sollten sich das ansehen.«
»Aber das war gestern Abend. Warum rufen Sie dann erst jetzt an?«
»Na ja.« Er atmete gepresst. »Die Typen hatten Tiana ja nicht bei sich. Also hab ich mir zunächst nichts Schlimmes gedacht. Aber ich hab die ganze Nacht schlecht geschlafen und dann … na ja, ich wollte das eben einfach geklärt wissen.«
Julia Durant kam eine Idee. Sie dachte an Uwe Liebig, an sein Wissen um das organisierte Verbrechen und an sein Schaubild mit der Struktur der Hintermänner und Handlanger.
»Wir sollten uns treffen«, schlug sie vor, auch wenn sie das zuerst

abgelehnt hatte. »Zuerst im Gallus und danach im Präsidium. Oder andersherum, mir egal.«

»Okay. Aber wieso das Präsidium?«

»Wir haben eine ganze Galerie mit Fotos von Typen wie jenen, denen Sie begegnet sind. Die sollten wir uns mal zusammen ansehen, wer weiß?«

»Ich weiß nicht ...«

»Ich dachte, Sie wollten Frau Ganev helfen? Wenn Ihnen etwas an ihr liegt ...«

Julia, sagte sie zu sich selbst und musste grinsen, *das war aber ganz schön manipulierend.*

Als Hampel seine Zustimmung signalisierte, wurde ihr Grinsen zu einem breiten Lächeln, das sie zumindest für den Moment eine gewisse Zufriedenheit empfinden ließ. Denn nicht nur Hampel bekam nun die Chance, etwas zur Aufklärung der Umstände beizutragen, sondern auch Uwe Liebig. Nun konnte er sich als der großartige Kollege beweisen, für den ihn offenbar noch genügend Leute hielten. Sie verabredeten sich für halb eins vor Tiana Ganevs Wohnadresse.

Julia suchte sich frische Kleidung zusammen und verabschiedete sich von Claus, der schon die ganze Zeit mit seinem Handy beschäftigt war. Mal wieder Clara, wie sie vermutete. Er bot ihr an, sie zu dem Termin in Tianas Wohnung zu begleiten, doch das lehnte die Kommissarin ab.

»Du bist ja nicht mal angezogen.« Sie küsste ihn auf den Mund. »Wir treffen uns anschließend im Büro.«

Auf dem Weg nach draußen wählte sie Liebig an, bei dem sich nur die Mailbox meldete. Sie hinterließ eine Sprachnachricht und gab sich dabei alle Mühe, freundlich zu klingen. Es sollte ihr keiner nachsagen, dass sie sich nicht wenigstens bemühte.

Das Taxi war nicht zu übersehen. Christopher Hampel stand ein paar Meter davon entfernt und zog an einer E-Zigarette. Der Dampf

ließ seinen Kopf kurzzeitig im Nebel verschwinden und roch süßlich. Als er Durant sah, deutete er ein Winken an und ließ den Vaporizer verschwinden.
»Guten Morgen. Und frohes Neues!«
»Hoffen wir's«, erwiderte die Kommissarin. »Aber danke, ebenso.«
Ihr Finger deutete in Richtung seiner Tasche, wohin die E-Zigarette verschwunden war. »Taugen diese Dinger was?«
Er wippte mit dem Kopf. »Na ja. Eigentlich nicht. Ich versuche seit ein paar Jahren aufzuhören. Aber man redet sich halt ein, dass es weniger schlimm ist, und das nimmt der ganzen Sache den Druck. Kein Teer, kein Nikotin, der Hausarzt ist glücklich, doch die Sucht bleibt bestehen.«
»Wie recht Sie haben.«
»Ach?« Er verzog das Gesicht zu einem Lächeln. »Sie auch?«
»Ich habe aufgehört.«
»Respekt. Wie lange? Und sagen Sie jetzt nicht, seit heute!«
»Schon eine ganze Weile, wenn man die schwachen Momente abzieht. Aber ich glaube, ich bin drüber weg. Wobei das Verlangen wohl für immer bestehen bleibt.«
Hampel seufzte. Sie hatten den Eingang des Hauses erreicht. Seine Augen folgten ihren Bewegungen mit Neugier. Wie sie zwei Schlüssel an einem Metallring in ihrer Hand erscheinen ließ und prompt den falschen im Türschloss versuchte. Der zweite Versuch entriegelte die Haustür, folglich gehörte der erste Schlüssel zur Wohnungstür.
»Sie haben also die Schlüssel.«
Durant nickte nur, doch Hampel ließ sich nicht so leicht abwimmeln. »Also wissen Sie, wo Tiana ist. Geht es ihr denn gut?«
»Was glauben Sie denn?«
Julia Durant hatte vor der Fahrt hierher in Alinas Wohnung einen Zwischenstopp eingelegt. Tiana ging es den Umständen entsprechend, sie hatte sich mit ihrem Sohn eine kleine Ecke zum Schlafen

hergerichtet und ansonsten nichts von den Möbeln und Gegenständen angerührt. Nur der Fernseher lief. Kinderprogramm. Und es hatte nach Kräutertee gerochen. Tiana hatte ihr die Schlüssel bereitwillig ausgehändigt. In ihren Augen wechselten sich Dankbarkeit und Angst ab. Der Friede für den Augenblick, die Ungewissheit vor der Zukunft. Niemand sollte in Angst leben müssen, schon gar nicht, wenn ein Baby heranwuchs. Julia hatte keine neuen Antworten auf die tausend Fragen, die Tiana umtrieben, aber sie versicherte ihr noch einmal, dass sie hier absolut sicher sei und auch niemand von dieser Wohnung wisse.

Dass jemand bei ihr eingebrochen war, hätte die Kommissarin lieber verschwiegen, aber sie musste es erzählen. Nicht nur, um den Schlüssel zu bekommen, sondern auch, weil er ihr die Gelegenheit bot, nachzufragen, was die Männer gesucht haben könnten.

»Kann es nicht doch Geld gewesen sein?«

»Nein, nein!«, wimmerte Tiana. Sie schüttelte sich.

»Was ist mit Drogen? Oder eine Waffe? Oder *irgendwas* anderes?«

Durant atmete schnell. »Was auch immer das war: Es kann Ihnen und Aleksander nicht schaden, wenn Sie jetzt damit rausrücken. Es wäre jedenfalls gefährlicher, wenn Sie nichts sagen.«

»Nein«, keuchte Tiana. »Ich ... ich weiß von nichts.«

Durant versuchte, anhand ihrer Körpersprache zu beurteilen, ob das der Wahrheit entsprach. Tatsächlich deuteten alle Anzeichen darauf hin, dass Tiana von ihrer Aussage überzeugt war. Blieb im Grunde nur noch der Mann. Vielleicht hatte er heimlich ...

Ein süßer Geruch drang ihr in die Nase. Das Aroma der E-Zigarette. Hampel. Sie standen vor der Wohnungstür, und es lag an ihr, den nächsten Schritt zu tun. Was hatte er sie eben doch gleich gefragt? Wie es Tiana ging?

»Ich kann Ihnen da nichts weiter sagen«, sagte sie, während sie das Türschloss auf Beschädigungen überprüfte. Doch es war nichts zu sehen. Offenbar hatten die beiden Typen es mit einem Dietrich geöffnet, anstatt die Tür einfach einzutreten. Was nicht so unwahrscheinlich war, denn auch die übelsten Schläger wussten gemeinhin, dass sie nicht in einem Martin-Scorsese-Film lebten. »Es geht ihr so weit gut, und Sie brauchen sich keine Sorgen zu machen. Lassen wir es vorerst dabei bewenden, okay?«

Der Taxifahrer brummte etwas, während es in dem Metallzylinder knackte, und im nächsten Augenblick schwang auch schon die Tür nach innen. Die Luft war unerwartet kalt, dann erinnerte sich Durant aber, dass Tiana die Heizungen abgedreht hatte, bevor sie zusammen aufgebrochen waren. Die eingeübten Handgriffe einer Person, die jeden Cent zweimal umdrehte.

»Bitte fassen Sie nichts an«, sagte die Kommissarin und sah sich um. Die Rollläden waren unten, und sie schaltete das Licht ein. »Wie haben Sie die Wohnung denn vorgefunden?«

Er hüstelte. »Tür offen, Licht an.«

»Haben Sie es ausgemacht?«

»Nachdem ich mich vergewissert hatte, dass niemand hier ist, habe ich es ausgeschaltet und auch die Tür zugezogen.«

»Hmm. Können Sie sich erinnern, ob die beiden Handschuhe trugen?«

»Nein.«

»Nein zu was?«

»Keine Handschuhe. Ganz sicher nicht.«

»Und was haben Sie hier alles angefasst?«

»Eigentlich nichts. Die Türen standen alle offen. Im Grunde nur die Wohnungstür und das Licht. Der Rest war genauso, wie es jetzt ist.«

Mit dem Rest bezog er sich auf die Unordnung in der kleinen Wohnung. Die Wohnzimmermöbel waren umgestoßen und aufgeschlitzt. Die meisten Türen und Schubfächer standen offen, in der Küche, außer dem Kühlschrank, ebenso wie im Badezimmer. Die Spülkastenblende über der Toilette war abgerissen. Ein typisches Geheimversteck. Nicht nur in Gangsterfilmen. Julia Durant gebot ihrem Be-

gleiter, nichts zu berühren, und verständigte die Spurensicherung. Dort wurde sie auf eine längere Wartezeit vertröstet, was ihr zwar nicht passte, aber was blieb ihr anderes übrig?
Als Nächstes zog sie ein Paar Handschuhe über und näherte sich der Küchenzeile. Öffnete den Kühlschrank und warf einen Blick ins Eisfach. Nur zur Sicherheit.
»Ach so, ja«, meldete sich Hampel zu Wort. »Den habe ich zugemacht. Das ist saugefährlich, wenn die Dinger offen stehen und sich einen Wolf laufen.«
»Ist schon okay«, murmelte Durant. Noch besser wäre es gewesen, sofort die Polizei zu verständigen. Aber das sprach sie nicht laut aus. Sie schritt die Räume ab bis ins Kinderzimmer, Hampel beäugte jede ihrer Bewegungen argwöhnisch. Als sie, mehr unbewusst, auf einem Stofftier herumdrückte, fragte er: »Was suchen Sie denn da? Etwa Geld?«
Durant wollte den Teddybären schon fallen lassen, aber dann fiel ihr etwas ein. »Nicht so wichtig. Ich dachte, der Junge möchte vielleicht seinen Bären haben.«
»Nein, das nehme ich Ihnen nicht ab! Sie haben doch drauf herumgedrückt.« Der Taxifahrer legte die Stirn in Falten, dann klappte sich sein Mund auf, als staune er über sich selbst. »Halt, Moment! Die Verhaftung und dieser Überfall auf die Spielhalle. Geht es etwa darum?« Er schlug die Faust in die Handfläche. »Verdammt noch eins – war das etwa *er*?«
»Wie gesagt ...«
»Jaja, Ermittlungstaktik, ich kapier's schon.« Er winkte ab. »Haben Sie Tiana deshalb versteckt?« In seinem Gesicht tauchten Anzeichen von Mitgefühl auf, von Sorge. »Was hat sie denn zu befürchten? Rache? Glauben Sie ...«
Julia Durants Handfläche schnitt durch die Luft. »Stopp! Bitte. Ich lasse mich nicht auf irgendwelche Spekulationen ein. Und ich kann und werde mich auch nicht mit Ihnen unterhalten wie unter Kolle-

gen. Das darf ich auch gar nicht«, fügte sie versöhnlicher hinzu, »viel mehr brauche ich Ihre Hilfe als Augenzeuge. Glauben Sie denn, Sie können die Männer identifizieren? Und hatten die beiden etwas bei sich, das wie Geld aussah? Oder etwas anderes, was Ihnen aufgefallen ist?«

Hampel überlegte. Er schloss die Augen, legte sich die Hand an die Stirn und machte eine massierende Bewegung. Es sah ein wenig seltsam aus, aber offenbar strengte er sich ernsthaft an. Kurz darauf antwortete er: »Kein Geld, keine Waffen, nichts Auffälliges. Aber dieser Gang, diese Visagen, da bekomme ich ja noch Gänsehaut. Als der eine mich angerempelt hat, dachte ich, als Nächstes fange ich mir eine Faust.«

Durant nickte. »Also könnten wir mit den Gesichtern Erfolg haben?«
»Ich glaube schon. Auf dem Präsidium?«
»Ja. Moment.« Durant zog das Handy hervor und versuchte es noch einmal bei Liebig. Tatsächlich bekam sie ein Freizeichen, und dann meldete sich eine verkatert klingende Stimme.
»Hi. Was liegt denn an?«
»Ein schönes neues Jahr.« Sie stand auf und ging ins Nebenzimmer, damit sie ungestört sprechen konnten. »Haben Sie die Mailbox noch nicht abgehört?«
»Ach, stimmt. Dito. Und nein. Sollte ich vielleicht mal tun.«
Na bravo, dachte die Kommissarin. Willkommen im Team.
Sie räusperte sich: »Schon gut. Ich habe hier einen Zeugen, der ein paar Bandenmitglieder identifizieren könnte. Können wir uns im Präsidium treffen? In unserem?«
»Wann? Jetzt?«
»Ja. Ist das ein Problem?«
»Allerdings. Das Board steht doch sowieso dort. Wozu braucht es mich?«
»Für Hintergrundinfos. Für alles, was eine Rolle spielen könnte. Sie sind da doch *der* Experte schlechthin. Immerhin geht es um den

Mord an Kyril Slavchev, und der war ja nicht gerade eine kleine Nummer in der Hierarchie.«

Liebigs Tonfall veränderte sich. »Moment. Das ist doch mein Fall.«

»Unserer, wenn ich mich nicht irre.«

»Ja, auch gut. Und wer ist jetzt dieser Zeuge?«

»Es gab einen Einbruch in Tiana Ganevs Wohnung. Jemand hat zwei Männer gesehen.«

»Aha.« Liebigs Interesse schien wieder abzuflauen. Durant bereute schon, dass sie nicht einfach geantwortet hatte, dass er das im Präsidium erfahren würde, sobald er sich herbemühte. Das versprach ja ein tolles Jahr zu werden.

»Dann schicke ich jetzt einen verschlüsselten Link«, sagte Liebig, »denn diese Fotos gibt es alle online. Spart uns beiden die Fahrt durch die Stadt. Und wenn es tatsächlich eine Identifizierung gibt, können wir uns immer noch zusammensetzen. Aber frühestens am späten Nachmittag. Oder morgen. Ich will jetzt nichts weiter als ein heißes Bad und jede Menge Kaffee. Vorher ist nichts mit mir anzufangen. Der Link kommt sofort.«

Er legte auf.

Durant ballte die Faust. Doch da piepte der Apparat auch schon wieder. Sie tippte auf die schier endlose Adresszeile, die über mehrere Bildschirmzeilen ging. Dann fiel ihr Blick auf das Akku-Symbol, welches einen niedrigen Ladestand verkündete. Es kam mal wieder alles zusammen.

»Okay«, seufzte sie, während sie zu Hampel zurückkehrte, der geduldig auf sie gewartet hatte. »Wir bleiben am besten hier, ich muss ohnehin noch auf die Spurensicherung warten. Wenn der Akku hält, können wir uns den Weg ins Präsidium sparen, denn mein Kollege hat mir das Ganze aufs Handy geschickt. Umso schneller sind wir durch.«

»Soll mir recht sein«, erwiderte Christopher Hampel. »Ich habe den Rest vom Tag nämlich frei, und mein Rücken bräuchte mal wieder ein ausgiebiges Wärmebad.«

Julia Durant verdrehte die Augen.
Was die alle mit dem Baden hatten! Gab es nichts Wichtigeres auf der Welt?

12:40 UHR

Die Dinge entglitten ihm. Er spürte es. Es war dieser Kick, der ihn immer wieder aufs Neue anstachelte. Das Verlangen, das in immer schnelleren Zyklen erwachte. Wenn das so weiterging, würde er sich eine neue Strategie überlegen müssen. Es war nur eine Frage der Zeit. Und dennoch. Immer wieder schaltete er den Laptop ein. Rief den Ordner auf, in dem er die Profilbilder von Frauen abgespeichert hatte, die er besonders begehrte. Brünett bis hin zu schwarzem Haar. Mahagoni, Ebenholz. Wobei er nicht auf diese Schneewittchen-Typen stand. Bleiche Haut, so wie sie früher als elegant angesehen wurde, regte ihn nicht an. Davon hatte er selbst genug. Jene Blässe, die ihm schon als Kind stets etwas Kränkliches anhaften ließ. Mitleidige Blicke, wenn er sich am Barren abmühte oder sofort einen blauen Fleck davontrug, wenn der Ball ihn zu hart traf.
Dafür hatte er Ausdauer. Etwas, das man ihm nicht ansah, aber das in ihm ruhte. Ausdauer und Beharrlichkeit. Wenn er etwas wirklich wollte, dann bekam er es auch. Nicht immer freiwillig. Nicht auf direktem Weg. Das machten die Kämpfer so, die Starken und Schönen. Er gelangte auf anderem Weg zum Ziel. Und wenn er erst einmal dort war, dann konnte es ihm keiner nehmen. Auch, wenn hinterher alles kaputt war.
Er schüttelte einen finsteren Gedanken ab, der ihm einen kalten Schauer durch sein Innerstes trieb. Sie war einfach gestorben. Warum? Er surfte eine Weile, um auf andere Gedanken zu kommen. Autos, Motorräder, Reisen. All das interessierte ihn zwar, konnte ihm aber nicht das geben, was er jetzt brauchte. Politik. Nein. Er wollte sich

nicht noch mehr aufregen. Stattdessen rief er einige Websites auf, um sich darüber zu informieren, wie es in Sachen Nylonstrümpfen stand. Außerdem brauchte er neue Kondome. Beides würde er nicht online bestellen, aber das Internet war eine angenehme Alternative zu aufdringlichen Beratungsgesprächen. Anonym und in aller Ruhe anschauen oder Bewertungen studieren. Sich ein eigenes Bild machen, bevor man sich in die Außenwelt begab. Außerdem wusste er mittlerweile sehr genau, welche Präservative seinen Bedürfnissen entsprachen und welche nicht. Und er würde sicher nicht in ein Bekleidungsgeschäft gehen, um sich dort testweise Strumpfhosen übers Gesicht zu ziehen. Das konnte er auch anders haben. Wenn es überhaupt so weit kam, dass er sich maskieren musste. So, wie die Dinge sich im Moment entwickelten, würde er überhaupt nicht mehr auf solche Hilfsmittel zurückgreifen müssen.

Dann begab er sich wieder in die Gruppe der gut aussehenden Läuferinnen. Nicht als Cornelia Höllermann, denn diese hatte in den vergangenen Tagen mehrere Freundschafts- und Nachrichtenanfragen erhalten. Irgendwie hatte er das Gefühl, dieser Kontakt war verbrannt. Das Profil von Sybille wollte er ebenfalls nicht benutzen. Wieder fröstelte es ihn. Er würde es vermutlich nie wieder verwenden.

Zwei Minuten später waren die Schatten vergessen.

Diese rassige Schönheit aus dem Morgenland entpuppte sich als wahre Sportskanone. Schon vor Tagen hatte sie die Frage gestellt, ob es zwischen den Jahren die eine oder andere Gelegenheit für einen Lauf gebe. Sie laufe derzeit ungern alleine, schrieb sie. Und auch wenn sie das Offensichtliche nicht aussprach, wusste doch jede in der Gruppe, worauf sie damit anspielte.

Er überflog ein paar vor Mitleid triefende Kommentare, die vom eigentlichen Thema ablenkten. Niemand schien sich seit dem Wochenende für ein Treffen zu interessieren. Verdammt!

Er verschränkte die Finger ineinander und ließ die Knöchel knacksen. Dann tippte er:

> Ich würde gerne heute noch einen Lauf machen. Sonst setzt sich das Raclette von gestern an mir fest.

Er garnierte das Ganze mit ein paar Emoticons, die von einer Neujahrsvöllerei zeugen sollten. Rollende Augen und Feuerwerk. Knallender Sekt und aufgeplusterte Backen.

Niemand reagierte. Aber das lag vielleicht daran, dass es für den Tag nach all den ausgelassenen Silvesterfeiern noch zu früh war. Bis halb vier war das Feuerwerk in manchen Stadtteilen zu hören gewesen. Der Dunst hatte schon ab dreiundzwanzig Uhr über dem Main gelegen. Der weißgelbe Schein von Fenstern und Straßenbeleuchtung kämpfte an manchen Stellen erfolglos gegen die Nebelwolken an. Blaulicht zuckte. Scherben flogen herum. Hier und da explodierte es unter Gullydeckeln und in Briefkästen. Die Feuerwehr hatte die längste Nacht des Jahres hinter sich gebracht, das Gleiche galt für eine ganze Armada an Rettungsfahrzeugen, die sich um kleine und größere Brand- und Schnittverletzungen kümmern musste.

Er wartete eine Weile, dann ergänzte er seinen Beitrag um einen weiteren:

> Übrigens würde ich momentan auch lieber nicht alleine laufen. Also hat jemand Lust? Vielleicht tagsüber, im Rebstockpark? Oder anderswo?

Er drückte auf Absenden und entschied, dem Ganzen ein wenig Zeit zu lassen. Aber dann war es ausgerechnet sie, die offenbar zeitgleich online war und auf seinen Ruf antwortete.

> Hi. Ich würde auch gerne laufen. Rebstock klingt gut. An welche Uhrzeit hattest du denn gedacht?

Sein Atem ging flach, während sein Herz stolperte.
Es war *sie*. Semra, die Dunkle, er hatte die Bedeutung ihres Namens längst nachgeschlagen. Auch wenn ihr Profil im Grunde kaum etwas hergab, hatte er das Gefühl, sie gut zu kennen.
Und bald, sehr bald, würde er ihr noch viel, viel näher sein.

13:15 UHR

Peter Brandt empfing den Anruf seiner Kollegin mit einem Stirnrunzeln. Das mochte zum einen daran liegen, dass der Silvesterabend lange und alkoholreich gewesen war. Zum anderen, weil er in dieser Minute auf dem Feldberg-Plateau stand und ihm nicht nach einem dienstlichen Gespräch war.
»Frohes Neues!«, begrüßte er Canan in einem Tonfall, der viel weniger froh klang als beabsichtigt.
»Dir auch. Es gibt vielleicht einen Durchbruch!«
Brandt lächelte seiner Begleiterin zu und gab ihr zu verstehen, dass das Ganze wichtig war. Elvira Klein, Oberstaatsanwältin, lächelte zurück und hakte sich bei ihm ein. Das Verbrechen schlief niemals. Wenn jemand das verstand, dann sie.
»Schieß los«, sagte Brandt. »Ich bin mit Elvira unterwegs, ich schalte mal laut.«
Dagegen hatte seine Gesprächspartnerin nichts einzuwenden. Während Brandt und Klein in Richtung einer Felsformation spazierten und dabei den wenigen anderen Ausflüglern auswichen, berichtete Bilgiç über ihre Arbeit mit den Benutzerprofilen.
»Wir haben weiter ausgesiebt, Klarnamen und Fotografien überprüft und eine Vielzahl der Benutzerinnen als eindeutig echte Personen identifizieren können. Kommilitonen, Familienmitglieder, Vereine – meistens findet man selbst in den privatesten Profilen mindestens einen Punkt, an dem man ansetzen kann.

Der Rest«, schnaufte sie, »ist potenziell Fake.«
»Von wie vielen reden wir denn da?«, fragte Elvira Klein dazwischen.
»Ach ja, und auch von mir noch frohes neues Jahr.«
»Danke, ebenso. Es sind zwölf, bei denen wir uns unsicher sind. Also etwa ein Fünftel aller Gruppenmitglieder. Und eine dieser zwölf Personen hat eine Anfrage gestellt. Der Name lautet Tina Schneider.«
»Na toll«, brummelte Brandt. Er trug, genau wie Elvira, ja selbst keinen seltenen Nachnamen. Schneider gehörte zu Deutschlands Top drei, dazu das Kürzel Tina, was neben der Kurzform noch sämtliche Christinas, Martinas und Bettinas einschloss. Zufall oder Absicht?
»Dasselbe hab ich auch gedacht«, sagte Bilgiç. »Dazu nur ein verwaschenes Foto, also so viel Weichzeichner, dass man praktisch nichts darauf erkennt. Das kann alles trotzdem echt sein, viele Frauen schützen sich, indem sie kaum etwas preisgeben. Es kann aber eben auch ein Treffer sein. Jedenfalls habe ich ihr geantwortet. Sie möchte laufen gehen, wir haben den Rebstockpark ausgemacht. Ich habe sogar gefragt, wie ich sie erkenne. Wisst ihr, was sie geantwortet hat?«
»Sag.«
»›Ich erkenne dich.‹ Dazu ein Smiley. Ganz schön frech, oder? Ich meine, selbst wenn es sich um ein echtes Profil handelt. Aber ich wollte nicht nachbohren, denn ich wollte sie nicht verschrecken. Wenn wir uns nachher treffen und es sich tatsächlich um eine reale Person handelt, kann ich ihr ja immer noch erklären, dass diese Vergewaltigungen mir eine Heidenangst einjagen.«
Elvira Klein blieb abrupt stehen, und damit musste auch der eingehakte Peter Brandt anhalten. »Warum sagen Sie nicht einfach die Wahrheit?«
Am anderen Ende der Verbindung entstand eine kurze Pause. Es knackte. Dann sagte die Kommissarin: »Wir haben uns vorläufig dagegen entschieden. Je weniger Personen davon wissen, desto besser. Denn diese Gruppe ist bis dato das Einzige, was wir haben.«

»Das begeistert mich nicht gerade«, kommentierte die Staatsanwältin, »aber meinetwegen. Begeben Sie sich nur bitte nicht in Gefahr.«

»Deshalb hab ich ja unter anderem angerufen«, sagte Bilgiç. »Ich wollte fragen, ob Peter verfügbar ist. Bei Julia komme ich gerade nicht durch, und die Zeit wird langsam knapp.«

Brandt sah auf die Uhr. »Wieso? Wann soll dieses Treffen denn stattfinden?«

»Um zwei.«

»Das ist allerdings knapp. Das schaffen wir nicht, und um ehrlich zu sein, geht mir das auch alles etwas zu schnell.«

»Mensch, Peter, das ist die Chance! Wer weiß, wie viele wir noch kriegen. Was soll denn passieren?«

Brandt wollte etwas erwidern, doch da sprach sie schon weiter: »Egal. Ich frag Uwe. Hauptsache, du weißt Bescheid.«

»Aber ...«

»Bitte lass mich das jetzt durchziehen. Ich könnte es nicht ertragen, wenn noch eine weitere Frau zu Schaden kommt.«

Und schon war das Gespräch beendet.

Canan Bilgiç hatte ihn überrumpelt. Mal wieder.

Peter Brandt ließ das Telefon in seiner Jackentasche verschwinden.

Er blickte Elvira in die Augen.

»Du möchtest runter in die Stadt, hab ich recht?«, fragte sie.

Er nickte. Niemand kannte ihn so gut wie Elvira. Wer hätte das einst gedacht? Der Bulle und die Staatsanwältin. Feuer und Wasser. Eine Hassliebe, die wie ein Schützengraben zwischen den beiden lag. Unüberwindbar. Lebensbedrohlich. Und dann, plötzlich, hatten sie einander eingestehen müssen, dass der Hass nur eine Projektion war. Weil sie sich beide so verdammt ähnlich waren. So kompromisslos und eigensinnig. So leidenschaftlich.

»Dann los.«

Er küsste sie. Und aller Frust über seine verflossene Ehe und die Kinder, die ihn nicht mehr brauchten, war vergessen. Jedenfalls für eine Weile.

*

Etwa zur selben Zeit klappte Uwe Liebig seinen Computer zu. Die moderne Technologie erlaubte es ihm, überall zu arbeiten. Auch an seinem Lieblingsplatz, in seinem Van, wo er den Ausblick stets aufs Neue definieren konnte und immer ein problemloser Zugang zur Gastronomie seines jeweiligen Geschmacks gegeben war. Er warf einen Blick auf sein Smartphone, das schon vor einigen Minuten gepiept hatte. Es war Canan, so viel hatte ihm das Display bereits verraten. Den Rest konnte er sich denken. Zuerst aber beendete er seine Aktivitäten, denn er wollte keine Fehler machen, die er hinterher bereute.
Auf dem Smartphone erschienen zwei Textnachrichten, in denen seine Kollegin ihm zuerst Neujahrsgrüße schickte und ihn dann darüber informierte, dass sie womöglich einen Treffer erzielt habe. Dass sie sich noch heute, um fünfzehn Uhr, am Rebstockpark mit einer gewissen Tina treffen wolle.
Tina Schneider, dachte er, und seine Mundwinkel zuckten.
Es war einer der zwölf Namen, die sie gemeinsam auf eine Liste geschrieben hatten. Michael Schreck, der frühere Leiter der Frankfurter IT-Abteilung und ein Hollywood-Fan erster Güte, hätte vermutlich »Das dreckige Dutzend« dazu gesagt. Doch er war längst nicht mehr da. Er hatte es richtig gemacht. Nachdem ihn hier nichts mehr hielt, war er ins Ausland gegangen. Zuerst nur für eine Weile, schließlich ganz. Liebig hob und senkte den Brustkorb, der sich anfühlte, als läge eine Bleiplatte darauf. So etwas schaffte nicht jeder. Und wie könnte er jemals das Grab seiner Prinzessin zurücklassen.
Er schüttelte sich. Fünfzehn Uhr, dachte er und suchte mit dem Zeigefinger Canans Eintrag in der Anruferliste. Wenn er an sie dachte,

fühlte sich das immer anders an. Irgendwie warm, aber es war nicht die reine Lust, die diese Wärme auslöste. Er musste an ihren Disput am Vortag denken. Auch wenn sie bislang nicht mehr davon angefangen hatte, spürte er, dass diese Sache zwischen ihnen stand.
Er würde das Nötige unternehmen müssen, dass sie ihm nicht über den Kopf wuchs.

13:50 UHR

Ich bin viel zu früh. Drehe schon mal eine Runde zum Aufwärmen.

Canan Bilgiç las die Nachricht, die sie über den Messenger empfangen hatte. Riskant, dachte sie. Oder steckte Kalkül dahinter? Sie hatte sich die ganze Herfahrt über gefragt, wie der Täter es anstellen wollte, nicht am Treffpunkt zu erscheinen und sein Opfer – in dem Fall sie selbst – an eine Stelle zu locken, wo er sie überfallen konnte. Was hatte Julia Durant von der Vergewaltigung im Günthersburgpark erzählt? War da nicht das Opfer diejenige gewesen, die den Termin erstellt hatte? War sie einfach losgelaufen, nachdem sie ein paar Minuten gewartet hatte? Erwartete der Täter dasselbe von ihr? Rechnete er damit, dass man, wenn man sich im Laufdress extra zu einem Treffpunkt begeben hatte, nicht untätig wieder nach Hause fuhr?
Sie warf einen Blick auf die Uhr. In knapp zehn Minuten würde sie es herausfinden. Sie war mit Absicht so früh hergekommen, damit sie sich einen Überblick verschaffen konnte. Ihr Mini parkte am Rand des Geländes, auf den Pkw-Stellplätzen entlang der Max-Pruss-Straße, wo außer einem Getränkeanhänger keine anderen Fahrzeuge in unmittelbarer Nähe geparkt waren. Sie taxierte die Umgebung. Dafür, dass Feiertag war und die Witterung halbwegs freundlich geworden war, hätte sie mehr Betrieb erwartet. Doch außer den üblichen Joggern und Gassigängern war der Park nicht allzu stark besucht. An

manchen Tagen war hier manchmal die halbe Stadt unterwegs, doch heute waren es nur ein paar Kinder, die sich in der Nähe aufgestapelter Stämme herumtrieben. Andere fütterten die Nilgänse, die seit geraumer Zeit ein Streitthema in der Stadt waren. Jenseits des weitläufigen Geländes die Bleistiftspitze des Messeturms und die blau hervorstechende Scheibe eines Hotelbaus, der hier oft nur »Spalt-Tablette« genannt wurde. Canan rief eine Karte auf dem Handy auf und studierte die Umgebung. War nicht der erste Überfall in dieser Gegend hier geschehen? Und lag nicht auch die Spielhalle mit dem ermordeten Bandenmitglied in der Nähe? Sie fuhr mit dem Finger über die Satellitenfotografie, die so scharf war, dass man selbst die Schwäne erkennen konnte, die auf dem Rebstockweiher durchs Wasser zogen.

Ihre Position wurde am nördlichen Rand des Parks angezeigt. Rechts auf der Karte, aber links in der Wirklichkeit, denn sie hielt das Handy entgegen der Himmelsrichtung, das Silberdach des Schwimmbads. Unten eine Hundertschaft an Schrebergärten, ebenso links von ihr, jenseits der Unterführung. Ansonsten ringsum Gewerbegebiete und Schnellstraßen. Sie befand sich an einem von Frankfurts wichtigsten Zubringern und Knotenpunkten. Canan konzentrierte sich wieder auf das Parkgelände. Das Ufer des Weihers wartete mit teils dichtem Bewuchs auf, weiter westlich sogar ein kleines Wäldchen. In unmittelbarer Nähe ihres Standorts zog sich ein Spalier junger Bäume, die wie Zypressen geschnitten waren. Lang, schlank und nach oben spitz zulaufend. Allerdings keine immergrünen Bäume, sondern mit traurig schlaffem Braun behängt. Die Kommissarin griff in ihre Sporttasche, die auf dem Beifahrersitz stand, und zog ihre Dienstwaffe heraus. Eine P30 von Heckler&Koch, seit einigen Jahren das Standardmodell. SIG Sauer P6. Eine Waffe, die sie selten zog, aber die sie in- und auswendig kannte. Sie konnte bis heute nicht behaupten, dass sie sich durch das Tragen der Waffe sicherer fühlte. Trotzdem schob sie die Pistole in das eng anliegende Schulterholster, das sie über einem engen Oberteil trug. Danach eine Trainingsjacke,

die weit genug geschnitten war, um keine Ausbeulungen zu verursachen. Ein Blick in den Innenspiegel. Eine große Portion Entschlossenheit, aber eine kleine Prise Unsicherheit. Angst? Nein, sagte sie sich. Angst war etwas für Unvorbereitete. Sie würde dieses Schwein genau dort treffen, wo er es am wenigsten vermutete. Würde sich naiv geben, um im entscheidenden Moment diejenige zu sein, die zuschlug. Ihre rechte Faust ballte sich. Sie stieg aus, verriegelte den Wagen und ließ den Schlüssel nebst Smartphone in einem Laufgürtel verschwinden.
Kaum war der Reißverschluss zu, schon piepte das Gerät. Vermutlich Julia Durant, der sie ebenfalls eine Nachricht gesendet hatte, nachdem ihr Anruf direkt an die Mailbox weitergeleitet worden war. So ein Mist! Peter war im Taunus, Julia hatte ihr Gerät nicht auf Empfang. Also war ihr am Ende nur Uwe geblieben, was sich nach dem gestrigen Gespräch seltsam anfühlte. Sicher, Canan hatte sich immer auf ihn verlassen können, und nur die Tatsache, dass er sich gelegentlich im *Oasis* vergnügte, machte ihn nicht zu einem schlechten Menschen. Oder doch? Was lag da noch alles im Verborgenen, im Halbdunkel zwischen Dienstmarke und Illegalität? Sie wollte sich weder nach ihm umsehen noch ein Telefonat mit ihm führen. Nichts tun, was auf einen eventuellen Beobachter verdächtig wirken konnte. Ihr Kollege wusste, dass sie hier war. Und irgendwo in angemessener Entfernung war auch er. Er würde das Richtige tun. Typen wie Uwe stürzten sich im Ernstfall ohne jedes Zögern in eine brenzlige Situation, und zwar ohne Rücksicht darauf, was die Vorgesetzten dazu sagen würden. Also war er im Grunde nicht mal die schlechteste Wahl.
Es blieb ihr keine Zeit mehr zum Grübeln. Die Kommissarin entdeckte eine blonde Frau, die sich hinter dem Dickicht aus Bäumen und Sträuchern hervorbewegte. Winkend.
Meint sie mich? Canan drehte sich um, konnte ringsum keinen anderen Adressaten für das Winken ausmachen. Also hob sie zögerlich die Hand und verfiel in einen leichten Trab, um die Blondine zu er-

reichen. War das diese Tina? Jenes verwaschene Profilbild, auf dem kaum mehr als die Haarfarbe zu erkennen gewesen war?
Canans Herz begann zu pochen. Wie lange war es her, dass sie ernsthaftes Ausdauertraining absolviert hatte? Wie sollte sie einer realen Person erklären, dass sie nicht so gut in Form war und im Grunde darauf gehofft hatte, dass es sich bei ihrer Verabredung um ein Fake-Profil und einen Serien-Vergewaltiger handelte? Und wäre es in diesem Fall nicht besser gewesen, sich um mehr Verstärkung zu bemühen?
Doch es war zu spät. Die Blondine trat für einige Sekunden auf der Stelle, dann beschleunigte sie in ihre Richtung.
Alles oder nichts, dachte die Kommissarin.

14:05 UHR

Schon nach dem Betrachten der Fotogalerie hatte der Akku von Julia Durants Smartphone aufgegeben. Umso zäher gestaltete sich die Wartezeit auf Platzeck und seine Kollegen von der Spurensicherung, denn bis zu deren Eintreffen musste auch der Taxifahrer warten. Hampel war niemand, mit dem die Kommissarin gerne Zeit verbrachte, schon gar nicht auf so engem Raum. Wie gut, dass er zumindest zeitweise auf die Straße ging, um zu dampfen. Wie erleichternd, als er endlich mit drei Forensikern im Schlepptau nach oben kam.
Diese erkannten schnell, dass sie hier vermutlich einige Stunden verbringen würden. Der Chef der Spurensicherung nahm zuerst die Fingerabdrücke des Taxifahrers, danach verabschiedete die Kommissarin sich von ihm und komplimentierte ihn nach draußen. Währenddessen nahmen die Forensiker ihre Arbeit auf. Sie konzentrierten sich zuerst auf jene Spuren, die bei der Verwüstung der Räumlichkeiten entstanden sein mussten. Als Durant zurück in die Wohnung trat, gab Platzeck ihr noch einmal deutlich zu verstehen, dass sie besser keine

Wunder von ihm erwarten solle. »Ein so enges Terrain, von drei Personen bewohnt ... da ist praktisch auf jedem Quadratzentimeter ein Fingerabdruck.«

»Aber keiner der drei hat bisher den Spülkasten aus der Wand gerissen«, wandte sie ein. Jedenfalls glaubte sie das. Und falls sich dort doch ein Satz Abdrücke von Aleksander Salim finden würde, der über die sachgemäße Benutzung einer Toilettenspülung hinausging, so hatte sie zumindest einen weiteren Anhaltspunkt.

Platzeck versprach, alles in seiner Macht Stehende zu tun, und Durant wusste, dass sie sich darauf verlassen konnte. Er war manchmal etwas mürrisch, aber im Grunde ein herzensguter Mensch, der für seine Arbeit brannte. Auch nach all den Jahren. Solche Menschen fand man heute nur noch selten. Prompt musste sie an Uwe Liebig denken.

Zuvor, beim Durchgehen der digitalen Fotogalerie, hatte Christopher Hampel hier und da Anstalten gemacht, ein Gesicht zu erkennen. Meistens aber folgte direkt darauf ein Rückzieher. Man musste ihm zugutehalten, dass viele der Männer einander ähnelten. Mürrisch, dem Fokus der Kamera ausweichend, oder angriffslustig, manchmal überheblich. Als wollten sie mit ihrem Blick zum Ausdruck bringen, dass man ihnen ohnehin nichts anhaben könne. Unterm Strich endete das Betrachten der möglichen Tatverdächtigen mit einem Treffer, bei dem Hampel sich zu neunundneunzig Prozent sicher gewesen war. Ein Osteuropäer mit dem zugehörigen Allerweltsnamen. Der Mann, der ihn angerempelt hatte. Bei Person Nummer zwei hatte er sich nicht festlegen können, aber es gab drei Optionen, wenn auch mit Fragezeichen versehen. Jetzt wäre es gut gewesen, Liebig an ihrer Seite gehabt zu haben. Vermutlich hätte er abschätzen können, wer am ehesten zum Dunstkreis des Identifizierten zu zählen war. Sie hatte kurzzeitig überlegt, ob sie ihn noch einmal anklingeln sollte, aber dann hatte Platzeck sie abgelenkt.

Kurz darauf hatte die Kommissarin dann auch Christopher Hampel verabschiedet und sich danach ebenfalls auf den Weg gemacht. Sie verspürte einen plötzlichen Hunger und drehte daher spontan einen Schlenker über den Hauptbahnhof, wo sie sich zwei Portionen Currywurst holte und direkt vor Ort verdrückte. In den alten Hallen herrschte fast dieselbe Geschäftigkeit wie an einem Werktag. Geschäfte waren geöffnet, es gab gastronomische Vielfalt, und auch der Bedarf an Blumensträußen wurde hier gedeckt. Die Reisenden bewegten sich vielleicht mit mehr Bedacht als unter der Woche. Hier und da waren Skier zu sehen. Es gab tatsächlich noch Menschen, die mit der Bahn in den Urlaub fuhren. Dazwischen immer wieder Koffer mit den langen Klebebändern der Lufthansa.

Urlaub, dachte die Kommissarin sehnsüchtig. Das wäre jetzt eine gute Idee. So wie Doris und Peter. Bis zu ihrem nächsten Urlaub würde es vermutlich noch eine Weile dauern. Die nächstmögliche Reise war für Mai angedacht, auch wenn sie und Claus sich bezüglich des Wohin noch nicht festgelegt hatten. Es würden ihre Flitterwochen werden. Wobei: Nannte man das beim zweiten Mal überhaupt noch so?

Bevor sie den Motor startete, um ins Präsidium zu fahren, kam ihr die Idee, im Handschuhfach des Dienstwagens nach einem Ladekabel zu suchen. Vielleicht hatte ja ein Kollege ein passendes Exemplar dort liegen lassen. Schon wieder drängten sich Aggressionen gegen Uwe Liebig in den Vordergrund, denn hätte sie die Fotos nicht auf ihrem Gerät ansehen müssen, wäre die restliche Ladung nicht so schnell in die Knie gegangen. Natürlich wusste sie, dass das unfair war. Sie hätte das Gerät einfach nur richtig laden müssen. Auch in einer Silvesternacht, insbesondere dann, wenn man sie zu zweit zu Hause verbrachte und nur wenig Alkohol getrunken hatte. Oder in den Stunden, seit sie aufgestanden waren. Doch sie hatte es schlicht und ergreifend vergessen. Diese Verantwortung konnte sie nicht auf andere abwälzen.

Sie hatte Glück. Fand ein Ladekabel plus zugehörigem Anschlussstecker für die Zigarettenanzünderbuchse. Verband alles miteinander und wartete. Aber es regte sich nichts. Zuerst bedurfte es einer gewissen Grundladung. Und die hatte sie bis zum Parkplatz des Präsidiums nicht erreicht.

Kaum dass sie durch die Eingangstür getreten war, kam ihr auch schon Claus entgegengestürmt. Er war kreidebleich, und Schweißperlen glänzten im kalten Licht der Deckenleuchten.

»Julia ...«

»Um Himmels willen«, entfuhr es ihr.

»Es ist ...« Er atmete schwer. So hatte sie ihn noch nie erlebt. »Es ist ... Canan.«

Julias Knie spürte einen Knoten, der ihr auf die Kehle drückte.

»Canan – was?«

»Rebstockpark. Sie ist ... sie wurde ...«

Der Knoten in ihrer Brust wurde immer dicker und schnürte ihr die Luft zum Atmen ab. Ihre Knie wurden weich, und sie konnte sich nur mit Mühe abfangen.

Canan.

Das konnte ... das *durfte* nicht sein!

Eine Viertelstunde später erreichten sie die Max-Pruss-Straße. Es herrschte reger Betrieb, ganz anders als im Park Louisa. Doch es fehlte an Absperrband und Sichtschutzwänden, von der Spurensicherung war auch nichts zu sehen. Lediglich ein Rettungswagen, der sich in dieser Minute in Bewegung setzte. Blaulicht und Martinshorn. Dann erkannte die Kommissarin ein paar betretene Gesichter fremder Uniformierter. Junge Leute, die vor ein paar Stunden vermutlich noch gefeiert hatten und heute Dienst schieben mussten. Vielleicht drückten ihre Mienen etwas ganz anderes aus als Mitgefühl für eine Kollegin. Als Nächstes aber entdeckte Durant ein bekanntes Gesicht. Uwe Liebig. Und sie erkannte dasselbe Grauen, das sie selbst gespürt hatte. Noch bevor Claus Hochgräbe den Motor stoppen konnte, war sie bereits aus dem Wagen gesprungen. Umrundete einen in die Jahre gekommenen Ausschankwagen und erreichte den Offenbacher Kol-

legen, von dem sie wusste, dass er Canan nahestand. Aber wieso war er hier? Warum ...
»Was ist mit Canan?«, rief sie ihm zu.
Alles, was Claus ihr hatte sagen können, war, dass man sie in einem verwucherten Bereich des Parkgeländes aufgefunden hatte. Schwer verletzt und nicht bei Bewusstsein. Sämtliche Details verloren sich in einem Reigen aus vorbeirasenden Gedankenfetzen und angsterfüllten Fantasiebildern. Manchmal vergingen Wochen, ja sogar Monate, in denen Julia Durant sich nicht an diese bestimmte Facette ihrer eigenen Vergangenheit erinnerte. An die Entführung, unmittelbar vor ihrer Haustür, an das erstickende Verlies und an die Dinge, die der Entführer mit ihrem Körper angestellt hatte. Er hatte sie vergewaltigt. Ein ebenso perverses Schwein wie jenes, das in diesen Tagen sein Unwesen trieb. Alina Cornelius und sie hatten dieselben Erinnerungen geteilt, dieselben unsichtbaren Narben auf ihren Seelen getragen. Alina war nun nicht mehr bei ihr. Hatte es jetzt Canan Bilgiç getroffen?
Liebigs Antwort holte Durant ins Hier und Jetzt zurück. »Der Arzt hat nicht viel gesagt.« Seine Worte kamen gepresst und klangen abgehackt. »Schädel-Hirn-Trauma. Heftiger Blutverlust. Es sieht nicht gut aus.«
Durant versuchte krampfhaft, den Kloß wegzuschlucken. Doch außer Schmerzen im Rachen erreichte sie nichts.
»Wurde sie ... ich meine, hat er ...«
Liebig verneinte. »Keine Anzeichen. Und auch keine Zeit dafür.«
»Das verstehe ich nicht.«
»Ich war doch direkt hinter ihr. Habe sie keine fünf Minuten aus den Augen verloren.«
»Moment, langsam. Direkt hinter ihr?«
Lag es an den Umständen, dass sie so begriffsstutzig war, oder ging hier tatsächlich etwas Wesentliches an ihr vorbei?
»Canan hatte Kontakt zu diesem Typen. Eine Verabredung zum Lau-

fen. Sie hat mich angerufen, deshalb bin ich hier. Ziemlich kurzfristig«, er schluckte hart und fuhr mit zitternder Stimme fort, »aber sie wollte sich die Chance nicht entgehen lassen. Scheiße noch mal! Das haben wir jetzt davon.«

Liebig drehte sich weg und verbarg das Gesicht in den Händen. Durant verspürte den Impuls, ihm die Hand auf die Schulter zu legen, doch so weit war sie noch nicht. Vor allem, weil sie das in diesem Augenblick selbst gut hätte gebrauchen können. Sie drehte sich um, vielleicht war Claus schon in der Nähe. Doch stattdessen erkannte sie ihn an der Rückseite des Wagens lehnend, neben ihm zwei alte Bekannte, denen das Entsetzen ins Gesicht geschrieben stand. Peter Brandt und Oberstaatsanwältin Elvira Klein. Julia näherte sich der Gruppe und nickte den beiden zu. Auch hier stellte sich die Frage, wie schnell die beiden den Weg hierher gefunden hatten.

»Weiß man schon Genaueres?«, wollte Hochgräbe wissen.

Niemand verfügte über Antworten. Woher auch?

»Wer hat euch denn verständigt?«, fragte Durant. Bei dieser Gelegenheit erkannte sie den glasigen Schimmer über Brandts Pupillen.

Er winkte mit beiden Händen ab, eine fahrige Kompensation seiner Hilflosigkeit, und sagte: »Wir waren doch oben auf dem Feldberg. Dann hat Canan angerufen und uns von diesem Treffen hier erzählt ...«

Er brach ab und schüttelte sich.

Klein strich ihm über den Rücken und fuhr fort: »Sie hatte es zuerst bei Peter versucht, aber wollte dann jemand anderen finden. Es war alles so kurzfristig. Doch wir konnten dann nicht einfach so weiter spazieren gehen, als wäre nichts, also sind wir zurück zum Auto und hierhergefahren.« Ihre Stimme verebbte. »Zu spät.«

Durant wurde heiß und kalt auf einmal, als sie an ihren leeren Handyakku dachte. Vielleicht ... Sie unterbrach die Spekulation und rechnete nach. »Aber wenn ihr gleich gefahren seid, dann müsst ihr euch keine Vorwürfe machen ...«

»Darum geht es doch gar nicht!«, spie Brandt aus. Seine Wangen begannen zu glühen, als er weitersprach: »Wir schieben alle einen faulen Lenz, und unsere Kollegin wird von diesem Monster fast umgebracht! Das ist der Vorwurf, verdammt, Feiertag hin oder her. Wo seid ihr denn alle gewesen? Beim Sektfrühstück?«

Durant spürte, wie die Wut in ihr aufstieg, auch wenn sie wusste, dass da nicht Peter Brandt selbst, sondern eine Stimme der Verzweiflung die Worte formte. Eine Anklage der Hilflosigkeit, die sie bereits selbst gespürt hatte.

Hochgräbe reagierte als Erstes. »Wir waren im Präsidium und haben bis zur Meldung nichts von alldem gewusst.«

Durant neigte den Kopf. »Tut mir leid. Aber das hier macht mich fix und fertig.«

Peter lächelte matt. »Schon gut. Uns alle. Seid ihr denn wenigstens weitergekommen?«

Sie verneinte. »Ich war an einem Tatort. Einbruch. Hat nur indirekt damit zu tun. Ansonsten leider Fehlanzeige.«

Das mit dem Akku verschwieg sie vorläufig. Aber allein der Gedanke daran, dass Canan sie womöglich zu erreichen versucht hatte, trieb ihr die Panik durch den Leib.

Was, wenn …

Sie wollte nicht daran denken.

Die Kommissarin löste sich wieder aus der Gruppe, um sich noch einmal mit Liebig zu unterhalten. Er nuckelte an einem Strohhalm, der in einem übergroßen Colabecher steckte. In jeder anderen Situation hätte sie womöglich schmunzeln müssen. Was des einen Fast-Food-Liebe war, war für andere eben das Salamibrot mit Dosenbier.

Liebig wirkte nervös, vielleicht auch übernächtigt. So viel zum Thema Badewanne. Er klammerte sich an sein Handy, als wartete er jede Sekunde auf eine Benachrichtigung.

»Wie lange bist du denn schon hier?«, fragte Durant, und keiner der beiden nahm Anstoß an ihrem Du.

»Viertel vor. Glaube ich.«

»Und Canan?«

»Kam nach mir. Sie hat mich ziemlich kurzfristig benachrichtigt, das Ganze hat sich ja spontan ergeben.«

»Und dann?«

»Sie kam an, parkte, hat einen Moment gewartet und ist dann direkt losgelaufen. Wir hatten uns vorher zwar abgestimmt, aber dann keinen Kontakt mehr. Sie ist einfach losgelaufen. Vermutlich wollte sie nicht riskieren, dass wir auffliegen. Deshalb habe ich ja auch woanders geparkt.«

Durant überlegte. »Und was geschah als Nächstes?«

»Ich habe gewartet. Habe mir ein paar Autokennzeichen notiert und die Passanten gecheckt.« Er stockte und trank einen weiteren Schluck. »Irgendwann kam es mir komisch vor, dass sie nicht mehr hinter den Bäumen auftauchte. Deshalb bin ich ihr nachgegangen. Ich meine, es gibt ja genügend Spaziergänger, da war ja nichts dabei.«

»Und dann hast du ... sie gefunden?«

»M-hm.« Liebig atmete schwer und schüttelte den Kopf. »Scheiße. Ich will nicht noch jemanden verlieren.«

Julia Durant musste an Christopher Hampel und seinen Vaporizer denken. In Momenten wie diesen würde sie sich wohl immer nach einer Zigarette sehnen, um ihre Nerven zu beruhigen. Sie schüttelte sich.

»Gibt es denn *irgendwas,* was wir uns näher betrachten müssen? Was ist mit dem Tatort, was ist mit Canans Handy?«

»Das Handy ist weg«, sagte Liebig.

»Meinst du, der Täter ...?«

»Wer sonst?«

»Hm.« Julia Durant knetete sich die Unterlippe. Der Täter hatte sich da auf ein verdammt riskantes Spiel eingelassen. Es mochten zwar nicht viele potenzielle Zeugen sein, aber der Rebstockpark war am helllichten Tag alles andere als ein diskreter Ort für ein Sexualverbrechen. Selbst das Gebüsch war durch das fehlende Laub nur an wenigen Stellen dicht genug, um unerwünschte Blicke abzuschirmen. Und dann der Zeitfaktor. Irgendetwas rumorte da in ihrem Magen massiv, und das lag nicht an den beiden Currywürsten.

»Eine Sache vielleicht noch«, vermeldete Liebig, und sofort galt ihre Aufmerksamkeit wieder ganz dem Kollegen in spe. »Als Canan startete, war da eine blonde Joggerin. Schlank, sehr weiblich, schätzungsweise eins siebzig. Sie kam dort hinten den Weg entlang und hat in ihre Richtung gewinkt.«

»Das verstehe ich nicht. Eine Frau?«

»Denselben Gedanken hatte ich auch. Aber sie ist zielstrebig auf Canan zugelaufen, deshalb kriege ich das Bild nicht mehr aus dem Kopf. Für ein paar Sekunden dachte ich, hey, alles gut, dann ist es eben nur eine harmlose Verabredung. Aber kurz bevor sie sich trafen, ist die Blondine vom Weg abgebogen. Ich habe sie dann hinter den Bäumen kurz aus den Augen verloren, aber dann kam sie auf dem Parkplatz raus. Ein ganzes Stück hinter dem Bieranhänger. Dort ist sie in einen Jeep gestiegen. Beifahrerseite. Das Winken hat also offenbar dem Fahrer des Wagens gegolten.«

»Scheiße. Hast du das Kennzeichen?«

»Negativ. Zu weit weg.«

Sie schweigen. Liebig leerte seine Cola und sah sich nach einem Mülleimer um. Durant kehrte zu Hochgräbe, Brandt und Klein zurück. Dort beratschlagte man gerade, welche Angehörigen es gab, die von Canans Zustand erfahren mussten. Und dann musste jemand in die Klinik fahren.

Julia Durant entschied, dass sie selbst das übernehmen würde, doch Peter Brandt hielt dagegen. Er selbst wollte sich direkt von hier aus ins Krankenhaus begeben und seiner Kollegin nicht von der Seite weichen.

»Du kannst mich ja morgen früh ablösen«, sagte er leise. Den nächsten Gedanken sprach er nicht laut aus, auch wenn er in allen Köpfen widerhallte.
Wenn Canan Bilgiç die Nacht überlebte.

17:40 UHR

Nur mit Mühe trugen ihre Beine Julia Durant die Treppe hinauf in ihre Wohnung. Wie gummiweiches Blei schienen sie an ihrer Hüfte zu baumeln. Wie eine Ankerkette, die sie in die Tiefe zu reißen drohte.
Claus Hochgräbe hatte sie abgesetzt, er wollte noch kurz im Präsidium vorbeischauen. Ob er sie alleine lassen könne, hatte er wissen wollen.
Alleine, dachte Durant fast schon spöttisch. Wann war sie schon einmal wirklich alleine? Dabei hatte sie es in all den Jahren hier in der einst so fremden Stadt stets gut verstanden, ohne jemand anderen klarzukommen. Doch dann fiel ihr ein, wie dunkel so mancher Abend gewesen war und wie oft sie die Leere nur mit Alkohol hatte ertragen können. Heute jedenfalls würde sie sich nichts davon gönnen. Sie wollte klar bleiben, auch wenn es verdammt schwerfiel.
Sie kickte die Wohnungstür mit dem Absatz zu und legte die Jacke ab. Danach schlurfte sie mit pochendem Herz in Richtung Küche, wo sie ihr Telefon ans Ladekabel stecken wollte. Das bisschen Ladung, das zwischen Bahnhof und Präsidium geflossen war, hatte bei Weitem nicht gereicht. Aber dann war alles andere wichtiger gewesen.
Da ihr vorläufig nichts weiter zu tun blieb, ging die Kommissarin ins Bad und drehte den Wasserhahn der Wanne auf. Sie schlüpfte aus der Jeans und legte sie über den nächstbesten Stuhl, das Gleiche tat sie mit ihrem Pullover. Sie griff sich das Festnetztelefon und begab sich zurück ins Badezimmer. Schaltete das Radio ein und regelte die Lautstärke der Musik auf ein angenehm leises Level ein. Ein paar

Sekunden später glitt sie ins Wasser, das sie wie eine wärmende Haut umschloss. Sie griff sich ein paar Flaschen mit Badezusätzen und wählte eine rote Flüssigkeit, die sofort eine schwere Süße verströmte. Dann lauschte sie für wenige Minuten dem Rauschen und schaltete das Wasser aus.
Ihr Ritual dürfte Claus genügend Zeit gegeben haben, um in seinem Büro anzukommen. Sie wählte die entsprechende Kurzwahl.
Er klang besorgt. »Schatz, alles okay?«
»Ja, danke. Ich nehme erst mal ein Bad. Das Ganze setzt mir ziemlich zu. Bitte melde dich sofort, wenn sich irgendwas ergibt.«
Claus versprach es und versicherte ihr außerdem, bald nach Hause zu kommen.
Dann wurde es still. Einzig der leise klingende Song von den Red Hot Chili Peppers (auf den Titel kam sie gerade nicht) erfüllte das gekachelte Zimmer. Manchmal war es schön, allein zu sein. Aber noch viel besser war es, zu wissen, dass man in Momenten wie diesen jemanden hatte, der einen auffing.
Julia ließ mehr Wasser ein und beobachtete, wie sich der Schaum um den Strahl drehte und immer weiter auftürmte. Genau wie ihre Gedanken, die sich um die ermordete Alina Cornelius drehten und sich in Verbindung mit ihrer panischen Angst um Canan Bilgiç zu einem bedrohlichen Monster formten.
Wie konnte sie nur hier herumsitzen und auf Wellness machen?
Tränen stiegen ihr in die Augen, und sie wäre am liebsten aus dem Wasser gesprungen oder hätte schreiend in den Schaum geschlagen. Für eine Sekunde war sie drauf und dran, dem Impuls nachzugeben. Wer hätte sie denn hören oder sehen sollen? Doch dann rettete sie das Telefon. Es war Andrea Sievers.
»Hi Julia.« Sie klang angespannt. »Ich war eben bei Canan. Claus meinte eben, ich solle dich via Festnetz anrufen.«
Julia rang nach Luft. »Bei Canan? *Du?*«
»Nein, keine Sorge. Nur wegen der Untersuchung der Wunde.«

»Oh Gott! Ich dachte schon ...« Julia spürte, wie heftig ihr Herz pochte. »Wie geht es ihr?«
»Sie ist stabil, aber ihr Zustand ist äußerst kritisch. Sorry, alles andere wäre gelogen. Der Blutverlust ist immens, und sie hat eine gefährliche Kopfverletzung.«
»Und das bedeutet?«
Dr. Sievers schwieg einen Moment. »Jede Prognose wäre da verfrüht. Die Transfusion war das kleinste Problem. Aber die Schwellung im Kopf ist groß genug, um alles Mögliche kaputt zu machen. Sprache, Bewegung.« Andrea seufzte schwer. »Jetzt hilft nur Abwarten. Vielleicht hast du ja auch ein Gebet parat.«
Julia Durant schluckte. Auf diese Weise hörte sie die Rechtsmedizin selten reden. Also mussten die Dinge wirklich ernst stehen.
Sie vermied es, zu plätschern, weil sie sich mit einem Mal noch viel mehr schämte, dass sie nicht ebenfalls ins Krankenhaus gefahren war.
»Ist Peter da?«, fragte sie.
»M-hm.«
»Soll ich auch kommen?«
»Er hat gesagt, du kämst morgen. Canan bekommt es sowieso nicht mit, und es darf momentan auch keiner zu ihr. Deshalb rufe ich ja an. Es geht um die Stichwunde.«
Durant verstand nur langsam. »Was ist damit?«
»Wenn du mich fragst, dann ist es derselbe Schnitt wie bei Tiana Ganev. Direkt in die Oberschenkelarterie. Kleiner Treffer, große Wirkung. Der Schlag auf den Schädel hat sie bloß ausgeknockt, doch dieser Schnitt hätte in kürzester Zeit einen tödlichen Blutverlust hervorgerufen.«
»Ist es nur derselbe Schnitt oder auch dieselbe Waffe?«
»Entschuldige, mein Fehler. Ich hab mich tatsächlich auf die Waffe bezogen. Der Schnitt ist extrem fein und hat auch die Laufhose durchtrennt. Ich tippe auf einen Cutter, ein Skalpell, ein Teppichmesser, etwas in der Art. Aber heutzutage bekommt man diese Messer ja

an jeder Ecke. Mein Nachbar ist bei der Feuerwehr, der will mir immer so ein Rettungsmesser fürs Auto aufschwatzen. Mit Gurtschneider und zum Zertrümmern der Scheibe.«
Julia Durants Gehirn verarbeitete die Worte nur noch selektiv. Messer. Feuerwehr. Zertrümmern.
Dann dachte sie an Canans Schädeldecke.
Und daran, wie viele Taxis in der Stadt wohl mit solch einem Utensil ausgestattet sein mochten.

*

Claus Hochgräbe hatte es sich in seinem Chefsessel bequem gemacht. Sosehr es ihn auch drängte, nach Hause und damit zurück zu Julia zu kommen, es gab noch andere Dinge, mit denen er sich auseinandersetzen musste. Die Personalsache Uwe Liebig zum Beispiel. Wie wichtig wäre es nun, einmal in Ruhe mit Peter Brandt zu sprechen. Oder auch mit Canan Bilgiç. Diese ganze Angelegenheit war fast komplett an ihm vorbeigegangen, und als die Anfrage ihn endlich erreichte, schienen sämtliche Entscheidungen bereits getroffen worden zu sein. Hochgräbe wusste, wie diese Dinge liefen. Das war in München nicht viel anders gewesen. Und er wusste auch, dass er als »Neuer« in der Stadt (ganz gleich, wie viele Jahre er bereits hier war) noch längst nicht alle unsichtbaren Stränge kannte, mit denen da im Hintergrund gesteuert wurde. Liebigs Akte war alles andere als makellos, wenngleich seine Erfolge stets für ihn gesprochen hatten. Wollte man sich in Offenbach einer Altlast entledigen? Ein schwarzes Schaf loswerden?
Hochgräbe lehnte sich zurück und fuhr sich mit den Fingerkuppen über den Nacken. Er musste akzeptieren, dass er diese Fragen im Moment nicht beantworten konnte. Also verharrte er noch ein paar Sekunden und wandte sich dann dem anderen Thema zu, das ihn vom Nachhausegehen abhielt.

Clara Amakali.
Sie hatte heute früh so anders geklungen. Angespannter. Seitdem war eine Menge passiert, und er hatte sämtliche ihrer Nachrichten mehr oder weniger ignoriert.
Nun schrieb er:

> Tut mir leid, ich hatte einen schlimmen Tag. Eine Kollegin wurde schwer verletzt. Wir wissen nicht, ob sie überlebt.

Clara antwortete kaum eine halbe Minute später. Offenbar unterschied sie das nicht von all den anderen jungen Menschen, die er kannte: rund um die Uhr auf Empfang, das ganze Leben erfüllt von Signaltönen und Benachrichtigungsbannern.

> Oje, wie schlimm.

Ein weinender Smiley unterstrich das Ganze. Nach einer kurzen Pause schrieb sie weiter:

> Ich dachte schon, ich hätte dich verärgert.

> Nein. Womit denn?

Das nächste Emoticon zeigte einen schulterhebenden Menschen in Sonnengelb. Claus rollte die Augen. Er hatte sich nie daran gewöhnen wollen, dass man Dinge in Bildsymbolen statt in Worten zum Ausdruck brachte. Meinte sie schlicht »keine Ahnung«, oder war es »nur so ein unbestimmtes Gefühl«? War es so schwer, ein wenig mehr dazu zu schreiben? Aber er wollte sich nicht streiten, und es war nicht seine Aufgabe, Clara zu erziehen. Tochter hin oder her. Er musste unwillkürlich lächeln. Dann schrieb er:

Wollen wir telefonieren?

Sie schien zu hadern.

Nicht, wenn es Dir nicht passt. Ich meine ... nach so einem Tag ...

Ich habe Zeit, und keiner ist hier. Ich würde wirklich gerne!

Das stimmte, wenn auch nur zum Teil. Claus mochte es, mit Clara zu reden, auch wenn ihm die Distanz und ihr oft so nachdenkliches Gesicht zu schaffen machten. Es war eben nicht dasselbe, wie sich leibhaftig gegenüberzusitzen. Und ganz und gar nicht dasselbe, wie wenn man sich ein Leben lang kannte. Doch all das war nun mal nicht zu ändern. Claus wollte noch schreiben, dass er für ein wenig Ablenkung sehr dankbar sei, und parallel dazu dachte er daran, wie wichtig seiner Tochter das Chatten am Vormittag gewesen war. Irrte sein väterlicher Instinkt, oder gab es da etwas, das ihr auf der Seele lag? Konnte er sich derzeit überhaupt auf seinen Instinkt verlassen? War durch den Angriff auf Canan Bilgiç nicht alles in den Hintergrund getreten? Personalfragen? Zukunftspläne? Wie musste erst der Kollege Brandt rotieren?

Doch noch bevor Claus sich sammeln konnte, erreichte ihn ein Videoanruf, und Claras Gesicht füllte das Display.

»Das ging jetzt aber schnell«, sagte er und setzte sich auf.

»Lass mal sehen. Das ist also dein Büro?«

Claus schwenkte das Gerät durch den Raum. »Es ist nichts Besonderes. Aber der Sessel ist extrem gemütlich.«

»Du siehst müde aus.«

»Hmm. Es ist auch schlimm im Moment.«

Clara wusste so ziemlich alles über seine aktuelle Situation. Die Verbrechensserie, den bevorstehenden Wechsel an die Hochschule, die geplante Hochzeit.

»Und diese Kollegin«, fragte sie, »ist die aus deinem Team?«
Er schüttelte den Kopf. »Vom Nachbarrevier. Sie ist aber Teil der Soko.«
»Und wie schlimm ist es?«
»Die Ärzte sind noch dran. Aber können wir über etwas anderes reden?«
»Klar. Gerne.«
»Mir war heute Vormittag, als wolltest du *mir* etwas sagen.«
Claras Kopf zuckte zur Seite. »Ach ... ich weiß nicht. Ist vielleicht nicht so wichtig.«
»Heute Morgen klang es aber so«, drängte Claus.
»Da hattest du den Kopf nicht bei deiner Kollegin.«
»Ich kann derzeit nichts für sie tun. Das ist schlimm, doch es ändert auch nichts. Wir müssen weitermachen, dranbleiben und weiterleben. Manchmal hilft es, sich mit ganz normalen Dingen zu befassen.«
Clara schnaubte und zeigte ein Schmunzeln. »Soso, ich gehöre also in die Kategorie ›normale Dinge‹?«
Claus musste ebenfalls lächeln. »Wäre dir unnormal denn lieber?«
»Nein.« Sie wurde ernst. »Es ist nur so ... das Ganze fällt mir nicht leicht. Wir kennen uns ja erst seit kurzer Zeit, aber jeden Tag denke ich, du weißt ja gar nichts von mir. Nicht viel jedenfalls, nicht alles.«
Sie atmete hörbar angestrengt.
Claus nutzte die Pause, um zu resümieren, was er alles wusste. Im Grunde war es eine ganze Menge. Und auch über Namibia hatte er bereits recherchiert.
»Hör mal«, sagte er, »das klingt jetzt vielleicht ziemlich blöd, aber wir sind doch irgendwie eine Familie. Wir haben nie Zeit miteinander verbracht, weil wir nichts voneinander wussten, aber das ist ja jetzt anders. Also nutzen wir das doch. Ich kann zwar nicht schnell mal ums Eck kommen, aber ich bin da. Und das gerne.«
Der Glanz in Claras Augen war selbst auf dem leicht verwaschenen

Video nicht zu übersehen. Sie nickte langsam und atmete laut aus.
»Also gut. Du hast recht, ich hatte mir das schon längst vorgenommen, und gestern Abend habe ich mir dann geschworen, es dir als Allererstes im neuen Jahr zu sagen. Ich habe es irgendwie verpasst, ich wollte dich auch nicht überfordern, aber ... na ja ... es gibt da jemanden. Jemanden, den du kennenlernen solltest.«
»Klar«, sagte Claus. »Gerne.«
In Gedanken ging er durch, wer das wohl sein mochte. Hatte Irmgard noch irgendeinen alten Lover, der so etwas wie eine Vaterrolle für Clara spielte? Musste er eifersüchtig sein? Oder hatte seine Tochter selbst wieder einen neuen Freund und schämte sich dafür, dass sie mit ihm das Andenken an ihren verunglückten Ehemann beschmutzte? Wer war er denn, dass er sie – wofür auch immer – verurteilen konnte?
»Ich wusste nie so recht, wie ich das anstellen soll«, sprach sie weiter. »Und es geht auch nicht, dass wir uns einfach zusammen vor den Bildschirm setzen. Dafür ...«
Sie raschelte mit der nicht sichtbaren Hand. Dann hielt sie sich ein Foto vor die Brust. »Dafür ist er zu jung.«
Claus Hochgräbe stockte der Atem, und sein Gesicht fror ein. Bevor er sich sortieren konnte, hörte er die Stimme seiner Tochter, und sie klang, als wäre sie tatsächlich Tausende von Kilometern entfernt. Doch jedes ihre Worte war trotzdem deutlich zu verstehen.
»Das ist Lynel. Das ist mein Sohn.«

17:50 UHR

Seine Hände fuhren langsam über die Motorhaube des Wagens. Was hatte er in all den Jahren schon miterlebt? Wie viele namhafte Persönlichkeiten waren darin schon transportiert worden? Und dazu noch ein Vielfaches an völlig unbekannten, unwichtigen Personen.

In den Anzeigelisten der einschlägigen Automobilbörsen schmückte man Angebote gerne mit Hinweisen auf eine prominente Nutzung oder einen in den Papieren eingetragenen Namen. Aber blieb es nicht dennoch dasselbe, gewöhnliche Blech?

Ein in die Jahre gekommenes Taxi. Technisch längst durch neuere Modelle abgelöst, aber mit einem Motor, der ohne Probleme noch viele Zehntausend Kilometer fahren konnte. Auch wenn das Taxameter längst nicht mehr mitlief.

Er lächelte grimmig, und sein Blick blieb an der TÜV-Plakette hängen. Fast genau noch zwei Jahre.

Nein. So lange würde er nicht mehr brauchen.

Bei Weitem nicht.

Er löschte das Licht in der kleinen Mietgarage, die sich zwei Straßenecken entfernt von seiner Wohnadresse befand, und schloss das Tor. Das dünne Blech grollte dabei wütend. Der Vermieter verdiente sich mit diesen dreißig Billiggaragen eine goldene Nase. Achselzuckend setzte er sich in Bewegung. Dafür konnte niemand die Garage zu ihm zurückverfolgen.

Und selbst wenn.

Wenn es einmal so weit war, würde ihm das egal sein.

Leichter Nieselregen setzte ein, und er klappte den Kragen hoch und schritt mit gesenktem Kopf von dannen.

18:15 UHR

Uwe Liebig saß hinter den abgedunkelten Scheiben seines Vans. Er fröstelte noch immer, der Motor hatte den Innenraum kaum aufgeheizt. Doch er konnte im Moment nichts daran ändern, denn er wollte nicht auffallen. Solange er die Innenbeleuchtung nicht einschaltete, war er praktisch unsichtbar. Irgendwann würde er seine Deckung aufgeben müssen, das wusste er. Doch noch wagte er es nicht, hinauszugehen und das Gebäude zu betreten. Stattdessen hatte er sich einen Parkplatz in unmittelbarer Nähe der Klinik gesucht und blickte durch die trübe Abendluft zu den erleuchteten Fenstern. Er *konnte* nicht hinein. Er wollte weder Peter Brandt in die Arme laufen, noch wollte er die Neuigkeiten über Canans Gesundheitszustand wissen. Das hieß: *Wissen* wollte er es schon, aber er fürchtete sich vor dem Ergebnis. Warum hatte sie eine derartige Verletzung überhaupt überlebt? Den Schlag, der ihr den Schädel zertrümmert hatte, und den tödlichen Schnitt in die Oberschenkelarterie. Auch wenn es überhaupt nicht zur Situation passte, musste er kurz lächeln. Da gab es Frauen – so wie am Wochenende –, die starben einfach nur am Schreck. Herzschlag. Exitus. Und dann gab es Frauen wie Canan Bilgiç, Kämpferinnen, die selbst in den aussichtslosesten Situationen weitermachten und ihren Mann standen. Aber mit welchem Ergebnis? Wie würde ihre Familie es finden, wenn von der taffen Frau nur noch ein hirntoter Zombie übrig bliebe? Wer würde darüber entscheiden, ab wann man dem Leben ein Ende setzen sollte, und gab es überhaupt jemanden, der eine solche Entscheidung treffen konnte? Er wusste es nicht. Doch trotz allem würde er es bedauern, wenn sich die Dinge in diese Richtung entwickeln würden.

Er war machtlos. Und aus diesem Grund hielt ihn die Dunkelheit seines Wagens gefangen und hinderte ihn am Aussteigen. Liebig prüfte seinen Vorrat an Essbarem, es sah mau aus. Außerdem musste er pinkeln. Nachdem weitere Minuten der Unschlüssigkeit verstrichen waren, trieb ihn die Natur an, den Wagen in Bewegung zu setzen.

Weg von hier. Weg von den Ängsten und einer Situation, in die er sich selbst hineinmanövriert hatte. Jetzt musste er warten. Und bangen.

Denn jetzt stand *alles* auf dem Spiel.

*

Etwa zur selben Zeit steuerte Christopher Hampel seinen Wagen durchs Holzhausenviertel. Er zwang sich zur Ruhe, doch seine Nerven lagen blank. Überall in seinen Muskeln zuckte es, und er ertappte sich dabei, wie er bei heruntergelassenem Fenster dampfte. Etwas, was er sonst nie tat, weil man den Geruch auch nach Tagen noch riechen konnte. Weniger eklig zwar wie kalter Tabakrauch, aber in einem Taxi gehörte sich das trotzdem nicht.
Seine Gedanken drehten sich fast pausenlos um Tiana Ganev. Um ihre Augen, ihren Geruch, ihren Körper. Um die Situation, in der sie sich befand. Diese Durant hatte sie unter ihre Fittiche genommen, das missfiel ihm sehr. Deshalb war er ihr auch gefolgt, als sie von Tianas Wohnung losgefahren war. Ein Glück, dass Taxis in einer Stadt wie Frankfurt zum Stadtbild gehörten und kaum einer sie beachtete. Er hatte geduldig gewartet, als sie ins Bahnhofsgebäude gegangen war. Ein weiterer Vorteil, den man als Taxifahrer genoss. Es gab immer einen Platz, selbst vor den belebtesten Gebäuden. Während die Kommissarin sich einen teuren Parkschein ziehen musste, hatte er sich einfach in die Perlenschnur der anderen Fahrzeuge gereiht. Danach war er ihr gefolgt bis ins Präsidium. Von da aus war die Fahrt jedoch zum Rebstockgelände gegangen. Erst Stunden später hatte jemand die Kommissarin im Holzhausenviertel abgesetzt.
Ein verlorener Tag. Oder doch nicht?
Er hatte so gehofft, dass sie direkt bei Tiana vorbeifahren würde. Hatte sie nicht gesagt, dass sie ihr die beiden Fotos zeigen wollte? Und wie wahrscheinlich war es, dass sie die Frau in unmittelbarer Nähe beherbergte, wenn nicht sogar direkt in ihrer Wohnung?
Es gab nur einen Weg, das herauszufinden.
Doch als er in Schrittgeschwindigkeit an dem Haus vorbeifuhr, in das die Kommissarin verschwunden war, bemerkte er den Lichtschein in der oberen Etage. Er überlegte fieberhaft, während er das Gaspedal tiefer hinabdrückte. Bei der nächsten Gelegenheit bog er ab, suchte sich einen Parkplatz und griff zu seinem Telefon. Er wählte Durants

Handynummer. Es ging nur die Mailbox ran. Also kramte er ihre Visitenkarte hervor und probierte es unter dem Festnetzanschluss, der ja im Präsidium lag.

Wenn sie dort abhob ... Hampel lächelte maliziös. Dann gehörte das Licht in der Wohnung vielleicht zu Tiana. Seiner Tiana. Begierde strömte durch seine Lenden, er konnte nichts dagegen tun.

Das Freizeichen erklang vier-, fünfmal. Dann meldete sich ein Mann.

»Hochgräbe, am Anschluss Durant.«

Hampel verschluckte sich und musste husten.

»Oh. Entschuldigung.« Er nannte seinen Namen. »Wir haben uns heute Morgen Phantombilder angeschaut. Ist Frau Durant in der Nähe?«

»Nein. Worum genau geht es denn, ich richte es ihr aus.«

»Ich wollte mich nur vergewissern, ob die Suche schon etwas gebracht hat. Weil ich mir bei dem einen Foto nicht ganz sicher war.« Er überlegte kurz. »Kann ich sie denn erreichen?«

»Heute nicht mehr, tut mir leid. Aber sie wird sich bei Ihnen melden.«

Hampel bedankte sich und beendete das Telefonat.

Während seine Zähne mahlten, dachte er nach.

Wenn sie nicht im Präsidium war, musste sie noch immer zu Hause sein. Andererseits hatte er zwei Runden um den Block drehen müssen. Zeit genug, um ungesehen zu verschwinden. Wer aber befand sich in diesem Fall oben in der Wohnung? Oder lebte die Kommissarin in der unteren Etage?

Hampel legte Handy und Visitenkarte auf den Beifahrersitz. Dann öffnete er das Handschuhfach, worin er neben dem Rettungsmesser auch sein Portemonnaie und allerlei Kleinkram lagerte, und verstaute alles darin. Er warf einen Blick über die Schulter und setzte den Wagen wieder in Bewegung.

Es gab nur einen Weg, wie er all seine Fragen beantworten konnte. Also umrundete er den Block aufs Neue und stellte das Taxi in einem Bereich ab, wo Astwerk die Straßenbeleuchtung etwas abmilderte.

Dann schritt er auf das Haus zu. Nahm sich die Klingelschilder vor und stellte dabei fest, dass die Namen Durant und Hochgräbe tatsächlich an oberer Stelle standen. Am liebsten hätte er einfach geläutet. Aber die Gefahr, dass die Durant ihm dann gegenüberstand, war es nicht wert. Er hatte nur diesen einen Versuch, und den wollte er nicht verschwenden. Tiana sollte allein sein. Einsam. Bedürftig. Und dankbar.
Sein Puls raste. Und die Lust in ihm brannte beinahe unerträglich. Er würde nicht mehr lange warten können.

DONNERSTAG

DONNERSTAG, 2. JANUAR, 9:10 UHR

Julia Durant hatte den Tag mit Telefonieren begonnen. Zuerst Peter Brandt, der mit keinen guten Neuigkeiten aufwarten konnte.
»Canan liegt noch genauso da wie gestern, als man sie eingeliefert hat«, berichtete er. »Keine Regung, kein Zucken, kein gar nichts. Ihre Familie ist da. Es ist schrecklich.«
»Soll ich rüberkommen?«
»Lieber nicht. Ich werde jetzt nach Hause fahren, auch wenn es mir schwerfällt. Aber ich habe das Gefühl, dass man uns hier nicht dabeihaben möchte.« Seine Stimme kam kurz ins Stolpern. »Sie geben uns ... also ihrem Job die Schuld. Und im Grunde kann ich's irgendwie verstehen.«
»Was sagen die Ärzte?«
»Ich habe eine Nummer, da können wir anrufen. Ein Arzt, der sie behandelt. Der Name ist kompliziert. Russisch oder so. Ich kann ihn mir nicht merken. Dort erhalten wir jederzeit Auskunft. Der Arzt weiß, dass wir von der Kripo sind und dass er uns Auskunft über ihren Zustand geben darf. Das ist auch mit der Familie so abgestimmt.«
»Ja. Okay. Aber was *sagt* er denn? Womit müssen wir rechnen?«
Brandt schnaufte. »Theoretisch ist es wohl möglich, dass Canan wieder aufwacht. Sie ist sehr schwach, man sollte also nicht in naher Zukunft damit rechnen. Aber genauso gut kann es sein, dass sie in ihrem jetzigen Zustand bleibt.«
»Bis es ihr wieder besser geht.«

»Nein, Julia. Für immer.«
Sie schluckte und spürte den faustgroßen Widerstand in ihrer Kehle. Ein kurzes Telefonat mit besagtem Arzt brachte ihr keine neuen Erkenntnisse, außer, dass er sich offenbar unter Zeitdruck befand und jede Menge Fachbegriffe in petto hatte, um Canans Verfassung zu erklären.
»Momentan ist die Zeit ein entscheidender Faktor«, erläuterte er. »Der Körper muss sich erholen. Aber sie hat eine junge, gesunde Konstitution. Deshalb sehe ich da keine Schwierigkeiten.«
Gerade in dieser Sekunde, als seine Worte einen Funken Hoffnung in der Kommissarin entfachten, setzte er nach: »Alles andere ist ebenfalls eine Frage der Zeit. Leider steht sie da auf der anderen Seite und ist gegen uns.«

*

Es verstrich eine ganze Weile, bis Julia Durant das Nötigste veranlasst hatte. Zuerst ein Anruf bei Frank Hellmer, der aber kein Interesse zeigte, weil er an anderer Stelle weitermachen wollte. Er hatte tags zuvor schon erwähnt, was genau er damit meinte. Nur dass die Kommissarin ihm nicht richtig zugehört hatte. Zuerst die Sache im Gallus, dann Canan Bilgiç. Sie vermisste die Autofahrten und die guten Gespräche mit Frank, aber seit ihrem Besuch in Okriftel hatte es sich nicht mehr ergeben. Dabei gäbe es so viel zu bereden. Aber solange ein Mörder in der Stadt sein Unwesen trieb, mussten diese Dinge eben hintanstehen.
Als Nächstes fragte Durant bei Mila Pavlov nach, ob diese kurzfristig in den Norden der Stadt kommen könne.
»Von mir aus«, war die Antwort der Dolmetscherin gewesen. »Ich gehe davon aus, es ist wichtig. Sonst würden Sie ja nicht fragen.«
Die Kommissarin bedankte sich und fragte, ob sie den Weg zur Justizvollzugsanstalt im Stadtteil Preungesheim kenne.

Pavlov bejahte. »Ich war schon dort. Beruflich.«
Sie verabredeten sich auf dem Außengelände, damit sie gemeinsam durch die Sicherheitskontrolle gehen konnten.
Als Letztes rief Durant den Kollegen Liebig an. Nicht, weil sie ihn vor vollendete Tatsachen stellen wollte, aber irgendwie spielte das auch eine Rolle dabei. Es war immer noch ihre Stadt, und sie gab den Takt an. Und wenn Liebig ein guter Teamplayer werden sollte, konnte es nicht schaden, wenn er zu spüren bekam, wie es war, wenn man als Letztes informiert wurde. Für einen Augenblick fand Durant diese Gedanken kindisch, aber sie konnte es nun nicht mehr ändern, und schon meldete sich die kratzige Stimme ihres Kollegen.
»Ich möchte Aleksander Salim noch einmal vernehmen. Um elf, also in einer guten Stunde. Schaffst du das?«
Er stöhnte und klang dabei, als wälze er sich im Bett hin und her.
»Scheiße. Das wird knapp. Warum ...«
»Weil meine Dolmetscherin nur ein enges Zeitfenster hat«, erwiderte Durant, und das war nicht einmal geflunkert. »Außerdem hatten wir das längst vor, und ich möchte ihm die beiden Fotos zeigen.«
»Welche Fotos?«
Durant schluckte. Sie hatte gestern überhaupt nicht mehr daran gedacht, mit Liebig über die beiden Kandidaten zu sprechen. »Die Typen, die in Salims Wohnung eingebrochen sind. Hampel ist in deiner Galerie fündig geworden.«
»Mann! Und das fällt dir erst jetzt ein?«
»Gestern war mein Kopf eben woanders«, sagte sie betont unterkühlt.
»Sorry.« Er schien zu schlucken. »Das ist echt übel. Elf Uhr? Dann leg ich jetzt besser auf.«
»Ich mache das auch alleine«, bot Durant mit aufgesetzter Leichtigkeit an.
»Nein, nein! Wartet auf mich. Treffpunkt draußen?«
Als hätte sie damit gerechnet. Sie musste grinsen. Wie gemein sie

war. Aber wenn er unbedingt hier mitmischen wollte, musste er die Spielregeln lernen.

Während sie ihre Handtasche neu sortierte, dachte Durant daran, wie selbstverständlich sie zum Du übergegangen waren.

So machte man das unter Kollegen, insbesondere, wenn man an derselben Sache dran war. Es gab nur sehr wenige Ausnahmen. Vielleicht sollte ich etwas offener sein, beschloss sie.

11:00 UHR
JVA Preungesheim

Mila Pavlov wartete bereits, als Julia Durant eintraf. Wenige Minuten später erschien auch der schmuddelige Alhambra Liebigs. Sie machten sich kurz untereinander bekannt und traten dann auf die Fassade aus Betonplatten zu, die sich vor ihnen aufbaute und die in ihrer beklemmenden Monotonie an einen überdimensionierten Bunker erinnerte. Keine Fenster, zwei Bahnen mit Stacheldrahtspiralen, Flutlicht und Kameras. Das Zufahrtstor mit einer Fahrzeugsperre gesichert; in eine Ecke geklebt die Überdachung der Pforte. Julia Durant übernahm die Anmeldung, sie hatte sich telefonisch angekündigt, dann folgte das übliche Prozedere. Waffen hatte niemand mitgebracht. Ihre Handtasche verblieb in einer Art Spind, ebenso wie die persönlichen Gegenstände der Dolmetscherin. Liebig hatte außer seinem Dienstausweis nur das Smartphone dabei. Das brauche er, wie er betonte. Der diensthabende Beamte zuckte gleichgültig die Schultern. Immerhin wollten die drei nur zu einer Befragung in der U-Haft. Auch Julia Durant hatte das Handy bei sich, außerdem ihren Notizblock und ein Diktiergerät.

Aleksander Salim wurde in einen engen, fensterlosen Raum geführt. Er nickte der Kommissarin zu, als er sie erkannte, ebenso der Dolmetscherin. Dann trat Liebig aus dem Schatten der beiden Frauen, und Salim zuckte. Seine Bewegungen wirkten fahrig, er schwitzte und war offensichtlich nervös und verängstigt.

»Wie geht es Tiana?«, fragte er, und sein flehender Blick wich nicht aus Durants Gesicht.

»Tiana und Miro sind in Sicherheit«, ließ Durant ihn wissen. Das schien ihn zumindest ein bisschen zu entspannen.

»Aber wie geht es Ihnen denn hier? Werden Sie gut behandelt?«

Während Pavlov die Worte ins Bulgarische übersetzte, dachte Durant über ihre Frage nach. Wie bescheuert, oder nicht? Du redest hier mit einem Mann, der einen Mord gestanden hat. Und auch wenn nicht jede Gefängnis-Doku, die sie kannte, auf diese JVA zutreffen mochte, wusste sie, dass das Leben hinter Gittern kein Zuckerschlecken war. Schon gar nicht für Männer wie Aleksander Salim, der alles andere als ein Alphamännchen war. Wieder kamen ihr erhebliche Zweifel an der ganzen Geschichte.

Im Hintergrund sprach nun Salim, dann löste die Dolmetscherin ihn wieder ab: »Er sagt, es gehe ihm gut. Aber er habe Angst. Er sei gut bewacht, doch in den Blicken mancher Männer läge das Böse.«

Liebig räusperte sich. Sofort reagierte Salim mit einer verschreckten Miene, auch wenn er alles versuchte, diese zu überspielen.

Julia Durant schaltete das Aufnahmegerät ab und drehte sich zu Uwe Liebig, der sie fragend ansah.

»Tust du mir bitte einen Gefallen?«

»Was denn?«

»Besorgst du uns Kaffee oder Cola und vielleicht was mit Schokolade?«

Liebig hob die Augenbrauen. »Ich hör wohl falsch.«

»Bitte. Es ist wichtig.« Durant flüsterte fast, als sie weitersprach, auch wenn die Dolmetscherin nichts des Gesagten übersetzte. »Der ist doch kurz vorm Zusammenklappen, siehst du das nicht?«

Liebig zögerte. Irgendwann schien er zu begreifen, dass es seiner Kol-

legin ernst mit ihrem Ansinnen war, und er stand mit mürrischer Miene auf. Ein Blickwechsel mit Salim, dann trat er nach draußen.
Kaum dass die Tür hinter ihm geschlossen war, sagte Salim etwas zu der Dolmetscherin. Julia Durant unterbrach ihn: »Sagen Sie ihm, dass ich meinen Kollegen extra hinausgeschickt habe. Dass er mit mir reden soll, dass er nichts zu befürchten hat.«
Pavlov runzelte die Stirn und schüttelte den Kopf, aber sie übersetzte. Salim hob beide Hände und erwiderte etwas, das wenig kooperativ klang.
»Er will auf den Kollegen warten.«
»Verdammt! Herr Salim, ich sehe doch, dass Sie Angst haben. Dass er Sie einschüchtert. Reden Sie mit mir, um Himmels willen!«
Doch es hatte keinen Zweck. Aleksander Salim versteifte sich darauf, erst wieder etwas zu sagen, wenn Liebig zurückkäme. Jetzt sehnte Durant sich nach einer Zigarette. Doch der künftige Kollege ließ nicht lange auf sich warten. Stellte zwei Kaffee auf den Tisch und zog dann je zwei Coladosen und Snickers aus den Hosentaschen, die er ebenfalls um das Diktiergerät herum drapierte.
»Gibt's was Neues?«, wollte er wissen, und es klang fast schon desinteressiert.
»Pfeifendeckel!«, murrte Durant. »Dem haben Sie ja ganz schön zugesetzt.«
»Ach, sind wir jetzt wieder beim Sie?«
Durant winkte ab. »Er hat jedenfalls keinen Mucks mehr von sich gegeben. Ich weiß ja nicht, wie man das in Offenbach regelt, aber hier behandeln wir unsere Verdächtigen anders.«
Liebig schnaubte. »Er ist immerhin ein geständiger Mörder.«
Durant kniff die Augen zusammen. »Das finden wir erst noch raus«, gab sie zurück.
Diesmal zuckte Uwe Liebig, und sie musste zugeben, dass ihr diese Reaktion gefiel.
Sie lenkte ihre Aufmerksamkeit wieder auf Aleksander Salim, der den

Schlagabtausch der beiden mit sichtlichem Unbehagen verfolgt hatte. Wie gerne hätte Durant gewusst, ob Salim wirklich kaum ein Wort Deutsch verstand, und wie gerne hätte sie erfahren, was sich zwischen den beiden Männern abgespielt hatte. Sie musste sich wohl damit zufriedengeben, dass das im Verborgenen bleiben würde. Vorerst jedenfalls.

Also schaltete sie das Aufnahmegerät wieder ein und sagte dann mit ruhiger Stimme: »Herr Salim, ich habe das Protokoll der Tatnacht gelesen und möchte noch ein paar Details klären.«

Die Dolmetscherin übersetzte, der Gefangene rieb sich den Schweiß von der Stirn, und seine Pupillen sprangen zwischen den beiden Kommissaren hin und her. Hilflos, weil sie nicht zu wissen schienen, wo sie andocken sollten.

Durant sah kurz auf ihre Notizen. »Beginnen wir mit dem Grund Ihres Besuchs vor Ort. War Kyril Slavchev nicht derselbe Mann, der Sie am sechsundzwanzigsten Dezember zu Hause aufgesucht hatte?«

»Ja.«

»Sie haben mir an diesem Tag gesagt, Sie wollten sich selbst kümmern. Wie genau war das gemeint? Hatten Sie da schon den Plan, Slavchev zu ermorden?«

»Nein!« Salim schickte noch eine Ladung Kauderwelsch hinterher, so undeutlich, dass vermutlich auch Pavlov nur einen Bruchteil davon verstand. Die Körpersprache war jedoch dieselbe. Verzweiflung. Und zwar dergestalt, wie man sie nicht dauerhaft vorspielen konnte.

Liebig schaltete sich ein. »Was sind denn das für bescheuerte Fragen? Wohin soll das führen? Ich sagte doch, es war Affekt.«

Pavlov sah Durant fragend an, diese schüttelte den Kopf. Nicht übersetzen. Sie lächelte Salim zu: »Ich musste das fragen, auch wenn ich nicht daran glaube, dass Sie diesen Slavchev vorsätzlich ermordet haben.«

Salim schwieg.

»Was haben Sie sich denn von diesem Treffen erhofft? Ich meine, von

einem Typen, der Sie zu Hause bedroht und vor dem Sie eine Heidenangst haben ... warum sollte der weich werden?«
»Ich ... ich musste es noch mal probieren. Wegen dem Baby.«
»M-hm. Und was haben Sie ihm angeboten?«
Salims Augen wurden leer. Und wieder war es Liebig, der für ihn einsprang. »Okay«, sagte er und beugte sich in derselben Sekunde vor, um das Gerät abzuschalten, »dann machen wir das jetzt anders. Herr Salim, ich werde meiner Kollegin jetzt einige der Dinge sagen, die Sie mir vertraulich mitgeteilt haben. Ich mache das in Ihrem Sinne. Es wird nichts aufgezeichnet, und wenn Sie möchten, kann auch die Dolmetscherin den Raum verlassen.«
Salim überlegte nicht lange. Er nickte langsam, dann aber deutete er auf Pavlov und sagte etwas, das mit »molya« endete. Durant hatte dieses Wort in den vergangenen Tagen schon öfter gehört. »Bitte« auf Bulgarisch. Schon hatte sich die Dolmetscherin erhoben und übersetzte auch den Rest des Satzes: »Er hat darum gebeten, dass ich rausgehe.«
Sie griff sich einen der Pappbecher und einen Schokoriegel. Niemand hatte bisher etwas davon angerührt.
Durant fühlte sich unwohl, und das nicht nur, weil ihr hier die Kontrolle zu entgleiten schien. Sie nickte nur. Dann lauschte sie dem, was Liebig ihr zu berichten hatte.
»Salim hat sich eine Waffe besorgt und wollte die Spielhalle überfallen. Maskiert natürlich.«
»Ich hör wohl nicht richtig! Und das erfahre ich mal eben so nebenbei?«
Liebig fuhr unbeirrt fort. »Er kennt die Abläufe in der Spielhalle wohl ganz gut, denn er hat selbst schon dort gespielt. Kurz vor der Schließung, wenn nur noch wenige Gäste da sind und die Damen müde werden, wollte er das Ganze durchziehen.«
»Und dann?« Durant tippte sich ungläubig an die Stirn. »Wollte er Slavchev mit dem gestohlenen Geld bezahlen? So naiv kann man doch nicht sein.«

»Siehst du nicht, wie verzweifelt er ist? Verzweiflung treibt Menschen zu den waghalsigsten Ideen.«

»Hmm.« Durant wusste, dass ihr Kollege nicht unrecht hatte. Aber warum ... »Warum taucht das nicht im Protokoll auf?«

Liebig stöhnte auf. »Ich wollte ihm den Vorsatz des Überfalls ersparen. Immerhin ist die Waffe nicht zum Einsatz gekommen.«

»Er könnte Slavchev damit bedroht haben. Das würde seine Überlegenheit erklären, die er körperlich ja nun mal nicht hat.«

»Nein, nein, das ist der falsche Weg. Mag sein, dass die Waffe ihm eine gewisse Selbstsicherheit verliehen hat. Aber der Angriff auf Slavchev war eine Kurzschlusshandlung. Panik. Affekt. Was auch immer.« Liebig streckte die Hände aus. »Mensch, dieser arme Hund wird bald Vater. Wie soll ich denn einem Richter glaubhaft erklären, dass er mit einer Waffe ohne Tötungsabsicht unterwegs gewesen ist?«

»Wo ist die Waffe denn überhaupt?«

»Er hat angeblich alles entsorgt. Pistole, Maske und Handschuhe. Den Ort wollte er mir partout nicht verraten. Ist ja vielleicht auch besser so, denn wenn wir die Waffe finden würden, könnten wir sie nicht mehr aus dem Fall raushalten.«

Durant riss die Augen auf. »Also soll besser eine geladene Knarre herumliegen?«

»Er hat gesagt, niemand wird sie jemals finden. Er habe sie versenkt. Das ist aber wirklich alles, was ich an Details rausbekommen habe.« Er zuckte die Achseln. »Na ja, es gibt auch ein paar Gewässer in der Nähe dort ...«

Julia Durant zuckte zusammen. Der See im Rebstockpark zum Beispiel. Von der Spielhalle gelangte man zu Fuß relativ schnell dorthin. Sie musste an Canan denken. Übersah sie hier etwas, oder konstruierte ihr Unterbewusstsein einen Zusammenhang, wo keiner war?

»Okay«, sagte sie schließlich. »Dann können wir Frau Pavlov ja wieder reinbitten, oder?«

Liebig gab sich verwundert. »Wieso? Ich dachte, wir sind jetzt durch?«
Julia Durant grinste ihn an. »Wir sind erst durch, wenn ich alle Antworten habe.«
Mit diesen Worten stand sie auf und bat die Dolmetscherin wieder in den Raum. Dann nahm sie Platz, schaltete das Diktiergerät ein und bat Aleksander Salim, noch einmal den genauen Tathergang zu beschreiben. Das tat er auch, mit den entsprechenden Pausen, um das Ganze zu übersetzen, und mit ein paar Unterbrechungen für Durants Rückfragen. Salim hatte den Parkplatz der Spielhalle gegen ein Uhr erreicht, wobei die Uhrzeit nur eine grobe Schätzung war. Auf dem Parkplatz traf er mit Slavchev zusammen. Ob dieser sich über Salims Auftauchen gewundert hatte, war eine der Fragen, die Durant ihm stellte. Salim hatte verneint. Er sei früher ja öfter dort gewesen. Zwischen den beiden hatte sich ein Gespräch entwickelt.
»Worum ging es?«
»Small Talk.«
Durant schüttelte den Kopf. Dasselbe Wort stand im Protokoll. Es wirkte wie einstudiert. Ein Indiz für eine mögliche Lüge? Leider waren ihre Möglichkeiten begrenzt, um das Konstrukt als solches zu entlarven, denn immerhin waren Slavchev und Salim zur Tatzeit am Tatort aufeinandergetroffen. Vieles stimmte also mit den Aussagen überein, und nur, weil sie selbst noch immer ihre Zweifel an der Tat hatte, musste das nicht automatisch der Realität entsprechen.
Irgendwann erklärte sie die Befragung für beendet und bedankte sich bei Mila Pavlov.
»Was passiert jetzt mit mir?«, war die letzte Frage gewesen, die Salim gestellt hatte.
Julia Durant hätte es ihm gerne beantwortet. Eine Verurteilung wegen Totschlag? Sie wusste es nicht, und sie konnte im Augenblick auch nicht klar denken. Im Grunde dachte sie viel mehr an Tiana und das Kind in ihrem Bauch. Wem nutzte es tatsächlich, wenn Salim für viele

Jahre in Haft wanderte? Aber stand es ihr überhaupt zu, das ganze System infrage zu stellen, nur weil ihr in diesem Fall etwas nicht daran gefiel?

Und gab es in Slavchevs Leben nicht vielleicht auch jemanden, dem er etwas bedeutete? Sie musste prompt an Francesca Gruber denken. Er hatte sie vergewaltigt, und das vielleicht nicht zum ersten Mal. Was würde Paps wohl dazu sagen?, fragte sie sich. Würde er von David und Goliath sprechen? Hatte der liebe Gott ein Auge zugedrückt, damit Aleksander Salim einen biblischen Glückstreffer landen konnte, und die Welt damit ein klein wenig besser gemacht?

Sie schüttelte diesen Gedanken ab, denn er führte zu nichts. Wenn sie damit begann, ihren Beruf nach biblischen oder philosophischen Kriterien zu bewerten, würde sie zwangsläufig durchdrehen. Das Rechtssystem war eindeutig, und die Auslegung war Sache der Richter. Und auch wenn sie noch nicht bereit war, das offen zuzugeben, so war es vielleicht nicht die schlechteste Idee von Uwe Liebig gewesen, den geplanten Raubüberfall und die tödliche Waffe nicht offiziell zu erwähnen.

Nur eine Sache warf Durant sich vor. Sie hätte Salim vielleicht doch noch einmal nach der Waffe fragen müssen.

13:40 UHR

Frank Hellmer hatte sich schon vor Stunden von Nadine verabschiedet, um nach Frankfurt zu fahren. Ausgerechnet heute, dachte er, wo sich jemand aus dem erweiterten Bekanntenkreis den 911er ansehen wollte. Der Porsche stand noch nicht einmal öffentlich zum Verkauf, und Frank war sich auch nicht sicher, ob er es gut oder schlecht fände, wenn der Wagen auch weiterhin in seiner Nähe herumfahren würde. Trotzdem hatte Nadine ihn davon überzeugen können, die Sache anlaufen zu lassen. Erstens, weil Anschauen ja noch niemanden etwas kostete, und zweitens, weil ihm der Gedanke gefiel, sich nicht mit zahllosen feilschenden Besserwissern und Schlechtrednern herumärgern zu müssen. Außerdem war Nadine eine taffe Person und vielleicht besser geeignet als er selbst, um eine solche Besichtigung durchzuführen.

Im Präsidium suchte er direkt die Computerforensik auf, um dort seiner Mammutaufgabe nachzugehen. Er hatte vorgehabt, Benjamin Tomas aufzusuchen, doch der war gerade nicht greifbar. Hellmer nutzte die Gelegenheit, um in den Innenhof zu gehen, ein wenig Tageslicht zu tanken und eine Zigarette zu rauchen. Von Julia Durant war nichts zu sehen, aber dafür fuhr Uwe Liebig soeben vor. Die beiden begrüßten sich und rauchten eine weitere Zigarette zusammen.

»Wie war es in der JVA?«, wollte Hellmer wissen.

»Frag nicht. Aber mal unter uns: Julia hat ihren eigenen Kopf. War das schon immer so?«

Hellmer musste lachen. Es waren unzählige Bilder, die da in seinem Gedächtnis aufpoppten, und die meisten davon waren gute Erinnerungen. »Allerdings. Aber das macht sie auch so einzigartig. Ich würde niemals auf sie verzichten wollen.«

»Hm.« Liebig grinste schief. »Dann werde ich mich wohl mal besser dran gewöhnen.«

»Das solltest du. Ist die Sache mit der Versetzung denn offiziell?«

Liebig nickte. Die beiden schwiegen, inhalierten und bliesen Rauchwolken aus. Schließlich fasste sich der Neue ein Herz: »Ist das für irgendwen ein Problem?«

Hellmer ahnte, dass er damit hauptsächlich an Julia dachte. Er wollte den Kopf schütteln, stattdessen zuckte er die Achseln. »Um ehrlich zu sein, ich weiß es nicht. Der Start könnte holprig werden. Aber das liegt nicht an dir, das ginge jedem so. Unser Team ist seit Jahren stabil. Unverändert. Die Letzte, die dazukam, hatte Julia praktisch das Leben gerettet. Sabine Kaufmann. Ihr Geist ist immer noch gegenwärtig, auch wenn sie schon seit Jahren nicht mehr da ist. Zuerst Bad

Vilbel, dann das LKA. Hatte private Gründe. Na ja, und dann hat es Julia in den vergangenen Monaten ziemlich gebeutelt. Hast du sicher mitbekommen, ist ja kein Geheimnis. Sie hat ihre beste Freundin verloren, und Claus verlässt demnächst seinen Chefsessel. Das ist nicht gerade der ideale Nährboden für Veränderungen.« Er warf seine Zigarette zu Boden, trat sie aus und klopfte Liebig zweimal kräftig auf die Schulter. »Aber das kriegst du schon hin.«
Liebig lachte und rollte mit den Augen. »Hurra!«
Auch er entsorgte seine Kippe. »Wo bist du denn gerade dran?«
»Bewegungsprofile. Ich wollte eigentlich zuerst in die IT und dann auf die Feuerwache, aber das geht auch andersherum. Komm doch mit.«
»Zur Feuerwehr? Was gibt's denn da?«
»Ich habe diesen Timo Strohm vorhin noch mal kontaktiert, weil ich mich näher mit den ehemaligen Kollegen beschäftigen wollte. Er hatte heute Mittag Dienstbeginn und stellt uns eine Liste zusammen. Ich möchte ihm außerdem einen Satz der aktuellen Fahndungsfotos zeigen.«
Liebig schien wenig beeindruckt. »Klingt mir nach einem arg dünnen Strohhalm.«
»Mag sein, aber ich hatte das längst erledigen wollen. Leider bin ich nicht früher dazu gekommen. Zuerst habe ich ihn nicht erreicht, und dann gestern die Sache mit Canan Bilgiç.« Hellmer schüttelte den Kopf und pfiff Luft aus. »Verdammt schlimme Sache.«
»Das kannst du laut sagen.« Liebig atmete hörbar. »Deshalb würde ich auch lieber nicht mitkommen, wenn's okay ist. Ich brauche mal Abstand.«
»Weiß man denn schon was Neues?«
»Leider nein. Ihr Zustand ist wohl stabil. Aber das muss nicht unbedingt was Gutes heißen. Stabiles Koma.« Er verzog das Gesicht und winkte ab. »Wenn ich dieses Schwein in die Finger kriege ...«
Hellmer beobachtete, wie Liebig die Fäuste ballte und in die Luft

boxte. Er hatte diese wilde Entschlossenheit schon öfter erlebt. Bei Julia und auch bei sich selbst. Wichtig war am Ende nur, dass man sich im entscheidenden Moment unter Kontrolle hatte. Das machte einen guten Partner aus. In dieser Sekunde kamen ihm Zweifel, ob Uwe Liebig sich wirklich ohne größere Komplikationen in das Team einfügen konnte.

Hellmer stieg in den schwarzen Range Rover, mit dem seine Frau üblicherweise durch die Gegend fuhr. Mit ein wenig Glück konnte er direkt nach seinem Besuch auf der Feuerwache zu ihr fahren. Die Familie war in diesen Tagen viel zu kurz gekommen, besser gesagt das, was von der Familie übrig war. Frank und Nadine hatten zwei Töchter, Stephanie und Marie-Therese, von denen eine schwerstbehindert war und in einer anthroposophischen Einrichtung im Fränkischen lebte. Anstatt Heiligabend waren ihre Eltern schon am Wochenende dort gewesen. Und die andere Tochter führte ihr eigenes Leben als junge Erwachsene. Da waren Freunde wichtiger, und im Grunde war das auch völlig okay so. Als Nadine und Frank dann aber zu zweit in ihrem Wohnzimmer saßen und auf den geschmückten Baum starrten, war die Stimmung zeitweise tief unter ein festliches Niveau gesackt. Dabei hatten sie sich in den Babyjahren so oft gewünscht, mal wieder Zeit für sich zu haben.
Der Kommissar wischte die Gedanken beiseite, während er durch Frankfurt steuerte. Vorbei an den hohen Glasfassaden, die auch über Weihnachten kalt und steril wirkten. Dafür waren die Schaufenster festlich geschmückt, was in der Hektik der Menschen jedoch fast wieder unterging. Er überquerte die Friedensbrücke. Ein Schiff schnitt unter ihm durch das bräunlich gefärbte Mainwasser. Ein paar Straßen später erreichte er sein Ziel.
Timo Strohm empfing ihn mit einem Handschlag, und die beiden stiegen treppauf ins Büro, wo der Mann ihm einen Kaffee anbot. Hellmer bedankte sich. »Schwarz mit Zucker, wenn's geht.«

Der Vollautomat brummte, und warmes Röstaroma breitete sich im Raum aus.

»Ich hätte das gerne schon früher erledigt«, brummte Hellmer, nachdem er seine Tasse dankend entgegengenommen hatte.

Die beiden Männer setzten sich, und Strohm erwiderte: »Kann ich nachvollziehen. Aber Sie müssen auch meine Seite verstehen. Es ist ja nicht nur der Schichtdienst, dessen Pausen einem heilig sind. Es ist auch noch etwas anderes.«

Hellmer horchte auf. »Was meinen Sie?«

Strohm rückte seine Tasse hin und her und beäugte die Wellenbewegungen, die er damit auslöste. »Na ja, immerhin könnte meine Liste doch dazu führen, dass Sie einen Kameraden festnehmen, oder? Und das geht mir gewaltig gegen den Strich.«

»Wir nehmen nur jemanden fest, wenn dringender Tatverdacht besteht«, entgegnete Hellmer, »und in diesem Fall wäre das in unser aller Interesse. Oder möchten Sie, dass einer Ihrer *Kameraden* da draußen Frauen missbraucht und ermordet?«

Strohm blickte ihn säuerlich an. »Es gefällt mir nicht, wie Sie Kamerad betonen. Ich würde jedem von ihnen mein Leben anvertrauen.«

»War nicht so gemeint«, lenkte Hellmer ein, denn er spürte, dass es seinem Gegenüber ernst mit diesem Thema war. »Allerdings gilt das für meine Kollegen bei der Polizei ebenso.«

»Gut. Bringen wir es hinter uns.« Timo Strohm griff neben sich und hielt eine Liste mit Namen hoch. Handschriftlich, mit einer jeweiligen Notiz, die Monat und Jahr bezifferte.

»Das sind die Daten, wann sie die Wache verlassen haben«, erläuterte er, »bei manchen steht eine neue Wache oder ein neuer Ort dabei.«

Hellmer erkannte drei Personen, bei denen das nicht der Fall war.

»Und die anderen?«, fragte er.

»Pension, Elternzeit und ...«

»Und was?«

Strohm fuhr sich durchs Gesicht. »Wie soll ich das beschreiben? Eine schlimme Geschichte.«

»Klingt, als sollte ich sie mir anhören.«

Hellmer versuchte, den Namen und das Datum zu entziffern, doch er erkannte zunächst nur die Zahlen. Er rechnete zurück. Neun Jahre. Oder war das ...

»Es war ein Brand«, begann Strohm und beendete damit den Gedankengang des Kommissars. »Er und seine Verlobte. Die beiden wollten über Weihnachten nach Thailand und dort am Strand heiraten. Doch dazu kam es nicht mehr. Es ging vorher schon den Bach runter, nein, besser gesagt, es wurde von den Flammen aufgefressen.«

Hellmer kniff die Augen zusammen und überlegte, ob er sich an eine entsprechende Meldung erinnerte. Ein Wohnungsbrand mit Todesfolge müsste doch ...

»Das heißt, seine Verlobte ist ums Leben gekommen?«

Er konnte es ja nicht sein, sonst stünde sein Name nicht auf der Liste.

Strohm verneinte heftig. »Beide haben es überlebt. Aber er wurde so heftig verletzt, dass er mehrere Hauttransplantationen bekam. Danach eine Therapie, aber das alles nutzte nichts. Er konnte nicht mehr zurückkommen, es ging einfach nicht. Als Nächstes ging die Beziehung in die Brüche, ich glaube, er hat sich dann erst mal bei seinen Eltern verkrochen und ist nie mehr so richtig auf die Beine gekommen.«

»Schrecklich.«

»Allerdings.«

Hellmer kam ein Gedanke. »Wo hatte er denn diese Transplantationen?«

Er zog eine ganze Reihe von Fotoausdrucken hervor, auf denen das Phantombild in allerlei Varianten zu sehen war. Hielt die Bilder aber zunächst zurück und wartete Strohms Antwort ab. Dieser fuhr sich mit der Hand über den Oberkörper bis hinauf zum Gesicht.

»Hauptsächlich dieser Bereich. Es muss der Stoff seines Shirts gewesen sein, der die Wunde so schlimm gemacht hat. Synthetik. Im Bett. Ein Wunder, dass es ihn nicht noch übler zugerichtet hat.«
»Sind Narben im Sichtbereich geblieben? Insbesondere im Gesicht?«
»Ja.«
Hellmer blätterte die Bilder nebeneinander.
»Das sind noch mal unsere Phantombilder. Etwas angepasst an verschiedene Situationen. Licht, Schatten, Frisur und Bartwuchs. Leider waren die Täterbeschreibungen nur sehr vage. Aber von einer Narbe war definitiv die Rede. *Könnte* er es denn sein?«
Timo Strohm ließ sich viel Zeit, aber Hellmer meinte, seine Körpersprache so zu deuten, dass sich da kein Aha-Effekt einstellen würde. Die Bestätigung kam prompt.
»Ich weiß nicht. Eher nicht.«
»Denken Sie dran, dass sich ein Mensch im Laufe der Zeit mitunter deutlich verändert. Wie lange ist es jetzt her? Neun Jahre. Das ist eine ganze Menge, vor allem, wenn man sich verändern will.«
»Ja, aber doch nicht der Didi!«, rief Strohm mit erhobenen Händen. »Das passt gar nicht zu ihm, er war immer ein Guter, und vor allem mit den Frauen hatte er es.« Seine Mundwinkel zuckten vielsagend. »Ein richtiger Charmebolzen war das. Er hat es doch gar nicht nötig ...«
Hellmer war nicht überzeugt. Mal abgesehen davon, dass das ein ziemlich doofes Argument war, denn nicht jeder Vergewaltiger war zwangsläufig auch ein Monster. Wobei es in diesem Fall ja trotzdem eine Rolle zu spielen schien. »Sie haben gesagt, dass das Feuer ihn verändert hat«, wandte er ein.
»Na und?« Strohm nahm sich zwei Fotos und hielt sie ins Licht der Schreibtischlampe. »Das ist er nicht, da bin ich mir sicher.«
»Gut. Aber wie sieht es in Sachen Körpergröße und Statur aus?«
Strohm wippte mit dem Kopf. »Ich glaube, das führt zu nichts. Sie haben doch selbst gesagt, dass sich ein Mensch über die Jahre deut-

lich verändern kann. Didi war gut trainiert, so wie viele von uns, aber das ist heute anders. Es heißt, er habe etwas zugelegt, das wundert mich nicht. Und seine Körpergröße? Etwa so wie ich, also knapp eins achtzig, würde ich sagen.«

Hellmer warf einen Blick auf seine Notizen. Im Grunde würde das passen. Andererseits auch wieder nicht. Im Halbdunkel und in Panik konnte es passieren, dass man den Angreifer durchaus größer einschätzte, als er tatsächlich war.

»In Ordnung«, sagte er, leerte seine Kaffeetasse in zwei großen Schlucken und fuhr sich mit dem Handrücken über den Mund. »Sie haben gesagt, er habe zugelegt. Haben Sie ihn kürzlich gesehen, oder gibt es jemanden, der noch Kontakt zu ihm hat?«

Strohm überlegte kurz. »Nein. Leider ist das völlig abgebrochen. Wir haben es versucht, haben ihn immer wieder mal eingeladen, aber ich glaube, das alles hier wiederzusehen, hat ihm immer sehr wehgetan. Also ist er nicht mehr gekommen, und die meisten von uns haben nun mal Familien, na ja ...«, er hob mit resigniertem Blick die Schultern, »... so läuft das ja leider oft. Soweit ich weiß, gibt's da keinen mehr, der ihn regelmäßig sieht.«

»Aber Sie haben doch gesagt ...«

»Er wurde gesehen, ja. Anscheinend verdient er sich sein Geld jetzt als Taxifahrer.«

Hellmer zuckte wie vom Blitz getroffen zusammen.

»Taxifahrer?!«

»Ja. Irgendwie muss man doch schließlich zurechtkommen.«

»Sagen Sie mir den richtigen Namen!«, herrschte der Kommissar sein Gegenüber an. »Didi – und weiter?«

»Ist ja gut, herrje. Richtig wäre Dieter. Aber so durfte ihn niemand nennen, er hat das gehasst. Aber was ist denn an der Taxi-Sache so schlimm?«

Frank Hellmer blieb angespannt und tat seine Reaktion mit »Ermittlungsdetails« ab, die er nicht teilen könne. Im Kopf ploppten die ganzen Markierungen auf, die er auf einer Stadtkarte hinterlassen hatte. Sein Mega-Projekt, das Bewegungsprofil von den Taxis von Hampel, Dorn und wenigen weiteren Wagen, farblich in verschiedene Tage eingeteilt und mit dem Ziel, die Position jedes Wagens zu den jeweiligen Tatzeiten einzugrenzen. Eine Sisyphusaufgabe, deren Ergebnis ernüchternd ungenau war und viel Raum für Fehler bot. Aber es war nicht das einzige Bewegungsprofil, mit dem er sich beschäftigt hatte. Und als Timo Strohm ihm den Nachnamen seines ehemaligen Kameraden nannte, gab es für den Kommissar nichts Eiligeres zu tun, als Julia Durant zu benachrichtigen.

14:15 UHR

Im Präsidium hatte Claus Hochgräbe sich einen Rapport von seiner Zukünftigen geben lassen. Danach war sie zu Tiana Ganev gegangen, um nach ihr zu sehen und über ihren Besuch in der JVA zu reden. Er hatte Julia selten so angespannt erlebt wie in diesen Tagen. Besonders die Situation dieser jungen Bulgarin schien ihr näher zu gehen, als gut für sie war. Er schämte sich fast, als er sein Handy hervornahm und darauf hoffte, mit seiner Tochter chatten zu können. Ein wenig Sonne aus Namibia in den düsteren Winter hier zu holen. Doch Clara war heute wortkarg. Reagierte nicht. Er hatte sie schon am Vormittag anrufen wollen, aber sie hatte keine Zeit für ihn gehabt. Zum ersten Mal, seit sie in Kontakt standen – und es hatte prompt ein eigenartiges Gefühl in ihm ausgelöst.
Jetzt aber wartete endlich eine Nachricht auf dem Display. Allerdings war es nicht das, was er sich erhofft hatte.

Ich habe dir eine Mail geschickt. Es wäre schön, wenn Du Zeit hast, sie zu lesen.

Das Kuss-Emoticon trug nicht zu seiner Beruhigung bei. Claus öffnete die entsprechende App, aber es waren so viele Buchstaben in einer derart kleinen Größe, dass er nur zwei Sätze las, abbrach und die Mail auf seinen Computer weiterleitete.
Dann öffnete er sie, und seine Finger hinterließen feuchte Abdrücke auf der Maus.

Lieber Claus,
ich weiß nicht, wie ich es dir anders sagen soll. Am besten direkt, aber ich habe leider nicht die Kraft oder den Mut, das am Telefon zu tun. Ich möchte auch kein Mitleid, jedenfalls möchte ich dich nicht zu Gefühlen zwingen, die sich seltsam anfühlen oder dich überfordern. Mama hat selten von dir gesprochen (alles andere wäre gelogen), aber sie hat mir immer all meine Fragen beantwortet und nicht ein einziges schlechtes Wort über dich verloren. Ich habe das Gefühl, dass von all ihren Männergeschichten nur ein guter Vater dabei war, und das bist du. Und deshalb verdienst du diese Wahrheit auch jetzt und nicht erst irgendwann, das schulde ich dir, denn ich war es, die den Kontakt zu dir gesucht hat. Wir haben ja schon mal über die Deutschlandreise gesprochen. Tatsächlich habe ich einen konkreten Termin dafür und sogar bereits die Flugtickets. Und sosehr ich mir wünsche, dass wir uns – alle! – einmal persönlich kennenlernen, ist der Hauptgrund meiner Reise ein anderer. Ich werde das jetzt ganz direkt sagen, und es tut mir leid, dass man das nicht besser dosieren kann: Ich habe Krebs. Einen aggressiven Scheißkerl, den ich nicht hier behandeln lassen möchte. Bitte verstehe das jetzt nicht falsch, ich sage dir das nur, weil ich ehrlich sein will. Es geht nicht um Geld (ich habe Ersparnisse!), es geht um die deutsche Medizin. Es ist auch schon alles organisiert. Ich soll nach Heidelberg, das ist ja nicht so weit weg von Frankfurt. Und ich möchte diese Reise nicht alleine antreten, ich will Lynel mitnehmen, und ich habe sogar

eine Möglichkeit, ihn betreuen zu lassen. Es geht mir also wirklich »nur« darum, dass du die Wahrheit kennst. Du hast mit all dem anderen nichts zu tun – ich will dich also nicht ausnutzen, ich will kein Geld und auch sonst nichts von dir. Das Einzige, was mir sehr am Herzen läge, wäre, dass wir uns kennenlernen. Dass wir Zeit haben, mal richtig zu reden, ohne auf verschiedenen Kontinenten zu sein. Es geht mir auch gut so weit, und ich möchte etwas sehen. Deine Stadt. Die Alpen. Und vielleicht Berlin. Ich liebe diese Stadt, auch wenn ich sie nur vom Hörensagen kenne. Aber Mama hatte mal einen Freund, der eine Menge alter Geschichten auf Lager hatte. Von der Berliner Mauer. Von einer Grenze, die mitten durch das Land ging. Von Menschen, die an dieser Grenze aufeinander geschossen haben oder die waghalsigsten Fluchtversuche unternommen haben. Mit dem Heißluftballon! Das kam mir als Kind so unwirklich vor wie ein Märchen. Und dann ausgerechnet von Afrika aus betrachtet. Die Verhältnisse in Namibia sind ja stabil, aber in den Nachbarländern liegt da so manches im Argen. Grenzen. Schüsse. Solche Geschichten hatte ich von ganz anderen erwartet, aber nicht aus Deutschland. Deshalb habe ich mich immer so sehr für das Land interessiert, auch wenn das ja längst alles Geschichte ist. Weil es die Heimat von euch beiden ist. Weil es vielleicht auch meine Heimat wäre, wenn Mama sich nicht für Afrika entschieden hätte. Sosehr ich es hier liebe, ich möchte das jetzt alles kennenlernen. Dich, die großen Städte – und Heißluftballons! Ich möchte mit einem Heißluftballon fliegen. So etwas habe ich noch nie im Leben gesehen. Das ist das, was ich mir für meine erste Reise nach Deutschland von dir wünsche. Eine schöne Zeit. Schöne Erlebnisse. Und über alles andere können wir reden, wenn es dir in den Kram passt.
Ich hab dich lieb, Papa

Papa. Noch nie war er von jemandem so genannt worden, und auch von Clara las er dieses Wort zum ersten Mal. Ein schmerzhafter Kloß im Hals wollte sich auch nach mehrmaligem Versuch nicht lösen, und über seine Wangen liefen die Tränen.

Das war es also. Er hatte es gespürt. Irgendetwas war falsch gewesen, nicht an seiner Tochter, sondern in ihrem Gebaren. Jede Leichtigkeit, jedes Lächeln hatte einen Hauch von Schwermut getragen, und auch in ihrer Stimme glaubte er es gehört zu haben. Dann hatte sie ihm die Sache mit seinem Enkelkind erzählt, und Claus hatte für einen Moment geglaubt, dass dieses Geheimnis der Grund aller Anspannung gewesen war. Nun kannte er die ganze Wahrheit. Und neben all seiner Bestürzung überkam ihn ein Gefühl von Hilflosigkeit. Nicht nur, weil er Clara nicht helfen konnte, sondern auch, weil er Julia davon berichten musste. Keine Geheimnisse, keine Verzögerungen. So lautete ihr Deal. Doch musste er sich wirklich daran halten, jetzt, da die Sorgen seiner Liebsten (und die Sorgen *aller* Kollegen) auf Canan Bilgiç gerichtet waren? Um den Kampf, den sie führte oder den die Ärzte um sie führten. Niemand konnte sagen, wohin das Ganze sich entwickeln würde. Man konnte zwar messen, was sich im Inneren ihres Körpers abspielte, aber wie es um ihren Geist stand …

In diesem Augenblick öffnete sich die Tür, und Julia stand ihm gegenüber. Keine Chance, etwas vor ihr zu verbergen. Allein seine Augenpartie verriet ihn ohne Gnade.

»Um Gottes willen!«, sagte sie und trat auf ihn zu. »Was ist denn passiert? Etwas mit Canan?«

Claus stand auf, und die beiden umarmten sich. »Nicht Canan«, antwortete er leise. »Es ist etwas mit Clara.«

Und obwohl die Mail seiner Tochter voller Optimismus gewesen war (oder war nur er es, der sie so verstehen wollte?), brachen nun alle Dämme.

*

Während die beiden sich noch aneinanderpressten und das gegenseitige Zittern und Beben in ihren Körpern spürten, meldete sich der schrille Klingelton von Julias Handy. Mit einem Schluchzen griff sie danach, doch es fiel zu Boden und verstummte.

»Tut mir leid, das war Frank«, sagte sie und bückte sich.

Schon läutete der Apparat auf Hochgräbes Tisch. Er stand wie angewurzelt da, nur sein Kopf drehte sich langsam in Richtung des Telefons.

So aufgelöst gehst du mir nicht dran, entschied Durant. Zumal sie sich ausrechnen konnte, dass der Anruf für sie war.

»Ja?«, sagte sie eilig in den Hörer, auch wenn das nicht die korrekte Meldung war.

»Julia. Endlich!«

Frank Hellmer keuchte, als wäre er einen Sprint gelaufen.

»Was ist denn passiert?« Ihr Magen verkrampfte sich. Sofort musste sie an Canan denken, auch wenn es unwahrscheinlich schien, dass dann Frank …

»Rudolf-Dieter Dorn!«, rief er, und es vergingen weitere Sekunden, bis sie seine Aufregung nachvollziehen konnte. »Klingelt da was bei dir?«

»Rudi? Der Taxler von der Konsti?«

Sie hasste es, wenn er ihr nur Brocken hinwarf. Andererseits konnte sie das auch gut. Sie rief sich die Bilder von Heiligabend ins Gedächtnis. Der Eingang der Zeil an der Konstabler Wache. Der Mülleimer mit dem Smartphone. Die Taubenkacke auf dem cremefarbenen Mercedes.

»Sein voller Name ist Rudolf-Dieter Dorn«, erklärte Hellmer, »und er war Berufsfeuerwehrmann auf der Wache, die im Verlauf des Handys aufgetaucht ist.«

Er fasste zusammen, was er in Erfahrung gebracht hatte, und Durant reagierte nicht weniger heftig als er.

»Das gibt's doch nicht! Wo bist du jetzt?«

»Sachsenhausen, aber auf dem Sprung.«
»Kannst du rüberkommen? Ich versuche, das Taxiunternehmen zu erreichen, um herauszufinden, wo er gerade ist.«
»In Ordnung. Was ist mit Claus und Uwe?«
»Lass mal«, erwiderte die Kommissarin knapp.
»Ist alles okay bei dir? Du klingst irgendwie ...«
»Nicht jetzt, Frank«, wehrte sie ab. »Später, okay?«
»Du bist der Boss.«
»Schön wär's.«
Als sie den Telefonhörer zurücklegte und ihr Blick in Claus' Büro umherwanderte, fiel ihr ein, dass auch diese Frage noch offen war. Aber für den Augenblick war das alles nebensächlich.
Hochgräbe war mittlerweile in seinen Sessel gesunken und rieb sich die Augen trocken.
»Was ist mit dem Taxifahrer?«, fragte er.
»Frank hat eine Spur, wir würden das gerne klären. Dieser Dorn war mal auf der Feuerwache tätig, bevor er den Dienst quittierte und Taxifahrer wurde. Offenbar hat er viel durchgemacht. Einen Brand, schwere Hautverletzungen, den Verlust seiner Freundin et cetera. Das alles ist ein bisschen viel, um Zufall zu sein.«
Sie dachte an ihre erste Begegnung an der Konstablerwache. Wie sehr man sich doch immer wieder von Menschen täuschen ließ.
»Reicht es denn auch für einen Haftbefehl?«, wollte Hochgräbe wissen.
»Ich bin mir nicht sicher. Würde gerne erst noch mal hinfahren.«
Claus wollte aufstehen, doch Julia hielt ihn davon ab.
»Frank ist dabei. Bleib du lieber hier. Kommst du denn klar?«
Er nickte langsam und deutete in Richtung Monitor. »Vielleicht sollte ich versuchen, mit ihr zu reden.«
»Das wäre sicher kein Fehler.«
Sie küssten sich, und mit gemischten Gefühlen verließ Julia das Büro.

14:50 UHR

Der Range Rover und Durants Dienstwagen trafen fast gleichzeitig vor dem Hauptbahnhof ein. Dorns Mercedes stand an fünfter Stelle, und von ihm selbst war nichts zu sehen. Als Hellmer mit seinem klobigen Untersatz die Ausfahrt blockierte, liefen sofort zwei Fahrer auf ihn zu. Der eine war untersetzt und mit schütterem Haar, der andere wirkte wie ein Wrestler. Sie riefen ihm etwas zu, Durant verfiel in einen Trab und tastete nach ihrem Dienstausweis. So hatte sie sich den Einsatz nicht vorgestellt. Etwas mehr Diskretion wäre ihr lieb gewesen, aber dafür war es jetzt zu spät. Ein röhrender Bass schallte über den Bahnhofsvorplatz, es musste der Muskelmann sein, doch Hellmer gab sich unbeeindruckt. Auch er reckte seinen Ausweis in einer ausladenden Geste nach oben, und (Zufall oder Absicht?) unter der Lederjacke lugte das Schulterholster mit der Dienstwaffe hervor. Sofort erstarrten die beiden Männer. Als Durant die Gruppe erreichte, hörte sie ihn etwas von »polizeiliche Ermittlung« und »Diskretion« sagen. Sie musste unwillkürlich schmunzeln.

»Wir möchten uns nur mit einem Ihrer Kollegen unterhalten«, sagte sie und nickte in die Runde.

Die Taxifahrer wechselten einen verunsicherten Blick. Herrschte unter ihnen so etwas wie eine Berufsehre, oder betrachteten sie sich als Konkurrenten?

»Wer denn?«, fragte der Große.

»Ach, der Rudi«, antwortete Durant und ließ es so klingen, als wären die beiden alte Freunde. »Ich hatte mich schon neulich an der Konsti mit ihm unterhalten, aber heute ist es wirklich wichtig.«

»Ist gerade Kaffee holen, glaube ich«, sagte der Untersetzte. Er wirkte nervös und sah immer wieder zurück zu seinem Kombi. Vielleicht hatte er auch nur Sorge, dass jemand ihm seine Fahrt wegnahm.

»Dann warten wir am besten«, lächelte die Kommissarin. »Danke schön.«

»Könnten Sie vielleicht Ihren Wagen zur Seite fahren?«, murrte der Große in Hellmers Richtung. »Da kommt ja keiner durch.«
»Na, meinetwegen«, murmelte dieser.
Durant flüsterte ihm zu, dass er die beiden sowie das Seitenportal im Auge behalten solle. Nicht, dass sie Dorn vorwarnten und dieser das Weite suchte. Dann lenkte sie ihre Schritte in Richtung Haupteingang.
Gedankenfetzen jagten ihr durch den Kopf, wie auch schon auf der Fahrt hierher. Aber es war alles viel zu hektisch, viel zu laut und viel zu unsortiert. Eins nach dem anderen, mahnte sie sich und tastete ebenfalls nach ihrer Dienstwaffe, auch wenn sie stets hoffte, sie nicht ziehen zu müssen.
Kurz darauf trat er hinter einer Gruppe Jugendlicher ins Freie. Durants Blicke hafteten noch an den Turnschuhen und den nackten Knöcheln der jungen Leute unter zu kurz geratenen oder gekrempelten Jeans. Schon beim bloßen Hinsehen kam ihr das Frösteln. Dann erkannte sie Rudolf Dorn. Rudolf-Dieter, wie sie mittlerweile herausgefunden hatte. Warum er sich damals Didi genannt hatte und heute auf Rudi bestand, wusste sie nicht. Vielleicht hatte es mit dem Brand zu tun. Ein Neustart. Ein Neustart als Sexualstraftäter und Mörder?
Durant blieb stehen und spürte, wie sie sich verkrampfte. Noch hatte er sie nicht gesehen. Sie drehte den Oberkörper in Richtung Hellmer, doch die Sicht war durch einen Pavillon und den dahinter liegenden Unterstand blockiert.
Als sie sich zurückdrehte, stand Dorn keine zwei Meter entfernt.
»Frau Durant? Das ist aber ein Zufall.« Er lächelte breit und durchaus selbstsicher.
»Leider kein Zufall«, antwortete sie und hätte sich am liebsten auf die Zunge gebissen. Wieso hatte sie das sagen müssen? Wäre es nicht klüger gewesen, ihn zuerst in Richtung Frank kommen zu lassen?
Dorn winkte mit einem Kaffeebecher der Extragröße. Ein Mehrwegbecher mit dem grün-weißen Logo einer Meerjungfrau. Er verzog das

Gesicht zur Grimasse. »Mein erster Vorsatz: weniger Kaffee, aber dafür besseren. Mein zweiter Vorsatz: weniger Müll. Wenigstens einen davon erfüllt. Wollen Sie auch da rein?«

Offenbar hatte er ihre Antwort gar nicht richtig wahrgenommen. Oder spielte er ein perfides Spiel mit ihr? Sie trat einen Schritt zurück und wies in Richtung Taxistand. »Mir wäre jetzt eher nach einer Zigarette«, sagte sie. »So viel zum Thema Vorsätze.«

Sie bewegten sich ein paar Meter. Dorns Wagen kam in Sicht, ebenso der schwarze Range Rover.

»Sind Sie immer noch auf der Suche nach Zeugen?«, fragte Dorn.

Endlich tauchte Hellmer auf und sah zu ihnen. In seinem Gesicht war abzulesen, dass er auch Dorn erkannte. Sofort machte er sich auf den Weg in ihre Richtung.

»Um ehrlich zu sein«, Durant ließ sich Zeit, bis Hellmer in Hörweite war, »wollten wir zu Ihnen.«

»Zu mir?«

»Sie haben uns da so einiges nicht erzählt, und das sollten wir dringend nachholen«, sagte die Kommissarin, und der Taxifahrer zuckte beim scharfen Klang ihrer Stimme zusammen.

Frank Hellmer stellte sich vor und wies sich aus. »Wir möchten das gerne auf dem Präsidium tun. Es besteht der dringende Verdacht, dass Sie mehr mit den Vergewaltigungen und Todesfällen zu tun haben, als Sie bisher zugegeben haben.«

In diesem Moment klatschte der Kaffeebecher auf den Boden, und Cappuccino spritzte umher, unter anderem auf Durants Schuhe und Hosenbein.

Während sie die Wärme spürte, die sich unter dem Fleck auf ihrer Haut breitmachte, und sich noch darüber ärgern wollte, hörte sie Dorn mit bebender Stimme sagen: »Aber das ist doch Blödsinn! Das glauben Sie doch selbst nicht!«

»Was wir glauben, ist nebensächlich«, stieß sie hervor, voller Abscheu, als sie an Canan Bilgiç denken musste.

Hellmer schien zu spüren, dass sie kurz vor der Explosion stand. Er schob sich zwischen die beiden und sagte mit erzwungener Ruhe: »Herr Dorn, Sie sollten uns jetzt aufs Präsidium begleiten. Und vielleicht einen Anwalt kontaktieren.«

15:10 UHR

Er saß einfach nur da. Lauschte dem Nageln des Motors und ließ sich den warmen Strom aus der Lüftung über die Hände blasen. Nur noch einen Augenblick. Er schloss die Augen.
Alles hatte er ihm genommen.
Aber die Welt da draußen bot noch so viel mehr. Er spürte den Druck auf der Kauleiste. Den Schmerz im Kiefergelenk, den das viele Mahlen und Knirschen verursachte. Die letzten Tage waren nicht so gelaufen, wie er sich das ausgemalt hatte. Überhaupt liefen die Dinge ziemlich aus dem Ruder.
Warum waren sie ihm nicht längst auf den Fersen? Warum hielt sich die Presse derart zurück? Übersahen sie alle das Offensichtliche, die Brotkrumenspur, die er gelegt hatte? Wie viel brauchte es noch, damit die Sache endlich voranging?
Warum fühlte es sich so an, als würde jemand ihm die Kontrolle entreißen? Was machte er falsch?
Musste er noch mehr tun, noch mehr riskieren? Seine Hände klammerten sich ums Lenkrad. Er wusste, dass ihm jede Menge Möglichkeiten offenstanden, wenn er sie nur richtig nutzte. Er musste sich nur einloggen. Eines seiner Geräte und damit eine seiner vielen Identitäten dafür bemühen, um sich noch einmal zu verabreden. Einmal, ein richtiges Mal, bei dem alles so laufen würde, wie er es sich in seinen geheimsten Vorstellungen ausmalte.
Eine Frau, die sich ihm hingab. Die ihn nicht ausnutzte und ihn nicht hinterging. Auch wenn sie das nicht freiwillig tun würde. Aber

hatten die Weiber es nicht alle genau so verdient? Diese verlogenen Biester, die sich für etwas Besseres hielten? Die mit ihren Reizen spielten, wenn sie etwas erreichen wollten, aber dann, kurz vor dem Abschluss, einen Rückzieher machten?
Zitternd öffnete er das Handschuhfach. Nahm eines der Geräte heraus und schaltete es ein.
Einmal richtig. Einmal ohne Störung. Einmal noch volles Risiko. Das musste als Nächstes geschehen.
Und *dann* würde er sich darum kümmern, dass diese Durant an die Reihe kam.
Sie war auch eine von dieser Sorte. Skrupellos und egoistisch. Das würde er sich zunutze machen.
Ein grimmiges Lächeln löste die Verkrampfung seiner Gesichtsmuskulatur. Der Kiefer knackte.
Dann piepte das Handy.
Und das Blut strömte in seine Lenden.

16:40 UHR

Rudolf-Dieter Dorn hatte mit erstaunlicher Geduld das gesamte Prozedere der Identitätsfeststellung, Fingerabdrücke, Fotos und einen Wangenabstrich über sich ergehen lassen. Er hatte zudem auf einen Anwalt verzichtet, Julia Durant vermutete, dass es ihm hauptsächlich darum ging, das Geld dafür zu sparen. Sollte es zu einer Anklage kommen, würde ein Pflichtverteidiger übernehmen.
Verhielt sich so ein mehrfacher Gewalttäter? Überhaupt hatten sich die Stimmen in ihrem Kopf allmählich zu sortieren begonnen. Es war Dorn, der das Handy im Mülleimer gefunden haben wollte. Und es stand zweifelsfrei fest, dass er selbst es auch bei der Polizei gemeldet hatte. Ein Telefon, das ihn sowohl mit einem Mord als auch dem *Oasis* und – über den Browserverlauf – mit der Feuerwehr in Verbindung

brachte. Im Grunde hätte er genauso gut seinen Personalausweis neben der Toten an der Staustufe hinterlassen können.

Wie passte das zusammen?

In der Zwischenzeit hatte Frank Hellmer seine gesammelten Erkenntnisse der Bewegungsprofile aus dem Keller heraufgeholt. Tatsächlich verfügte er auch über einige Daten des Taxis von Rudi Dorn, die er von der Taxizentrale erhalten hatte.

»Kennen Sie das *Oasis?*«, fragte Durant.

Dorn bestätigte.

»Haben Sie es besucht?«

»Muss ich mich dazu äußern?«

Die Kommissarin zog die Lippen in die Breite. »Wir haben verschiedene Aussagen der Damen. Sobald wir Ihr Foto herumzeigen, dürfte sich die Frage ...«

»Jaja, schon gut!« Dorn schnaubte. »Ja, ich war dort. Ein einziges Mal. Na und?«

Hellmer schaltete sich ein. Er fragte Stück für Stück die Tage und Uhrzeiten ab, an denen die Übergriffe stattgefunden hatten. Dorn wusste zu einigen der Tatzeiten eine Antwort, bei anderen verwies er auf Pausen, Freizeit oder andere Gründe. Durant notierte sich alles sehr genau, um die Angaben nachzuprüfen. Als sie zum ersten Januar gelangten, spürte sie, wie ihr der kalte Schweiß ausbrach.

»Okay. Was war gestern?«, fragte sie, mit einem Beben in der Stimme. »Zwischen fünfzehn und sechzehn Uhr?«

»Gestern Nachmittag?« Dorns Gesichtszüge erhellten sich. »Da war ich am Flughafen.«

»Kann das jemand bezeugen?«

»Klar. Der Auftrag ist über die Zentrale reingekommen. Außerdem können wir das anhand der Geräte nachprüfen. Ich war um kurz vor halb drei in Berkersheim. Koffer einladen, dann musste noch mal jemand nach oben, weil er irgendwelche Stecker ziehen wollte. Ein älteres Ehepaar. Vierzehn Tage auf die Kanarischen Inseln. Da wird

man ganz neidisch. Jedenfalls sind wir erst um kurz nach halb weggekommen. Der Mann hat noch diskutiert, weil ich die A661 nehmen wollte. Also sind wir über die A66 gefahren und mussten durch eine Baustelle kriechen. Die beiden sind ziemlich unruhig geworden, und als wir um kurz nach drei am Terminal 1 waren, habe ich ihnen beim Ausladen geholfen und den kürzesten Weg zum Check-in gezeigt.« Dorn wischte sich über die Stirn. »Allein bei dem Gedanken bekomme ich noch Schweißausbrüche. Wahrscheinlich verbringen die beiden den gesamten Urlaub damit, sich über jede Kleinigkeit zu streiten. Vielleicht ist das so, wenn man ...«
Er verstummte.
»Wenn man so lange verheiratet ist? War es das, was Sie sagen wollten?«
»Vielleicht. Ist ja auch egal.«
Frank Hellmer kniff die Augen zusammen, als fiele ihm etwas ein. Dann sagte er: »Apropos Heiraten. War das bei Ihnen nicht auch mal Thema?«
Dorn zuckte, und ein Schatten jagte ihm übers Gesicht. »Wie? Ach, na ja. Das ist lange her.«
Durant sah ihn fragend an, danach wandte sie sich an Hellmer: »Gibt es da etwas ...«
»Ich rede von dem Brand damals.« Er sah zu Dorn. »War es nicht so, dass Ihre Beziehung danach in die Brüche gegangen ist?«
»Ja. Na und? Was hat das denn mit heute zu tun?«
»Immerhin hat das Handy eindeutig zu Ihrer alten Feuerwache gewiesen.«
Rudi Dorn vergrub den Kopf zwischen den Händen und stöhnte. »Wie oft soll ich das denn noch sagen? Ich *weiß* nicht, was das soll. Aber ich habe damit *nichts* zu tun!«
Durant spürte, wie es ihr schon wieder den Brustkorb abschnürte, und sie bat Hellmer so diskret wie möglich um eine Pause.

»Was machen wir mit ihm?«, fragte sie, als sie draußen auf dem Hof standen und Hellmer eine Zigarette paffte. Es war ihr gelungen, die Enge in der Brust wegzuatmen, eine Strategie, die sie schon vor Jahren gelernt hatte. Trotzdem waren es Warnsignale. Sie musste gegen die Ursachen vorgehen, doch das war leichter gesagt als getan.
»Wenn sein Alibi mit dem Flughafen stimmt ...«, antwortete Hellmer.
»Ich weiß. Und selbst wenn er kein Alibi hätte. Mal ehrlich. Wie doof müsste er denn sein, sich selbst zu belasten? Zuerst das Handy in die Tonne werfen und danach die Polizei rufen. Das stört mich schon die ganze Zeit, aber jetzt, wo ich es laut ausspreche, wirkt es erst so richtig absurd.«
Hellmer kratzte sich am Hals. »Stimmt schon. Du kennst ja meine Weisheit mit den kotzenden Pferden, die würde jetzt gut passen, denn wir hatten es schon mit Psychopathen zu tun, die weitaus unverfrorener waren. Aber Dorn passt da überhaupt nicht ins Bild.«
»Sehe ich auch so. Trotzdem sollten wir weiterbohren. Denn wenn er es nicht war, dann muss es jemanden geben, der den Verdacht auf ihn lenken will. Ich würde ...«
Sie stockte. Sterne tanzten vor ihren Augen, und sie fühlte sich, als hätte man ihr einen Gullydeckel vor den Latz geknallt.
»Ich ...«
»Julia?«
Vor ihren Augen huschte das Gesicht von Frank Hellmer vorbei. Dann wurde es schwarz.

17:10 UHR

Rudi Dorn saß mit den Füßen auf der Tischplatte da und spielte mit seinem Smartphone. Als Hellmer wieder eintrat, zog er die Augenbrauen hoch.

»Ganz schön lange Pause. Ich dachte schon, Sie hätten mich vergessen.«

Hellmers Puls hatte sich noch immer nicht beruhigt. Vor wenigen Minuten war er noch in Hochgräbes Büro gewesen. Dorthin hatten sie Julia verfrachtet, die wie aus dem Nichts zusammengeklappt war. Keine richtige Ohnmacht, eher ein vorübergehender Kontrollverlust, vielleicht der Blutdruck, vielleicht eine Panikattacke – oder eine Mischung aus alledem. Er erinnerte sich an damals, es war viele Jahre her, etwa um die Zeit, als sie Claus kennengelernt hatte. Julia hatte sich nach ihrer Entführung und den Misshandlungen eine Auszeit genommen. Dazu psychologische Behandlung, die sie später durch die enge Beziehung mit Alina Cornelius ersetzte. Hin und wieder kamen die Angststörungen zurück, das war das Teuflische an ihnen, man konnte sie im Grunde niemals loswerden. Immer wieder musste man gegen sie ankämpfen und stärker, rationaler sein als sie. Meistens gelang das. Doch so wie heute hatte er Julia noch nicht erlebt. Nun saß sie in Hochgräbes Büro, und der Chef kümmerte sich um sie. Für ihn blieb nur die Pflicht.

»Lassen Sie uns weitermachen«, schlug der Kommissar vor.

»Und Ihre Kollegin?«

»Hat andere Verpflichtungen.« Das musste genügen. »Was glauben Sie denn, weshalb ein mutmaßlicher Mörder ausgerechnet vor Ihren Augen ein Handy entsorgt, das uns auch noch in Ihre Richtung lenkt?«

»Wer sagt denn, dass es um *mich* geht?«

»Kommen Sie. Das *Oasis*. Die Feuerwache. Ihr Taxi. Das ist kein Zufall. Und wenn Sie es nicht selbst waren ...«

»Ja, okay, ist in Ordnung. Da muss ich mal drüber nachdenken.«

»Was ist mit Ihrer Familie?«

Dorn prustete. »Welche Familie denn? Da herrscht absolute Funkstille.«

»Also gibt es Streit?«

»Das wäre zu viel gesagt. Meine Eltern und ich gehen uns aus dem

Weg. Vielleicht hätte man sich früher mal richtig streiten sollen, denn das ist die Grundbedingung, um sich zu versöhnen. Aber lassen wir das. Es ist gut so, wie es ist.«

»Und Ihre frühere Verlobte?«

»So ein Quatsch. Warum sollte *sie* denn ... da müsste ja eher ich ...« Er unterbrach sich abrupt und wedelte mit der Hand. »Jedenfalls kann ich mir nicht vorstellen, dass Nele was mit der Sache zu tun hat. Für sie gibt es nur ihre edle Praxis und die Privatpatientinnen mit den dicken Portemonnaies. Der Ehemann ist garantiert aus demselben Holz geschnitzt. Tennis, Golf, Schickimicki. Die leben auf einem ganz anderen Planeten.«

In Hellmer regte sich etwas. »Haben Sie den vollständigen Namen für mich?«

»Klar. Früher war es mal Nele Schmelzer.« Dorns Stimme bekam einen pikierten Unterton. »Aber heute heißt sie Dr. Cornelia Höllermann.«

Diesmal war es Hellmers Brustkorb, in dem es zu hüpfen begann. »Höllermann!«, rief er und sprang auf. »Das gibt's doch nicht!«

17:25 UHR

Frank Hellmer wollte gerade zurück in Hochgräbes Büro gehen, da hörte er das Telefon klingeln. Es war der Apparat von Julia, mit der er sich das Zimmer teilte. Obwohl er es lieber ignoriert hätte, bog er ab und nahm den Hörer ans Ohr.

»Hellmer, Apparat Durant.«

Am anderen Ende war Charly Abel. »Gude, Frank. Ist Julia in der Nähe?«

»Dann wäre sie ja drangegangen.«

Im Nachhinein bereute Frank diese schroffe Antwort, aber es blieb keine Zeit für solche Feinheiten.

Zwischen der Friedberger Anlage und dem Zoo war eine Bankangestellte in einen Keller gezerrt worden, und man hatte versucht, sie zu vergewaltigen.

»Ist sie ... tot?«, hauchte der Kommissar voller Entsetzen.

»Nein, aber das Schema passt zu dieser Serie. Ein Einzeltäter. Er hat die Frau zuerst in den Eingang und dann runter in den Abstellkeller gezwungen. Das alles mit einem vorgehaltenen Messer. Er hat gedroht, ihr den Hals aufzuschlitzen, wenn sie sich wehren oder um Hilfe schreien würde. Dann hat er sie gezwungen, die Hose und den Slip runterzuziehen und sich auf den Boden zu legen. Aber als er sich dann um seine eigene Kleidung kümmern wollte, wurde er wohl unaufmerksam. Jedenfalls ist es ihr gelungen, das Messer zu greifen und es ihm gefährlich nah in Richtung der Kronjuwelen zu rammen. Er hat aufgeschrien, wollte auf sie springen, doch sie hat ihn weggetreten und dann ebenfalls Zeter und Mordio geschrien. Das hat ihn wohl in die Flucht geschlagen. Sie musste sich zuerst noch die Kleidung richten, weil sie mit runtergelassener Jeans kaum laufen konnte. Fakt ist, als sie die Treppe hochkam, sind die ersten beiden Nachbarn eingetroffen. Von dem Angreifer war nichts mehr zu sehen, außer einer Blutspur an der Tür. Offenbar hat sie die Drecksau ordentlich erwischt.«

Hellmer versuchte, ins Zwerchfell zu atmen. Alles, was Abel ihm berichtet hatte, klang wie ein erster Triumph. Ein schlimmes Verbrechen war in letzter Sekunde abgewendet worden, und der Täter war verwundet. Geschwächt. Das einzig Ernüchternde daran war, dass nicht die Polizei es war, die ihm die Stirn geboten hatte, sondern eine beherzte junge Frau. Ein willkürliches Opfer vielleicht, das zufällig vor Ort gewesen war. Schon die nächstbeste andere Kandidatin hätte womöglich nicht den Mut oder die Kraft gehabt, sich zu befreien.

Er bedankte sich und versprach, so schnell wie möglich an den Tatort zu kommen. Als er in Hochgräbes Büro trat, fand er es verlassen vor. Keine Notiz. Dann fiel ihm ein, dass er sein Handy für die Verneh-

mung stumm geschaltet hatte. Auf dem Display erwartete ihn die Antwort auf seine Frage. Claus war mit Julia in die Notaufnahme gefahren. Nur, um sicherzugehen. Weil Julia (genau wie er selbst) viel zu oft ihre Check-ups sausen ließ.
Frank Hellmer textete zurück.

> Danke für die Nachricht. Ich hoffe, es ist alles gut bei euch!
> Kurze Info: es gibt einen neuen Fall im Ostend. Keine Tote, die Vergewaltigung wurde vom Opfer abgewendet. Täter verwundet und flüchtig.
> Macht ihr euer Ding, ich kümmere mich und melde mich.
> Halte mich nur bitte auf dem Laufenden.
> Und grüß Julia!

Danach rief er Uwe Liebig an, den einzigen Kollegen, der ihm jetzt noch blieb.
Doch es meldete sich nur die Mailbox.

18:10 UHR

Cornelia Höllermann war noch in ihrer Praxis in Niederrad. Sie nutzte die Zeit nach ihren Sprechstunden gerne, um Fachbeiträge zu lesen oder für Papierkram, den sie nicht ihren Angestellten überlassen konnte. Vielleicht reagierte sie deshalb so säuerlich, als die Kriminalpolizei sie störte. Vielleicht lag es aber auch daran, dass ihr der ganze Stress um den falschen Facebook-Account wieder gegenwärtig wurde.
»Das ist Benjamin Tomas«, stellte Frank Hellmer seinen Begleiter vor, »unsere erste Wahl für Computerforensik.«
»Heißt das also, Sie haben den Typen, der meine Identität missbraucht, immer noch nicht erwischt?«

Hellmer ließ sich nicht beirren. »Wir haben ein paar neue Erkenntnisse gewonnen, auch über Sie.«
»Aha.«
Der Kommissar zog eine Fotografie hervor. Sie zeigte Rudolf-Dieter Dorn. »Was sagt Ihnen zum Beispiel dieser Mann?«
Höllermanns Blick wurde leer, als versuchte sie, durch das Foto hindurchzusehen. Doch das Zucken ihrer Gesichtsmuskeln verriet sie. Hellmer entschied sich, das Tempo anzuziehen: »Ich höre?«
»Packen Sie das wieder weg.« Die Ärztin schritt zu einem Wasserspender, griff sich einen Pappbecher und füllte ihn. Blasen stiegen im Inneren des Behälters nach oben. Dann stürzte sie die Portion hinunter, es war kaum mehr als ein großer Schluck, und beförderte den Pappkegel in den Papierkorb. Sie trat ans Fenster, fixierte die Lichter der Stadt und begann zu sprechen: »Das ist mein Ex. Ich gehe davon aus, dass Sie das bereits wissen, denn sonst wären Sie wohl kaum mit dem Foto hier aufgekreuzt. Es ist ein Kapitel, das abgeschlossen ist und über das ich nicht reden möchte. Es hat sehr wehgetan damals. Doch diese Nele von damals, die hat längst aufgehört zu existieren. Ich habe jetzt ein neues Leben, und ich lasse nicht zu, dass …«
Ihre Worte brachen unmittelbar ab, und ein schweres Beben ging durch ihren Körper. Hellmer wollte ihr zu Hilfe eilen, doch als er sie erreichte, hatte sie sich längst gefangen. In ihren Augen loderte Entschlossenheit: »Genug! Was hat er mit der ganzen Sache zu tun?«
»Um ehrlich zu sein, hatten wir gehofft, das von Ihnen zu erfahren.«
Höllermann stöhnte auf. So leicht ließ sich die Vergangenheit offenbar nicht abschütteln. »Na gut. Aber wie soll ich das denn beantworten? War *er* es, der mein Profil ins Internet gestellt hat?«
»Trauen Sie ihm das zu?«
»Ich weiß nicht. Eigentlich war er nie der Computertyp. Eher … Aber na ja, was rede ich, so was kann sich ja ändern.« Sie lächelte, ohne dass es ihre Augen erreichte. »Ich hatte damals auch nicht geahnt, *diese* Praxis hier zu übernehmen.«

Hellmer sah sich um. »Scheint ja gut zu laufen.«
»Ich kann mich nicht beklagen.«
»Wir halten es dennoch für keinen Zufall, dass der Täter sich ausgerechnet Sie ausgesucht hat. Er hat uns außerdem Hinweise auf Dorns ehemalige Feuerwache gegeben und uns im Grunde direkt zu ihm geführt, auch wenn wir diese Botschaft nicht richtig verstanden haben. Wir haben uns auf die Morde selbst konzentriert, auf die einzelnen Taten und auf die Personen, denen wir im Zuge dessen begegnet sind. Das mit der Feuerwehr wurde uns erst nach dem Tod von Birgit Mälzer so richtig bewusst. Aber diese Spuren waren von Anfang an volle Absicht. Unsere IT-Experten bescheinigen dem Täter ein ausgeprägtes Computerwissen und die Fähigkeit, mögliche Hinweise auf ihn bis ins Kleinste zu verschleiern. Somit hat er sämtliche Spuren, die wir finden konnten, mit Absicht hinterlassen. Aus einem bestimmten Grund. Und diesen Grund möchten wir gerne begreifen.«
Höllermann dachte nach, das sah man ihr an. Dann fragte sie: »Hat Didi denn etwas dazu gesagt?«
Hellmer lächelte unverbindlich. »Wir haben uns lange unterhalten. Aber jetzt möchte ich *Ihre* Meinung dazu hören.«
»In Ordnung. Setzen wir uns doch zurück in mein Büro.«
Und dann begann Cornelia Höllermann zu erzählen.

Etwas später, als Hellmer und Tomas die Praxis verlassen hatten, wirkte der Computerprofi angespannt. Hellmer wunderte sich üblicherweise nicht darüber, weil er von den vielen Energydrinks wusste, die der Kollege in sich hineinkippte. Doch jetzt war es anders. Er stand da, spielte mit den Fingerspitzen und brabbelte unverständliche Halbsätze. Als der Kommissar ihn gerade zurechtweisen wollte, riss er die Augen auf und ließ ein begeistertes »Ha!« verlauten.
Hellmer kippte den Kopf zur Seite. »Willst du mir irgendwas mitteilen?«
»Ich glaub, ich hab's!«, strahlte der IT-ler ihn an. »Wir kennen doch

mittlerweile mindestens drei der Tarnidentitäten unseres Täters. Die aus dem Günthersburgpark, dem Park Louisa und außerdem vom Rebstockpark. Das waren alles Treffen, die *er* eingeleitet hat, oder nicht?«

»Ja. Na und?« Hellmer begriff nicht, worauf der junge Mann hinauswollte.

»Mensch, Frank, wir *antworten* ihm! Wir ergreifen die Initiative. Wir drehen den Spieß einfach um, aber diesmal auf eine völlig unerwartete Weise.«

»So ein Quatsch«, murrte der Kommissar. »Was sollen wir ihm denn schreiben? Wir wissen Bescheid? Bitte gehen Sie direkt ins Gefängnis. Gehen Sie nicht über Los …«

Benjamin Tomas schüttelte den Kopf und lachte. »Nicht schlecht, aber ich habe etwas Besseres im Sinn.«

Als er seine Idee erläuterte, fiel es Hellmer wie Schuppen von den Augen. Das konnte funktionieren.

Verdammt! Das *musste* funktionieren!

18:55 UHR

Er wusste nicht, seit wann ihm sein Hometrainer nur noch als Kleiderständer diente. Doch diese Zeiten gehörten jetzt der Vergangenheit an. Das neue Jahr würde nicht alles ändern können, und es würde auch nicht alles gut werden. Dafür war zu viel passiert. Doch er würde den Neustart nicht versäumen. Alte Dinge zu einem Ende bringen und daraus Kraft für Neues schöpfen. Auch wenn sich das in diesem Moment wie eine weit entfernte Utopie abfühlte. Mit einem stechenden Schmerz im Oberschenkel saß er auf dem Sessel, einen Eisbeutel in der einen Hand und das Smartphone in der anderen. Noch immer begriff er nicht … aber es blieb ihm auch keine Zeit für anstrengende Gedankenspiele.

Der Benachrichtigungston hatte ihn alarmiert.
Ein bestimmter Sound, der nur aus einer ganz bestimmten Richtung kommen konnte.
Er öffnete die entsprechende App und spürte, wie seine Handflächen zu schwitzen begannen. Das Foto ließ sein Herz stolpern. Nele Schmelzer, nein, Höllermann. Aber wie konnte das sein? Hatte sie ...

> Hey :-)
> Ich weiß doch, dass Du das bist.
> Und hier bin ich. Die richtige Nele ;-)

Das Display schien zu vibrieren, so sehr zitterte ihm die Hand. Das Kühlpack rutschte ihm zwischen die Beine, doch er spürte es kaum.

Das war tatsächlich *sie*. Die richtige Cornelia Höllermann.
Und das konnte im Grunde nur eines bedeuten.
Er überlegte fieberhaft.
Ein Treffen. Darauf musste er hinarbeiten. Ein Treffen unter vier Augen. Am besten noch heute. Aber er durfte nicht allzu sehr darauf drängen. Musste sich Zeit lassen. Musste ihr die Gelegenheit geben, von selbst darauf zu kommen.
So, als wäre es ihr Wunsch.

Später stand er in der Küche. Auf der Tischplatte lag noch der Eisbeutel, daneben das Telefon, die Wagenschlüssel, sein Ausweis und eine SIG Sauer P6. Man hatte ihn schon öfter gefragt, warum er nicht auf das neue Modell wechselte. Bereits vor Jahren war die hessische Polizei auf die Heckler&Koch P30 umgestiegen. Zuverlässige Waffen, die sich von ihrer Größe und dem Gewicht her so gut wie gar nicht von der alten Dienstpistole unterschieden. Einzig das Magazin zählte fast doppelt so viele Patronen. Fünfzehn statt acht Neunmillimeter. Aber außer auf dem Schießstand hatte er bisher noch kaum Verwendung

für die Waffe gehabt. Warum also zu etwas Neuem wechseln? Heute bereute er diese Entscheidung zum ersten Mal. Wenn es hart auf hart kam, konnten ein paar mehr Kugeln im Magazin der entscheidende Faktor sein, der über Erfolg und Misserfolg entschied. Über Leben und Tod. Auch wenn er in den vergangenen Jahren nicht wirklich am Leben gehangen hatte.
Er warf einen Blick auf die Uhr.
Es wurde Zeit.

19:30 UHR

Claus Hochgräbe verlangsamte, um in eine Parklücke zu scheren. Doch Julia Durant war viel zu ungeduldig. Sie sprang aus dem Wagen und rannte los. Hochgräbe rief ihr etwas hinterher, aber sie hörte es nur bruchstückhaft. Irgendwann knallte eine zweite Autotür, aber da war sie schon in dem schmalen Hausflur verschwunden.
Die Fassade des Mehrfamilienhauses war in die Jahre gekommen, und im Gegensatz zu den Nachbarhäusern verfügte es auch noch nicht über wärmegedämmte Fenster. Entweder fehlte es dem Besitzer also an dem nötigen Kleingeld, oder er hatte schlicht kein Interesse daran, das Gebäude zu modernisieren. Die vier Parteien zahlten auch so ihre Miete und würden das weiterhin tun. Jeder zahlte, um im Großraum Frankfurt leben zu dürfen. Auch wenn die Mieten längst ins Utopische geklettert waren.
Durant hatte die Türschilder überflogen. Wenn ihre Anordnung der Logik der Wohnungsaufteilung folgte, musste sie in den ersten Stock rechts. Ihre Schritte polterten, sie atmete schwer, noch vor einer Stunde hatte sie sich mit entkleidetem Oberkörper im Behandlungszimmer einer jungen Ärztin befunden.
»Es ist alles in Ordnung«, hatte diese verlauten lassen.
Der Blutdruck lag bei hundertfünfzig zu neunzig. Aber es war ja nor-

mal, dass man beim Arzt schon allein der Aufregung wegen höhere Werte hatte. »Leiden Sie derzeit unter Stress?«

Wann nicht?

Natürlich hatte sie das nicht so gesagt, aber tatsächlich waren die vergangenen Wochen und Monate besonders intensiv gewesen. Das wusste sie auch, das wusste jeder. Aber man konnte das Leben nun mal nicht einfach auf Pause drücken.

Die Ärztin hatte sich alle Mühe gegeben, Verständnis zu zeigen, aber der Wartebereich des Bereitschaftsdienstes war voll mit quengelnden Kindern und leidend dreinblickenden Erwachsenen, von denen manch einer so wirkte, als sei er einfach nur einsam. Oder zu bequem, einen regulären Arzttermin zu machen.

»Das EKG ist unauffällig«, sagte sie, »aber Sie sollten Ihr Herz besser einmal untersuchen lassen. Nur zur Sicherheit. Und den Blutdruck sollten Sie auch im Auge behalten. Haben Sie ein Messgerät?«

Durant hatte tatsächlich eines. Schon vor Jahren, als die Panikattacken noch Neuland für sie gewesen waren und viel häufiger auftraten, hatte sie lernen müssen, ihrem Körper neu zu vertrauen. Am besten ging das, wenn man sich selbst bewies, dass mit dem Herzschlag und dem Blutdruck alles in Ordnung war, wenn man sich das Atmen bewusst machte und damit der Angst die Stirn bot.

Was heute mit ihr geschehen war, war dennoch etwas Neues. Dieser Schwindel, dieser Blackout. Vielleicht war es höchste Zeit für eine Notbremse, und zwar ohne Rücksicht darauf, wie sich ihr Team damit fühlte. *Jetzt,* mit einem Chef, der bald seinen Hut nahm, zwei Kollegen im Urlaub und einer auf der Intensivstation.

Durant blieb stehen und schüttelte sich.

Sie hatte den Anruf mitgehört, den Claus empfangen hatte, als er sie vom Krankenhaus zurück nach Hause fahren wollte. Freisprecheinrichtungen waren eine tolle Sache. Und auch, wenn er sich mit Händen und Füßen dagegen gewehrt hatte, bestand sie darauf, dass er sofort losfahren sollte. Weil die Zeit drängte. Und weil er (noch immer) jemanden brauchte, der ihm die besten Routen durch die Stadt zeigte.

Claus brauchte sie. Canan brauchte sie. Andrea brauchte sie. Es war nicht die Zeit, an eine Auszeit zu denken.

»Jetzt schon mal gar nicht!«, sagte sie, mehr zu sich selbst als in die Leere des Treppenhauses hinein.

Als sie den ersten Stock erreichte, hörte sie, wie unten die Tür aufging.

Parallel dazu vernahm sie einen gedämpften Schrei.

Sie konnte nicht warten. Nicht jetzt.

Mit einem beherzten Schritt trat sie auf die Wohnungstür zu. Erst jetzt sah sie, dass sie nur angelehnt war. In dieser Sekunde wurde ihr bewusst, wie sträflich leichtsinnig es war, ohne Dienstwaffe hierhergekommen zu sein. Doch auch Claus, der sich soeben die Treppe hocharbeitete, hatte seine Pistole nicht mit ins Krankenhaus genommen. Julia wechselte einen Blick mit ihm, er schüttelte noch den Kopf, da schob sie sich schon durch die Tür. Spähte durch einen kurzen Flur und erkannte Frank Hellmer, der mit dem Rücken zu ihr stand. Erst dann sah sie die Waffe auf dem Boden neben ihm.

»Waffe weg!«

Der scharfe Befehl kam aus den Tiefen des Raumes, den sie nicht überblicken konnte. Offenbar galten die Worte Frank, denn als Nächstes schob er die Fußspitze in Richtung seiner Pistole. Dabei drehte er den Kopf, erkannte die Kommissarin im Augenwinkel, und seine Mundwinkel zuckten. Statt nach neben kickte er die Waffe hinter sich. Er drehte den Oberkörper nebst Kopf ein paar Grad nach links und sagte: »Zufrieden?«

Durant verstand. In dieser Richtung befand sich die Gefahr. Sie spürte einen Luftzug im Nacken. Claus. Sie bedeutete ihm, mucksmäuschenstill zu sein. Er nickte nur und gab ihr Handzeichen, dass sie sich ebenfalls zurückhalten solle. Doch dann erschrak sie, weil ein dumpfer Schlag, gefolgt von einem Stöhnen, zu vernehmen war.

Und sah, wie Hellmer ebenfalls zusammenfuhr. Sie duckte sich und ging dann auf alle viere. Kroch, so nah an die Wand gedrückt wie möglich, in Richtung Pistole. Streckte sich nach ihr und erreichte sie mit den Fingerspitzen. Zog sie über den Teppich und hielt die Waffe kurz darauf in ihrer Faust.
Danach ging alles ganz schnell. In Situationen wie diesen funktionierte Julia Durants Körper wie ein Uhrwerk, ihre Reflexe waren absolut verlässlich, und es war nichts zu spüren von Unsicherheit oder Angst. Das Adrenalin verrichtete seinen Job. Sie sprang in die Senkrechte und trat hinter Hellmer hervor, die Pistole im Anschlag.
Hatte sie soeben noch fest an ihre Superkräfte geglaubt, schienen ihr im nächsten Moment schon wieder die Knie weich zu werden, als sie in ein äußerst vertrautes Gesicht blickte. Halb hinter einem in sich zusammengesackten Mann stehend, den er zu halten schien und der wie ein Schutzschild wirkte, stand Uwe Liebig. In der freien Hand eine SIG Sauer, das alte Modell der Dienstpistolen.
Julia Durant richtete ihren Lauf auf Liebig, der seltsam verkrümmt dastand, so als hätte er Schmerzen im Bein. Oder lag es an dem bewusstlosen Mann, der an ihm lehnte? Ein Mann, dessen Gesicht sie nur mit Mühe erkannte.
Rudi Dorn? Aber wie konnte das sein?
Während ein Orkan in ihrem Kopf ausbrach, der jeden klaren Gedanken übertönte, hörte sie neben sich die Stimme von Frank Hellmer.
»Nicht!«, zischte es ihr ins Ohr, während sie gerade ansetzte, etwas zu sagen.
»Waffe weg!«
Ein Déjà-vu. Oder doch nicht?
Dann löste sich ein Schuss. Die Detonation der Treibladung erfüllte den engen Raum auf ohrenbetäubende Weise. Lag es am Widerhall der engen Wohnküche, in der sie standen, oder war es ein Doppelknall gewesen? Julia vermochte es nicht zu sagen, denn dem Lärm

folgte ein Pfeifen und eine Benommenheit, als habe sie einen Schlag vor die Stirn erhalten.

Als Nächstes spürte die Kommissarin, wie sich jemand gegen sie warf.

Sie taumelte, und ihre Arme griffen ins Leere.

Dann bekam sie etwas zu greifen.

Jemanden.

Frank.

Nicht schon wieder ein Panikanfall, flehte es in ihr. Doch es wurde weder schwarz vor ihren Augen, noch verlor sie die Kontrolle.

»Ich hab dich.«

Sie rappelte sich auf. Prüfte ihre rechte Hand, sie war leer. Suchte nach der Pistole und machte das Schießeisen auf dem abgetretenen Laminatboden aus.

Was zum Teufel?

Habe ich abgedrückt?

Dann sah sie Uwe Liebig.

Er lag über dem Körper, an dem er sich eben noch festgehalten hatte. Und mitten im Raum stand plötzlich Claus Hochgräbe, der sich in dieser Sekunde zu ihr hinunterbeugte.

»Julia!«, keuchte er. »Ist alles in Ordnung?«

»Ja, schon okay. Was ist mit euch?«

Die beiden Männer signalisierten, dass alles gut sei.

Hellmer räusperte sich. »Aber ihn hat's erwischt.«

»Liebig?«

»Quatsch. Dorn!«

Julia blickte zu Uwe und dem regungslosen Mann. Dann erkannte sie Blut. Und sein Gesicht.

Doch es war nicht Rudi Dorn, wie sie vermutet hatte.

»Ich kapier nicht ...«, musste sie eingestehen. »Wer ist das?«

Sie folgte Hellmer, der aufgestanden war und in die gegenüberliegende Ecke des Raumes ging. Hochgräbe folgte ihm. Auf dem Boden lag ein Mann, gekrümmt, mit schmerzverzerrtem Gesicht. Er war offenbar nicht in der Lage aufzustehen. Seine Arme waren um seinen Unterleib geschlungen.

»Das hier ist Rudi Dorn«, erklärte Hellmer und hob den Daumen über die Schulter. »Und das dahinten ist Dorns Bruder.«

In diesem Moment erklang die krächzende Stimme von Uwe Liebig. »Danke. Mir geht's auch gut.«

*

Zwei Rettungswagen trafen fast zeitgleich ein und brachten den Verkehr in der engen Seitenstraße fast zum Erliegen. Das Blaulicht tanzte über die Häuserfassaden, und hinter nicht wenigen Fenstern tauchten Köpfe auf, mal verstohlen und halb hinter dem Vorhang, mal bei aufgerissenem Flügeln. Ein Streifenwagen hielt ebenfalls am Straßenrand, und die Uniformierten kümmerten sich darum, dass niemand der Szene zu nahe kam.

Auch Julia Durant stand hinter einem Fenster, oben, in Dorns Wohnzimmer, von wo aus sie das Geschehen verfolgen konnte. In diesem Moment tauchten zwei Sanitäter mit einer Liege auf. Sie verfrachteten den angeschossenen Rudi Dorn in den nächststehenden der beiden Wagen. Ihre Handgriffe waren routiniert, und sie wechselten kaum Worte. Irgendwann knallte die Tür.

Durant wusste, dass das Projektil ihn im Unterbauch getroffen hatte. Geplant war ein Schuss in den Arm gewesen, idealerweise die Schulter, doch vermutlich hatte die verkrampfte Haltung ihren Kollegen daran gehindert, vernünftig zu zielen.

Uwe Liebig. Verflixt und zugenäht! Hatte sie wirklich geglaubt, dass er hinter den Vergewaltigungen und den Morden steckte? Dass er ihre Soko infiltriert und dazu missbraucht hätte, ihnen immer die entscheidende Nasenlänge voraus zu sein? Und wäre dieser Verdacht tatsächlich so aus der Luft gegriffen? Immerhin humpelte er auch

noch. Genau wie der Täter. Und wie hatte sie ahnen können, dass seine Waffe nicht auf Hellmer und später auf sie, sondern auf den Mann weiter hinten im Raum gerichtet war?
Auf Rudi Dorn.
Was zum Teufel hatte der Taxifahrer an dieser Adresse verloren? Hatte er nicht einen völlig anderen Stadtteil als Wohnort angegeben?
Als sich der Rettungswagen in Bewegung setzte und durch die enge Lücke manövrierte, die der zweite ihm ließ, drehte sich die Kommissarin um. Frank Hellmer trat durch die Tür und lächelte sie an.
»Meine Herren«, sagte er. »Du machst auch keine halben Sachen. Geht's dir denn wieder gut?«
»Alles halb so wild.« Sie winkte ab. »Reden wir mal lieber über das hier.« Ihr Zeigefinger zog wilde Kreise in der Luft, und Hellmer nickte vielsagend.
»Das Ergebnis hervorragender Ermittlungsarbeit«, sagte er mit aufgesetztem Stolz – von dem er einen gewissen Teil aber tatsächlich empfand – und hob die Augenbrauen. »Ich nehme an, du willst die Kurzversion?«
»Goldrichtig gedacht. Und einen Kaffee, aber den kann ich mir wohl abschminken.«
Hellmer schüttelte den Kopf. »Damit kann ich tatsächlich nicht dienen, und Platzeck killt uns, wenn wir die hiesige Küche benutzen. Aber jetzt zur Sache. Der Typ, den sie eben in den zweiten RTW verfrachten, heißt Wolfgang Dorn. Der jüngere Bruder unseres Taxifahrers. Die beiden sind einander spinnefeind, seit Rudi vor Jahren Wolfgangs Freundin ausgespannt hat. Wolfgang hat die beiden in flagranti erwischt, in seinem Elternhaus zur Weihnachtszeit. Die beiden hatten sogar Hochzeitspläne, also Rudi und Cornelia. Wolfgang hingegen wurde von den beiden immer nur ausgenutzt. Er verstand sich auf Computertricks und hat seinem Bruder zu einem ansehnlichen Vermögen verholfen. Nachdem Cornelia ihn verlassen hatte,

waren seine Enttäuschung und sein Hass so groß, dass er den beiden das Haus überm Kopf angezündet hat. Rudi wurde schwer verletzt, die Eltern haben wohl versucht, die Brandursache zu vertuschen. Die Versicherung hat tatsächlich gezahlt, aber dieses Geld ging komplett für die Renovierung des Hauses drauf. Welche Rolle die Eltern da genau gespielt haben, das werden wir vielleicht nie erfahren. Aber wenn sie wussten, dass Wolfgang der Brandstifter war, dann spricht das ja Bände. Bloß keinen Kriminellen in der Familie haben. Bloß nicht das Gesicht verlieren und bei den Nachbarn schlecht dastehen. Da nimmt man lieber in Kauf, einen Sohn zu verstoßen. Oder sogar beide zu verlieren. Denn im Grunde haben sie ja auch den Bruder vor den Kopf gestoßen, als sie den Täter schützten.
Vermögen weg, Freundin weg. Ein Keil in der Familie. Cornelia kam nicht, wie vielleicht erhofft, zurück in seine Arme gekrochen. Die nächste Zurückweisung. Die nächste Portion Enttäuschung und Hass. Spätestens jetzt wurde ihm wohl klar, wie sehr alles aus dem Ruder gelaufen war. Dass es keinen Weg zurück gab.«
Julia Durant schluckte. »Und das alles habt ihr rausgefunden ...«
»... als wir Rudolf Dorn praktisch schon in U-Haft hatten. Plötzlich ergab so vieles einen Sinn. Und dann nannte er uns Cornelia Höllermanns Namen.«
»Moment. Die Hautärztin?« Durant schlug sich vor die Stirn. »Dann war dieses Profil also kein Zufall!«
»Nein. Wir haben es nur nicht gesehen. Um ehrlich zu sein, ich weiß nicht, wann wir das überhaupt begreifen sollten. Im Grunde hat er uns immer wieder einen Köder hingeworfen, aber wir ...«
»Aber wie seid ihr denn dann *hier*hergekommen? Und«, sie wisperte, »verdammt noch mal – wieso läuft ausgerechnet der Liebig heute herum, als hätte man *ihm* das Messer ins Bein gejagt?«
Hellmer kicherte. »Er hat eine Zerrung. Hometrainer. Sagt er.« Er setzte das englische Wort in Anführungszeichen und zwinkerte. »Vielleicht steckt da ja was ganz anderes dahinter, wer weiß?«

Durant verzog das Gesicht. »Danke. Bitte keine Details. Verrate mir jetzt lieber, wie ihr hierhergekommen seid.«
»Ein Trick«, meldete sich Uwe Liebig zu Wort. Er stand plötzlich im Türrahmen, angelehnt, mit einer Hand am Oberschenkel. Ein Großteil seiner Bauchgegend war fleckig, ebenso die Hose. Nur, dass es diesmal keine Essensreste waren, sondern Blut. Das schien ihn nicht weiter zu stören, denn er fuhr mit einer gewissen Leichtigkeit in der Stimme fort: »Und zwar einer von der guten Sorte, Respekt! Frank und euer IT-Benny haben in Rücksprache mit Frau Höllermann ein neues Profil erstellt. Ein richtiges, hätte ich beinahe gesagt. Eines, das aussah, als stamme es wirklich von Cornelia Höllermann. Und mit diesem Profil haben sie Wolfgang Dorns Fake-Accounts kontaktiert. Eine digitale Venusfliegenfalle sozusagen. Da wäre wohl jeder schwach geworden, der sein Gehirn zwischen den Beinen trägt.« Er grinste schief.
Durant dachte nach. »Und was war dein Part dabei?«
Liebig stutzte. »Na ja ...«
»Uwe war mal wieder nicht zu erreichen«, jammerte Hellmer mit einer guten Prise Schauspiel. »Das muss sich übrigens ändern, wenn du bei uns mitmischen willst.«
»Mal sehen. Du siehst ja, ich habe es trotzdem mitbekommen. Einige dieser falschen Accounts habe ich überwacht. Deshalb hab ich gewusst, wo ich euch finden kann.« Er breitete die Hände aus. »Ihr seht: Wenn's drauf ankommt, ist auf den alten Liebig Verlass.«
Wie aufs Stichwort gesellte sich nun auch Hochgräbe zu der Runde. »Klingt ja beinahe so, als hätte ich was verpasst«, stellte er fest.
»Wie man's nimmt«, sagte Hellmer und nickte in Richtung Fenster. »Was macht denn Wolfgang Dorn?«
Hochgräbe hob die Schultern. »Seine Chancen stehen ganz gut, auch wenn er viel Blut verloren hat.«
Liebig blickte an sich herab und nickte. Er deutete eine Stelle in seiner Nierengegend aus. »Irgendwo hier muss Rudi ihn getroffen haben.« Er räusperte sich. »Also ein noch schlechterer Schütze als ich.«

Julia Durant ging im Kopf noch einmal durch, wie sich das Ganze abgespielt hatte. Rudi Dorn musste sich im hinteren Raum verborgen haben, entweder hatte er dort längst gelauert, oder er war in Erscheinung getreten, als Wolfgang gerade auf Frank Hellmer zielte. Das bedeutete, dass Wolfgang sich der Waffe von Uwe Liebig bemächtigt hatte. Vorher.
»Wer von euch war denn zuerst in der Wohnung?«, fragte sie.
Liebig meldete sich. »Wir waren praktisch zeitgleich hier. Jeder von uns ging in einen anderen Raum. Wolfgang muss auf uns gelauert haben, er hat mich niedergeschlagen, bekam meine Waffe zu greifen und bedrohte anschließend Frank. Vermutlich hielt er mich für k. o., aber ich habe mich aufgerappelt und es ihm heimgezahlt.« Seine Handkante und Faust folgten seinen Worten und durchlebten die Szene erneut. »Dann ist dieser Rudi aufgetaucht. Als Taxifahrer muss es ihm ein Leichtes gewesen sein, die Adresse herauszufinden.«
Hellmer nickte. »Er wusste ja, dass wir seinen Bruder aufs Korn nehmen werden. Nach allem, was Wolfgang abgezogen hat, um ihn bei uns als Verdächtigen hinzustellen, kann ich's ihm nicht verdenken.«
»Jedenfalls herrschte plötzlich eine krasse Atmosphäre«, fuhr Liebig fort. »Fast wie in einem Western oder bei einem Duell. Bis dann deine angenehme Visage auf der Bildfläche erschien.«
»Na danke schön«, erwiderte Durant süffisant. »Um ein Haar hätte ich auf dich geschossen.«
»Dito«, feixte Liebig. »Der OK Corral mit Wyatt Earp war dagegen ein Kindergeburtstag.«
Claus Hochgräbe klatschte in die hohlen Handflächen und lachte. »Na wunderbar! Wenn das nicht die besten Bedingungen für eine neue Partnerschaft sind.«

EPILOG

Es verstrichen ein paar Tage, in denen vor allem Julia Durant die strenge Anordnung bekam, sich vom Polizeipräsidium fernzuhalten. Claus Hochgräbe drückte es so aus: »Solange ich hier noch der Chef bin, musst du wohl oder übel auf mich hören.«
Mit gespielter Mürrischkeit nahm sie diese Worte an. Sie blieb auf dem Sofa, wenn es regnete, und schaute sich Serien an, bis ihr Kopf rammdösig wurde. Bei schönem Wetter ging sie am Main spazieren, oder sie fuhr zur Schwanheimer Düne, einer in der letzten Eiszeit geformten Landschaft, wie man sie mitten in Deutschland kaum erwarten würde. Sandige, teils mit Krüppelkiefern bewaldete Flächen, die einen mediterranen Flair versprühten. Andernorts Sandkuppen und Gräser, wie man sie sonst nur an den deutschen Küsten vermuten würde.
Bis auf den einen oder anderen Nachtschreck blieben größere Panikattacken aus. Trotzdem wusste Durant, dass sie vorsichtig sein musste. Dass sie achtsam mit sich umgehen musste, und dafür genügte es nicht, das Rauchen aufzugeben und mehr Sport zu treiben. Es war die Seele, die Pflege brauchte. Parallel dazu saß in der Wohnung ihrer besten Freundin aber immer noch eine verängstigte Frau, die nicht wusste, wie es weitergehen sollte.
Am dritten Tag besuchte sie daher Tiana Ganev, um mit ihr über die Zukunft zu sprechen. Sie ging zu Fuß, es hatte spürbar abgekühlt und roch nach Frost. Nach einer Viertelstunde erreichte sie das Haus und schloss die Tür auf. Im Inneren roch es nach den unterschiedlichsten Gewürzen, jemand kochte, und erst als sich die Wohnungstür öffnete,

merkte Julia, dass der Duft von Alinas Appartement ausging. Tiana lächelte. Sie lud Julia zum Essen ein, es gab Rindfleischsuppe und als Hauptgericht etwas, das Tiana als Patetnik bezeichnete. Ein Kartoffelauflauf mit Käse, in dem die Kommissarin Zwiebeln, Paprika sowie eine feine Minznote ausmachte. Während des Essens berichtete Tiana, dass sie einen Besuchstermin für die JVA habe. Julia verschluckte sich und musste husten.

»Entschuldigung. Aber halten Sie das für eine gute Idee?«

Was, wenn jemand sie sah?

Wenn jemand ihnen folgte?

Die beiden diskutierten eine Weile, dann einigten sie sich darauf, diesen Besuch gemeinsam zu erledigen. Danach wollte Julia Tiana Ganev darauf vorbereiten, dass Aleksander Salim nur ein Schatten seiner selbst war und womöglich sogar das Gespräch verweigern würde, wenn sie mit im Raum war. Doch Tianas Liebe schien stärker als jeder Zweifel, sie sprühte förmlich vor Euphorie und Optimismus.

Als Julia Durant sich verabschiedet hatte und im Treppenhaus stand, musste sie immer wieder an das Gesicht der Frau denken. Wie sehr sie sich verändert hatte. Von einer traumatisierten, verletzten und verängstigten Person zu einem Menschen, der bereit war, in die Zukunft zu blicken. Ohne Therapie. Abgeschnitten von jedem, der sie vielleicht unterstützen konnte.

Sie dachte daran, was sie mit Uwe Liebig besprochen hatte. Es war um ein Bündel Geldscheine gegangen, wie sie von Typen wie Kyril Slavchev gerne protzig in der Hosentasche herumgetragen wurden. Doch man hatte nichts bei ihm gefunden. Bestand nicht zumindest die Möglichkeit, dass es ihm während der Auseinandersetzung mit Aleksander Salim aus der Tasche geglitten war? Dass dieser das Geld an sich genommen hatte? Kein Raubmord, das traute sie Salim nicht zu. Eher ein Zufallsfund. Ein reflexartiger Griff, den er womöglich sogar bereut hatte, weil dieses Geld vor Gericht ein hartes Indiz gegen ihn sein würde. Also hatte er es vorerst verschwinden lassen, denn keiner wusste ja

davon. Irgendwann würde es vielleicht wiederauftauchen. Oder auch nicht. Aber war nicht alles besser, als dass das Geld – wenn es überhaupt existierte – zurück in die Hände anderer Bandenmitglieder fiel? Julia Durant trat hinaus in die Abendluft und klappte den Kragen ihres Mantels hoch. Ihr Atem kondensierte, als sie sich in Bewegung setzte und dabei entschied, dass die Mordkommission hierfür nicht zuständig war.
Sie lächelte.

*

Das Gerichtsverfahren gegen Wolfgang Dorn wurde zwar nicht unter der Federführung von Elvira Klein geführt, jedoch überwachte diese jeden Verhandlungstag mit Argusaugen. Für Canan Bilgiç. Das Gleiche galt für Julia Durant.
Dorns Schussverletzung verheilte vergleichsweise unkompliziert. Er strengte dennoch eine Klage gegen seinen Bruder an, der auf ihn geschossen hatte. Versuchter Mord. Doch damit kam er nicht durch. Allein die Aussagen der Polizeibeamten, die mit vor Ort gewesen waren, sorgten dafür, dass der Staatsanwalt die Schießerei entsprechend einordnen konnte. Das Medieninteresse an dem Fall war nicht besonders groß, dafür nahm neben Julia auch Peter Brandt so oft wie möglich teil. Aus denselben Gründen wie die beiden Frauen. Sie beobachteten den Mann, der ihre Kollegin, ihre Freundin, so schwer verletzt hatte, dass sie im Koma lag, sehr genau. Seinen Hass auf Frauen, den er, wo immer es ihm möglich war, auslebte und aus dem er kein Geheimnis machte. Dazu kam die Wut auf seinen Bruder, genährt aus einer Reihe von Enttäuschungen, die in Teilen sogar nachvollziehbar waren. Wie musste es sich anfühlen, wenn der Bruder immer vorgezogen wurde? Wenn dem anderen alles zufiel. Wenn der andere immer die Nase vorn hatte, und das bei vermeintlich nur halber Mühe. Wolfgang Dorn hatte das jahrelang geschluckt, es

musste eine bittere Pille gewesen sein. Als sein Bruder ihm in der Adventszeit die Freundin ausspannte und er das ausgerechnet in den Räumen des gemeinsamen Elternhauses tat, war das der berühmte Tropfen gewesen. Der Moment, an dem er sich aus der Passivität löste – und einfach alles niederbrennen wollte. Stattdessen hatten sie überlebt. Wenn auch alles andere auseinandergebrochen war. Jeder wählte einen eigenen Weg. Aber die Erinnerungen blieben, genau wie die Einsamkeit. Und die Narben. Irgendwann hatte es Klick gemacht, und Wolfgang Dorn hatte sich ein ausgedientes Taxi gekauft. Psychologen würden herausarbeiten müssen, was genau ihn dazu getrieben hatte. Wollte er in die Rolle seines Bruders schlüpfen? Sein Leben übernehmen? Oder hatte er schon beim Kauf des Wagens den kompletten Plan im Kopf gehabt, dem verhassten Bruder seine Morde und Sexualtaten in die Schuhe zu schieben?
Standen die Sexualstraftaten überhaupt in einem direkten Zusammenhang mit seinen Rachegelüsten? Vieles deutete darauf hin, dass Dorn neben seinen Besuchen in Bordellen auch weitere Vergewaltigungen versucht oder begangen hatte. Manche davon lagen bereits ein paar Jahre zurück. In einer Zeit, in der die Rache offenbar noch keine treibende Kraft gewesen war. Aber außer Indizien und Vermutungen würde vieles im Nebel bleiben, denn er verweigerte jede Aussage zu diesen Fällen. Wolfgang Dorn äußerte sich ausschließlich zu den toten Frauen.
»Ich wollte sie bestrafen, ihnen wehtun. Ihnen allen. Sie sind es nicht wert, und es tut mir deshalb auch nicht leid.« Sämtliche Beteiligten im Gerichtssaal spürten einen Schauer bei diesen Worten. »Ich würde gerne, dass mir manche Dinge leidtun könnten, aber es funktioniert einfach nicht. Nicht mehr. Ich war einmal anders, aber dieser Mann existiert nicht mehr.«
So eiskalt diese Worte klangen, sie hatten auch etwas Trauriges. Dorns Anwalt begründete dies mit dem schweren Trauma, das ihm durch den Betrug seiner damaligen Freundin Cornelia Höllermann

widerfahren sei. Die Tatsache, dass er sie ausgerechnet mit seinem Bruder, dem er auch noch zu einem kleinen Vermögen verholfen hatte, in flagranti erwischte. Das sei ein herber Schlag gewesen, ein Vertrauensbruch, der das Weltbild eines sensiblen Mannes bis ins Mark erschüttern könne.
Julia Durant hätte am liebsten aufgeschrien. Wo war die Sensibilität, als Nina Stüber darum gefleht hatte, dass er sie nicht vergewaltigte? Wo, als Birgit Mälzer vor lauter Angst einen Herzstillstand erlitt und verstarb? Was war mit Tiana Ganev und mit Natalie Marković?
Doch am meisten dachte sie an Canan Bilgiç. Diese lag seit Wochen unverändert da. Beatmet. Ernährt. Wie scheintot.
Immer wieder versuchte die Staatsanwaltschaft, Wolfgang Dorn dazu zu bewegen, auf seine einzelnen Taten einzugehen. Seine sexuellen Gelüste, das Versagen, aber immer dann ging dieser an die Decke und schrie, dass er davon nichts hören wolle und dazu auch nichts zu sagen habe. Seinem Verteidiger untersagte er, über dieses Thema zu sprechen. Es gehe hier um die Morde und ausschließlich um diese, und er bekenne sich schuldig. Denn jede Frau habe den Tod verdient. Damit meinte er nicht nur seine Opfer, wie im Laufe des Verfahrens klar wurde, sondern im Grunde jede einzelne Frau – das gesamte weibliche Geschlecht. Einen derart tief sitzenden Hass hatte Julia Durant selten erlebt, wenngleich sie Männer dieser Art durchaus kennengelernt hatte. Seelische Krüppel mit einer Unfähigkeit zur Empathie, die ihnen entweder anerzogen worden war oder durch tragische Umstände ausgelöst wurde. Doch im Fall von Wolfgang Dorn hätte sie mit einer solchen Tragweite nicht gerechnet. So tragisch das Beziehungsgeflecht mit Cornelia Höllermann und seinem Bruder gewesen war, solche Dinge geschahen auch anderen Paaren. In Dorn lauerte noch mehr. Ein tiefer Menschenhass, besonders auf Frauen, dessen Wurzeln bereits vor dem Scheitern seiner Beziehung gewuchert haben mussten.
»Sie haben alle nur das bekommen, was sie verdient haben«, beharrte er.

Was auch immer mit diesem Mann nicht stimmte, die Kommissarin wusste, dass man es nicht therapieren konnte. Das Verfahren würde vermutlich auf Höchststrafe hinauslaufen, mit anschließender Sicherungsverwahrung.
Wann immer sich auch nur ein Funken Mitgefühl für diese kranke Seele regte, die da auf der Anklagebank saß, dachte sie an die lebensfrohe Canan, und der Funke erlosch.

*

Julia Durant und Claus Hochgräbe standen im Terminal 1 des Frankfurter Flughafens und betrachteten die gigantische Bildschirmwand, die über sämtliche anstehenden Flüge informierte. Der Eurowings-Flug 1279 von Windhoek war bereits gelandet, offenbar hatten günstige Windverhältnisse dem Airbus A332 einen Zeitbonus von über einer Dreiviertelstunde verschafft. Bei einer zehnstündigen Flugdauer dürfte das für die meisten Passagiere aber wohl kaum ins Gewicht fallen.
Die letzte SMS von Clara war um kurz vor acht Uhr am Vormittag eingegangen. Boarding abgeschlossen. Claus hatte ihr einen guten Flug gewünscht und noch einmal erwähnt, wie sehr er sich auf die beiden freue. Diese Freude, eine fast schon kindliche Erregung, war ihm anzusehen, und Julia beneidete ihn ein wenig darum. Auch sie war aufgeregt und gespannt, aber es war nun einmal *seine* Familie. Damit würde sie leben müssen.
Sie hatte Claus sämtliche Flausen wie ein Namensschild oder ein anderes Erkennungszeichen ausgeredet. Aber schick hatte er sich gemacht, mit frischer Jeans, Hemd und einem Stricksakko. Nun standen sie auf den auf Hochglanz gewienerten Kacheln des Terminals und warteten. Es herrschte jede Menge Betrieb, darunter zahlreiche Flughafenangestellte und zwischen ihnen Menschen aller Nationen und Couleur. Ein bunter Mix aus Kulturen und Kleidung, bei dem man fürchten musste, einander zu übersehen.

Zuerst war Claus unruhig gewesen, weil der Flug schon so früh gelandet war. Es blieb kaum mehr Zeit, das richtige Gate aufzusuchen, und parallel dazu checkte er alle paar Sekunden sein Handy, ob Clara ihm geschrieben hatte.
So war es am Ende Julia, die die entscheidende Entdeckung machte. Sie stieß ihn sanft mit dem Ellbogen an. »Da sind sie!«
Tatsächlich rollte in diesem Moment ein Gepäckwagen um die Ecke. Julia erkannte das Gesicht sofort, das sie bislang nur auf dem Bildschirm gesehen hatte. Clara wirkte älter, vielleicht steckte ihr auch nur die Reise in den Knochen. Ihr Lächeln wirkte dafür umso lebendiger. Auf einem alten Hartschalenkoffer lag eine grellbunte, prall gefüllte Reisetasche, und darauf saß ein Junge. Er war selbst für einen Vierjährigen recht zierlich und nicht besonders groß. Er hatte muskatbraune Haut, die Augen hüpften wachsam umher, und unter der Baseballmütze lugte schwarzes Haar hervor.
Als er in die Gesichter von Claus und Julia blickte, die ihm vermutlich kreidebleich und unendlich alt vorkamen, griff er nach der Hand seiner Mutter. Ein scheues Lächeln, ein unsicherer Blickwechsel, der Rest ging unter in der Begrüßung der Erwachsenen. Claus und Clara umarmten sich, als wären sie alte Freunde. Julia hielt ihr zunächst die Hand hin, doch Clara umarmte auch sie kurz. Dann deutete sie auf den Kleinen.
»Und das hier ist Lynel.« Sie beugte sich zu dem Jungen und sagte warmherzig: »Schau, Lynel, das sind sie. Julia und Claus.«
Es verstrichen einige Momente, in denen keiner das Kind überfordern wollte. Irgendwann aber hob sich der Schild der Baseballkappe in Richtung Claus Hochgräbe, und die Augen betrachteten ihn vielsagend.
»Du bist also mein Opa.«

*

Für Julia Durant waren das ermüdende, aufregende und beängstigende Zeiten. Ein Wechselbad aus einer ganzen Reihe der unterschiedlichsten Gefühle. Freude, Angst, Ungewissheit.
Wie würde es mit Claus' Tochter weitergehen?
Was sollte langfristig mit Tiana Ganev und Alinas Wohnung passieren? Insbesondere jetzt, da sich in der Haftanstalt etwas zugetragen hatte, das ihr Leben für immer verändern sollte. Aleksander Salim hatte einen Schlaganfall erlitten. Ein junger und gesunder Mann. Die Sauerstoffzufuhr zu seinem Gehirn war so lange unterbrochen gewesen, dass man von irreparablen Schäden ausgehen müsse. Manches deutete darauf hin, dass er sich selbst erhängen wollte, es aber nicht zu Ende gebracht hatte. Eine Theorie, an der nicht nur die zutiefst schockierte Tiana, sondern auch Julia massive Zweifel hegten. Beide wussten allerdings, dass eine Untersuchung ins Leere verlaufen würde. Die Krakenarme von Slavchevs Bande reichten mit Sicherheit bis in die Haftanstalt hinein, aber mit ebenso hoher Sicherheit würde man dort auf eine Wand des Schweigens prallen.
Durant überlegte, ob das nicht ein guter Job für Uwe Liebig wäre. Immerhin war er es, der Salim zu einem frühen Geständnis gedrängt hatte. Sollte er sich nun auch um die Konsequenzen kümmern, die daraus entstanden waren. Eine Bewährungsprobe für ihn. Zugleich eine Chance, sich als Teamplayer zu erweisen. Denn so, wie es aussah, würden sie künftig regelmäßig miteinander zu tun haben.
Derweil würde Julia Durant ihre Aufmerksamkeit Tiana Ganev widmen. Sie hielt sich tapfer und wollte auch die Hoffnung nicht aufgeben, dass Aleksander sich wieder erholen würde. *So* jedenfalls würde niemand einen Prozess gegen ihn anstrengen. Ob er aber jemals wieder laufen oder gar sprechen können würde? Sah *so* Gerechtigkeit aus? Wohl kaum, dachte Julia. Sie musste an Pastor Durant denken. Er fehlte. Gerade jetzt. Er würde ihr immer fehlen.
Und eine weitere Frage drängte sich in den Vordergrund. Wer würde die Leitung der Mordkommission übernehmen?

…se Dinge machten es ihr fast unmöglich, den Blick auf die schönen Dinge des Lebens zu richten. Zum Beispiel die näher rückende Hochzeit.
Das war es doch, worauf Julia sich nun eigentlich mit ganzem Herzen konzentrieren wollte.
Aber immer wieder tauchten ihre Gedanken in die düsteren Welten ab, die an ihr zerrten und sie nicht loslassen wollten.
Eine Hochzeit ohne ihren Vater. Und ohne ihre beste Freundin Alina Cornelius.
Auch sie würden sich niemals wiedersehen, nie mehr nebeneinandersitzen und Wein trinken und lachen können.
Nie mehr ihre körperliche Nähe genießen, eine geheimnisvolle weibliche Anziehung, wie Julia sie nur zu Alina verspürt hatte.
Aber wie tief der Sumpf ihrer Verstimmungen auch war, es gelang ihr stets, sich wieder frei zu strampeln.
Da waren ja immer noch Frank Hellmer, Doris Seidel und Peter Kullmer. Und (sei's drum!) auch dieser Uwe Liebig.
Sie war nicht alleine, sie wurde gemocht, geschätzt, und sie wurde auch geliebt.
Außerdem erinnerte sie sich daran, dass sie eine weitere beste Freundin hatte. Einzig die Entfernung hatte sie den Rang gekostet, Julias *nächste* und engste Freundin zu sein. Aber die beiden verstanden sich noch immer blendend und konnten selbst nach langer Pause genau dort anknüpfen, wo sie zuletzt aufgehört hatten.
Die Rede ist von Susanne Tomlin, und zu ihr reiste Julia Durant, an die aus dem Winterschlaf erwachende Côte d'Azur, während Claus Hochgräbe sich in das Leben als Opa einfand. Sie fühlte sich nicht richtig fehl am Platz, aber sie wollte den dreien den Raum geben, den sie für sich brauchten. Und wenn es nur für ein paar Tage war. Denn dort, wo das Mittelmeer rauschte und die Sonnenstrahlen schon eine beachtliche Wärme verströmten, war es ihr schon öfter gelungen, ihre Dämonen hinter sich zu lassen.

Und danach würde sie mit neuer Kraft dorthin zurückkehren, wo sie hingehörte.
Nach Frankfurt, zu ihren Freunden, zu ihrer Familie und zur Mordkommission.